Johannes Mario Simmel

# Mich wundert, dass ich so fröhlich bin

Johannes Mario Simmel

# Mich wundert, daß ich so fröhlich bin

Roman

Droemer Knaur

Die Deutsche Bibliothek – CIP-Einheitsaufnahme

**Simmel, Johannes Mario:**
Die frühen Romane und Erzählungen /
Johannes Mario Simmel. – München: Droemer Knaur

Bd. 1. Mich wundert, daß ich so fröhlich bin: – 1994
ISBN 3-426-19352-3

Die Folie des Schutzumschlags sowie die Einschweißfolie sind
PE-Folien und biologisch abbaubar.
Dieses Buch wurde auf chlor- und säurefreiem Papier gedruckt.


Gestaltung: Cilly Klotz
Umbruch: Ventura Publisher im Verlag
Druck und Bindearbeiten: Wiener Verlag, Himberg
Printed in Austria
ISBN 3-426-19352-3

2 4 5 3

*Für meine Mutter*

## An Stelle eines Vorwortes

Am 21. März des Jahres 1945, gegen die Mittagsstunde, führten amerikanische Kampfflugzeuge der Basis Mittelmeer einen Luftangriff auf die Stadt Wien, dem umfangreiche Anlagen der südöstlichen Industriegebiete, aber auch mehrere Gebäude in der Stadtmitte zum Opfer fielen. Der Himmel war an diesem Tage bedeckt und es regnete schwach. Von ihren Zielen durch starkes Artilleriefeuer abgedrängt, sowie in dem Bemühen, die tödliche, von Stahlstücken durchsetzte Dunstschicht über den Zielgebieten zu verlassen, lösten die Mannschaften einzelner Flugzeuge ihre Bombenlasten ohne Berechnung und zerstörten so einige Häuser des Ersten Bezirks. Zwei der angreifenden Maschinen wurden abgeschossen und zahlreiche Personen getötet.

Kurzes und lokal begrenztes Aufsehen erregte der Fall eines Hauses auf dem Neuen Markt, nahe der Plankengasse, das nach einem Bombentreffer völlig in sich zusammengestürzt war. Da man wußte, daß dieses Haus einen jahrhundertealten Keller besaß, in welchen sich mehrere Menschen zu Beginn des Angriffs begeben hatten, unternahm man sofortige Versuche, diese aus ihrer Gefangenschaft zu befreien, Versuche, die jedoch zunächst vergeblich blieben. Es war unmöglich, den vor den Kellereingang gestürzten Schutt in so kurzer Zeit beiseite zu räumen, daß Hoffnung bestand, die unter der

Erde Begrabenen noch lebend zu bergen. Es erwies sich des weiteren, daß der alte Keller zu den Gewölben des anliegenden Hauses keinen Verbindungsgang besaß. Wohl war der Bau eines solchen, Wochen zuvor bereits, in Angriff genommen worden, jedoch unvollendet geblieben. Da man annahm, daß die Verschütteten, so sie am Leben geblieben waren, an seiner Fertigstellung arbeiten würden, entschloß man sich, ihnen von der Mauerseite des benachbarten Hauses entgegenzugraben, ein Unternehmen, das infolge eines schweren Wassereinbruchs, verursacht durch einen weiteren Luftangriff am nächsten Tag, sehr verlangsamt wurde. Die Erschütterungen dieses zweiten Bombardements hatten zur Folge, daß eine große Erdmasse in der Umgebung der Bohrstelle sich verlagerte und so die Bemühungen von vierundzwanzig Stunden zunichte machte. Obwohl unablässig an der Befreiung der eingeschlossenen Menschen gearbeitet wurde, dauerte es aus diesen Gründen noch einen weiteren Tag und eine Nacht, bis eine Verbindung mit ihnen hergestellt werden konnte.

Die Verschütteten, drei Frauen verschiedenen Alters, drei Männer und ein kleines Mädchen, hatten weder unter Luftmangel noch an Hunger zu leiden gehabt, denn der Keller war groß und eine ausreichende Menge von Lebensmitteln war von den Besuchern glücklicherweise mitgebracht worden. Dennoch ereigneten sich im Kreis dieser sieben Menschen Dinge, an die keiner von ihnen dachte, als er den Luftschutzraum betrat; Dinge von tragischer und verhängnisvoller Schwere und auch wieder andere, einmalig schöne Dinge, an denen eine Seele sich aufrichten und stärken konnte. Die Ereignisse, die jener Menschengruppe gemeinsam widerfuhren, entbehrten jeder Willkürlichkeit. Daß ein Konflikt sich zwischen ihnen entwickelte, hatte ebenso seinen Grund in den Gefangenen selbst wie die Tatsache, daß sie unfähig waren, ihn zum Wohle aller zu lösen. Sie versuchten es zwar – ihren Charakteren entsprechend – rein instinktiv, mit Güte, mit Gewalt und mit einfachem Menschenverstand. Mit kindlicher Einfalt. Mit Liebe. Und mit dem Glauben an Gott den Allmächtigen. Der Umstand, daß sie zuletzt doch immer nur auf sich selbst hörten und unfähig waren, sich in die Anschauungswelt der anderen zu versetzen, wurde ihnen zum Verhängnis. Der Zerfall des menschlichen Gemeinschaftsgefühls, der im Gefolge des Großen Krieges einherging, warf seinen Schatten auch auf ihre Beziehungen.

Ein an dem Geschehen gänzlich Unbeteiligter, der ihnen endlich die Befreiung brachte, fand sie in einem Zustand beispielloser Bedrängnis. Ohne zu wissen, was er tat, aber unter dem Eindruck einer dunklen Ahnung, beging dieser Mann eine tief menschliche Handlung. Und selbst sie vermochte nicht mehr ungeschehen zu machen, was sich begeben hatte. Es ereignete sich aber, daß diesen Menschen eine verzehrende Sehnsucht ergriff, zu erfahren, was zwischen den sieben Gefangenen des Kellers vorgefallen war, da er glaubte, in seiner Kenntnis eine Beruhigung des eigenen, arg zerrissenen Wesens zu finden.

Langsam und behutsam brachte er es zuwege, die Schleier von dem Geheimnis zu lüften, das die Verschütteten umgab. Er sprach zu niemandem von seinen Bemühungen und ihren Ergebnissen und fand zuletzt Frieden, als er begriff, daß es nichts gibt auf dieser Welt, das ohne Grund und zufällig geschieht. Daß hinter allen Dingen ein zweiter Sinn steht. Und daß es dieser unsichtbare Sinn ist, der jene Wahrheit sichtbar werden läßt, nach der wir uns alle sehnen.

# Erstes Kapitel

## 1

Um 10 Uhr 28 Minuten erreichte die erste Formation viermotoriger Kampfflugzeuge, aus dem Süden kommend, bei Mureck die österreichische Grenze. Zu dieser Zeit war der Himmel nur teilweise mit Wolken bedeckt. Auf Klagenfurt schien noch die Sonne. Die Bomber operierten sehr hoch und zogen weiße Kondensstreifen hinter sich her. Sie flogen über den Bereich 103 der amtlichen Luftlagekarte mit Nordostkurs in den Bereich 87 ein und passierten die Stadt Graz. Diese Luftlagekarte war entstanden aus einem über das Land geworfenen Raster von konzentrischen Kreisen, der sich mit Hilfe von Halbmessern in 168 Sektoren unterteilte und Wien zum Mittelpunkt hatte. Nach ihr wurden die Bewohner Niederösterreichs vom Nahen feindlicher Kampfflugzeuge in Kenntnis gesetzt.

Dem ersten viermotorigen Bomber folgten zwei weitere, die über Villach ihren Kurs änderten, Marburg anflogen und dort zu kreisen begannen. Etwa ein Dutzend leichter Jagdflugzeuge eilte ihnen voraus. Die Menschen, die zu dieser Zeit auf den Äckern in der Umgebung der Stadt arbeiteten, sahen kurz auf, indem sie die Augen mit den Händen beschatteten. Dann fuhren sie fort, ihre Felder zu bestellen. Peilgeräte traten in Aktion. Der Kurs und die Höhe der anfliegenden Formationen wurden errechnet und militärischen Radiostationen mitgeteilt, die ihre unsinnig klingenden, verschlüsselten Botschaften an die über das Land verteilten Abwehrbatterien sendeten. Helle Frauenstimmen sprachen auf mehreren Kurzwellenbändern.

Der erste Verband viermotoriger Kampfflugzeuge mit Jagdschutz hatte mittlerweile den Bereich 71 erreicht und flog weiter nach Norden. Hunderte von Menschen verfolgten seinen Weg. Aber noch fielen keine Bomben, noch wurde keine Granate gegen den lichten Himmel gefeuert. Der Sender Wien übertrug ein Schallplattenkonzert moderner Unterhaltungsmusik. Saxophone und ein Schlagwerk begleiteten die Sängerin eines sentimentalen Liedes. In den Fabriken und Werkstätten der Stadt liefen die Maschinen. Vor den Geschäften standen Menschen, um Brot zu kaufen.

Gegen drei Viertel elf Uhr verschwand die Sonne hinter eilig ziehenden Wolken, und es wurde kälter. Der Himmel bedeckte sich völlig. Nach kurzer Zeit begann es leicht zu regnen. Einige der Wartenden vor den Bäckerläden spannten Schirme auf.

Der erste der anfliegenden Kampfverbände hatte die Stadt Mürzzuschlag erreicht, die unter einer dichten Dunstschicht lag. Das Geräusch der schweren Maschinen klang wie ferner Donner und erschütterte die Luft. In allen Dörfern und Marktflecken, welche die Bomber auf ihren Weg berührten, war die Bevölkerung mit Hilfe von Sirenen oder primitiven Lärmgeräten gewarnt worden, aber nur eine kleine Zahl von Menschen hatte Keller und Schutzräume aufgesucht. Die meisten gingen, an diesen Zustand des Überflogenwerdens gewöhnt, ohne sich um den Motorenlärm der unsichtbaren Flugzeuge zu kümmern, ihrer Arbeit nach. Der angreifende Verband ließ

Mürzzuschlag hinter sich und erreichte das Gebiet 55. Zu dieser Zeit unterbrach der Sender Wien sein Programm. Ein Sprecher gab bekannt, daß er in Kürze abgeschaltet werden würde, und empfahl den Hörern, ihre Apparate auf eine andere Wellenlänge einzustellen, über die durch einen Lokalsender weitere Nachrichten folgen sollten.
In den Straßen begann sich eine nervöse Bewegtheit bemerkbar zu machen. Fahrzeuge erhöhten ihre Geschwindigkeit, Menschen eilten ihren Heimstätten zu. Einzelne Geschäfte beendeten den Verkauf. Der zweite Sender der Stadt war in Aktion getreten. Aus offenen Fenstern hörten die Hastenden das monotone Ticken seines Pausenzeichens, das plötzlich abriß. Eine Frauenstimme verlas die erste Mitteilung.
Ein Kampfverband, sagte sie, habe, aus dem Süden kommend, den Sektor 55 erreicht und fliege weiter nach Norden. Sollte er seinen Kurs beibehalten, war in Kürze mit Fliegeralarm zu rechnen. Die Botschaft wurde wiederholt. Dann begann wieder das Ticken. Aus dem grauen, verhängten Himmel fiel feiner Regen auf die staubigen Straßen Wiens.

## 2

Fräulein Therese Reimann war im Januar 1945 dreiundsechzig Jahre alt geworden. Sie besaß eine kleine Wohnung in einem Haus auf dem Neuen Markt. Von ihren Fenstern vermochte man den Brunnen in der Mitte des Platzes und die zerstörte Fassade des Hotels Krantz zu sehen, an deren Restaurierung man sich bald nach dem Bombardement gemacht hatte. Fräulein Reimann verfolgte die Instandsetzungsarbeiten mit Interesse und

Sympathie. Der Anblick der sich langsam wieder erhebenden Mauern bestärkte sie in ihrer Zuversicht und der Überzeugung, daß die ungewisse Zukunft der nächsten Monate schon weniger im Zeichen der Zerstörung als vielmehr, auf wundersame Weise, in jenem des friedlichen Aufbaus stehen würde. Über die Art, in welcher sich diese letzte Phase des Krieges abspielen sollte, machte sich das alte Fräulein grundsätzlich oberflächliche Gedanken. Sie zog es vor, den beruhigenden Botschaften des unerschütterlich optimistischen Rundfunks und den um Vertrauen werbenden Artikeln der Tageszeitungen Glauben zu schenken, in denen beziehungsvoll daran erinnert wurde, daß die Stadt Wien auch in ihrer Vergangenheit dem Ansturm kriegerischer Horden standgehalten hatte und aus Bedrängnis aller Art immer gestärkt und geläutert hervorgegangen war.

Fräulein Reimann hatte sechs Kriegsjahre in liebevoller Selbstpräservation verlebt, ohne an Leib oder Seele Schaden zu nehmen, und sie gedachte mit Gottes Hilfe auch noch jene Periode des Endkampfes zu überstehen, von der allerorten gesprochen wurde. Zwei Charakterzüge gestatteten ihr diese Gläubigkeit. Zum ersten war Therese Reimann seit ihrer Kindheit ein religiöser Mensch gewesen, dem es durch unbedingtes Vertrauen in die Allmacht und Güte des Himmels sowie häufige Kirchenbesuche und ein gottgefälliges Leben gelungen war, das unbeschwerte, wenn schon nicht ereignisreiche Dasein einer gerechten Christin zu führen. Sie hatte sich allen das Herz erregenden Affären mit großer Umsicht ferngehalten und vermochte, im Alter von dreiundsechzig Jahren, mit voller Berechtigung von sich zu sagen, daß sie niemals das willenlose oder schwache Opfer irgendwelcher Leidenschaften gewesen war.

Therese Reimann besaß keine lebenden Verwandten.

Sie interessierte sich nicht für Politik. Die Fähigkeit, Menschen um der Taten willen, die sie begingen, zu hassen, war ihr ebenso unbekannt wie jene andere, Menschen um ihrer selbst willen zu lieben. Das einzige Wesen, um dessen Wohlergehen und Seelenfrieden sie ernstlich besorgt schien, war sie selbst. Fräulein Reimann verrichtete ihre religiöse Andacht stets in der uneingestandenen Überzeugung, sich den Allmächtigen auf diese Weise ein wenig zu verpflichten, und sie gab von ihrem Gelde den Armen in der Hoffnung, daß ihr diese Wohltaten dereinst, in Form eines unbeschwerten Lebensabends, vergolten werden würden.
Der zweite Charakterzug, der Therese Reimann Zuversicht verlieh, war ihre ungemeine Vorsicht. Wer sich in Gefahr begibt, pflegte sie zu sagen, kommt darin um. Sie selbst hatte es durch sechs Jahrzehnte erfolgreich verstanden, sich nicht in Gefahr zu begeben, und sie vermochte sich kaum in die Mentalität von Menschen zu versetzen, denen ebendiese achtlose und hochmütige Bewertung des persönlichen Lebens eigen war.
Ein Mann, mit dem sie eine oberflächliche Bekanntschaft verband, hatte einst in ihrer Gegenwart einen Klassiker zitiert, indem er erklärte, nur der hohe Adel der Menschheit käme in die Hölle. Die anderen stünden davor und wärmten sich bloß. Fräulein Reimann war diese Bemerkung äußerst absurd erschienen. Aus welchem Grunde wohl sollte es erstrebenswert sein, zum hohen Adel der Menschheit zu zählen, wenn man dafür doch nur an eben jener Stelle landete, welche den Gottlosen, den Mördern, Trunkenbolden und Gewalttätern bestimmt war?
Nein, dachte Therese Reimann, nicht die Erlesenen und Auserkorenen wurden dem Fegefeuer überwiesen, sondern nur jene, die nicht verstehen wollten, daß Gott im

Himmel unser aller Herr ist, der keine anderen Götter neben sich duldet.
Den Krieg hatte die alte Dame hingenommen als eine Strafe für jene, die persönlichen Götzendienst trieben, und als eine Prüfung für alle Gutgesinnten. Es war der zweite Krieg, den das Fräulein voll Ergebenheit erlebte, und sein Ausbruch hatte ihr wenig wirkliches Herzeleid bereitet. Man mußte versuchen, mit Hilfe von Gebeten und frommen Werken sein Unheil von der Pforte des eigenen Heimes abzuhalten, dachte sie, und pries sich glücklich, niemals den Torheiten der Liebe erlegen und Mutter geworden zu sein. Nur für Menschen, die eine Familie und Angehörige besaßen, war die Zeit voll Verzweiflung und schwer. Wenn man allein in der Welt stand, mußte man es bloß verstehen, sich behutsam aus dem tollen Mahlstrom der Ereignisse zu halten, und es konnte einem kein Unheil widerfahren. Also dachte Fräulein Reimann und dankte in Früh- und Abendandachten ihrem Schöpfer für die Umsicht und Güte, mit welcher er sie behütete.
Als einzige Aufgabe ihres Lebens erschien ihr die Bewahrung von Gesundheit und persönlichem Besitz. Sie lebte gemäß den Vorschriften eines alten Hausarztes und hatte an keinen Beschwerden zu leiden. Da sie genügsam war, fand sie mit den Lebensmitteln, die sie auf die Abschnitte ihrer Karten erhielt, ein Auslangen und ersparte sogar gelegentlich eine kleine Menge von Mehl, Fett und Zucker, welche sie am Monatsende zur Bereitung eines Kuchens verwendete, den sie dann, an einem stillen Nachmittag und im Rahmen einer privaten Feierstunde, in kleinen Stücken verzehrte, während die Porzellanuhr mit dem vergoldeten Pendel stetig tickte und von der Straße herauf die Stimmen der Bauarbeiter klangen, die sich um die zerstörte Fassade des Hotels

Krantz bemühten. Die Beschädigung dieses Gebäudes anläßlich eines schon länger zurückliegenden Angriffes war es auch gewesen, die in dem alten Fräulein den Entschluß hatte reifen lassen, einen Teil seiner Güter, verpackt in Koffern und Kisten, hinunter in den Keller des Hauses zu schaffen. Es war durchaus möglich, daß auch ihre Wohnung eines Tages zu Schaden kommen würde, und obwohl Fräulein Reimann sich ein solches Ereignis in seinen Einzelheiten nicht vorzustellen vermochte, erschien es ihr nur richtig, ihm soviel wie möglich von seiner Schwere zu nehmen. Sie packte ihre dunklen, altmodischen Kleider, ihre vornehmen Schuhe, Bücher und Hausgeräte umständlich ein und ließ nur jene Gegenstände in der Wohnung zurück, deren sie täglich bedurfte. Zu diesen gehörte die Porzellanuhr mit dem vergoldeten Pendel, die ein Geschenk ihres Vaters darstellte und die sie, wenn die Sirenen heulten, stets voll Vorsicht in den Keller hinabtrug. Was die bescheidenen Schmuckstücke des Fräuleins betraf, so verwahrte sie die wenigen Ohrgehänge, Ringe und Ketten in einer silbernen Zuckerdose, an deren Deckel aus unbekannten Gründen ein Schloß angebracht worden war. Den Schlüssel zu ihm trug die alte Dame an einem schwarzen Samtband um den Hals. Die Pendeluhr und die seltsame Zuckerdose wanderten auf diese Weise viele Male hinunter in den dunklen Keller, der für Therese Reimann zum Inbegriff aller Sicherheit geworden war. Seine außerordentliche Tiefe, in drei Etagen unterteilt, seine meterdicken, von Alter und Nässe schwarzen Mauern und seine bogenförmig gewölbten Decken beeindruckten Therese Reimann mehr als alles, was sie auf ihrer Suche nach einem ratsamen Aufenthaltsort während der Luftangriffe je gesehen hatte. Sobald sie ihn betrat, fühlte sie sich geborgen. Hier konnte ihr nichts geschehen, dachte sie, wenn sie nervös dem Lärm mysteriöser Detonationen lauschte, der in die Tiefe drang. Wenn das elektrische Licht, wie dies fast regelmäßig der Fall war, während des Angriffs zu flackern begann oder gar erlosch, dann entzündete Therese Reimann eine Petroleumlampe, die sie auf eine leere Kiste in die Mitte des fast kreisrunden Bodens der dritten Etage gestellt hatte, faltete die Hände und sprach ein Gebet.

Ihre Besorgnis um persönliche Bequemlichkeit ließ sie nach und nach eine ganze Reihe von Gegenständen in diesen Kellerraum schaffen; einen Korbstuhl, Decken, Polster, Medikamente, eine Reserveflasche mit Petroleum, Lebensmittel und Kochgeschirr sowie schließlich einen Wassereimer, über dessen Funktion im Fall einer Katastrophe sie selbst sich nicht ganz im klaren war. Schließlich erwarb Fräulein Reimann noch eines jener gebrechlichen, für diese Verwendung eigens konstruierten Betten, die zu jener Zeit erhältlich waren, und richtete sich mit den genannten Gegenständen sowie ihrem in Kisten und Koffern verpackten Besitz das ein, was sie freundlich »ihre Ecke« nannte.

In dieser Ecke pflegte sie zu sitzen, eine Decke um die schmalen Schultern geschlungen, die Augen aufmerksam auf die Flamme der kleinen Lampe gerichtet. Meist bewegte sie leise die Lippen. Denn sie fand es beruhigend, in diesen Stunden eines erzwungenen Müßigganges zu beten. Sie betete für die vielen Unglücklichen in den Industriegebieten der Außenbezirke, die über weniger gute oder gar keine Schutzräume verfügten, sie betete für die Männer an den Abwehrgeschützen, für die Soldaten in den großen Flaktürmen und für jene anderen Soldaten in den silbernen Riesenflugzeugen. Sie betete für die Frauen, für die Kinder und für die Tiere. Ihr Herz war erfüllt von Sanftheit und Zuversicht, wenn sie so betete, von schwesterlichem Mitleid für Freund und Feind, und ihre lautlosen Lippen flehten: Laß es vorübergehen, Herr, laß es vorübergehen. Gewöhnlich kamen nur wenige Menschen in diesen Keller, nicht einmal die Bewohner des Hauses, wenn sie es verhindern konnten, denn es hatte sich mit der Zeit der einzige Nachteil dieses hervorragenden Schutzraumes herumgesprochen, nämlich der seiner absoluten Isoliertheit. Es mangelte ihm, eben *infolge* seiner Tiefe, ein Verbindungsgang mit den umliegenden Gewölben, und man war, bei einem Bombentreffer, in ihm gefangen wie in einer Mausefalle. Diese unangenehme Vorstellung hatte den Besitzer des Hauses veranlaßt, einer Baugesellschaft den Auftrag zur Grabung eines Durchbruches zu erteilen, eine Arbeit, die jedoch nur langsam vonstatten ging. Die Mauern des alten Kellers waren von überraschender Stärke und zum Teil aus festem Gestein. Jedes Stück mußte mühsam aus der Wand gebrochen und die entstandene Öffnung immer wieder gegen Einsturz gesichert werden. Fräulein Reimann verfolgte den Bau dieses Ganges mit Interesse, aber ohne Erregung. Ihr schien die relative Verlassenheit des Schutzraumes eher wünschenswert, und ihre Phantasie reichte nicht aus, um sich diesen Zustand des Eingeschlossenseins vorzustellen. Von vertikalen Gefahren aller Art glaubte sie sich bewahrt, an ihre horizontalen Folgeerscheinungen mochte die alte Dame nicht denken. Die Tiefe des Kellers war für sie ausschlaggebend. Um seine Abgeschlossenheit kümmerte sie sich nicht. Als Kind hatte Therese Reimann die Angewohnheit gehabt, sich bei Gewittern ins Bett zu legen in der Überzeugung, die senkrecht zuckenden Blitze könnten ihrem ausgestreckten Körper nichts anhaben. Der Keller des Hauses schien dem Fräulein deshalb eine völlig sichere Stätte, die zudem noch durch geringe Besuchtheit ausgezeichnet war. Weder bellende Hunde noch greinende Kinder störten die gespannte Ruhe der Stunden, in denen Gott die Sünder heimsuchte mit Feuer und Tod. Solange das elektrische Licht noch brannte, lauschte Fräulein Reimann mit Interesse den Meldungen des lokalen Rundfunks. Sie war die Besitzerin eines jener schwarzen Radioapparate, die von Staats wegen in Serienproduktion hergestellt wurden, und sie trug den kleinen Empfänger zusammen mit der Porzellanuhr und der Schmuckdose sowie ihren Dokumenten, Schlüsseln, Lebensmittelkarten und einer Versicherungspolice stets in den Keller hinunter, wenn die Sirenen heulten. Für den Empfang von Luftlagemeldungen unter der Erde hatte sie sich eine ingeniöse Methode zurechtgelegt, die es ihr erlaubte, den Telephonsender deutlich und klar zu vernehmen. Während sie mit der rechten Hand das blankgescheuerte Ende eines Kupferdrahtes hielt, den sie als Erdung in die hierfür bestimmte Stelle des Apparates gesteckt hatte, streichelte ihre Linke vorsichtig die Seitenwand des Empfängers, da Fräulein Reimann gefunden hatte, daß sich auf diese Weise eine erhöhte Tonstärke erreichen ließ. So verfolgte sie mit der Anteilnahme eines Feldherrn das Abrollen der feindlichen Operationen, wobei sie sich mit der Zeit in die Lage versetzt sah, die Bewegungen und Absichten der Kampfflugzeuge vorherzusagen. Bombengeschwader, die sich bei Mariazell nach Nordwesten wandten, um bei Melk die Donau zu berühren, pflegten überraschend den Kurs zu ändern und über den Wienerwald her die Stadt anzufliegen. Einzelflugzeuge, welche als über Stockerau kreisend gemeldet wurden, waren nicht selten die Vorboten eines schweren Angriffs auf die Industriegebiete des Nordostens. Berichtete die jugendliche Sprecherin des Luftschutzsenders von einer Formation, die entlang der Westbahnstrecke sich der Stadtmitte näherte, dann verzerrte sich das Gesicht Fräulein Reimanns um eine Kleinigkeit, und ihr Magen krampfte sich zusammen. Regungslos saß sie in solchen Fällen so lange da, bis schwere Explosionen und flackerndes Licht erkennen ließen, daß die Bomber in der Tat sich der Stadtmitte näherten. Therese Reimanns feuchte Finger schlossen sich um den Kupferdraht, und sie begann zu beten. Für die Frauen, die Soldaten, die Kinder, die Tiere, für die Schutzlosen, für die Unbehüteten.

Fräulein Reimann fürchtete sich niemals zu sehr vor dem unbekannten Grauen des Todes, der über ihr in stählernen Kolossen durch die Wolken raste, sie war nur von einem unbändigen Mitleid zu jedweder Kreatur erfüllt, die in solchen Stunden weniger geborgen, weniger in Sicherheit und weniger eins mit Gott dem Herrn war als sie selbst. Der Tod hatte für sie keinen Stachel, sie vermochte nicht, seine Gestalt in ihr Vorstellungsvermögen aufzunehmen als einen anschaulichen Begriff. Solange sie lebte, gab es ihn nicht. Starb sie aber, dann lag es an dem Allmächtigen, dem sie vertraute, sie aus seinen Händen zu nehmen ... Wenn dann, nach den ersten Bombeneinschlägen, in der weiteren Umgebung des Kellers irgendwo ein tiefgelegenes Kabel riß und das Licht erlosch, unterbrach Fräulein Reimann für eine kleine Weile ihre Andacht, um mit weißen Händen die Petroleumlampe zu entzünden, die auf der umgestürzten Kiste stand.

»Und wenn ich auch wanderte im finsteren Tal«, flüsterte sie, »fürchte ich kein Unheil ... der Herr ist mein Hirte, mir wird nichts mangeln. Er weidet mich auf einer grünen Aue und führet mich zum frischen Wasser ...«

Fräulein Reimanns dunkle Augen blickten mutig in das

schwache Dämmerlicht des Kellers und sagten den wenigen Menschen, die, gleich ihr, Zuflucht in ihm gesucht hatten: Seid ruhig. Nichts kann uns geschehen. ER behütet uns. Und zu sich selber sagte sie: Sei still, mein Herz.
So war es um das unerschütterte Vertrauen dieser alten Dame beschaffen, der dreiundsechzig Jahre eines ereignislosen Lebens, zwei grauenvolle Kriege, der Tod und das abstoßende Elend ihrer Mitmenschen im Verein mit dem Hunger von Millionen nichts hatten anzuhaben vermocht, weil sie auf Gott vertraute und niemanden mehr liebte als sich selbst.
Am Morgen des 21. März 1945, nachdem sie von der Frühmesse in einer nahegelegenen Kirche heimgekehrt war, machte sich Therese Reimann daran, in Ruhe ihre kleine Wohnung zu reinigen. Sie kehrte sorgfältig den Fußboden, wischte Staub von den Möbeln und versorgte einige Topfpflanzen mit frischem Wasser. Sie stieg die drei Stockwerke des Hauses hinab, um eine bescheidene Menge von Lebensmitteln einzukaufen und einige Briefe auf das Postamt in der Krugerstraße zu tragen. Fräulein Reimann pflegte Briefmarken stets einzeln oder gerade in jener Zahl zu erwerben, die sie augenblicklich benötigte. Auf dem Rückweg traf sie an einer Straßenecke eine Gruppe russischer Kriegsgefangener, die, geleitet von bewaffneten Soldaten, langsam und mit schleifenden Schritten zur Oper marschierte.
Wie *schmutzig* diese Menschen doch aussahen, dachte Fräulein Reimann, wie schmutzig und wie hoffnungslos müde. Sie würde die Gefangenen in ihre Gebete einschließen, versprach sie sich selbst und schritt rasch weiter, gestärkt durch den frommen Vorsatz. Wieder nach Hause gekommen, verwahrte sie die Lebensmittel in der Küche und warf dann einen Blick auf die Uhr. Es

war ein Viertel nach zehn, Zeit, das Radio einzustellen. Fräulein Reimann verabscheute alle Formen moderner Unterhaltungsmusik und schüttelte abfällig den Kopf, als die ersten Synkopen eines populären Liedes an ihr Ohr drangen. Doch da auch dieser allmorgendliche Rundfunkempfang seit einigen Monaten zu ihren lebenerhaltenden Maßnahmen zählte, setzte sie sich, der verhaßten Musik keine Beachtung schenkend, in die Nähe des Fensters und begann aufmerksam ein Paar Strümpfe zu stopfen. Um 10 Uhr 55 vernahm sie unbewegt die Stimme des Ansagers, die eine Abschaltung des Senders ankündigte, und sah sich, mit ein wenig Genugtuung, in ihren Ahnungen bestätigt: Ein Angriff auf Wien stand bevor. Fräulein Reimann unterbrach ihre Arbeit, legte in großer Ruhe alle die Dinge, die sie in den Keller mitzunehmen gedachte, auf den Tisch und fuhr dann fort, Strümpfe zu stopfen. Etwa zehn Minuten später, als sie hörte, daß in Bälde mit Fliegeralarm zu rechnen sei, löste sie den Kontakt des Radioapparates, verwahrte ihn, zusammen mit der Schmuckdose und ihren Dokumenten, in einer geräumigen Einkaufstasche und verließ, nachdem sie die Porzellanuhr mit dem goldenen Pendel unter den Arm genommen hatte, schwer bepackt ihre Wohnung, deren Tür sie sorgfältig verschloß. Sie ging langsam die Treppe hinunter und begegnete auf ihrem Wege mehreren hastenden Menschen, die an ihr vorübereilten. Fräulein Reimann setzte vorsichtig Fuß vor Fuß. Im Hausflur traf sie den Priester einer nahegelegenen Kirche, einen großen, weißhaarigen Mann mit rotem Gesicht, der den Namen Reinhold Gontard trug und seit vielen Wochen den Keller ihres Hauses besuchte.

»Guten Morgen, Hochwürden«, sagte Therese Reimann. Er nickte und begann an ihrer Seite zu gehen.

»Die Sirenen werden gleich heulen«, erzählte das Fräulein.

»Ja«, sagte der Priester. »Es wurden viele Flugzeuge über Wiener Neustadt gemeldet.« Er griff nach ihrer Tasche. »Erlauben Sie, daß ich Ihnen helfe.«

»Danke«, erwiderte Therese Reimann. Sie hatten den Kellereingang erreicht. Zusammen stiegen sie die schmale Treppe in die Tiefe hinab.

## 3

Reinhold Gontard war in den Augen vieler Mitglieder seiner Gemeinde ein Mensch, der sich unter dem Einfluß des Krieges zu seinen Ungunsten verändert hatte. Diese Wandlung konnte allerdings nur Leuten auffallen, die ihn seit längerem kannten, denn sie war sehr allmählich und in feinen Abstufungen vor sich gegangen. Aber er hatte sich verändert. Man vermochte es genau an der unterschiedlichen Innigkeit und Konzentration zu bemerken, mit welcher der Priester in letzter Zeit seinen religiösen Pflichten nachkam. In seinen Messen, in der weltanschaulichen Auslegung von Bibelstellen, ja, selbst im Beichtstuhl – überall war an seinem Gehabe deutlich eine nervöse Spannung und seelische Zerrissenheit festzustellen, die zu ergründen oder beim richtigen Namen zu nennen freilich niemand vermochte. Es schien, als würde Reinhold Gontard von einem schweren Kummer geplagt, als wäre er in ein tiefes Dilemma geraten, aus dem es keine Rettung gab. Wie ein Träumender durchschritt er das Ritual seines Berufes. Welche Handlung immer er auch im Dienste der Kirche verrichtete – stets hatte man den Eindruck, als wäre er mit seinen Sinnen anderswo, weit fort, beschäftigt mit wenig tröstlichen

Problemen. Es besteht kein Zweifel darüber, daß Reinhold Gontard im Frühling des Jahres 1945 ein schlechter Priester war, was manche schmerzlich berührte, die sich in der Not und Ratlosigkeit der Zeit an ihn mit der Bitte um Stärkung wandten.

Reinhold Gontard trank. Er trank seit vielen Monaten, und wenn er es zuerst heimlich und unter Anwendung aller erdenklichen Vorsicht getan hatte, so war es ihm in letzter Zeit sichtlich gleichgültig geworden, was seine Umwelt von ihm hielt. Er brachte es zwar noch immer zuwege, lange nach Mitternacht unter dem Einfluß starker alkoholischer Getränke zu Bett zu gehen und um halb sieben Uhr morgens, obschon mit geröteten Augen und an heftigen Kopfschmerzen leidend, eine Frühmesse zu zelebrieren, aber wer seine Finger ansah, wenn sie ein brennendes Streichholz hielten, der brauchte kein Arzt zu sein, um zu wissen, welchem bürgerlichen Laster Reinhold Gontard verfallen war. Nun trank der Priester beileibe nicht, weil es ihm übergroßen Spaß bereitete, sondern aus einem ganz anderen, wesentlicheren Grund. Ein Mensch, der Geschmack an alkoholischen Getränken findet, der trinkt, weil es ihm Vergnügen macht zu trinken, so wie es einem anderen Vergnügen macht zu essen, wird niemals ein Säufer werden. Dem wirklichen Alkoholiker ist die Branntweinflasche im Grunde ein Ekel, sie stößt ihn ab, der Geruch der Flüssigkeit und ihre Konsistenz widerstreben ihm. Für ihn enthält das Glas, das vor ihm steht, Medizin, und zwar Medizin einer unangenehmen Art, wie etwa Lebertran für ein Kind. Er trinkt nicht, um sich zu amüsieren. Er trinkt, um zu vergessen, um nicht erinnert zu werden. Der wirkliche Alkoholiker hat einen Grund für seine Verfehlungen, einen sehr ernsten Grund zuweilen. Mit dem Priester Reinhold Gontard war es so beschaffen: Er haderte mit einem Gott, an den er nicht länger zu glauben vermochte und dem zu dienen er doch verpflichtet war. In dieser für einen Mann seines Standes unerträglichen Lage hatte er damit begonnen, sich zu betrinken.

Um jenen Vorgang zu begreifen, muß man wissen, daß Reinhold Gontard aus einer alten Bauernfamilie in der Umgebung von Kolmar im Elsaß stammte. Seine Mutter wünschte, daß er ein Geistlicher werden sollte. Nach dem Besuch eines humanistischen Gymnasiums trat Reinhold Gontard, vollkommen einverstanden mit der für ihn in Aussicht genommenen Laufbahn, deshalb in eine Klosterschule ein und wurde, dem Wunsche seiner Mutter gemäß, ein Priester. Was ihn bald vor anderen auszeichnete und besonders erscheinen ließ, war die Intensität seines Glaubens an Gott und dessen unergründlichen, gütigen Ratschluß. Reinhold Gontard glaubte an die Worte der Heiligen Schrift und an die Weissagungen der Propheten, er glaubte an das ewige Leben, eine Auferstehung vom Tode, an eine Vergeltung guter Taten und eine Vergebung unserer Schuld, an Gottes Liebe für die Menschen und an eine himmlische Gerechtigkeit. Nach diesen beiden letzten Begriffen, der alles umfassenden Liebe Gottes und der Gerechtigkeit des Himmels, gestaltete Reinhold Gontard sein Leben. Er erzog sich selbst zu Toleranz, Wahrhaftigkeit und einem tätigen Interesse für seine Mitmenschen. Er war stets bemüht, aufrichtig und duldsam zu sein, und da er von Natur eine ausreichende Menge gesunden Menschenverstandes mitbrachte, schien es, als ob die Kirche, die Künderin der Lehre Christi, in ihm einen wertvollen Priester gefunden hätte, der ihr sein Leben widmete. 1939 war Reinhold Gontard achtundvierzig Jahre alt, und seine hellen Augen hatten so viel gesehen, daß sie die aufgefangenen Bilder des Nachts, wenn er die Lider schloß, um einzuschlafen, bunt wie ein Kaleidoskop auf sein Gehirn reproduzierten und ihn quälten. Er hatte Männer unter Galgen gesehen, Frauen mit zertretenen Gesichtern und blutigen Körpern. Brennende Gotteshäuser, bespiene Hostien. Lästerliche Plakate, brüllende Menschenmassen und Fahnen. Fahnen und Fahnen.

In dieser Zeit begann der Priester Reinhold Gontard mit aller Kraft seiner Seele zu beten. Er betete abends, wenn er allein war, und er betete des Tags mit seiner Gemeinde. Er bat um Frieden. Um Gerechtigkeit. Um die Freiheit aller Menschen von Hunger und Furcht. Und wieder um Gerechtigkeit. Und wieder. Um Gerechtigkeit. Der Priester Reinhold Gontard betete sechs Jahre lang. Viele Tausende Menschen beteten mit ihm. 2000 Tage und 2000 Nächte verrichtete Reinhold Gontard seine Andacht, und er wußte, daß sich nicht nur in seiner, sondern auch in allen anderen Kirchen der Stadt Hände falteten, nicht nur in dieser Stadt, sondern im ganzen Lande, in allen Ländern Europas, auf allen Kontinenten, auf der ganzen Welt. Millionen Menschen aller Rassen, aller Nationen baten den Schöpfer des Himmels und der Erde um Gerechtigkeit, um diese allein. Der gewaltige Chor ihrer Gebete stieg auf zu den fernen Sternen, verlor sich im Weltall und kehrte wieder als Echo von den Enden des Kosmos.

Hilf uns, o Herr, beteten die Gläubigen.

Und jene, welche ihren Glauben verloren hatten aus dem einen oder anderen Grund, beteten gleichfalls: Hilf uns, o Herr, so es Dich gibt.

Aber Gott hörte nichts von all dem und half den Gerechten nicht und nicht den Ungerechten.

Es war möglich, sich vorzustellen, dachte Reinhold Gontard, wenn er manchmal noch über dieses Thema grübelte, daß es zu jener Zeit, da er um Gerechtigkeit betete, in der unendlichen Schöpfung zu Ereignissen kam, von denen er sich zwar keine Vorstellung machen konnte, die jedoch in bezug auf Gewichtigkeit jene seiner eigenen Misere ganz ungeheuerlich überstiegen. Wenn Gott aber wirklich allmächtig war, wenn es eine herrschende Macht des Guten über das Chaos gab, dann war es undenkbar, daß, aus Zeitmangel oder unterschiedlicher Dringlichkeit, der eine Planet neben dem anderen vernachlässigt wurde.

Gottes Mühlen mahlen langsam, überlegte Reinhold Gontard. Geduld ist die größte aller menschlichen Tugenden. Ein Tag wird kommen, der dies alles endet ... aber warum müssen wir sechs Jahre auf sein Kommen warten? Gottes Mühlen mahlen langsam. Warum mahlen sie nicht schneller, wenn damit einigen Millionen Menschen das Leben gerettet werden könnte?

Was ist der Sinn dieser chaotischen Welt? Was ist ihr Sinn?

Reinhold Gontard war ein einfacher Mensch. Deshalb verwirrte ihn diese offenbare Sinnlosigkeit des Zeitgeschehens, seine barbarische Zerstörungswut, seine blinde Mordlust, seine Dummheit zutiefst. Was war der Sinn des Krieges? Eine bessere Welt zu schaffen. Aber war es nicht schon der Sinn des letzten gewesen, Kriege für immer unmöglich zu machen?

Wieder und wieder sprach Reinhold Gontard seine Gebete. Manchmal redete er sich in Zorn, häufig weinte er über die eigene Schwäche. Gott der Allmächtige blieb stumm.

Da geschah es eines Nachts, daß der Priester, irgendwo in der Vorstadt, auf dem Heimweg einem Mann begegnete, der betrunken war. Dieser gab ihm im Verlauf einer halben Stunde seine eigene bittere Ansicht über die Person des Herrn der Heerscharen.

»Ein Verbrecher«, sagte dieser Mensch. »Ein Verbrecher – oder ein Idiot.« Er schluckte und hielt sich an der Schulter des Priesters fest, der einen unauffälligen Mantel trug.

»Ich war ein Soldat«, fuhr der Trunkene fort, »verstehst du mich? Ich war in Polen, in Frankreich und schließlich in Rußland. Ich habe in diesem verfluchten Krieg eine halbe Lunge verloren. Deshalb bin ich jetzt hier, zu Hause. Ich hätte ebensogut in Kiew bleiben können, denn in ein paar Jahren liege ich doch unter der Erde. Mir erzählt keiner etwas. Ich habe mehr erlebt, als ich je werde begreifen können, viel mehr. Und ich sage dir: Gott ist entweder ein Verbrecher oder ein Idiot. Denn entweder konnte er diesen Krieg nicht verhindern – dann ist er nicht allmächtig, sondern ein Idiot. Oder er wollte es nicht. Dann muß er ein Verbrecher sein.«

Gottes Mühlen mahlen langsam. Die Mühlen eines Verbrechers, die Mühlen eines Idioten. Eines Verbrechers. Oder eines Idioten. Der Priester Reinhold Gontard stand mit einem betrunkenen Kriegsinvaliden unter den kahlen Bäumen der Grinzinger Allee und lachte. Denn beten konnte er nicht mehr.

Am nächsten Morgen, gelegentlich seines Dienstes als Beichtvater, vernahm er, ins Ohr geflüstert durch einen dünnen roten Samtvorhang, die Sünden des Fräulein Reimann, die von garstigen Gedanken, verwerflichen Handlungen und bösen Wünschen sprach. Die Sünden der alten Dame waren sehr klein, und der Priester begriff an diesem Tage überhaupt nicht, daß es Sünden waren.

»Dir ist vergeben«, sagte er, und Fräulein Reimann entfernte sich, eine fromme Danksagung auf den Lippen, mit trippelnden Schritten. Bald danach begann Rein-

hold Gontard zu trinken, zunächst in mäßiger Weise, manchmal nur, wenn sein Kummer zu groß für ihn wurde und er ihn vergessen wollte. Wenn er vergessen wollte, daß er an Gott zweifelte. Er lebte nicht zu schlecht in dieser Zeit, denn die veredelten Derivate des Äthylenhydroxyds wirkten auf sein Nervensystem beruhigend und tröstend ein, wie sie es seit Jahrtausenden tun. Erwachte er des Morgens, fiel das Licht der Sonne auf sein Bett und sang ein Vogel in dem kleinen Garten hinter dem Kloster, dann bedurfte der Priester manchmal einer langen Weile, um sich daran zu erinnern, daß er in Gefahr stand, seine Seele zu verlieren. Doch bald kamen ihm wieder die Worte jenes Mannes ins Gedächtnis, der eine halbe Lunge hergegeben hatte und nicht wußte, für wen, des Mannes, der Gott verfluchte und an nichts mehr glaubte, und er sah sich gezwungen, von neuem zu trinken.
Einige Monate eines solchen von Alkohol bestimmten Lebens brachten Reinhold Gontard die Überzeugung, daß er nicht länger ein Diener Gottes zu sein vermochte, weil seiner Seele der Eifer und seiner Sprache die Kraft der Überzeugung fehlte, weil er bestenfalls lateinische Litaneien singen, Sterbenden Sakramente geben und alte Frauen von ihren lächerlichen Sünden freisprechen konnte, ohne sich dabei etwas zu denken. Das vermochte er noch. Aber den Bedrückten und Unglücklichen, den Kranken und Verzweifelten wirklichen Trost durch die Verkündung und Auslegung göttlicher Wahrheit zu bringen – das vermochte er nicht mehr.
Der Krieg würde zu Ende gehen, die Mächte der Finsternis würden über kürzere oder längere Zeit zu Boden geworfen werden – aber auch ein kommender Friede konnte Reinhold Gontard keine Erlösung schenken. Er war ungeduldig, schrecklich ungeduldig geworden und

wollte nicht mehr warten. Ein Gebet, das erst beantwortet wurde, wenn schon alles verloren und nicht wiedergutzumachendes Unheil geschehen war, entbehrte seines Sinnes und konnte ebenso unterbleiben. Reinhold Gontard vermochte Gott dem Allmächtigen nicht zu verzeihen, daß er seinem aus dem Herzen kommenden Flehen nicht rechtzeitig Gehör geschenkt und den Dingen, wie es schien, ihren Lauf gelassen hatte. Er vermochte ihm nicht zu verzeihen, und er vermochte ihm nicht länger in Ergebenheit zu dienen. Es kam ihm, gemäß seiner orthodoxen Erziehung, nicht in den Sinn, aufrührerisch mit seinem Herrn zu Gericht zu gehen, er bekümmerte sich bloß über ihn und fand, daß er ihm viel Schmerzen bereitete. Er grübelte, beklagte die Zeit und ihre unglücklichen Menschen und verlor seinen Glauben. Sonst tat er nichts.
Allein im Zustand der Trunkenheit fand er noch Ruhe. Dann erschien ihm das Dasein als ein himmlisches Gleichnis, als eine Parabel, die Grenzen zwischen Tag und Traum verschwammen, es gelang ihm, die Schattengestalten seiner Phantasie lebendig werden zu lassen und eine Welt zu bauen, wie sie sein Herz ersehnte. In der Unwirklichkeit solcher Stunden glaubte er manchmal, die überwältigende Größe der Weisheit zu begreifen, die hinter den Vorgängen der Gegenwart stand und ihnen Sinn verlieh. Gleich einem Träumer jedoch, dem sich im Schlaf ein Wunder offenbart, gelang es ihm niemals, seine Erkenntnisse hinüberzuretten in jene andere Metamorphose, das Leben. Aber wennschon sie ihm zu nichts nützten, machten sie ihn doch glücklich für die kurze Zeit seiner Berauschtheit. Deshalb hatte sich der Priester Reinhold Gontard dem Trunk ergeben und irrte verloren durch die Wirklichkeit eines erbarmungslosen Alltags. Deshalb schien es einigen Mitglie-

dern seiner Gemeinde, als habe der Krieg ihn zu seinem Nachteil verändert.

Monate gingen hin, der Krieg setzte neue Landstriche, blühende Städte und Dörfer in Flammen, ließ Hunderttausende auf häßliche, qualvolle Weise das Leben verlieren – für Reinhold Gontard geschah all dies ohne tieferen Sinn, chaotisch und erschreckend, oder, in seinen Delirien, im Gleichnis.

Als er am 21. März 1945, etwa eine Viertelstunde nach elf, von einem bevorstehenden Luftalarm in Kenntnis gesetzt wurde, verließ er sein Arbeitszimmer ohne jede Bewegtheit, ohne Freude, ohne Furcht, ohne Anteilnahme. Der Krieg spielte sich für ihn nur noch auf einer Bühne ab, nach dem Willen eines unberechenbaren Regisseurs, dessen ergebener Diener er einst gewesen war. Vor dem Portal der Josephskirche traf er auf eine große Menschenmenge, die sich schutzsuchend in die Kapuzinergruft drängte. Frauen, junge Mädchen, alte Männer, Kinder.

Geschrei und Lärm, dachte Reinhold Gontard, Dummheit und Eitelkeit. Warum sollten wir uns bewahren wollen? Es war doch ganz vergeblich. Langsam ging er über den nassen Platz und sah kurz zu den Wolken empor, aus denen feiner Regen floß. Ein Knabe weinte. Menschen liefen an ihm vorüber. Wozu die Eile? dachte der Priester. Wozu die Hast? Jeden von uns wird der Tod ereilen, einmal, irgendwann, zu einer unsinnigen Stunde. Denn auch der Tod steht unter dem Gesetz eines Gottes, der an den Geschehnissen auf dieser Erde keinen Anteil nimmt.

Im Flur des alten Hauses, dessen Keller er seit längerem bei derartigen Anlässen besuchte, begegnete Reinhold Gontard Therese Reimann. Sie stiegen gemeinsam in den von mehreren Glühbirnen erhellten Schutzraum hinab.

»Wer hat hier das Licht angezündet?« wunderte sich die alte Dame.
»Vielleicht ging schon jemand voraus«, meinte der Priester.
»Aber dies war immer ein privater Luftschutzraum«, erwiderte Fräulein Reimann verstimmt. »Es ist doch unmöglich, daß fremde Menschen einfach von der Straße herein zu uns kommen.«
»Warum sollte man es ihnen verwehren«, sagte Reinhold Gontard. »Der Keller ist groß.«
Als sie die dritte Etage des Gewölbes und damit den Grund des Schachtes erreichten, sahen sie in der Mitte des Raumes auf einem gebrechlichen Feldstuhl eine junge Frau sitzen, neben der ein kleines Mädchen stand.
»Verzeihen Sie«, sagte die Fremde, »daß wir hierhergekommen sind. Der Keller ist so tief. Dürfen wir hierbleiben?« In ihren Augen brannte flackernde Angst. Das Kind spielte mit einer Puppe. Fräulein Reimann neigte ergeben den Kopf, und in Erinnerung an eine Stelle der Heiligen Schrift, in welcher es heißt, man müsse denen, die in Not geraten sind, helfen, nicht nur mit Worten, sondern auch mit Taten, erwiderte sie. »Bitte, bleiben Sie bei uns. Es ist Platz für alle.«

## 4

Von den einunddreißig Jahren ihres Lebens hatte Anna Wagner das letzte in einem Zustand beständiger, nicht enden wollender Furcht verbracht. Seit dem Tag im Mai 1944, da ihr Mann sie verließ, um zu seiner Einheit an die Ostfront zurückzukehren, war dieses lähmende Angstgefühl nicht mehr von ihr gewichen. Die Angst saß auf ihrer Brust wie ein Alp, wenn sie schlief, sie hielt sie am Genick und schüttelte sie wie ein Puppenspieler eine Marionette. Anna Wagner hatte ihr Dasein diesem Furchtgefühl untergeordnet, sie existierte nur wie ein Schatten ihrer selbst, bleich, zitternd und hilflos. Zuerst war es Einsamkeit gewesen und Sehnsucht nach ihrem Mann, die sie die Zukunft fürchten und die Gegenwart hassen ließen. Sie hatten sich ganz auf den Menschen bezogen, der ihr Gatte war und irgendwo, zwischen Cherson und Poltawa, im Schlamm hinter einem Maschinengewehr lag und Menschen erschoß, die er nicht kannte. Der Unteroffizier Peter Wagner pflegte ihr, wenn er auf Urlaub kam, tröstend zu versichern, daß *er* es schon verstehen würde, sich vor den Gefahren des Krieges zu bewahren, aber seine Frau ahnte, daß dies ein leeres Versprechen war. Man konnte sich nicht fernhalten von Vernichtung und Todesgefahr, wenn man in Rußland kämpfte. In der letzten Nacht, die Anna Wagner mit ihrem Mann verbrachte, ehe er über den Ostbahnhof die Stadt verließ, griff die Furcht zum erstenmal nach ihr mit eiskalten Fingern. Sie preßte sich wild gegen den Körper des schlafenden Mannes an ihrer Seite und schluchzte in das Kissen, bis er erwachte und sie streichelte.

»Warum mußt du fortgehen ...«, stammelte sie, blind vor Tränen. »... Warum mußt du fortgehen?«

»Ich werde wiederkommen«, sagte der Unteroffizier Peter Wagner, der von Beruf Eisendreher war und den Krieg haßte. »Es kann nicht mehr lange dauern. Sei ruhig, Anna. Ich werde wiederkommen.«

Sie klammerte sich an ihn und preßte ihr Gesicht an das seine.

»Geh nicht fort«, flüsterte sie verzweifelt. »Bleib bei mir. Bitte, bleibe bei mir!«

Er schwieg, und seine schweren Hände glitten über ihren Rücken. Vor den Fenstern, in der Dunkelheit, heulte die Sirene einer Lokomotive, die über den nahen Bahndamm fuhr. Der Mann schloß die Augen.

»Ich komme wieder«, sagte er. »Bald, Anna.«

Am nächsten Morgen fuhr er fort. Seit diesem Tag war Anna Wagner der Furcht verfallen, auf endgültige, beständige Weise. Sie sprach mit niemandem darüber, mit Evi, ihrer kleinen Tochter, nicht und nicht mit ihrer Mutter. Und auch in ihren Briefen an Peter Wagner erzählte sie kein einziges Mal von ihr.

»Lieber Mann«, schrieb sie, »uns geht es allen gut. Wir denken stets an Dich. Hier ist es schon ganz warm, und im Park blühen viele Blumen. Ich liebe Dich sehr. Deine Frau.« Sie verrichtete ihr Tagwerk, brachte die kleine Evi in den Kindergarten und half ihrer alten Mutter bei der Arbeit. Immer aber hielt sie die Furcht an der Kehle. Frühling und Sommer, Tag und Nacht. Aus wirren Träumen fuhr sie schweißgebadet und schreiend empor, weil sie Peter gesehen hatte, blutend, ohne Beine, im Schnee und tot. Wenn sie ein Lichtspieltheater besuchte und die Fanfaren der Wochenschau ertönten, biß Anna Wagner die Zähne in das Fleisch ihrer Lippen, um nicht zu schreien vor Schmerz. Hörte sie die Verlesung des täglichen Heeresberichtes im Rundfunk, klopfte ihr Herz wie ein Hammer, wenn von zähem Hinhalten und von tollen Vorstößen deutscher Truppen im Osten gesprochen wurde. Anna Wagner hatte kein Interesse am Ausgang dieser Unternehmungen, sie kümmerte es nicht, wer diesen Krieg gewann und wie, sie wollte nur ihren Mann bei sich sehen, gesund und unverletzt. Sie lehnte Diskussionen über Recht oder Unrecht, die Notwendigkeit eines Kampfes und die Gewißheit des schließlichen Sieges ab, in der dunklen und gefühlsmäßigen Erkenntnis, daß es all dies nicht gab: daß die Arbeiter aller Länder, die Armen und Mindergeborenen seit Beginn der Zeit

dazu verurteilt waren, für andere zu kämpfen und für andere zu sterben, ohne zu wissen, warum, ohne danach zu fragen. Zu sterben für Menschen, die vor dem Krieg nicht Furcht empfanden wie Anna Wagner, weil sie darauf vertrauten, daß ihrer internationalen, die ganze Erde umspannenden Brüderschaft des Todes niemals etwas geschehen konnte.
Aber wer waren diese Menschen? Wo lebten sie?
Anna Wagner ahnte, daß sie sich gut verbargen hinter tausend Gestalten und Masken, hier und anderswo und doch nirgends erreichbar. Und doch nirgends zur Rechenschaft zu ziehen für diesen Krieg oder den letzten oder einen, der noch kommen sollte. Für sie und ihresgleichen, dachte Anna Wagner, war das Spiel so und so verloren, heute und in alle Ewigkeit. In dieser Resignation, in dieser Abkehr von einem Zustand, der sie eigentlich hätte wenig von ihrem Leben halten lassen sollen, begann Anna Wagner sich seltsamerweise vor dem Tode zu fürchten, als sie im Sommer des Jahres 1944 erkannte, daß sie guter Hoffnung war.
Damals fielen die ersten Bomben auf Wien, und sie fand staunend, daß man so elend nicht sein kann, um nicht das Leben zu lieben von ganzem Herzen.
Anna Wagner wohnte in einem großen Haus nahe der Reichsbrücke. Zwischen dem Strom und der Straße liefen die Geleise der Nordbahn. Endlose Züge mit Kriegsmaterial rollten auf ihnen vorbei, und aus den Schloten der Stahlwerke ringsum stieg trüber Rauch, der des Nachts gemengt war mit feurigen Funken.
Der erste Angriff auf diese Anlagen brachte Anna Wagner, während sie zitternd und halb ohnmächtig vor Angst, gequält von Übelkeit und der schreckhaften Anfälligkeit ihrer Schwangerschaft in dem seichten Keller des Hauses hockte und dem irrsinnigen Toben der ein-

schlagenden Bomben lauschte, den Entschluß, dem Tod, der ihr an diesem Tage gewiß schien, zu entfliehen. Sie wollte sich, beschloß sie, in Sicherheit begeben mit ihren beiden Kindern, dem lebenden und dem noch ungeborenen, heraus aus dem unheimlichen Hexenkessel der Industriegebiete. Und so machte sich Anna Wagner, wann immer der Anflug feindlicher Flugzeuge gemeldet wurde, von nun an auf, um in die Innere Stadt zu fahren. Zuerst gab es noch Straßenbahnen, die Menschen hatten ein Einsehen mit ihrem Zustand und rückten zusammen, damit sie sich setzen konnte. Auch auf die Meldungen des Rundfunks konnte man sich verlassen. Später, als ganze Schienenstränge verbogen gegen den Himmel ragten und sich in den Trichtern auf der Straße das Regenwasser sammelte, waren die Tausende, die gleich Anna Wagner sich auf derselben Wanderung befanden, auf Motorräder angewiesen, auf Lastkraftwagen und Pferdefuhrwerke. Die Zeit drängte. Eine neue Rücksichtslosigkeit kam auf. Manchmal heulten die Sirenen ohne jede Warnung. Man wußte nicht mehr, ob man die Innenstadt erreichen würde, wenn man seine Heimstätte mit dem Ertönen jenes ominösen Vogelrufes im Rundfunk verließ, der das erste Warnungssignal darstellte.

Da beschloß Anna Wagner, sich täglich, bei gutem und schlechtem Wetter, gegen neun Uhr morgens mit Evi auf den Weg zu machen. Wenn die beiden Glück hatten, nahm ein Wagen sie mit bis zum Praterstern oder bis zur Schwedenbrücke. Meistens mußten sie gehen. Aber das tat nichts. Denn plötzlich gab es kein Hasten mehr. Hatte man sich einmal an diesen neuen Lebensstil gewöhnt, so war alle Eile unnötig. Die Zeiger der Uhr bewegten sich geduldiger, und sogar ein Teil der Angst entfloh, wenn man sich derart umsichtig auf die Begegnung mit dem

Tod vorbereitete. Langsam ging Anna Wagner, ihre kleine Tochter an der Hand führend, über die schmutzigen Straßen, um sich zu schonen und nicht zu überanstrengen. Manchmal blieb sie stehen, ruhte sich aus und dachte mit Sehnsucht an ihren Mann, während kleine Schweißperlen von ihrer bleichen Stirn rollten.

Dies war Anna Wagners Tageslauf: Gegen sieben Uhr morgens weckte sie ihre Tochter, wusch und kleidete sie mit Sorgfalt, reinigte die kleine Wohnung und nahm in Ruhe das Frühstück ein. Sodann füllte sie am Abend zuvor bereitetes Essen in flaches Blechgeschirr und verwahrte dieses, zusammen mit Geld, Dokumenten, einigen warmen Kleidern und Evis Lieblingspuppe, in einem alten braunen Koffer. Alle Fenster wurden geöffnet, die Gashähne geschlossen und die Eingangstür versperrt. Verfolgt von den Blicken der Zurückbleibenden, verließen die beiden dann das Haus: das kleine Mädchen unbekümmert und fröhlich über die zerstörte Fahrbahn hüpfend, die schwangere Mutter aufrecht und etwas hochmütig, da sie ahnte, daß ihre tägliche Wanderung von vielen besprochen wurde.

Auf der Hauptstraße reihten sie sich ein in den Zug der von der Donau kommenden Flüchtlinge: viele Frauen und Kinder mit Rucksäcken, kleinen Wagen, Taschen, Paketen und Koffern. Ohne sich zu empören über das Nomadendasein, das sie seit Wochen führten, wanderten alle diese Menschen in derselben Richtung, so, wie sie gestern wanderten und vorgestern, und wie sie morgen wandern würden und übermorgen und alle Tage. Die Angst vor dem Tod war groß. Größer als sie war die Macht der Gewohnheit, die sie dieses lächerlich unwürdige, häßliche und verächtliche und doch so geliebte Leben ertragen ließ. Sobald Anna Wagner mit ihrem Kind die Schwedenbrücke erreicht und überschritten hatte, glaubte sie sich geborgen. Unter dem Ersten Bezirk zog sich ein ausgebreitetes Netz von tiefen Kellergängen hin, in das man an vielen Stellen hinabsteigen konnte. Dort war Raum für Tausende, man fand stets Einlaß. Anna Wagner ging in beschaulicher Ruhe den Franz-Josephs-Kai entlang, bog in die Rotenturmstraße ein und blieb vor den Auslagen der Geschäfte stehen, die ihre Waren zur Schau stellten. Sie betrachtete kostbare, durch kleine Karten als unverkäuflich bezeichnete Pelze, seidene Kleider, Schuhe, Schmuck, Bücher, Bilder und Spielzeug. Langsam wanderte sie in ihrem blauen, nicht mehr ganz neuen Mantel durch die von Menschen erfüllten Straßen, sah die Anzeigekästen der Filmtheater an und fühlte sich wunderbar ruhig.

Da ihre Niederkunft gegen das Ende des Monats März zu erwarten stand, hatte der Arzt, den sie besuchte, für sie einen Platz in einem Entbindungsheim reservieren lassen, das sich auf dem Lande, in der Nähe von Alland, befand. Diese idyllisch gelegene Klinik war eine sichere Stätte des Friedens. Mit großen Kreuzen in roter Farbe auf dem Dach und mehreren Fahnen hatte man sie klar als Spital gekennzeichnet, und da sie überdies fern allen Industrieanlagen stand, war anzunehmen, daß sie keinem Fliegerangriff ausgesetzt sein würde. Frauen, die in ihr entbanden, trafen eine Woche vor der Niederkunft ein und blieben danach noch vierzehn Tage, um sich zu erholen. Anna Wagners Abreise war auf den 22. März festgesetzt worden, und sie erwartete sie mit Ungeduld. Sie hatte die Erlaubnis erhalten, ihre Tochter mit sich zu nehmen, und lebte in der Überzeugung, daß der Aufenthalt in Alland sie, wenn auch nur für drei Wochen, von ihrer Angst befreien und froh werden lassen würde. In dieser Erwartung unternahm sie ihre nun schon sehr anstrengenden letzten Wanderungen und sagte sich,

daß jeder Tag sie einen Tag näher an den 22. März heranbrachte.
Auf die eine Seite des Platzes vor der Stephanskirche schien um diese Zeit, wenn das Wetter schön war, die Sonne. Zusammen mit anderen, gleich ihr auf den Beginn eines Angriffs Wartenden, ließ Anna Wagner sich zuweilen hier nieder. Frauen saßen auf niederen Stühlen, lasen oder verzehrten mit ihren Angehörigen ein spätes Frühstück. Für diese Menschen gab es keine Eile, keine Berufspflichten mehr. Ihre einzige Arbeit schien ihnen in der argen Verschrecktheit ihres Herzens die Bewahrung des Lebens, die Überstehung der Heimsuchungen, die jeder Tag ihnen brachte. Es waren wenige Männer unter den Wartenden zu sehen, aber viele Kinder, die mit einer beinahe feierlichen Unbekümmertheit um ihre Umgebung sich einfachen Spielen hingaben, wie die Örtlichkeit sie gestattete.
Auf Evi Wagner war wenig von der Furcht ihrer Mutter überkommen. Für sie blieb die alltägliche Reise zur Stadtmitte ein erregendes Ereignis, dessen tieferen Sinn sie nicht verstand. Sie war froh, dem lästigen Zwang des Kindergartens entkommen zu sein, und freute sich der so erstaunlichen Freiheit, in welcher sie nun lebte, ja, sie hoffte im geheimen, daß dieser Zustand seliger Ungebundenheit noch lange währen würde. Evi Wagner war fünf Jahre alt.
Am Morgen des 21. März machte sie, während ihre Mutter mit geschlossenen Augen in der Sonne saß, die Bekanntschaft eines kleinen Jungen, der seine gleichaltrige Umgebung durch Darbietungen akustischer Art in ehrfurchtsvolles Staunen versetzte. Der jugendliche Imitator vermochte auf täuschend ähnliche, wennschon in bezug auf Lautstärke unproportionale Weise das Heulen von Sirenen, das Zischen der fallenden Bomben und den

Lärm der Abwehrgeschütze nachzuahmen, wobei er es verstand, all diese Einzelleistungen zu vereinen und so einen höllischen Spektakel zu verursachen, der seinen Zuhörern Schauer des Entsetzens über den Rücken jagte. Evi Wagner betrachtete den Knaben mit großen Augen und beneidete ihn ein wenig um diese seine Fähigkeiten, zu denen es auch gehörte, auf ungemein realistische Art, mit verzerrtem Gesicht, dabei die Arme hochwerfend, plötzlich unter gräßlichem Stöhnen zusammenzusinken, dermaßen einen zu Tode Getroffenen markierend.

Anna Wagner mußte ihren Namen zweimal rufen, ehe Evi sie hörte. Dann verließ sie mit einem letzten faszinierten Blick den genialen Imitator und folgte der Mutter, die, den kleinen zusammenklappbaren Stuhl und den alten Lederkoffer tragend, vorausgegangen war.

»Wir müssen uns beeilen«, sagte Anna Wagner. »Bald werden die Sirenen heulen.«

Sie war plötzlich wieder unruhig und in Eile, obwohl sie ihr Ziel eigentlich erreicht hatte. Ein Keller war in diesem Stadtviertel so gut wie der nächste, überall gab es Abstiege in das große Schutzraumnetz der Katakomben. Aber nun, in Erwartung des verhaßten Heulens, war in Anna Wagner wieder die Furcht erwacht und machte ihr das Atmen schwer.

Die Sirenen ... ein neuer Angriff ... Menschen würden sterben, bald schon, in einer Stunde vielleicht. Niemand von ihnen wußte, daß er vom Tode gezeichnet war. Du vielleicht, dachte die Frau, an Passanten streifend, oder du ... oder ich ... und Evi ...

Anna Wagner fühlte, wie sich ihr Rücken mit kaltem Schweiß bedeckte. Jeder Fliegeralarm, nein jeder neue Tag, so ereignislos er auch verging, war wie ein wenig

Sterben. Und die unendliche Wiederholung dieser Anspannung ihrer Nerven ließ ihr den Tod schrecklicher und schrecklicher erscheinen. Man stirbt, heißt es, nur einmal. Anna Wagner starb tausendmal und lebte immer weiter.

Nur heute noch, heute noch sollte nichts geschehen, dachte sie. Morgen befand sie sich schon in Sicherheit. Nur heute noch sollte Gott gnädig sein und ein Einsehen haben mit ihrer Not ... Eine große Ratlosigkeit überkam sie, als sie mit Evi so durch die Straßen eilte. Sie brachte es nicht über sich, zweimal den gleichen Keller aufzusuchen, immer war sie auf der Jagd nach einem neuen, besseren Aufenthaltsort. Selbst während der Angriffe irrte sie unter der Erde, bleich, zitternd, erbarmenswert. Sie schob ihre Tochter vor sich her in die Einfahrt eines Hauses, in der viele Menschen standen, änderte dann ihre Absicht und sagte: »Nein, komm. Wir wollen in einen anderen Keller gehen.«

Sie eilten die Spiegelgasse entlang und erreichten den Neuen Markt.

»Werden die Sirenen bald heulen?« fragte das Kind.

»Ja«, sagte Anna Wagner unglücklich, »bald.«

Ein Gebäude mit einem schwarzen, schmiedeeisernen Tor fiel ihr auf. Hier war sie noch nie gewesen ... Sie betrat den Flur.

»Wohin gehen wir?« verlangte Evi zu wissen.

»Hinunter«, antwortete die Mutter. »Vielleicht ist der Keller tief.« Sie tastete mit der Hand über die feuchte Mauer des dunklen Abstiegs und fand einen Lichtschalter.

»Lauf voraus«, sagte sie zu dem Kind, das singend die Treppen hinabeilte. In der ersten Etage blieb Anna Wagner stehen und sah sich um. »Es geht noch weiter!« rief Evi. Sie stiegen hinunter in die schwach erleuchtete

Tiefe. Anna Wagner holte Atem. Ein sonderbares Glücksgefühl überkam sie.
»Hier bleiben wir«, sagte sie laut. »Hier kann uns nichts geschehen.«
»Warum kann uns hier nichts geschehen?«
»Weil der Keller sehr tief ist.«
»Werden wir die Sirenen hören?«
»Nein«, sagte Anna Wagner. »Wir werden gar nichts hören. Es wird ganz still sein.«
»Wie in einem Grab!« rief das Kind und begann, belustigt über diese Vorstellung, fröhlich zu lachen. »Ein Grab, ein Grab! Wir sitzen in unserem Grab!«
Anna Wagner stellte den Koffer nieder und lauschte.
»Sei still«, sagte sie, »es kommt jemand.«
Von oben erklangen Stimmen, die sich näherten und lauter wurden. Zwei Schatten wanderten den Besuchern auf der Wand des Kellers voraus, dann erschienen sie selbst: Fräulein Therese Reimann und der Priester Reinhold Gontard.

## 5

Der Chemiker Walter Schröder war von der fixen Idee besessen, er könnte durch seine Arbeit den Ablauf des Gegenwartsgeschehens entscheidend beeinflussen.
Diese Absicht hatte sich erst während der letzten Monate in ihm gebildet und war für die Art und Weise verantwortlich zu machen, mit welcher der fünfunddreißigjährige, seiner beruflichen Stellung wegen vom Kriegsdienst befreite Anorganiker sein Privatleben vernachlässigte. Walter Schröder arbeitete in dem Laboratorium einer großen Fabrik im Süden Wiens, die sich mit der Herstellung von radiotechnischen Apparaten

beschäftigte. Schröder war einer der wenigen Chemiker des Werkes. Seiner Abteilung oblag die Produktion von Stromquellen aller Kapazitäten und Formen auf chemischer Basis. Er hatte sich in den acht Jahren seiner Tätigkeit auf diesem Gebiet umfassende Spezialkenntnisse erworben, die es ihm ermöglichten, auch mit minderwertigen Materialien erstaunliche Leistungen zu erzielen. Braunstein beispielsweise, der Hauptbestandteil der gebräuchlichen chemischen Elemente, war nur noch in minimalen Mengen und sehr schlechter Qualität zu bekommen. Schröder hatte in monatelangen Versuchen mit verschiedenen aktiven Kohlen, Graphit und Blattschwarz Ersatzmischungen gefunden, die den Ansprüchen, welche an sie gestellt wurden, vollständig genügten. Salmiak und Magnesiumchlorid, Agenzien, die zur Bereitung der Elektrolyte Verwendung fanden, erreichten die Verarbeitungsstätten in gefrorenem, verunreinigtem Zustand, gemengt mit Erde, Kohle und Eisenpartikeln, Stoffen also, die schwere Störungen in chemischen Elementen hervorgerufen hätten. Walter Schröder konstruierte Klärbecken, in denen sich diese Fremdkörper in kurzer Zeit absetzten. Er fand eine Methode, den Erweichungspunkt der für den Verschluß wichtigen Bitumenmassen zu steigern, es gelang ihm, das weiße Mehl der Elektrolytkleister teilweise durch Kieselgur zu tauschen, und er ersann ein einfaches Verfahren, die Korrosionsgeschwindigkeit der Zinkbecher zu reduzieren. Er tat all dies aus einer einfachen Freude an den Möglichkeiten, die seine Wissenschaft ihm gab, und es erfüllte ihn mit Genugtuung, wenn die Entladekurven seiner Anoden und Elemente über den festgesetzten Normen der Heeresabnahmestellen lagen. Er war ein ruhiger, unauffälliger Mensch, der viele Abende, lange nach Arbeitsschluß, experimentierend in seinem stets von Kohle und Ruß verunreinigten Laboratorium verbrachte, in seiner Freizeit die Werke der klassischen Philosophen las und sich bei der Lektüre Bleistiftanmerkungen in ein Taschenbuch machte. Walter Schröder war groß und leicht untersetzt. Seine Augen lagen hinter den starken Gläsern einer dunklen Hornbrille, und seine hohe Stirn im Verein mit einer geraden schmalen Nase machten sein Gesicht interessant. Das Bemerkenswerte an ihm war die stets untadelig aufrechte Haltung, mit der er sich bewegte. Sie blieb unbetont, aber sie fiel doch jedem, der ihn sah, sogleich auf.

Walter Schröder hatte eine Frau und zwei kleine Kinder, die er zu Beginn des vergangenen Jahres in ein kleines Hotel an einem oberösterreichischen See geschickt hatte, wo er sie gelegentlich besuchte. Seit etwa vierzehn Monaten lebte er allein in Wien, betreut von einer alten Haushälterin. Bis zum Sommer 1944 war er eine völlig alltägliche Erscheinung, durch nichts hervorragend oder absonderlich. Er nahm interessierten Anteil an dem politischen Geschehen der Zeit und trug die feste Überzeugung mit sich herum, daß ein verlorener Krieg das Ende seiner mühsam aufgebauten Existenz bedeuten würde. Aus diesem Grunde verschloß er sich allen Gerüchten, die geeignet waren, einen zersetzenden Pessimismus zu fördern, und verurteilte auf das schärfste jede Form von Schwarzmalerei anderer, ob sie nun durch eigene Erlebnisse oder beeinflußt durch heimlich abgehörte ausländische Sendestationen herrührte. Völlig unverständlich blieb ihm die Mentalität von Menschen, die, im Gegensatz zu ihm, einen ungünstigen Ausgang des Krieges herbeisehnten. Er nannte sie bei sich verantwortungslos und dumm, denn es war ihm klar, daß sie nicht ahnen konnten, was sie erhofften. Auch er bemerkte in der Struktur und dem Wesen des Regimes, welchem er diente, Stellen, die ihm unrecht erschienen. Aber er nannte sie im stillen »extreme Schattenpunkte«, wie sie überall auftreten, wo mit sehr hellem Licht hantiert wird, und erwartete, daß sie sich mit der Zeit neutralisieren und abschwächen würden.

Im übrigen sah er in seiner Furcht vor einer möglichen, alles vernichtenden Zukunft nicht die Ursachen und Hintergründe der Gegenwart und wäre imstande gewesen, jeder Institution von Macht mit Sympathie zu begegnen, welche diesen kommenden Schrecken aufzuhalten vermochte. Er glaubte bedingungslos alles, was ihm von seiten der Parteikollegen mitgeteilt und eingeschärft wurde, und war zudem bereit, jederzeit ihre Anordnungen zu befolgen, so dumm, grenzenlos grausam und destruktiv sie auch sein mochten.

Schröder hatte kein Gewissen. Er war »ein Mann ohne Herz«, wenn es sich um Personen handelte, die er und seinesgleichen als »Feinde des Reichs« bezeichneten. Ein Mann ohne Herz, den es leicht ankam, Unrecht zu tun, weil er an das Unrecht glaubte, weil er selbst ein Teil dieses Unrechts war.

Es mag bei der Schilderung seines Charakters auf dieser und folgenden Seiten der Eindruck entstehen, als wäre Schröders Stärke in eben diesem Umstand gelegen, daß er bedingungslos zu glauben vermochte, daß er auf diese Weise etwas vor seinen Mitmenschen voraushatte und daß dieser sein Glaube als Entschuldigung und Motivierung dienen könnte, als Idealisierungsgrund für alles, was Walter Schröder tat.

Dieser Auffassung zu begegnen, liegt zwar zutiefst im Wunsche, aber nur zu einem Teil in der Macht des Autors, zum anderen Teil jedoch in der des Lesers, der selbst erkennen muß, daß eine böse Tat darum nicht gut wird, weil man sie selbst dafür hält; daß es besser ist, an gar nichts als an das Unrecht zu glauben; und daß nicht Herzenskälte und Gefühllosigkeit uns helfen können, sondern Herzenswärme und ein tiefes Erbarmen mit allen Kreaturen dieser seltsamen Erde.

Im August 1944 reiste Walter Schröder nach Berlin, wo er drei Tage verbrachte. In ihrem Verlauf wurde er von einigen Offizieren einer militärischen Sonderstelle mit der raschesten Entwicklung eines Elementes betraut, das bei kleinstem Volumen größte Stromstärken abzugeben vermochte. Es wurde ihm bedeutet, daß man, rückblikkend auf seine bisherige Arbeit, großes Vertrauen in ihn setze. Man gab ihm zu verstehen, daß es an ihm lag, ein Gerät zu ersinnen, welches, als Teilstück einer anderen, größeren Erfindung, entscheidend zum Ausgang des Krieges beitragen konnte. Walter Schröder wußte, daß sich in dieser Zeit das System herausgebildet hatte, die Herstellung wichtiger Objekte zu dezentralisieren und Aufträge zur Produktion von Einzelbestandteilen an Firmen in verschiedenen Städten zu verteilen: einerseits der immer gefährlicher werdenden Luftangriffe wegen und andererseits, um es Unbefugten zu erschweren, Einblick in die Entwicklung geheimgehaltener Waffen zu nehmen. Eine Stromquelle, die bei kleinstem Rauminhalt für kurze Zeit stärkste Ströme abzugeben imstande war – Walter Schröder erkannte klar, was das bedeutete. Er hatte genügend über Raketengeschosse und ferngesteuerte Bomben gelesen, um zu wissen, daß diese zu ihrem Antrieb und Flug neben treibenden Kräften noch richtunggebender Impulse bedurften, um ihre Ziele zu erreichen. Als er die exakten Maße des zu ersinnenden Elementes und die technischen Anforderungen, die gestellt wurden, vernahm, bildete sich in ihm die Überzeugung, daß er tatsächlich an einem sehr ungewöhnlichen Projekt mitarbeitete. Dem Auftrag war eine sogenannte Dringlichkeitsstufe niederer Ordnung gegeben worden, die Eingeweihte gleichfalls hinlänglich von seiner Bedeutung überzeugen und viele Türen öffnen sollte.

Versehen mit einem oftmals gestempelten Schreiben, einer Kontoüberweisung der Deutschen Bank und mehreren Lichtpausen, verließ Walter Schröder Berlin über den zerstörten Anhalter Bahnhof in einem Zustand fiebriger Erregung. Im Zuge schon begann er Pläne zu schmieden. Nach Wien zurückgekehrt, machte er sich mit einem jungen Assistenten sofort an die Arbeit, indem er diesem zunächst den Auftrag gab, sich in der Bibliothek des Ersten Chemischen Laboratoriums der Universität mit der entsprechenden Fachliteratur und etwa vorliegenden ausländischen Patentschriften vertraut zu machen. Er selbst bemühte sich in der Zwischenzeit, ein organisches Präparat namens Oppanol zu beschaffen, einen Spezial-Ester von unangenehmem Geruch, den gewisse spezifische Eigenschaften für eine Verwendung in dem vorliegenden Fall prädestiniert erscheinen ließen. Er wußte, daß die Belastbarkeit einer chemischen Stromquelle proportional ihrer Gesamtoberfläche anstieg. Dies bedeutete, daß man sehr starke Ströme aus einem kleinen Element nur dann erwarten konnte, wenn man dafür sorgte, daß die Oberfläche der Elektroden auf irgendeine Weise gleichfalls ungewöhnlich groß wurde. Walter Schröder und sein leicht desillusionierter Assistent verbrachten Tage und Wochen über dem Problem der kleinen Elemente. Sie konstruierten eine Vielzahl von Hilfsapparaturen, zeichneten Entladekurven und wiederholten stundenlang die gleichen Versuche. Gegen Abend blieb Schröder allein in dem vollgeräumten, nicht mehr zu reinigenden Laboratorium zurück und bemühte sich, auf unbeschreiblich überladenen Tischen, mit Ohmschen Widerständen, Volt- und Amperemetern sowie einer Menge chemischen Geräts um die Lösung seiner Aufgabe. Manchmal ging er nicht nach Hause und schlief angekleidet in einem hölzernen Liegestuhl, der in einer Ecke des großen Raumes stand. Der Geruch des Benzols, in welchem er die Oppanolsorten auf eine gemeinsame notwendige Viskosität verdünnte, bereitete ihm nach einigen Tagen schon ständigen Kopfschmerz und Magenbeschwerden. Die Ammoniaklösungen, mit denen er stets zu arbeiten hatte, entzündeten seine Hände, die rot wurden, aufsprangen und zu brennen anfingen, so daß er schließlich mit dünnen Gummihandschuhen zu hantieren gezwungen war. In den drückend heißen Nächten des August saß Walter Schröder in Hemdsärmeln und bei elektrischem Licht über Skalen und Zeiger gebeugt, unrasiert, unsäglich schmutzig geworden von der Arbeit mit durchwegs pulverförmigen schwarzen Materialien, das Haar verwirrt, mit schmerzenden Augen und von einer unveränderlichen Übelkeit gequält. Draußen, im Hof, gingen die Nachtportiers ihre Runden durch die tiefe Dunkelheit. Aber er hörte sie nicht. Sein ganzes Sinnen war auf die kleinen, feuchten und häßlichen Pakete gerichtet, die triefend vor ihm auf dem vollgeräumten Tisch lagen, zusammengeschnürt mit Isolierband, Kunstfolien und Draht. Sie bildeten den Mittelpunkt seines Denkens, sie verdrängten alles andere. Sie tyrannisierten ihn. Sie machten aus dem alltäglichen Betriebschemiker Walter Schröder einen Fanatiker. Er mußte seine Aufgabe lösen, dachte der Mensch mit dem grauen Gesicht und den brennenden Augen, während große Schweißtropfen ihm über die rußbefleckte Stirn rollten. Er mußte. Aber er löste sie nicht.

Der Sommer ging hin. Der Herbst folgte ihm, der Winter. Noch immer hockte Walter Schröder über unbrauchbaren, von Kriechströmen und Kurzschlüssen angegriffenen Elementen, die sich in gespenstischem Eigensinn weigerten, die Forderungen zu erfüllen, die er an sie stellte. Man konnte meinen, die Materie selbst hätte sich verschworen gegen seinen Plan, hätte beschlossen, sich nicht zur Zerstörung anderer, aus gleicher Materie gefügter Gebilde mißbrauchen zu lassen ... eine unheimliche Kabbala der toten Dinge.

Aber in der Chemie gibt es keine solchen Verschwörungen. Die Chemie ist eine Wissenschaft. In ihr bestimmen Gesetze, und sie allein, den Ablauf der Ereignisse. Wenn man jene kennt, kann man diese vorhersagen. Walter Schröder kannte die Gesetze. Er wußte, daß seine Idee möglich war. Und also arbeitete er weiter. Weihnachten kam. Er verlebte die Feiertage allein. Am 27. Dezember saß er wieder in seinem Laboratorium und traf neue Versuchsanordnungen. Es bereitete ihm nun schon eine geringe Genugtuung, daß sie alle mißlangen. Mit charakteristischer Ausdauer und Gründlichkeit ertrug er diese Fehlschläge und sagte sich, daß er eben noch nicht den richtigen Weg gefunden hatte. Die Heeresentwicklungsstelle in Berlin glaubte sich von Zeit zu Zeit verpflichtet, lange Telegramme nach Wien zu senden, die in dringlichen Worten einen Abschluß der Versuche forderten und nach greifbaren Resultaten verlangten. Walter Schröder nahm sie mit einem Gemisch von Hochmut und heimlicher Verschrecktheit zur Kenntnis. Er war lange genug Chemiker, um alle Menschen zu verachten, die einen Vertreter seines Berufes drängten und dauernd schreiend nach Wundern und Sensationen verlangten, ohne sich eine Vorstellung von den komplexen Zusammenhängen und der Schwierigkeit unsichtbarer

Vorgänge im Innern der Stoffe zu machen. Andererseits las Walter Schröder aus den telegraphierten Botschaften ein verstecktes Flehen heraus, das, in Worte gekleidet, besagte: Wenn nicht bald etwas Entscheidendes geschieht, ist alles verloren. Das schmutzige Laboratorium in Meidling glich einer Gerümpelkammer. Die Aufräumefrauen, denen es zufiel, den Raum zweimal wöchentlich zu reinigen, sprachen zueinander in Tönen höchster Entrüstung und der ihnen eigenen bilderreichen Sprache von dem tollen Treiben Walter Schröders. Sie standen seiner Arbeit grundsätzlich ablehnend gegenüber und lieferten bei ihren Attacken auf die kleine Versuchsstation erbarmungslos alles, was ihnen an klebrigen, übelriechenden und mißgeformten Gegenständen unter die Hände kam, der Vernichtung aus, ein Vorgehen, das regelmäßig schwache Tobsuchtsanfälle ihres unsauberen, übernächtigten Brotherrn zur Folge hatte. Schließlich wurde an der Eingangstür des Laboratoriums eine Tafel angebracht, die Unbefugten den Eintritt strengstens untersagte. Walter Schröder und sein uninteressierter Assistent übernahmen es, selbst für Ordnung und Sauberkeit zu sorgen. Natürlich mangelte es ihnen an Zeit dazu. Gegen Ende Januar begann Schröder mit einem neuen Kunststoff namens Trolitul zu experimentieren, den er in organischen Agenzien löste und zum Imprägnieren seiner kleinen Batterien verwendete. Diese Arbeiten waren schließlich erfolgreich. Am 28. Januar 1945, spätabends, entluden die beiden Männer, die bei ihrer Beschäftigung erbärmlich froren, das erste brauchbare Element unter den errechneten Bedingungen. Das Wunder, das kein Wunder war, geschah: Die unscheinbare Kassette mit ihrem unappetitlichen Inhalt lieferte für die Zeitdauer von fünf Minuten eine enorme Strommenge, während die Spannung in Form

einer mäßig abfallenden Kurve auf ihren Halbwert sank. Im Verlauf des Monats Februar konstruierte Walter Schröder nun eine Reihe von einwandfreien Versuchselementen, die mit einem Kurier nach Berlin gesandt, geprüft und geeignet befunden wurden. Wenn man schon in der Entwicklungsstelle des Heeres zu diesem Zeitpunkt mit einiger Bestimmtheit wußte, daß auch die bahnbrechendsten Erfindungen kaum mehr den Ablauf der Geschehnisse beeinflussen konnten, sprach man doch in gewählten Worten Walter Schröder seine Anerkennung aus und bedeutete ihm, nun schleunigst mit der Produktion der Elemente im großen zu beginnen. Niemand wollte militärische Tatsachen wahrhaben. Jedermann war eifrig um einen Eindruck von Optimismus und Zuversicht bemüht, hinter dem sich schwarze Verzweiflung und Schadenfreude breitmachten. Vielleicht kam es doch noch zu der atemnehmenden Wende, von welcher die Zeitschrift »Das Reich« sprach – vielleicht kam es doch noch zu ihr, wenn auch niemand mehr sagen konnte, wie es wohl um sie beschaffen sein mußte. Walter Schröder beschloß, sich nicht um den drohenden Zusammenbruch zu kümmern. Im Gespräch mit Fremden leugnete er verbissen seine Befürchtungen und schuf eine Atmosphäre ungläubigen Staunens um sich, Fatalisten kam vor diesem gläubigen und unbeirrbaren Arbeiter die eigene Kleinmut beschämend zu Bewußtsein. Jene, die das Ende des Krieges mit Ungeduld erwarteten, zuckten die Schultern. Ein armer Fanatiker, dachten sie, dessen bewundernswerte Zähigkeit verantwortungslos mißbraucht wurde ... ein unglücklicher Idealist, der in Verblendung auf das falsche Pferd gesetzt hatte und nun nicht willens war, seinen Irrtum einzugestehen.
Walter Schröder kümmerte sich nicht um sie. Er war auf endgültige Weise der Überzeugung zum Opfer gefallen,

daß er als einzelner durch seine Erfindung entscheidend in den Ablauf des Krieges einzugreifen vermochte. Seine Wohnung fiel einem Luftangriff zum Opfer. Er rettete einen Bruchteil seines Besitzes aus den Trümmern und übersiedelte zu einem Freund. Arbeitskollegen des Betriebes wurden von ihren Vorgesetzten dazu angehalten, sich an Walter Schröder ein Beispiel zu nehmen. Zwei Tage nach dem Verlust seiner Habe erschien er, aufrecht, eilig und freundlich wie immer, in der Fabrik, um weiterzuarbeiten.

Anfang März waren die einfachen Stanz-, Preß- und Zusammensetzmaschinen für das kleine Element fertiggestellt. Die Produktion begann. Aus Berlin langten weitere Pläne, Anweisungen und Vorschriften ein. Noch funktionierte der Verwaltungsapparat des Deutschen Reiches. Noch arbeiteten im ganzen Lande Wissenschaftler an der Herstellung entsetzlicherer, tödlicherer Waffen. Sie experimentierten in unterirdischen Laboratorien, auf verlassenen Nordseeinseln, in Alpentälern und der märkischen Heide. Sie alle vergaßen über der Spannung und dem persönlichen Interesse an ihren Aufgaben zuweilen deren eigentlichen Sinn. Die Zeit existierte nicht für sie. Tag und Nacht waren ihnen gleich vertraut, und sie lebten in einem fiebrigen Halbschlaf, aus dem sie manchmal, sehr selten, erschrocken auffuhren, um sich zu besinnen, um zu fragen: Wohin treiben wir?

Zu dieser weit aus dem Alltagsgeschehen lebenden Gruppe von Männern, für die der Krieg nicht existierte, für die es weder Recht noch Unrecht, weder Gut noch Böse, sondern allein Retorten, Tabellen, Skalen, Maschinen, ihre fachlichen Probleme und deren Lösung gab, zählte der Chemiker Walter Schröder. Am Morgen des 21. März 1945 traf er zum Zweck einer Besprechung einen Kunstharzexperten in seinem Büro am Kohlmarkt. Um elf Uhr befand er sich bereits auf dem Rückweg zur Oper. Er ging eilig und achtlos durch die schmalen Gassen der Inneren Stadt, völlig desinteressiert an der nervösen Bewegung um sich. In der Hand trug er eine große lederne Aktentasche, die angefüllt war mit Dokumenten und Plänen. Von einem unsichtbaren Lautsprecher kommend, drang das Pausenzeichen des Luftschutzsenders an sein Ohr, dem er eine Weile lauschte, bis ihm die Bedeutung der tickenden Uhr zum Bewußtsein kam. Eine Botschaft wurde verlesen. Er blieb stehen und versuchte, sie zu vernehmen. »... sollte der Verband seinen Kurs beibehalten«, sagte eine Frauenstimme, »ist in Kürze mit Fliegeralarm zu rechnen ...« Er hatte zwei dringende Briefe zu schreiben, überlegte Walter Schröder. Der Alarm würde ihm Gelegenheit dazu geben. Er blickte auf die Uhr. Es war 17 Minuten nach elf.

Ich kann mich ebensogut gleich an die Arbeit machen, dachte er. Weiteres Herumlaufen auf den Straßen hat wenig Sinn. Die Bahnen werden doch in Kürze stehenbleiben ...

Ohne zu zögern betrat er den Flur des Hauses, vor dem er stehengeblieben war, und tastete, während er die ersten Stufen in den erleuchteten Keller hinunterstieg, nach seiner Brusttasche, um sich zu vergewissern, daß er eine Füllfeder bei sich trug. Dabei vernahm er Schritte und gewahrte, sich umwendend, ein junges Mädchen in einem lichten Mantel, das ihm zögernd folgte. »Ist dies ein öffentlicher Luftschutzraum?« fragte die Fremde. Walter Schröder sah sie abwesend an. Hoffentlich bringt jemand im Laboratorium das große Siemens-Voltmeter in Sicherheit, dachte er. Es ist das einzige genaue Gerät, das ich besitze. Sein Verlust wäre nicht wiedergutzumachen ...

»Ist dies ein öffentlicher Luftschutzraum?« fragte das Mädchen. Schröder fuhr auf.
»Wie? Ich weiß es nicht. Ich bin hier selbst fremd«, sagte er. »Aber lassen Sie uns jedenfalls hinuntergehen.«

## 6

Susanne Riemenschmied erwachte am Morgen des 21. März in der glücklichen Überzeugung, daß dieser Tag der bedeutungsvollste ihres ganzen bisherigen Lebens war, daß er sich heraushob und aufleuchtete aus der Kette aller anderen Tage wie ein seltsamer Edelstein. Während sie sich ankleidete, sang sie ein Lied. Dem Briefträger, der ihr, asthmatisch keuchend, die Post überreichte, schenkte sie ein Paket rationierter Zigaretten. Ihre kleine Katze bekam eine ungewöhnlich große Schale warmer Milch vorgesetzt, und gegen neun Uhr morgens besuchte Susanne Riemenschmied eine nahegelegene Blumenhandlung und kaufte einen blühenden Frühlingskrokus. Auf dem Nachhauseweg lächelte sie fröhlich und winkte einem jungen Mann zu, der auf seinem Rad an ihr vorüberfuhr und durch die Zähne pfiff.
Susanne Riemenschmied hatte mit sechzehn Jahren ihre Eltern bei einem Eisenbahnunglück verloren und war als Vollwaise der Obhut einer exzentrischen Tante anvertraut worden, die durch große Unbekümmertheit um die Gesetze einer konventionellen Moral in ihrer Jugend Gleichaltrigen als warnendes und abschreckendes Beispiel vor Augen geführt worden war, was nichts an ihrem Lebensstil geändert hatte. Sie blieb unverheiratet und verbrachte ihr gesichertes Alter in beschaulicher Ruhe, wobei sie zu ihrem Zeitvertreib unmögliche Bilder malte,

Zigarren rauchte und niemals vor Mitternacht schlafen ging. Susanne Riemenschmied wuchs in einer Umgebung von Tänzern, Schriftstellern und beschäftigungslosen Subjekten auf, die sich vor allem durch sinnlose Debatten über die Kunst und das Leben, den Krieg, den Tod und die Wissenschaften wie durch einen unmäßigen Konsum alkoholischer Getränke auszeichneten. Solange Susanne Riemenschmied sich erinnern konnte, waren stets Gäste im Hause ihrer Tante gewesen, die das Alleinsein nur schwer und in den frühen Morgenstunden gar nicht ertrug. Sie tranken, stritten mit großer Entschiedenheit über schwer zu definierende Begriffe und verstummten schließlich, um in feierlicher Stille beispielsweise einem Klavierkonzert von Johannes Brahms zu lauschen, das Susannes Tante auf Grammophonplatten abspielte. Da sie sehr musikalisch war, bereitete ihr diese Form von Hausmusik großes Behagen und bewahrte sie zudem vor der Einsamkeit jener Stunden, die zuvor Erwähnung fanden.

Mit siebzehn Jahren faßte Susanne Riemenschmied den Entschluß, Schauspielerin zu werden, und sah sich in ihm von ihrer einzigen lebenden Verwandten aus ganzer Seele unterstützt. Noch ehe sie die Reifeprüfung ablegte, begann sie Unterricht bei einem bekannten Charakterdarsteller der Stadt zu nehmen. Ein Jahr später trat sie in das Schauspielseminar Schönbrunn ein. Die Jugend Susanne Riemenschmieds verlief glücklich. Umgeben von Musik, Büchern und Bildern, wuchs das junge Mädchen in einer Atmosphäre geistiger Kultiviertheit auf, die neben dem Fehlen eines völligen realen Unvermögens in bezug auf das Zeitgeschehen den Vorzug eines bezaubernden Charmes besaß. »Es gibt nichts Anziehenderes als einen wirklich klugen Menschen«, pflegte Susanne Riemenschmieds Tante zu sagen, während ihre junge

Nichte über all dem Geschauten, Gelesenen und vor allem Gehörten eher zu der Ansicht kam, daß es nichts Anziehenderes geben könne als einen wirklich *guten* Menschen. Ihre schauspielerische Entwicklung ließ eine große Begabung vermuten, die allein einer Form bedurfte, um sich darein zu ergießen wie in ein Gefäß. 1942 erlitt Susannes Tante einen Schlaganfall und starb, ohne Schmerzen zu leiden, kurz darauf mit einem sonderbaren Lächeln auf den stark geschminkten Lippen. Die Villa in Hietzing wurde verkauft, und Susanne Riemenschmied übersiedelte in eine kleine Wohnung an der Peripherie. Sie stand nun völlig ohne Verwandte da. Die Veräußerung des Hauses hatte sie in den Besitz einer größeren Summe Geldes gebracht, die ein Bankinstitut für sie verwahrte. In dieser Weise blieb sie von allen Bedrängnissen finanzieller Natur verschont und vermochte sich ganz ihrem Studium zu widmen. In dieser Zeit spielte Susanne Riemenschmied auf der Probebühne des Schönbrunner Seminars alle Rollen, die sie sich nur wünschen konnte. Ihre Partner bemerkten an dem jungen Mädchen zuweilen eine unendliche Bewegtheit der Seele, die sich für Augenblicke offenbarte, wenn sie über ihrem Spiel sich selbst vergaß.
Sie war mittelgroß, sehr schlank und hatte langes, in den Nacken fallendes dunkelbraunes Haar. Wenn sie sprach, pflegte sie häufig auf freundliche Weise zu lächeln, und ihre Stimme war tief und wohltönend. Sie brachte ihre Ansichten gewöhnlich in einem Ton von Entschiedenheit vor, der vermuten ließ, daß sie sich stets über ihre Wünsche und Ziele im klaren war. Dennoch umgab sie daneben ein Miasma von Unbeholfenheit und Weltferne. Susanne Riemenschmied vermochte sich von ihrer Zukunft keine Vorstellungen zu machen. Sie war sehr zufrieden mit dem einfachen und, für sie, inhaltsreichen

Leben, das sie führen durfte, sie liebte ihren selbsterwählten Beruf und war glücklich, wenn sich ihr eine Gelegenheit zu spielen bot. Sie spielte sich selbst zur Freude und bedurfte keines Publikums. Das ungeduldige Warten auf den ersten Erfolg blieb ihr fremd. Ein Regisseur, der sie sah, erkannte diesen sonderbaren Zug des Mangels an Ehrgeiz und übernahm es, Abhilfe zu schaffen. Durch seine Vermittlung erhielt Susanne Riemenschmied eine Reihe von kleinen Rollen in verschiedenen Theatern, welche langsam in ihr die Sehnsucht weckten, größere und große zu erhalten. Ihr Spiel wurde bewußter. Sie selbst veränderte sich.

Zu dieser Zeit überquerten russische Soldaten den Dnjepr, und englische Luftlandetruppen kämpften um die Stadt Arnheim. In Wien liefen die Filme »Träumerei« und »Symphonie eines Lebens«. Susanne Riemenschmied sah sie beide und weinte vor Ergriffenheit. Langsam begann sie an dem Geschehen in ihrer Umwelt Anteil zu nehmen und fand, daß es viel Unrecht und Schmerz, viel Furcht und Verfolgung in Europa gäbe. Es schien ihr nicht länger tragbar und zu verantworten, ein Leben im Stil ihrer verstorbenen Tante zu führen und Worte um ihres Klanges willen spielerisch auf Waagschalen zu legen, die überflossen von Tränen. Sie glaubte sich verpflichtet, ihre Kunst wie eine Kerze in das dunkle Chaos der Gegenwart zu tragen, wie ein sehr kleines Licht, dessen Schein einigen Gequälten Ermutigung bringen sollte. Sie ahnte, daß eine gemeinsame Schuld sie mit allen anderen Menschen zu einer verhängnisvollen Gemeinschaft zusammenschloß, deren kollektives Verbrechen es war, zu lange geschwiegen, zuwenig Mut bewiesen und zuviel Angst empfunden zu haben. Von dieser Gemeinschaft vermochte keiner sich auszuschließen und seine Hände wie Pontius Pilatus in Unschuld zu

waschen am Blute der Erschlagenen. Es war schwerer als je zuvor, ein aufrechtes Leben zu führen. Aber es war auch wesentlicher als je zuvor.
Susanne Riemenschmied beschloß, sich nicht entmutigen zu lassen durch den nörgelnden Skeptizismus der falschen Gerechten oder die unverhohlene Schadenfreude jener, die, ohne selbst dafür gelitten zu haben, sich höhnisch des unabwendbaren Endes freuten, das nahe herangerückt war. Sie wußte, daß diese geile Schadenfreude nichts gemein hatte mit der unendlichen Hoffnung einzelner, denen der Glaube an den Sieg der Menschlichkeit als letzter Halt ihres Lebens verblieben war. Sie nahm sich vor, dem Opportunismus der Stunde, der eben dabei war, in sein extremes Gegenteil umzuschlagen, nicht Folge zu leisten und weder etwas Altes zu verhöhnen, das sie nie bekämpft, noch etwas Neues zu bejubeln, dessen Früchte sie ernten sollte, ohne seine Samen gesät zu haben. Von lautem Duldertum, von Furcht und Freude frei – so gedachte Susanne Riemenschmied die letzte Phase des Krieges zu ertragen, ungeduldig zwar, aber nicht bereit, in Bälde schon Ansichten zu proklamieren, die sie in der Vergangenheit verschwiegen hatte, erwartungsvoll zwar, aber in dem Entschluß, sich nicht mitreißen zu lassen von der allgemeinen Woge einer billigen Gelegenheit. Sie konnte kaum mehr nachholen, was sie versäumt hatte mit allen andern, aber sie vermochte, auf unauffällige und durchaus nicht unterwürfige Weise, ihren Teil dieser kollektiven Schuld in Würde zu tragen, um damit besser zu werden, als sie gewesen war.
In dieser Erkenntnis ihrer selbst fand Susanne Riemenschmied Frieden. Sie lächelte noch immer häufig, wenn sie sprach, aber das Lächeln saß jetzt in ihren Augen und nicht mehr, wie früher, um ihren Mund. Sie las viel,

spielte gelegentlich und bemühte sich um einen persönlichen Stil großer Einfachheit. Zu Beginn des Jahres 1945 trat man von seiten einer kulturellen Vereinigung mit der Bitte an sie heran, vor einer Zuhörerschaft junger Menschen Rilkes »Weise von Liebe und Tod« zu lesen. Sie sagte mit Freuden zu. Hier, dachte sie, war ihre Chance, in den Seelen einiger ein wenig von dem verlorenen Glauben an Wahrhaftigkeit und Güte wieder zu erwecken, den der Krieg in ihnen zerstört hatte. Der Vortragsabend sollte im Festsaal des Industriehauses stattfinden, und man setzte ihn auf den 21. März fest. Je näher dieses Datum rückte, um so glücklicher wurde Susanne Riemenschmied über die ihr zuteil gewordene Aufgabe. Eine heitere Ruhe überkam sie bei dem Gedanken an dieses eigentlich belanglose Ereignis, von dem sie sich kaum große Publizität erwarten durfte. Für sie bedeutete jener Abend mehr als einen möglichen persönlichen Erfolg, und sie erwartete sein Kommen mit Sehnsucht. Bald schon brachte ihr die Vorfreude auf ihn ein unerhört tröstliches Gefühl der Sicherheit. Die Schatten der Verzweiflung über ihre Schwäche wichen zurück, und sie begann sich wie ein Kind auf jene Hoffnung zu freuen, an der sie glaubte, bald einen geringen Anteil haben zu dürfen. Als sie am 21. März ihre Wohnung verließ, um den Veranstalter des Abends zu einer letzten Aussprache zu treffen, trug sie nichts als einen kleinen broschierten Band der Inselbücherei in der Hand. Sie ging eilig. Auf ihr bloßes Haar fiel der Regen. Da sie die genaue Adresse des Mannes, den sie aufsuchen wollte, nicht in Erinnerung hatte, betrat sie am Neuen Markt eine öffentliche Telephonzelle und rief ihn an. Er meldete sich sogleich und teilte ihr mit, daß in kürzester Zeit mit Alarm zu rechnen sei, da amerikanische Bomber sich der Stadt näherten.

»Kommen Sie nach dem Angriff zu mir«, sagte er.
»Aber ist es nicht möglich, Sie gleich zu sehen?«
»Leider nein«, erwiderte er. »Meine Frau erwartet mich in Währing, und ich will versuchen, sie auf die eine oder andere Weise noch zu erreichen.«
»Das ist schade«, sagte Susanne Riemenschmied, und da sie an seinem Tonfall merkte, daß er in Eile war, fügte sie hinzu: »Ich werde Sie also im Laufe des Nachmittags besuchen.«
»Gut«, sagte er. »Leben Sie wohl, Fräulein Riemenschmied.« Das junge Mädchen trat auf die Straße und sah zu dem trüben Himmel auf. Es regnete jetzt stärker. Bald würden die Sirenen heulen, dachte sie und beschloß, einen Schutzraum aufzusuchen, um dem Wind nicht länger ausgesetzt zu sein und in Ruhe lesen zu können. Sie überquerte die Fahrbahn und erblickte einen Mann mit einer großen Aktentasche, der eben eines der alten Häuser betrat. Als sie dessen Eingang erreichte, sah sie ihn bereits langsam die ersten Stufen in den Keller hinuntersteigen. Susanne Riemenschmied schloß die schmiedeeiserne Tür hinter sich und folgte ihm.

## 7

Unter den Reisenden, die am frühen Morgen dieses Tages über den Ostbahnhof die Stadt erreichten, befand sich ein Soldat von fünfundzwanzig Jahren, der auf seiner Uniform keinerlei Auszeichnungen oder Embleme trug, die über seine militärische Stellung Aufschluß gegeben hätten. Er besaß einen Brotbeutel, eine Zeltbahn, die er zusammengerollt um den Nacken gelegt trug, und einen Stahlhelm an dem Koppel, jedoch seltsamerweise kein Gewehr. Die Lippen seines Mundes lagen fest aufeinander und bildeten die Mitte eines unrasierten Kinns. Seine Augen waren von sehr lichtem Grau, etwas schwermütig und in den äußeren Winkeln von feinen Faltenkränzen umgeben, die sich vertieften, wenn er lächelte. Das braune, aus der Stirn gekämmte Haar war etwas zu lang und wuchs in den Nacken. Er bewegte sich auf achtlose, leicht nachlässige Weise und rief den Eindruck hervor, sehr müde zu sein. Der Name dieses Soldaten, der den Bahnhof nicht durch den Haupteingang, sondern durch eine von Bomben geschlagene Bresche der Einfriedungsmauer verließ, war Robert Faber. Als er die Straße betrat, blieb er für kurze Zeit stehen und blickte aufmerksam um sich. Er sah die zerstörten Fassaden ausgebrannter Häuser, herabhängende Drähte der elektrischen Straßenbahn und den dunklen Strom der Menschen, die mit ihm den Zug verlassen hatten. Doch es schien, als könnte er das, was er zu sehen erwartete, nicht finden. Er erreichte das obere Ende der Prinz-Eugen-Straße und begann stadtwärts zu gehen. Seine schmutzigen Stiefel traten achtlos über Schlamm, Glas und Steine hinweg. Die zerstörten Gebäude, die lose in ihren Angeln hängenden Eingangspforten und die zerschlagenen Wagen am Rande der Straße machten dem Soldaten ebensowenig Eindruck wie das neue Gras, das zwischen den zertrümmerten Pflastersteinen wucherte. Seine Augen waren überall und nirgends. Sie suchten etwas, das sie nicht fanden, und waren an anderen Bildern kaum interessiert. Entlang der niederen Mauer, die den Belvederegarten abschloß, kam ihm ein Offizier entgegen, der einen Koffer trug. Der Soldat mit den müden Augen zögerte eine Sekunde, dann grüßte er seinen Vorgesetzten sorgfältig und dabei dennoch nicht übermäßig betont, indem er die Hand zum sogenannten »Deutschen

Gruß« hob. Die Art, in welcher dies geschah, konnte einen Beobachter vermuten lassen, daß Robert Faber aus irgendeinem Grunde jener Bewegung große Wichtigkeit beimaß und sie mit berechnender Routine ausführte. Er wandte sich kurz um und sah dem Offizier nach, der unentwegt die beschädigte Mauer entlangging. Das schmale Gesicht des Soldaten war jetzt glatter und jugendlicher geworden. Er überquerte den Schwarzenbergplatz und wurde von einem Passanten um ein Streichholz ersucht. Während er seine Pfeife in Brand setzte, sah der Fremde sich bemüßigt, ein wenig Konversation zu machen. »Auf Urlaub?« fragte er.
»Ja«, sagte Robert Faber.
»Lange?«
Der Soldat erwiderte, er sei eben in Wien angekommen.
»So«, sagte der Geschwätzige. »Gerade zurecht, um einen Luftangriff mitzumachen.«
Sie blickten beide einer Kolonne von Heereswagen nach, die über den großen Platz dem Ring zurollten.
»Danke für das Streichholz«, sagte der Fremde. Robert Faber nickte. Die schweren Fahrzeuge waren zum Stehen gekommen. Einige Männer sprangen von ihnen herab und traten zusammen. Der Soldat mit den kotigen Stiefeln wandte sich nach links und begann die Trasse der Stadtbahn entlangzugehen, bis er das Kärntnertor erreichte. Er schlug den Kragen seines Mantels hoch, um sich vor dem feinen Regen zu schützen, der auf die Stadt fiel. An der Opernkreuzung blieb Robert Faber abermals stehen, als überlegte er, was er wohl am besten unternehmen sollte. Schließlich überquerte er die Geleise und begann die Kärntnerstraße entlangzugehen, auf neugierige, teilnehmende Art, als wäre er fremd in Wien und fürchtete, sich zu verirren. Er hatte keine Eile und, wie es schien, kein Ziel. Nur seine Augen

waren von ihrer Müdigkeit frei geworden und wanderten unausgesetzt hin und her, von einer Seite der Straße auf die andere, blieben dort für Sekunden haften, interessierten sich flüchtig für einen Menschen und kamen nicht zur Ruhe.

Robert Faber hatte das Hotel Sacher hinter sich gelassen und näherte sich der Malteserkirche, als aus der Johannesgasse eine Gruppe von drei Soldaten mit Stahlhelmen in die Kärntnerstraße einbog. Über den Schultern trugen sie Gewehre. Es handelte sich um eine Streife, deren Aufgabe es war, die Identitätspapiere von Passanten zu kontrollieren. Robert Faber erkannte sie sofort. Sein Gesicht blieb unbewegt, nur seine Augen verloren ihre Unruhe und wurden hart. Ohne eine Sekunde zu zögern, wandte er sich zur Seite und betrat wahllos das Geschäft, vor dessen Eingang er sich eben befand. In einem Spiegel an der Seitenwand seiner Auslage sah er, da er die Tür hinter sich schloß, die Gestalten der drei Soldaten erscheinen. Sie kamen näher. Zwei von ihnen sprachen miteinander. Der dritte starrte gelangweilt vor sich hin. Ein junges Mädchen, vermutlich eine Verkäuferin, trat auf den Kunden zu.

»Guten Tag«, sagte sie freundlich. Robert Faber schritt in das Innere des Ladens, wobei er erkannte, daß er sich in einem Delikatessengeschäft befand. Bunte Papierattrappen, Flaschen und Konservenbüchsen standen auf hellen Stellagen. Brot, etwas Gemüse, eine Kugel Butter ... das junge Mädchen sah ihn neugierig an.

»Womit kann ich dienen?«

Die Wehrmachtsstreife war direkt vor dem Laden stehengeblieben und untersuchte die Papiere eines Zivilisten. Ihr Bild fiel in den Spiegel beim Fenster. Das Mädchen wiederholte seine Frage.

»Ja«, sagte Robert Faber, »sehen Sie: Ich weiß nicht, ob

Sie mir überhaupt dienen können. Es trifft sich, daß ich für heute abend zu einer Feier geladen wurde und gerne etwas zu trinken mitbringen möchte.«
Er sprach jetzt so geläufig, daß es ihn selbst überraschte. Die Soldaten vor dem Fenster rührten sich nicht. Einer stellte dem Zivilisten Fragen, während ein anderer seinen Wehrpaß durchblätterte.
»Ich dachte«, hörte Robert Faber sich aus weiter Ferne sagen, »daß Sie mir vielleicht aus meiner Verlegenheit helfen könnten.«
»Alkoholische Getränke sind rationiert«, meinte die Verkäuferin.
»Ich weiß, aber ich kam erst heute in Wien an und hatte noch nicht Gelegenheit, mich um meine Lebensmittelkarten zu kümmern.« Faber fühlte, wie ihm ein Schweißtropfen über die Stirne lief.
»Spirituosen wurden in der letzten Periode gar nicht aufgerufen«, sagte die Frau, gerne bereit, das Spiel ein wenig in die Länge zu ziehen. »Kognak ist sehr schwer zu bekommen. Früher konnte man ihn aus Frankreich importieren. Aber jetzt –«
Die Lippen des unrasierten Soldaten schlossen sich fest zusammen, doch er lächelte noch immer. Gottverdammter, dreimal verfluchter Kognak, dachte Robert Faber. Vor fünf Minuten schenkte ich ihm noch keinen einzigen dreckigen Gedanken. Ich brauche ihn gar nicht. Es gibt nichts, was ich weniger brauche als Kognak. Ein Fest bei Freunden! Bei wem wohl? Er kannte keinen Menschen in Wien. Sei ruhig, sagte er zu sich, sei ruhig. Es war der einzige Ausweg. Sei ruhig. Vergiß nicht zu lächeln. Sieh zu, daß du das Gespräch in Gang hältst.
»Könnten Sie sich entschließen, bei einem Soldaten eine Ausnahme zu machen und ihm etwas zu verkaufen, was es nicht gibt?« fragte er.

»Es wird teuer sein«, meinte sie und strich sich mit den Händen über ihr Kleid.
»Der Preis spielt keine Rolle«, antwortete der Soldat. Der Preis spielt keine Rolle. Nichts spielt eine Rolle, nichts. Nur das eine ... das eine ... Er wandte sich um. Der angehaltene Zivilist gestikulierte erregt. Er warf die Hände in die Luft und schüttelte den Kopf. Einer der drei Männer in Uniform begann zu lachen. Faber sah in dem Spiegel mit großer Deutlichkeit seine schadhaften Zähne.
»Ich will den Chef fragen«, meinte die Verkäuferin.
»Gut«, sagte Faber.
»Wieviel Flaschen wünschen Sie?«
»Zwei.« Gott im Himmel, dachte er, laß diese Hunde weitergehen.
»Kognak?« fragte die Frau.
»Ja«, sagte er. »Kognak.« Laß sie weitergehen, lieber Gott. Laß sie weitergehen!
Die Verkäuferin verschwand. Er konnte sie sprechen hören. Eine Männerstimme antwortete. Dann vernahm er das Klirren von Glas. Jemand hustete. Robert Faber las, ohne sie zu begreifen, eine Bekanntmachung der Polizeidirektion über das Mitbringen von Hunden in den Laden. Es war verboten, Tiere aus hygienischen Gründen ... aus hygienischen Gründen ...! Seine Lippen verzogen sich. Er grinste.
»Aus hygienischen Gründen«, sagte Robert Faber leise und lachte.
Die Frau kehrte zurück. Sie trug zwei Flaschen in der Hand.
»Hier«, sagte sie. »Ihre Freunde werden zufrieden sein.«
»Bestimmt«, antwortete Faber. Die Soldaten auf der Straße hatten ihre Untersuchung beendet. Der beanstandete Zivilist zog den Hut. Die drei Männer in Uniform

setzten ihren Weg fort. Sie wanderten aus dem Spiegel, in dem nur das Bild des nassen Asphalts zurückblieb.
»Haben Sie eine Tasche bei sich?« fragte die Frau.
»Ja.« Er nahm den großen Brotbeutel von der Schulter.
»Es ist besser, wenn man die Flaschen nicht sieht, verstehen Sie?«
»Gewiß«, antwortete er. »Was schulde ich Ihnen?«
Sie nannte einen Preis. Er bezahlte.
»Ich danke Ihnen vielmals«, sagte Robert Faber.
»Bitte. Es freut mich, daß wir Ihnen helfen konnten.«
»Helfen?« wiederholte er. »Helfen! Sie haben mir das Leben gerettet, verehrtes Fräulein.«
»Ach«, sagte sie, »wirklich?« Sie begannen beide zu lachen.
»Auf Wiedersehen!« rief die Frau, als er auf die Straße hinaustrat. Robert Faber sah den Soldaten nach, die langsam zur Oper schritten. Dann überquerte er in Eile die Straße. Weg, dachte er, weg von hier! Schnell. Die beiden Flaschen schlugen ihm gegen die Hüfte. Er lief über einen Schutthaufen, durch eine Seitengasse und betrat den Neuen Markt. Weg von der Straße, dachte Robert Faber. In ein Café, einen Friseurladen, einen Keller. Weg von der Straße!
Plötzlich fühlte er, wie seine Knie nachgaben. Das Blut an seinen Schläfen begann zu pochen. Ohne zu überlegen, riß er das Tor eines Hauses auf und lief in den stillen Flur. Dann packte ihn von neuem eine Schwäche, und er setzte sich erschöpft auf die steinernen Stufen, die in die Stockwerke hinaufführten. Sein Herz klopfte wie ein Hammer. Er lehnte den Kopf an die Mauer. Mit zitternden Händen nahm er eine der Flaschen in die Hand, riß die Etikette, die den Verschluß bedeckte, herunter und versuchte, mit den Zähnen den Kork herauszuziehen. Die weiche Masse gab nach und brach ab. Er biß sich in

die Lippe und spie etwas Blut auf den Boden. Dann sah er sich suchend um. Am Ende des Treppengeländers war ein eiserner Zierknauf angebracht. Er erhob sich und preßte den Flaschenhals gegen das doldenförmige schwarze Ornament. Der Kork glitt mit einem saugenden Geräusch in das Innere der Flasche. Etwas Flüssigkeit spritzte auf seinen Mantel. Der Soldat mit den kotigen Stiefeln und den seltsam irrenden Augen trank lange. Draußen, auf der Straße, liefen Menschen vorüber. Er verstand nicht, was sie riefen. Der Alkohol brachte ihn sofort wieder zu sich und gab seinen Beinen Kraft.

»Ein prächtiger Morgen«, sagte Robert Faber laut. Als er die Flasche zum zweitenmal an die Lippen führte, begannen die Sirenen zu heulen.

## Zweites Kapitel

### 1

»Der erste Verband viermotoriger Kampfflugzeuge mit Jagdschutz hat den Bereich 22 erreicht und befindet sich gegenwärtig zwischen Pottendorf und Wiener Neustadt«, meldete die Stimme der Ansagerin. »Für Wien wurde Fliegeralarm gegeben. Es ist jetzt 11 Uhr 21. Weitere Nachrichten folgen.«

Die sechs Menschen in dem Hause auf dem Neuen Markt vernahmen das Heulen der Sirenen, das schwach zu ihnen drang. Fräulein Reimann war damit beschäftigt, ihren Besitz in gefälliger Weise um sich zu gruppieren. Sie verwahrte die altmodische Zuckerdose liebevoll zwischen den Strohsäcken des gebrechlichen Bettes, stellte die Pendeluhr auf einen umgestürzten Koffer und nahm dann, gehüllt in warme Decken, auf einem Gartenstuhl Platz. Fräulein Reimann war klein und sehr zart. Ihr knochiges Gesicht zeigte in seiner Magerkeit aristokratische Züge, und ihre Hände, die sich jetzt um den Kupferdraht des Radios schlossen, waren weiß und gepflegt. Sie trug ein am Hals geschlossenes schwarzes Kleid, das in starkem Gegensatz zu ihrem glatt zurückgekämmten weißen Haar stand. Ihre schmalen, blutleeren Lippen bewegten sich nur wenig, wenn sie sprach.

»Das Wetter ist sehr ungünstig für die Angreifer«, bemerkte sie leise.

»Auch für uns«, sagte Reinhold Gontard, der in ihrer Nähe auf einer leeren Kiste saß. Er räusperte sich und sah zu den fremden Gästen hinüber. Die Frau mit dem kleinen Kind wühlte nervös in ihrem Gepäck. Der Mann hatte sich auf einem umgestürzten Wassereimer niedergelassen und schrieb einen Brief. Das junge Mädchen stand gegen die Mauer gelehnt. Es las in einem schmalen Buch. Das Licht der Lampe fiel auf sie, und der Priester sah, daß sie schönes braunes Haar besaß, welches durch den Regen leicht strähnig geworden war. Er fröstelte und zog seine Soutane um sich zusammen. Das Pausenzeichen des Radios brach ab.

»Achtung, Achtung«, sagte die Frauenstimme, »wir bringen eine Luftlagemeldung: Aus dem Süden kommend, erreicht ein zweiter Verband schwerer Kampfflugzeuge den Semmering und fliegt weiter nach Norden. Der erste Verband hat Westkurs genommen und kreist augenblicklich über Berndorf. Einzelflugzeuge im Süden der Stadt.«

Reinhold Gontard wandte sich um. Jemand kam in den Keller herab. Seine Gestalt erschien im Bogen des niederen Eingangs. Er war groß, hager und trug die Uniform eines Soldaten des Heeres. Der Priester sah, daß er eine offene Flasche in der Hand hielt.

»Darf ich bei Ihnen bleiben?« fragte der Soldat.

»Selbstverständlich«, antwortete Reinhold Gontard und kam damit Fräulein Reimann zuvor, die eben zum Sprechen ansetzte.

»Danke«, sagte Robert Faber. Er nahm seinen Proviantsack von der Schulter und hängte ihn an einen Nagel. Dann legte er den Stahlhelm und die zusammengerollte Zeltbahn ab, setzte sich auf die letzte Stufe der Treppe

und winkte dem kleinen Mädchen, das seine Mutter verließ und zu ihm kam. »Hast du oben etwas gehört?« fragte Evi.
»Nein, es ist ganz still.«
»Die Sirenen haben geheult!« sagte das Kind. »Fürchtest du dich?«
»Nein«, sagte er und zog sie an sich.
»Ich fürchte mich auch nicht. In der Engerthstraße habe ich immer Angst gehabt. Aber hier gefällt es mir. Ist der Keller sehr tief?«
»Ja«, erwiderte der Soldat. »Es gibt gar keinen tieferen.«
»Kann eine Bombe bis zu uns herunterfallen?«
»Nein, das ist ausgeschlossen.«
»Hast du schon einmal gehört, wie es klingt, wenn eine Bombe kommt?«
»Ja«, sagte er.
»Oft?«
»Ein paarmal«, erwiderte Robert Faber.
»Wie klingt es? Sehr laut?«
»Manchmal«, sagte er, »klingt es sehr laut. Manchmal hört man fast gar nichts.«
»Hat man Angst, wenn die Bomben kommen?«
»Die meisten Menschen«, sagte Faber, »haben Angst.«
»Hast du Angst gehabt?«
»Ja«, antwortete er, »große Angst.«
Das Radio brachte eine weitere Nachricht.
»Ein Kampfverband hat Wien umflogen, erreicht Stokkerau und nimmt Südostkurs. Bleiben Sie in den Luftschutzkellern«, warnte die Ansagerin. »Es ist mit einem Angriff auf Wien zu rechnen.«
»Hast du das gehört?« fragte das Mädchen. »Es ist mit einem Angriff auf Wien zu rechnen.«
»Ja«, sagte er.
»Aber wir sitzen in einem sicheren Keller, nicht wahr?«

Der Soldat nickte.
»Wie heißt du?«
»Evi«, antwortete das Kind. »Und du?«
»Ich heiße Robert«, sagte er.
»Du siehst meinem Vater ähnlich«, erklärte das kleine Mädchen. »Der ist auch Soldat.«
»Alle Soldaten sehen gleich aus.«
»Aber manche sind dick, und andere sind dünn.«
»Ja«, sagte Robert Faber. »Das stimmt.« Evi sah ihn an.
»Mein Vater ist in Ungarn«, berichtete sie. »Warum bist du nicht in Ungarn?«
»Ich war auch dort«, sagte er. »Ich bin eben zurückgekommen.«
»Wann?«
»Heute früh.«
»Warum bist du zurückgekommen?« fragte Evi.
»Um meine Eltern zu besuchen.«
»Leben die in Wien?«
»Nein«, sagte er, »weit fort von hier.«
»Wo?«
»In Bregenz«, sagte Faber. »Das ist eine kleine Stadt an einem großen See.«
Der Mann, der unter der herabhängenden Glühbirne einen Brief schrieb, sah zerstreut auf und ließ seine Feder sinken.
»Hast du meinen Vater in Ungarn gesehen?« fragte das Kind.
»Ich glaube nicht.«
»Warum nicht?«
»Ungarn ist groß«, meinte er. »Es gibt viele Soldaten dort.«
»Vielleicht hast du meinen Vater gesehen und weißt es gar nicht.«
»Das ist möglich«, sagte der Soldat.

»Wirst du bei deinen Eltern bleiben?«
»Ich will sie nur besuchen.«
»Und was tust du, wenn du sie besucht hast?«
»Das weiß ich noch nicht«, sagte er.
»Gehst du nach Ungarn zurück?«
»Vielleicht.«
»Wann bleibst du zu Hause?«
»Wenn der Krieg aus ist«, antwortete er.
»Wann wird der Krieg aus sein?«
»Hoffentlich bald«, sagte Robert Faber. Er sah das junge Mädchen an, das an die Mauer gelehnt stand und ein Buch schloß, in dem es gelesen hatte. Sie wandte sich ihm zu, und er blickte in ihre Augen. Sie waren dunkel, und es schien ihm, als lächelte sie leicht. Die alte Dame, die neben dem Radioapparat saß, hielt ruheheischend eine Hand in die Höhe.
»Der Kampfverband über Stockerau hat den Südosten Wiens erreicht und befindet sich im Augenblick in den Bereichen 5 und 6«, sagte die Sprecherin des Luftschutzsenders. »Einzelflugzeuge über der Stadt. Flaktätigkeit im Süden Wiens.«
»Sind sie jetzt über uns?« fragte das Kind.
»Nein«, sagte Faber, »sie sind weit fort ...«
»Wo?« beharrte sie. Ehe er antworten konnte, begann das Licht kurz zu flackern und brannte dann ruhig weiter.
»Wo sind sie?« fragte das kleine Mädchen.
»Vielleicht in Schwechat«, sagte er.
»Bombenabwürfe auf den Südosten der Stadt«, meldete der Telephonsender. »Neuer Anflug auf den Bereich 5. Ein Teilverband zwischen Stockerau und der Donau.«
Einen Augenblick lang war es still im Keller. Nur die Uhr tickte weiter.
»Achtung«, sagte die Frauenstimme, »weitere Bomben-

abwürfe in den Bereichen 4, 5 und 6. Starkes Flakfeuer im Süden Wiens. Ein Kampfverband kreist über der Stadt Melk.«

Ein langgezogenes, dumpfes Grollen drang in den Keller.

»Was ist das?« fragte das kleine Mädchen.

»Flak«, sagte der Soldat. »Die Flak schießt!«

Wieder begann das Licht zu flackern. Das Radio gab eine Folge schriller Mißtöne von sich. Der Lärm der Detonationen kam näher und entfernte sich wieder.

»Was hast du in der Flasche? Schnaps?«

»Kognak«, sagte Faber.

»Ist das etwas anderes?«

»Ja«, sagte er. »Es schmeckt ähnlich.«

»Was machst du mit dem Kognak?«

»Ich werde ihn austrinken«, antwortete er. »Willst du einen Schluck kosten?«

»Nein«, sagte sie. Das junge Mädchen trat zu ihnen.

»Und Sie?« fragte der Soldat. »Versuchen Sie's doch!«

»Hast du ein Glas?« fragte Evi.

»Nein«, sagte er. »Es geht auch so.«

Susanne Riemenschmied nahm die Flasche in Empfang und setzte sie an die Lippen. Die Haut ihres Halses war sehr weiß. Robert Faber erhob sich.

»Danke«, sagte Susanne Riemenschmied. »Es schmeckt erfreulich.«

Der Soldat lächelte und sah sich um.

»Noch jemand?« fragte er.

Fräulein Therese Reimann schüttelte mißgestimmt den Kopf. Ihre linke Hand streichelte die Seitenwand des kleinen Radios, aus dem in rascher Folge Meldungen kamen. Der erste Verband war nach Süden abgeflogen, ein zweiter erreichte die östlichen Außenbezirke. Bomben fielen in den Bereichen 4 und 5. Ein Einzelflugzeug kreiste über Klosterneuburg ... Es schien Fräulein Reimann verwerflich, zu einem solchen Zeitpunkt Kognak zu trinken. Unwillig betrachtete sie die fünf Fremden, die heute die Ruhe ihres Kellers störten. Warum hatten sie gerade hierher kommen müssen? Therese Reimann ließ ihre Blicke über die Gesichter der Besucher wandern. Der Schreibende trug eine Hornbrille, und seine Umgebung war ihm sichtlich gleichgültig. Fräulein Reimann wäre geneigt gewesen, ihm mit Sympathie zu begegnen, wenn er nicht eine glimmende Zigarette zwischen den Fingern gehalten hätte, deren Rauch zur Decke aufstieg. Es war verboten, in Schutzräumen zu rauchen, auch wenn sie groß und tief waren, dachte die alte Dame. Der Mann verbrauchte entschieden ein zu großes Quantum Sauerstoff. Aber wie sollte man ihm das zu verstehen geben? Die Menschen waren so empfindlich. Ihr Blick glitt weiter. Das kleine Kind redete zuviel und war zu leicht angezogen. Alle kleinen Kinder redeten zuviel. Es war wohl eine Frage der Erziehung. Man mußte die Mutter dafür verantwortlich machen. Obschon man von ihr wahrscheinlich nicht zuviel erwarten durfte. Die Art und Weise, in der sie zusammengekauert auf ihrem Stühlchen saß, den Kopf in die Hände gestützt, mit nervös trippelnden Füßen, verriet nichts Gutes. Es fehlte ihr, dachte Fräulein Reimann, die große Beruhigtheit, der innere Friede, das Gottesvertrauen. Schwanger war sie außerdem. Ein armer, unsympathischer Mensch. Die junge Dame, die sich mit dem Soldaten unterhielt, hatte sein Angebot, aus seiner Kognakflasche zu trinken, angenommen. Darüber konnte man schlecht hinwegsehen. Junge Damen tranken zu Fräulein Reimanns Zeiten keinen Kognak, und schon gar nicht aus Flaschen. Des weiteren trug man, wenn man die Straße betrat, eine Kopfbedeckung und stellte nicht

einfach den Mantelkragen auf. Und schließlich war es nicht passend, mit einem fremden Mann ein Gespräch anzufangen, auch nicht, wenn es sich um einen Soldaten handelte, der eben aus Ungarn zurückkam.
Fräulein Reimann vermochte sich nicht zu erklären, was ihr den Mann, der mit dem Vornamen Robert hieß, anziehend erscheinen ließ. Er sah wenig vorteilhaft aus. Seine Wangen waren unrasiert, seine Stiefel schmutzig. Er trug alkoholische Getränke bei sich und saß auf Steinstufen. Und dennoch – etwas an seinem Wesen gab Therese Reimann Vertrauen zu ihm und ein zusätzliches Gefühl der Geborgenheit. Sogar seine taktlose Anfrage konnte man ihm bei längerem Nachdenken verzeihen. Sie war gewiß nicht böse gemeint gewesen. Der Lärm von Detonationen wurde wieder hörbar. Therese Reimann neigte sich vor und streichelte hingegeben den kleinen Apparat. Eine leichte Erschütterung ging durch den Keller. Die traurige Gestalt der jungen Mutter sank noch tiefer in sich zusammen.
»Der zweite Kampfverband«, meldete die Sprecherin des Luftschutzsenders, »hat über den Bereich 6 die Stadtmitte erreicht und fliegt in den Süden Wiens ein. Ein zweiter Kampfverband erreicht mit Westkurs den Bereich 45.«
Jetzt hörte man deutlich, wennschon leise, zahlreiche Explosionen.
»Evi!« rief die nervöse Frau auf dem kleinen Sessel. »Komm zu mir!« Sie preßte ihre Tochter an sich und atmete laut. Der Schreibende hatte seine Tätigkeit endgültig unterbrochen und verwahrte mehrere Papiere in einer Aktentasche, wobei er eine Reihe von Worten murmelte, aus der Fräulein Reimann den Ausdruck »widerwärtig« heraushörte. Der Soldat und das Mädchen standen bewegungslos bei dem Stiegenaufgang und sahen sich an. Er hatte eine Hand auf ihre Schulter gelegt.

Sie zuckte zusammen, als eine starke Detonation den Keller erschütterte.
»Das ist nichts«, sagte er, »überhaupt nichts. Die Flak schießt.«
»Es ist immer die Flak, wenn man daran glauben will.«
»Sehen Sie«, meinte Faber, »die meisten Menschen haben eine falsche Einstellung in diesem besonderen Fall. Erschrecken Sie beispielsweise bei Gewittern vor dem Blitz oder vor dem Donner?«
»Vor dem Donner«, sagte sie.
»Und dabei«, erwiderte er, »ist der Donner doch nur die ungefährliche Folgeerscheinung des Blitzes. Wenn Sie ihn hören, kann Ihnen nichts mehr geschehen. Genauso ist es mit den Bomben. Wenn Sie ihre Detonation vernehmen und noch nicht tot sind, dann brauchen Sie dem bloßen Lärm keine Bedeutung beizumessen.«
»Aber die nächste Bombe kann mich treffen«, sagte das Mädchen. »Jene, die noch fällt.« Er bewegte die Hände und hob die Flasche vom Boden auf.
»Versuchen Sie es noch einmal«, schlug er vor. Sie trank.
»Woher haben Sie den Kognak?«
»Gekauft.«
»Eigens für den Angriff?« Er lachte.
»Nein«, sagte Robert Faber. »Wirklich nicht. Ich kaufte ihn gegen meinen Willen. Ich brauchte ihn gar nicht.«
»Kognak kann man immer brauchen«, erklärte Susanne Riemenschmied. Jetzt tönte leise und stetig der Lärm von Flugzeugmotoren an ihr Ohr. Dazwischen klangen Explosionen. Das Mädchen sah in das gleichmütige Gesicht des Soldaten.
»Die Flak schießt wieder«, sagte sie mit einem schwachen Lächeln. Er schüttelte den Kopf.
»Rauchen Sie?«
»Ja«, antwortete das Mädchen. Faber griff in die Tasche

seines Mantels und zog ein Paket Zigaretten hervor. Während er ihr Feuer gab, sprach die Ansagerin des Luftschutzsenders. Sie lauschten der Botschaft.
»Teile des ersten Verbandes weiterhin im Abflug nach Süden. Ein Kampfverband über der Stadt. Bombenabwürfe im Südosten Wiens. Die dritte Formation feindlicher Flugzeuge mit wechselnden Kursen in den Bereichen 42 und 43.«
Der Mann, der den Brief geschrieben hatte, stand auf und sagte: »Das ist die Nova.« Er rieb sich die Hände und begann umherzugehen.
»Wie bitte?« fragte Therese Reimann.
»Der Angriff gilt der Nova«, antwortete Walter Schröder. »Der großen Ölgesellschaft.«
»Die wurde doch im Dezember fast ganz zerstört«, sagte Reinhold Gontard. »Damals, als Bomben auf den Zentralfriedhof fielen.«
»Aber sie arbeitet noch immer«, erklärte Schröder. »Ich war vor ein paar Tagen dort.«
Fräulein Reimann schloß die Augen.
»Schrecklich«, meinte sie, »die armen Menschen.«
»Man kann hier und dort sterben«, sagte der Priester, »wenn es so bestimmt ist.«
»Es gibt eine relative Sicherheit«, widersprach der Chemiker. »Die Wahrscheinlichkeit, mit der ein Einzelwesen bei einem Luftangriff das Leben verliert, ist äußerst gering. Hier selbstverständlich noch geringer als in Schwechat.«
»Es gibt keine Sicherheit«, antwortete der Priester aufgebracht. »Man kann sich nicht bewahren.«
»Warum sind Sie dann nicht in Ihrer Wohnung geblieben?« fragte Walter Schröder ruhig. »Warum haben auch Sie einen Schutzraum aufgesucht?«
Der Priester zuckte die Achseln.

»Aus Angst. Glauben Sie, ein Geistlicher ist immun gegen sie?«

»Still!« rief Fräulein Reimann. »Eine Nachricht kommt!« Sie neigte sich zu dem Empfänger. Die Männer schwiegen. Aber die Nachricht kam nicht. In diesem Augenblick nämlich erschütterte eine ferne Explosion den Keller, und das Licht erlosch.

»Evi!« rief Anna Wagner. »Bleib bei mir! Sie sind über uns.«

»Nein«, sagte die Stimme des Soldaten aus der Dunkelheit. »Sie sind nicht über uns. Irgendwo ist ein Kabel gerissen, sonst nichts. Hat jemand eine Kerze?«

»Eine Lampe«, antwortete Therese Reimann. »Ich besitze eine Lampe. Kommen Sie, und geben Sie mir ein Streichholz.«

»Sofort«, sagte Faber. Im Gehen stieß er an das Mädchen.

»Halten Sie die Flasche«, bat er.

Sie griff mit kühlen Fingern nach ihr, und er fühlte ihren Atem an seiner Wange.

»Hier«, sagte Fräulein Reimann. »Gehen Sie geradeaus, und Sie werden direkt auf mich treffen.«

Robert Faber strich ein Zündholz an. Die kleine Flamme flackerte unruhig.

Therese Reimann hatte den Glaszylinder von der Petroleumlampe genommen und schraubte den Docht hoch. Dann stellte sie die Lichtquelle auf den nun verstummten Radioapparat.

»Es lebe die relative Sicherheit«, sagte Robert Faber. Schröder lachte.

»Was sind das«, fragte er, mit dem Finger weisend, »eigentlich für sonderbare Blechkanister?«

Der Soldat sah in die angegebene Richtung und erblickte zahlreiche aufgestapelte Kannen.

»Sieht aus wie Benzin«, meinte er.

»Es *ist* Benzin«, sagte das alte Fräulein. »Ein Garagenbesitzer, der Bruder des Hauseigentümers, hat diese Kannen hier eingelagert.«

»Eine ganze Menge«, sagte Schröder, ging an das andere Ende des Kellers und nahm den Verschluß von einem der Behälter. Etwas Flüssigkeit tropfte auf den Boden und versickerte.

»Genug Benzin, um –«, sagte Schröder und verstummte, ohne zu Ende gesprochen zu haben. Aber es war schon zu spät.

Anna Wagner stand auf und sah die Kannen mit aufgerissenen Augen an.

»Wenn hier ein Feuer ausbricht«, rief sie, »werden wir alle verbrennen!«

»Unsinn«, sagte Schröder. »Wie soll ein Feuer ausbrechen?«

»Die Bomben –«

»Hierher kommen keine Bomben«, erwiderte Schröder. »Beruhigen Sie sich.« Anna Wagner kämpfte mit den Tränen.

»Sie müssen das verstehen«, sagte sie mühsam. Der groteske Schatten ihres unförmigen Leibes fiel auf die feuchte Wand. Ihr glattes, einfaches Gesicht verzerrte sich, das weizenblonde Haar hing ihr verwirrt in die Stirn. »Sie müssen das verstehen ... Ich lebe an der Donau. Wir haben dort viel mitgemacht. Die Siemenswerke wurden getroffen und der Rangierbahnhof. Die Häuser auf der einen Straßenseite sind fast alle zerstört ...

»Gewiß«, sagte Schröder. »Glauben Sie mir –«

»Ich erwarte ein Kind«, sagte die Frau, ohne ihn zu hören. »Morgen soll ich Wien verlassen. Ich fürchte mich sehr. Sie müssen mich begreifen ...«

»Hier wird Ihnen nichts geschehen«, erwiderte Schröder. »Hier sind Sie sicher.«
»Wenn der Angriff nur schon vorüber wäre«, murmelte sie. »Ich habe solche Angst.«
»Es kann nicht mehr lange dauern«, meinte der Soldat. »Ich werde einmal hinaufgehen.« Er tastete sich zur Treppe zurück und sah Susanne Riemenschmied an. »Kommen Sie mit?«
Sie nickte.
»Dann lassen Sie mich die Flasche tragen«, sagte Robert Faber.

## 2

Die Straße war fast leer.
Einige Menschen standen vor dem Eingang des Hotels Meissl & Schadn. Ein alter Mann führte einen Foxterrier an einer langen Leine spazieren. Er trug einen Mantel mit einem Pelzkragen und ging in gesetzter Feierlichkeit zwischen zwei Laternenpfählen auf und ab. Der Regen hatte aufgehört, aber der Himmel war noch immer bedeckt. Auf der Kärntnerstraße fuhr ein Wagen vorüber. Das Geräusch seines Motors unterstrich die große Stille, die sich über den Platz gebreitet hatte. Von sehr ferne hörte man ein dumpfes Grollen. Robert Faber blieb in der Einfahrt des Hauses stehen und sah sich nach dem Mädchen um, das ihm gefolgt war.
»Hier gefällt es mir besser. Ich habe Keller nicht gern.«
»Sollen wir auf die Straße hinausgehen?« fragte sie.
Er überlegte, als wäre die Frage für ihn von entscheidender Bedeutung.
»Warum nicht?« meinte er dann. »Es ist noch immer Zeit, wieder hinunterzulaufen.«

Sie überquerten die Fahrbahn und wanderten um den Donnerbrunnen.

»Die Flasche sieht lächerlich aus«, sagte Susanne Riemenschmied. »Warum haben Sie sie mitgenommen?«

»Um daraus zu trinken. Ich kann sie nicht in die Tasche stecken, weil sie keinen Korken mehr hat.«

Der alte Mann mit dem Hund spazierte an ihnen vorüber und sah sie neugierig an. Robert Faber winkte mit der Flasche und fragte: »Trinken Sie mit uns?«

Der andere zögerte, dann erwiderte er ruhig: »Gerne«, setzte die Flasche an die Lippen und schloß die Augen.

»Anis«, sagte er, als er wieder sprechen konnte.

»Wie?«

»Ich schmecke Anis heraus«, erklärte der alte Mann mit dem Stadtpelz.

»Ach so«, sagte Faber, »das kann schon sein.«

»Warum haben Sie den Verschluß in die Flasche gestoßen?«

»Weil ich sie in Eile öffnete. Ich hatte kein Messer.«

Der andere nickte und sah zu den Wolken auf.

»Sehr friedlich heute.«

»Es ist noch nicht vorüber«, meinte das Mädchen. Der alte Mann neigte sich zu seinem Hund.

»Aber hier wird nichts geschehen«, sagte er. »Ich habe ein bestimmtes Gefühl, verstehen Sie? Ein Angriff, der so wie dieser beginnt, endet auch so. Ich spreche aus Erfahrung. Außerdem verlasse ich mich auf den Hund. Er besitzt ein hervorragendes Einfühlungsvermögen. Wenn er nervös ist, weiß ich, daß uns Gefahr droht. Heute ist er die Ruhe selbst.«

»Eine wertvolle Gabe«, sagte Susanne Riemenschmied. »Ich bin ohne sie geboren worden.«

»Ach«, erwiderte der alte Mann, »wer spricht von geboren werden? Unsere Sensibilität ist anerzogen. Wir haben sie erwerben müssen, wie man Sprachkenntnisse oder eine Allgemeinbildung erwirbt. Es war gar nicht so einfach. Wir machten sozusagen eine Spezialschulung mit. Der Gegenstand war obligat.«

Faber nickte. »Lebten Sie in Berlin?«

»Nein«, sagte der alte Mann. »In Köln. Seither beeindruckt uns wenig.« Er zog den Hut. »Ich will Sie nicht länger stören«, erklärte er. »Drüben auf der Kärntnerstraße gibt es einen Lautsprecher, wenn Sie das interessiert. Er wird anscheinend mit einer Anode betrieben und funktioniert daher immer.«

Sie sahen ihm nach, wie er langsam und steif hinter dem Foxterrier herging. Nach ein paar Schritten drehte er sich um. »Der Hund war natürlich auch in Köln«, sagte er.

»Natürlich«, erwiderte Faber höflich. Der alte Mann winkte und ging weiter. Susanne Riemenschmied setzte sich auf eine trockene Stelle des Brunnenrandes.

»Hoffentlich hat er recht mit seiner Prophezeiung«, sagte sie.

»Bestimmt!«

»Heute, nur heute, soll alles gut vorübergehen. Morgen ist ein ganz anderer Tag. Morgen spielt es keine so große Rolle mehr.«

Faber sah sie an.

»Warum nicht? Wo liegt der Unterschied?«

»Sie werden es lächerlich finden, wenn ich es Ihnen sage.«

»Nein«, antwortete er, »ich werde es nicht lächerlich finden.«

Das Mädchen betrachtete seine Hände.

»Heute abend wird etwas in Erfüllung gehen, das ich mir seit langer Zeit gewünscht habe.«

Er setzte sich neben sie. »Machen Sie eine Reise?«

Sie schüttelte den Kopf.
»Oder kommt Ihr Freund zurück?«
»Ich habe keinen Freund.«
»Ich kann es nicht erraten«, meinte er.
»Kennen Sie das Industriehaus?«
»Ja«, sagte er. »Ich ging daran vorüber, als ich von der Bahn kam.«
»Dort werde ich heute abend Rilke lesen.«
Er verstand nicht gleich. »Heute abend«, wiederholte er, »Rilke ...«
»Vor einer Zuhörerschaft von lauter jungen Leuten«, sagte sie.
»Sie sind Schauspielerin?«
»Ja.«
»Oh«, sagte er, »ein Vortragsabend.«
»Mein erster«, erklärte sie. »Ich freue mich sehr auf ihn.«
»Was werden Sie lesen?«
»Die Weise von Liebe und Tod«, sagte sie. Robert Faber zog die Beine an den Leib.
»Ich habe sie auf meinem Weg aus Ungarn zum letztenmal zufällig gelesen, in einer Feldpostausgabe. Vor ein paar Tagen.«
»Besitzen Sie das Buch noch?«
»Nein«, sagte er. »Ich verlor es nahe der Grenze, als ich –«, er brach ab.
»Als Sie –«, wiederholte das Mädchen. Faber schüttelte den Kopf. »Ich mußte«, sagte er, und sie bemerkte, daß er sich bemühte, nicht zu lügen, »den größten Teil meines Eigentums an einer Landstraße zurücklassen, weil der Lastwagen, auf dem wir fuhren, beschossen wurde. Wir rannten über ein Feld, und da mein Gepäck mir hinderlich war, warf ich es fort.« Er lächelte, da sie ihn unverwandt ansah. »Es war eine ganz billige Ausgabe

auf schlechtem Papier und schon sehr schmutzig. Trinken Sie noch?«

»Nein«, sagte Susanne Riemenschmied. »Ich habe genug, danke.« Sie legte ihre Hand auf die seine. »Sind Sie sehr müde?«

»Gar nicht«, sagte Faber. »Ich bin ganz munter.«

»Aber Sie haben in der letzten Nacht wenig geschlafen.«

»Im Gegenteil«, widersprach er, »tief und fest. Wir erhielten einen besonderen Wagen, in dem auch Verwundete fuhren.«

Das Mädchen strich sich eine Haarsträhne aus der Stirn zurück. »Wann reisen Sie nach Bregenz weiter?«

»Nach Bregenz?« wiederholte er verständnislos.

»Zu Ihren Eltern ... Sie erzählten doch, Sie wären in Bregenz zu Hause. In der kleinen Stadt an dem großen See.«

»Richtig«, sagte Faber. »Ich weiß es noch nicht. Ich habe keine Eile.«

»Was machen Sie heute abend?«

»Gar nichts. Vielleicht halte ich einen Wagen auf, der mich nach Linz oder Salzburg mitnimmt. Warum?«

»Kommen Sie in das Industriehaus«, sagte Susanne Riemenschmied. »Bitte, kommen Sie zu mir.«

»Mit Freuden. Aber ich weiß nicht, ob das möglich sein wird.«

»Warum sollte es nicht möglich sein?«

»Weil –«, er schüttelte den Kopf. »Nein«, sagte er, »ich kann es Ihnen nicht erklären. Aber ich bitte Sie, mir zu glauben, daß ich nichts lieber tun würde, als dabeizusein, wenn Sie lesen.«

Aus der Ferne drang leiser Lärm zu ihnen.

»Ich werde eine Karte für Sie hinterlegen«, meinte das Mädchen, »und mich freuen, wenn es Ihnen möglich sein sollte, zu kommen. Wie ist Ihr Name?«

»Robert Faber«, sagte er. »Und der Ihre?«
»Ich heiße Susanne Riemenschmied«, antwortete sie. Er sah sie kurz an und sagte dann: »Sie sind sehr schön, Fräulein Riemenschmied. Ich bin froh, Sie getroffen zu haben. Jetzt muß ich gehen. Leben Sie wohl.«
Damit stand er auf, verneigte sich leicht und verließ sie. Sein Gesicht war grau und müde. Als er den Gehsteig erreichte, hörte er Schritte hinter sich und wandte sich um. Das Mädchen war ihm nachgeeilt.
»Ja«, sagte Faber.
»Ich wollte ...« Susanne Riemenschmied suchte nach Worten. »Es war nur ... Sie haben den Kognak vergessen; hier ist die Flasche.«
Er trat zurück.
»Ich brauche sie nicht.«
»Aber was soll ich mit ihr tun?«
Eine Frau ging vorüber und drehte sich neugierig um.
»Das weiß ich nicht«, sagte Robert Faber. »Leer trinken und fortwerfen.« Er lächelte. »Ich muß jetzt wirklich gehen. Auf Wiedersehen, Fräulein Riemenschmied.«
Sie streckte eine Hand aus und hielt ihn am Ärmel fest.
»Bitte«, sagte sie, »bleiben Sie noch. Bis die Sirenen wieder heulen.«
»Ich bin in Eile«, sagte der Soldat und wandte sich ab. »Es bleibt nur wenig Zeit, all das zu erledigen, was ich mir vorgenommen habe.«
»Aber Sie sagten doch, daß Sie keine Pläne hätten!« rief sie, neben ihm hergehend. »Sie sagten –«
»Trotzdem. Es fiel mir plötzlich ein, daß ich mich unmäßig verspätet habe. Mein Urlaub ist nur kurz.«
Sie stellte sich ihm in den Weg, ohne seinen Arm freizulassen. Ihre Augen waren groß und dunkel.
»Ich fürchte mich.«
»Lassen Sie mich los«, sagte Faber. »Was wollen Sie

denn? Der Angriff, wenn es überhaupt einer war, ist fast vorüber. Ihnen wird nichts geschehen. Gehen Sie zurück in den Keller, wenn Sie Angst haben.«

»Ich fürchte mich nicht vor den Fliegern«, erwiderte sie leise. »Ich will, daß Sie bei mir bleiben. Nur eine kurze Weile.«

»Hören Sie«, sagte der Soldat und schob das Mädchen zur Seite, »ich bin nicht imstande, irgendwelchen Trost zu spenden.«

»Bleiben Sie«, bat das Mädchen. »Für eine Stunde. Sprechen Sie mit mir.«

»Ich bin ein schlechter Gesellschafter«, sagte er. »Sie kennen mich nicht. Wenn ich bei Ihnen bliebe, würden Sie nicht fröhlich werden. Ich bringe Ihnen Unglück.«

»Das ist nicht wahr!«

»Doch, so ist es. Sie wissen nichts von mir.« Er starrte sie an und hob die Hände gegen die Brust. »Ich spreche die Wahrheit«, sagte er. »Deshalb will ich gehen. Wenn Sie wüßten, wer ich bin, würden Sie mir recht geben.«

»Ich will nicht wissen, wer Sie sind«, antwortete das Mädchen. »Ich will, daß Sie bei mir bleiben.«

Er schwieg. Auf der anderen Straßenseite ging der Mann mit dem kleinen Hund vorüber. Der Soldat ließ die Arme sinken. »Wenn Sie ahnten«, sagte er, »wie gerne ich bei Ihnen bliebe.«

Sie nahm ihn an der Hand und führte ihn langsam zu dem Brunnen zurück.

»Ich ahne es«, sagte Susanne Riemenschmied.

Der Lärm der Geschütze wurde schwächer. Aus den Toren mehrerer Häuser traten Menschen ins Freie und sprachen miteinander. Der Soldat und das Mädchen wanderten um den langen Platz. Im Keller des Hauses, welches Fräulein Reimann bewohnte, warf die Petroleumlampe die Schatten von fünf Besuchern an die nassen Mauern. Der Priester war eingeschlafen. Anna Wagner hielt ein Buch in der Hand und las dem aufmerksam lauschenden Kind das Märchen vom Froschkönig und dem eisernen Heinrich vor.

»In den alten Zeiten«, erzählte sie, »wo das Wünschen noch geholfen hat, lebte einst ein König, dessen Töchter waren alle schön, aber die jüngste war so schön, daß die Sonne selber, die doch so vieles gesehen hat, sich verwunderte, sooft sie ihr ins Gesicht schien ...«

Wie still es geworden ist, dachte Therese Reimann. Man kann sogar die Tropfen hören, wenn sie von den Wänden fallen. Sie zog die Decke um die Schultern zusammen und faltete die Hände. Als sie noch jung war, dachte sie, als sie noch jung war ... hatte man auch ihr Märchen vorgelesen. Fräulein Reimann erinnerte sich deutlich an diese Zeit und an die Stimme der dicken, gutmütigen Kinderfrau, in deren Obhut sie gegeben war: an die dämmrigen Nachmittage im Herbst, wenn man, fröstelnd und angeregt von einem Spaziergang heimgekehrt, in leichter Benommenheit Erzählungen von Feen, Königstöchtern und bösen Räubern vernahm ... die Geschichte von dem Mädchen, das bei einer Frau namens Holle ihr Brot mit dem Schütteln ungewöhnlicher Kissen verdiente, von Hans im Glück, der einen Goldklumpen, groß wie sein Kopf, wieder und wieder gegen immer minderwertigere Objekte eintauschte und dabei stets fröhlicher wurde, von dem Menschen, der auszog, um auf haarsträubende Weise das Fürchten zu lernen, und dem kleinen, krummen Männlein, das im Walde auf einem Bein stand und so froh, ach so froh darüber war, daß niemand wußte, daß es Rumpelstilzchen hieß.

Therese Reimann erinnerte sich gerne dieser Zeit des zu Ende gehenden 19. Jahrhunderts, in der es noch Gaslicht, Pferdestraßenbahnen und die ersten Telephone gab. Damals, dachte sie, war das Leben einfacheren Gesetzen gefolgt, die Menschen waren duldsamer und aufrichtiger gewesen. Sie vermochten ihre Affären auf friedlichem Wege zu regeln und besuchten des Sonntags mit ihren Angehörigen ein Gotteshaus. Fräulein Reimann seufzte und lauschte dem Märchen vom Froschkönig und dem eisernen Heinrich. Es schien, daß der König mit den wunderschönen Töchtern, über deren eine sich selbst die Sonne verwunderte, gefährlich erkrankte und kein Arzt ihm mehr helfen konnte. Da begann er mit großer Sehnsucht an einen Brunnen zu denken, der sich in einem Garten befand und durch dessen Wasser er zu gesunden hoffte. Deshalb ging eine seiner Töchter hin, schöpfte ein Glas voll und fand es trübe. Ein Frosch regte sich im Gras und schlug ihr vor, sein Schätzlein zu werden. Dafür versprach er, das Wasser rein zu zaubern. Andernfalls, sagte er, mache er es puttel, puttel trübe. Die erste und zweite Tochter wehrten das Anerbieten des garstigen Kaltblüters ab. Die dritte aber ging darauf ein, erhielt das köstliche Wasser, und der alte König genas. Nun kam der Frosch zum Schloß und begann, vor der Kammer der jüngsten Prinzessin ein Lied zu singen, in dem er sie an ihr Versprechen erinnerte.

»Mach mir auf, mach mir auf, Königstochter, jüngste!« rief der kleine Frosch. »Weißt du noch, was du gesagt, als ich in dem Brunnen saß?«

Die Prinzessin wußte es noch, öffnete die Tür, und der Frosch hüpfte ins Bett zu ihren Füßen, wo er drei Tage liegenblieb, um sich danach in einen wunderschönen Königssohn zu verwandeln, den eine böse Fee verhext hatte. Und nun begann die Liebestragödie der beiden, des Tuches mit den magischen Schriftzeichen wurde

Erwähnung getan, das Buch erzählte von der Reise der jüngsten Prinzessin, die sich Manneskleider anzog, um dem Geliebten heimlich hinten auf seinem Wagen zu folgen, während er, ohne Erinnerung an sie, willens war, eine andere zu ehelichen. Vom Herzen der Vergessenen sprangen die Reifen einer unendlichen Sehnsucht.

»Heinrich«, rief der Königssohn, als er das Krachen hörte (denn so nannte sie sich, seit sie Manneskleider trug), »Heinrich, der Wagen bricht!« Und der verkleidete Diener antwortete: »Nein, Herr, es ist der Wagen nicht. Es ist ein Band von meinem Herzen, das da lag in großen Schmerzen …«

Fräulein Reimann schloß die Augen und glaubte sich aus dem kalten Vormittag im Frühling des Jahres 1945 zurückversetzt in ihre Jugend, da sie eine Reihe von Freundinnen besaß, mit denen sie erste Geheimnisse teilte, einen Operntenor verehrte und unter ihren Besitz ein ledergebundenes Buch für besondere, rankenverzierte Sinngedichte und liebevolle Widmungen zählte, auf dessen Deckblatt in goldenen Lettern das Wort »Souvenir« zu lesen stand; da sie noch Geigenunterricht nahm und auf Redouten ging; da sie den Sommer auf dem Lande verbrachte und ihr Vater zu sagen pflegte: »Ein wohlerzogener Mensch spricht in Gesellschaft ebensowenig über Kunst wie über Politik wie über Religion.« Fräulein Reimann sah still in das gelbe Licht der rußenden Lampe und hatte auf einmal das Gefühl, ungemein verlassen zu sein. Sie begann in ihrer altmodischen, großen Handtasche zu suchen und rief das kleine Mädchen herbei, das einen Knicks vor ihr machte und sie erwartungsvoll ansah.

»Hast du gerne Schokolade?« fragte Therese Reimann.

»Ja, bitte«, antwortete das Kind. Die alte Dame reichte

ihm eine in Silberpapier verpackte Rippe, die sie seit langer Zeit mit sich herumtrug.
»Danke«, sagte Evi.
»Ich war auch einmal so klein wie du«, flüsterte Fräulein Reimann. »Alle Kinder haben Schokolade gerne. So ist es doch, nicht wahr?«

## 3

Um diese Zeit, 12 Uhr 7 Minuten, standen die der Liesing zunächst gelegenen Ölreservoire der »Nova« bereits in Flammen, und das Feuer war im Begriff, auf die nahen Verwaltungsgebäude überzugreifen. Soldaten bemühten sich, von den an der Hauptstraße stehenden Hydranten Schlauchlinien zu den Brandstellen zu legen, andere waren damit beschäftigt, Verwundete aus einem eingestürzten Betonbunker zu bergen. Viele Bomben hatten infolge des starken Flakfeuers und der Wolkendecke ihre Ziele verfehlt und waren auf den Ort Schwechat, die Landstraße und die brachen Felder an ihrer östlichen Seite gefallen.
Die beiden ersten Wellen der Angreifer hatten mit Südkurs den Stadtraum von Wien verlassen und befanden sich auf dem Rückflug. Der dritte Kampfverband kreiste, den Meldungen des Luftschutzsenders zufolge, weiterhin über Krems und schien auf funktelegraphische Instruktionen seines Einsatzhafens zu warten. Kleine Gruppen von Jagdbombern hielten sich seit längerem im ungarischen Grenzgebiet auf und attackierten frisch angelegte Verteidigungslinien, Eisenbahnen und Wagenkolonnen, die auf der Fahrt nach Osten begriffen waren. Vereinzelte Bombenabwürfe wurden aus dem Zweiten und Fünften Bezirk gemeldet, aber es war klar, daß der

Angriff den Anlagen der »Nova« gegolten hatte. Den Männern und Frauen in den unterirdischen Kommandostellen des Luftschutzgebietes Wien, die genug Vergleichsmöglichkeiten besaßen, erschien er nicht besonders schwer. Sie erwarteten, daß der über Krems kreuzende Verband in Bälde seinen Kurs ändern und ein Ziel, möglicherweise wieder die Ölgesellschaft, angreifen würde, um damit die Operation zu einem Ende zu bringen. Der Telephonsender meldete: »Keine unmittelbare Luftgefahr für Wien. Neue Verbände aus dem Süden wurden nicht gesichtet.« Drei Ambulanzwagen rasten mit heulenden Sirenen über das unebene Pflaster der Simmeringer Hauptstraße nach Norden. Ihre Fahrer trugen Stahlhelme. Sie brachten Verletzte in das Rudolfsspital. Auf den Geleisen standen leere Straßenbahnwagen der Linie 71. Die Luft war erfüllt von dem Geruch des brennenden Öls, dessen schwarzer Qualm gegen den Himmel aufstieg. Polizei sperrte das Gebiet um die Raffinerie ab, da man mehrere Bomben mit auf Zeit gestelltem Zünder gefunden hatte. Durch Schwechat marschierten Soldaten. Sie kletterten über Trümmerhaufen hinweg an die zerstörten Häuser heran und suchten die Kellerabstiege zu gewinnen. Einzelne begannen mit Hacke und Schaufel zu arbeiten. Andere formten kurze Ketten, durch deren Hände hastig fortgeräumte Trümmerstücke wanderten. An Toren, Bäumen und Telegraphenmasten wurden rote Plakate angeschlagen. Sie trugen in vier Sprachen die Aufschrift: »Wer plündert, wird erschossen.«

Am Ende des Dorfes brannte, durch Funken entzündet, in hellen Flammen ein niederes Bauernhaus. Aus den losen Klauenkupplungen der Schlauchlinien spritzte das Wasser und überflutete die Straße. Ein totes Pferd lag im Graben, neben ihm zwei Frauen, die man mit Zeitungspapier zugedeckt hatte. Über die Äcker kamen Menschen mit schwarzen Gesichtern und zerrissenen Kleidern. Sie blieben am Rande der Straße stehen und starrten wortlos in die gelben, züngelnden Flammen. Polen, Ukrainerinnen, Slowaken, Griechen. Manche liefen stadtwärts, um den Schrecken eines neuen Angriffs zu entgehen. Sie schleppten Säcke, Koffer und Bündel mit sich. Einige hatten keine Schuhe an den Füßen, andere waren im Hemd. Der Wind trieb den Rauch des stinkenden Öls nach Nordwesten.

Ein Soldat auf einem Motorrad kam den Flüchtenden entgegen. Die Reifen kreischten, als er bremste.

»Geht zurück in den Keller!« schrie der Soldat und riß die Maschine herum. »Ein neuer Verband fliegt Wien an!«

»Wir gehen nicht zurück!« brüllte ein Mann. »Lieber wollen wir hier verrecken als in dem dreckigen Bunker!«

Der Soldat spie in den Staub.

»Macht, was ihr wollt ... auf der Straße werden euch die Tieflieger sehen!« Er hustete. »Einer kann mit mir fahren. Schnell!« Ein Mädchen sprang auf den Reservesitz des Rades, klammerte sich an seine Schulter und zog die Beine hoch. Die Maschine entfernte sich lärmend. Die schmutzigen Menschen, denen die Furcht in den Augen saß, eilten ihm nach. Einzelne erreichten die Mauer des Zentralfriedhofes, kletterten über sie und ließen sich auf Grabsteinen nieder. Durch die Simmeringer Hauptstraße heulten noch immer die Sirenen der drei Ambulanzen.

## 4

In der Stille ihres vortrefflichen Kellers las Fräulein Therese Reimann im achten Kapitel der Offenbarung des Johannes, in welchem von der Eröffnung des Siebenten Siegels gesprochen wird: von dem Engel, der da nahm ein Räucherfaß und es füllte mit Feuer von dem Altar, um es auf die Erde zu schütten. Und da geschahen Stimmen und Donner und Erdbeben. Und die sieben Engel mit den sieben Posaunen hatten sich gerüstet zum Blasen.

Und der erste Engel posaunte, und es ward ein Hagel und Feuer, mit Blut gemengt, und fiel auf die Erde, und der dritte Teil aller Bäume verbrannte und alles grüne Gras ...

Fräulein Reimann ließ die Bibel sinken und betrachtete den Priester Reinhold Gontard, der zusammengesunken schlief. Sein Atem ging schwer und unregelmäßig. Er hatte den Kopf in die verschränkten Arme gelegt. Die alte Dame bedauerte, mit ihm nicht sprechen zu können. Sie hätte ihn gerne dazu gebracht, ihr von der Apokalypse zu erzählen, von dem rosinfarbenen Löwen, dem Pfuhl aus Schwefel und Feuer und jenen, die das Mal des Tieres auf ihren Stirnen trugen. Aber der Priester schlief. Der Mann mit der Hornbrille ging ruhelos auf und ab. Die junge Mutter unterhielt sich leise mit ihrer Tochter. Fräulein Reimann faltete die Hände im Schoß und sprach ein Gebet für alle, die in dieser Stunde dem Tode begegneten.

»Dein Wille geschehe«, flüsterte sie, »o Gott, der Du diese Erde geschaffen hast nach Deinem Wohlgefallen. Du besitzt die Allmacht und die Gnade, seligzusprechen und uns aus den Händen der Finsternis zu erretten, damit wir eingehen können in Dein Paradies. Beschütze,

o Gott, die wahren Kinder Deiner Kirche, die Kranken, Alten, sehr Jungen, die Schwachen und Unschuldigen. Habe Mitleid mit den Lästerern und jenen, die Deinen Namen leugnen, sei großmütig gegen solche, die durch ihre Taten die Worte der Schrift verletzen, und erlöse sie von dem Übel. Stehe jenen bei, die Deiner in dieser Stunde bedürfen, jenen, die schutzlos sind oder sich in Gefahr begeben müssen. Hilf den Soldaten, denn sie sind nur Kinder, denen das Töten keine Freude bereitet. Hilf den Frauen und Mädchen, deren Herzen jetzt voller Furcht sind vor dem Grauen eines zu frühen Todes. Beschütze sie und bewahre sie vor Vernichtung und Schmerzen. Ich habe mein Leben lang getreu Deinen Worten gelebt«, sagte Fräulein Reimann in ihrem Gebet zu Gott dem Allmächtigen, »ich vertraue auf Deine Weisheit und warte auf mein seliges Ende. Ich fürchte mich nicht. Ich bete nicht für mich, sondern für meine Mitmenschen, und ich bitte Dich, o Gott: Bereite dem Morden ein Ende, und gib uns Frieden. Laß die Völker zur Besinnung kommen, und zeige ihnen den Weg aus dem Chaos dieser langen Jahre voller Tod. Erlaube nicht, daß Deine wunderschöne Welt zuschanden wird an dem Hochmut und Stolz von wenigen, denn es gibt neben ihnen noch viele, die nach den Gesetzen der Schrift leben und auf Erlösung warten. Wer immer in dieser Stunde aus dem Leben scheidet, möge eingehen in die ewige Seligkeit, darum bitte ich Dich, o Gott. Darum und um Frieden.«
Fräulein Reimann zögerte einen Augenblick.
»Beschütze die Tiere«, betete sie dann, »die Vögel, die Hunde, Katzen, Pferde und Kühe. Sie haben nicht teil an dem schändlichen Treiben der Zeit, sie wurden hineingerissen in diesen tollen Strudel und können sich nicht bewahren vor seinen Schrecken. Auch die Tiere

haben eine Seele, sie fühlen wie wir, und sie leiden wie wir. Aber sie leiden stumm, und wenn sie sterben, verscharrt man sie irgendwo auf den Feldern. Erhalte die Tiere, o Herr. Amen.«

Fräulein Reimann begann ein Vaterunser zu beten und fühlte sich erfüllt von lauter Erleichterung. Ihr Gesicht trug einen Ausdruck inniger Hingabe und großer Sanftheit.

Am westlichen Rande des Wienerwaldes hatten zwei Flakbatterien zu feuern begonnen. Der dritte Kampfverband flog das Stadtgebiet an. Seine Motoren sangen ihr tiefes, gleichmäßiges Lied, das gemeinsam mit den Gebeten Fräulein Reimanns aufstieg zu dem verhängten Himmel, in dessen Unendlichkeit, einer alten Legende zufolge, Gott der Allmächtige wohnt.

## 5

Walter Schröder trat über die ausgestreckten Beine des schlafenden Priesters hinweg und ging durch den dämmrigen Keller zur Treppe. Die schwangere Frau sah auf.

»Ich bin in Eile«, sagte Schröder. »Es erwartet mich viel Arbeit.«

»Aber die Sirenen haben noch nicht geheult.«

Er zuckte die Schultern und legte eine Hand auf die feuchte Mauer.

»Ich weiß. Trotzdem dürfte die Gefahr vorüber sein. Der Angriff hat ohne Zweifel nicht der Stadt gegolten.« Er hob grüßend den Hut. »Seien Sie unbesorgt«, meinte er, »es kann nicht mehr lange dauern. Guten Tag.«

Walter Schröder begann die schmale Steintreppe emporzusteigen, indem er von Zeit zu Zeit Streichhölzer anriß, um sich über den Weg zu orientieren. Natürlich, dachte er, würden die Straßenbahnen noch längere Zeit nicht fahren. Es war immer das gleiche nach diesen Tagesangriffen. Aber vielleicht konnte er ein Auto anhalten, das ihn über die Mariahilferstraße bis zum Gürtel oder noch weiter mitnahm. Er sah auf die Uhr. Es war 12 Uhr 18. Schröder erreichte den kalten Hausflur. Er hatte sich unmäßig verspätet. Es war dumm gewesen, überhaupt einen Keller aufzusuchen. Kostbare Zeit war damit verlorengegangen, kostbare Zeit.

Er mußte noch einen abschließenden Bericht für Berlin verfassen. Sein Assistent hatte sicherlich verabsäumt, die geforderten Entladekurven zu zeichnen. Um 4 Uhr fand eine Zusammenkunft des Betriebsrates statt, in der endlich das Problem der ungenügenden Materialanlieferungen zur Sprache gebracht werden sollte. Für 5 Uhr war der Besuch eines Mannes der Technischen Hochschule angekündigt worden. Den Abend schließlich wollte Schröder der Untersuchung einer besonders gebauten Kleinanode widmen, die man in den Trümmern eines abgeschossenen Bombers gefunden und seinem Laboratorium eingesandt hatte, da man, ihrer eigenartigen Form wegen, vermutete, daß sie den Bestandteil eines unbekannten Gerätes bildete. Möglicherweise würde er in der Fabrik übernachten, dachte er, um am Morgen länger schlafen zu können. Es war so noch am bequemsten. Er betrat die Straße und begann in der Richtung zur Oper zu gehen, wobei er dem Soldaten und dem jungen Mädchen begegnete, die schon früher den Keller verlassen hatten. Sie kamen ihm langsamen Schrittes entgegen und schienen ein ernstes Gespräch zu führen. »Ich verabschiede mich«, sagte Schröder. »Ich denke, die Luft ist rein.« Der Soldat sah ihn an. Schröder schüttelte verärgert den Kopf. »Das Ganze ist nichts als ein sehr gelungener Versuch, jede geregelte Arbeit unmöglich zu machen. Kein Tag geht hin, ohne daß wir viele Stunden auf derart sinnlose Art verlieren. Manchmal greifen die Bomber gar nicht an. Sie überfliegen uns bloß, und jedermann läuft in die Schutzräume.«

»Ich kann nicht finden, daß dieser Vorgang sinnlos ist«, sagte Faber. »Wenigstens nicht für die anderen.«

»Denken Sie an die wertvollen Arbeitsstunden«, sagte Schröder verbissen. »Wir verlieren zuviel Zeit.«

»Es ist besser«, erwiderte der Soldat, »Zeit als das Leben zu verlieren.«

Schröder hob seine Tasche unter den Arm.

»Das eine«, sagte er, »könnte das andere in seinem Gefolge haben. Unsere Lage ist ernst. Auf Wiedersehen.«

»Leben Sie wohl«, sagte Robert Faber. In diesem Augenblick kam von der anderen Seite des Platzes der alte Mann mit dem Hund auf sie zu. Er ging schnell und war erregt.

»Bleiben Sie stehen!« rief er Schröder nach, der sich umwandte. »Warten Sie einen Augenblick!«

»Was gibt es?« fragte Susanne Riemenschmied.

»Ein neuer Verband hat Wien umflogen und kehrt jetzt aus dem Südosten zurück.«

»Wieder die Nova«, sagte Schröder gleichgültig. »Es werden noch ein paar Bomben auf die Ölraffinerie fallen. Das Manöver ist durchsichtig. Ich habe nicht die Absicht, sein Ende hier abzuwarten.«

Der kleine Hund begann an der Leine zu zerren und bellte kurz.

»Irgend etwas«, sagte sein Herr mit leichter Nervosität, »beunruhigt mich. Irgend etwas liegt in der Luft.«

»Unsinn«, meinte Schröder. »Ausgerechnet jetzt, eine Stunde nachdem die Sirenen heulten?«

Der alte Mann hob seine Hand. Sie lauschten und vernahmen von fern gedämpfte Detonationen.

»Geschütze«, sagte der alte Mann. »Und Bomben. Gehen Sie zurück in den Keller. Wir sind in Gefahr.«

»Lächerlich!« rief Schröder. »Die Geschütze haben schon früher und weitaus lauter gefeuert.«

»Wir sind in Gefahr«, wiederholte der Fremde und folgte eilig dem Hund, der ihn winselnd über die Straße zerrte. Walter Schröder sah ihm nach, bis er im Eingang des Hotels Meissl & Schadn verschwand, und wandte sich dann zum Gehen.

»Warten Sie«, sagte der Soldat.

»Warum?«

»Warten Sie einen Augenblick, und sprechen Sie nicht. Hören Sie etwas?«

»Nein«, sagte Schröder.

Susanne Riemenschmied hatte den Kopf gehoben.

»Doch«, sagte sie, »ganz leise höre ich Motoren.«

»Ich auch«, erklärte Faber. »Und das Geräusch wird lauter.«

Die Straße war wieder menschenleer. Das Dröhnen der über den Wolken fliegenden Bomber kam näher, auch Walter Schröder vernahm es. Er folgte den beiden andern langsam zu dem schmiedeeisernen Tor und trat in die Hauseinfahrt. Einige Abschüsse der Geschütze vom Turm der Stiftskaserne ließen ihn zusammenzucken. Das Motorengeräusch war sehr deutlich geworden. Plötzlich drang ein dünner, pfeifender Ton an Schröders Ohr, der lauter wurde und sich in ein seltsam rauschendes Getön verwandelte, das unter anderem an jenes von Regen erinnerte, der auf ein Blechdach fällt. Susanne Riemenschmied sah erstaunt auf die Straße.

»Was ist das?« fragte sie. Der Soldat wandte sich auf dem Absatz um, packte sie an der Hand und schob Walter

Schröder, der dem Brausen gebannt lauschte, gegen den Kellerabstieg. »Schnell!« schrie er. »Schnell!«
Die drei eilten strauchelnd über die dunkle Stiege hinab und hatten die erste Etage erreicht, als eine gewaltige Explosion sie vorwärts stieß und fallen ließ. Eine Druckwelle flog über sie hin, die Luft war von Staub erfüllt, die Wände des Ganges zitterten. Über der phantastischen Detonation erhob sich schon wieder ein dünnes, zittriges Pfeifen. Robert Faber kam als erster auf die Beine, riß Schröder am Mantel hoch und stieß ihn vor sich her in die Dunkelheit hinunter. Dann fühlte er, wie Susanne Riemenschmied ihre Arme um ihn legte. Er hob sie auf und eilte, ausgleitend und mühsam sein Gleichgewicht bewahrend, tiefer. Aus dem Keller hörte er die Stimme einer Frau, die hoch und hysterisch schrie. Dann geschah es.
Eine gewaltige Hand schoß vor und schleuderte ihn abwärts. Seine Hände schlossen sich um Susanne Riemenschmied, als er die letzten Stufen in die chaotische Finsternis des Kellergrundes stürzte. Ihr Haar fiel über sein Gesicht. Sie atmete hastig. Ein kalter Luftstrom, gemengt mit Staub und Erde, wurde in den Raum gepreßt. Über sich hörte Faber ein donnerndes Toben und wußte, daß das Haus getroffen war. Der Boden schwankte. Noch einmal erschütterte ein Einschlag das Gemäuer. Dann kam eine Stille. Eine Stille, wie Faber sie nie zuvor erlebt hatte. Kein Windhauch regte sich, kein Geräusch, auch nicht das leiseste, war hörbar. Selbst das Mädchen schien nicht zu atmen. Der Soldat glaubte, taub geworden zu sein, so vollkommen war diese gespenstische Stille, die anhielt, bis die ruhige Stimme des Kindes aus der Dunkelheit fragte:
»Sind wir jetzt tot?«

# Drittes Kapitel

## 1

Wenn du gestorben bist, wenn deine unsterbliche Seele aus dir ausgetreten ist, bettet man dich nach einigen Vorbereitungen in einen Sarg und trägt dich in einen großen Garten mit alten Bäumen und hohem Gras, in dem die Nachtigallen singen.

Dort senkt man dich in ein Grab, wirft Erde auf deinen Leichnam und errichtet einen Stein, auf dem dein Name steht. Nicht alle Menschen sterben so vornehm, manche bleiben ganz einfach irgendwo liegen, und kein Hund schert sich um sie, andere wieder entziehen sich durch die Art ihres Endes jeder Form posthumer Geschäftigkeit mit ihren Resten, aber die meisten finden doch ein Grab. Irgendein Priester spricht Gebete, und manchmal weint jemand, bevor du allein bleibst, und sagt, er würde dich nie vergessen, was zwar tröstlich, aber auch ganz lächerlich ist ... denn alle Dinge werden vergessen, nach einer Weile.

Wenn du gestorben bist, wird aus dir dein Paradies. In deinem Grab kann dich niemand mehr stören und du schläfst in Frieden.

Der Wind weht, die Wolken ziehen, der Tag vergeht, die Nacht kommt gegangen. Der Sommer scheidet, Schnee fällt auf dich und kalter Regen. Aber all das braucht dich

nicht zu bekümmern, denn du liegst tief. Das Jahr wendet sich. Wieder wird es Frühling, wieder kommt der Sommer zurück, es ist dieselbe Sonne, die dein Grab bescheint, immer dieselbe.
Wenn du, wie Fräulein Reimann, ein gottesfürchtiges Leben geführt und viel gebetet hast, dann vertraust du darauf, daß der Allmächtige dich in Seinen Himmel aufnehmen wird, wo die Engel auf Harfen spielen und die ewige Seligkeit dein ist.
Wenn du, wie Walter Schröder, dir ein physikalisches Weltbild geschaffen hast, glaubst du daran, daß die organischen Bestandteile deines Körpers, umgewandelt in Kohlensäure und Ammoniak, sich nach dem Diffusionsgesetz über die ganze Erde ausbreiten und dem Aufbau der Pflanzen und Bäume dienen werden. Deshalb, meinst du, wird jede Blume und jedes Tier einen Teil deines Leibes enthalten. Die anorganische Substanz deines Leichnams, die Kalk- und Phosphorsalze, sollen desgleichen zerfallen und sich lösen, im Regen und dem Wasser der Ströme. Die in deinem Körper enthaltene Energie wird diesen, umgewandelt in Wärme, verlassen und einen Teil der Weltenergie bilden. Das, glaubst du, wenn du wie Walter Schröder ein der Chemie gewidmetes Dasein geführt hast, bedeutet die wahre Auferstehung vom Tode. In dieser Überzeugung lebst du in Frieden mit kommenden Ereignissen und weißt, daß der Tod nichts ist als eine notwendige Folge allen Lebens. Es gibt keinen Anfang, und es gibt kein Ende. Wir verändern uns ständig. Niemals sind wir die gleichen. Wenn der Tod kommt, erleiden wir unsere größte Verwandlung. Vieles geschieht, wenn wir gestorben sind. Daran glaubt Fräulein Reimann ebenso wie Walter Schröder. Aber man stirbt nicht so leicht.

## 2

Therese Reimann erwachte aus einer kurzen Ohnmacht mit dem Gefühl, ersticken zu müssen. Sie schluckte krampfhaft, und eine scharf schmeckende aromatische Flüssigkeit rann durch ihre Kehle. Sie hustete, richtete sich auf und rang mit nassen Augen nach Atem. Über sich geneigt gewahrte sie im Licht der wieder brennenden Petroleumlampe den jungen Soldaten, der eine Flasche in der Hand hielt.
»Vorsicht«, sagte Robert Faber. »Spucken Sie den guten Kognak nicht aus. Es ist ohnehin schon viel verlorengegangen. Wir müssen sparsam sein.«
»Was ist geschehen?« fragte Therese Reimann leise Robert Faber.
»Sie sind in Ohnmacht gefallen.«
»Ich weiß«, sagte sie. »Aber vorher ... was war das? Ist ... sind ... wurde das Haus getroffen?«
»Ja«, antwortete der Soldat. Therese Reimann riß die Augen auf und holte pfeifend Atem. Dann sank sie auf das primitive Bett zurück.
»Das Haus wurde getroffen«, murmelte sie. »Mein Haus. Von einer Bombe.«
Sie lag auf dem Rücken und sah schweigend zu der dunklen Decke empor. Ihre Lippen bewegten sich. Aus einem Winkel des Mundes floß ein dünner Speichelfaden. Therese Reimann fragte:
»Ist meine Wohnung zerstört?«
»Ich weiß es nicht«, sagte Robert Faber.
»Meine Wohnung im dritten Stock«, wiederholte die alte Dame, »wurde sie getroffen?«
»Ich habe sie nicht gesehen.«
»Warum nicht?«
»Ich war noch nicht oben.«

Fräulein Reimann erhob sich unsicher und glitt auf den Boden.

»Wohin wollen Sie?«

»Nachsehen. Ich muß nachsehen, was aus meiner Wohnung geworden ist.« Sie stützte sich auf seinen Arm. »Kommen Sie mit.«

»Warten Sie«, sagte er.

»Nein«, rief Fräulein Reimann, »ich will hinauf!«

»Sie können jetzt nicht hinauf.«

»Ich kann nicht? Warum?«

»Weil –«, er geleitete sie zu dem Bett zurück und brachte sie dazu, sich zu setzen, »– weil der Kellereingang verlegt ist.«

Fräulein Reimann sah ihn verständnislos an.

»Was heißt das: Der Kellereingang ist verlegt?«

»Es ist viel Schutt vor ihn gestürzt«, sagte Faber. »Nach dem Bombeneinschlag stürzte ein Teil des Gebäudes zusammen.«

»Wir können nicht hinaus?«

»Im Augenblick nicht.«

»Wir sind hier eingeschlossen?«

»Ja«, sagte Faber. »Aber man wird uns bald ausgraben.«

Fräulein Reimann warf sich auf die beiden Strohsäcke und brach in Tränen aus.

»Verschüttet!« rief sie schluchzend. »Wir sind verschüttet!«

Ihr kleiner, magerer Körper wurde hin und her geworfen, ihre Kleider gerieten in Unordnung. »Verschüttet!« schrie Fräulein Reimann. »Wir sind in diesem Keller verschüttet, und meine Wohnung ist vernichtet ...«

Sie preßte das Gesicht an die feuchte Wand und erhob ihre schrille Stimme.

»Mein Gott, mein Gott«, schrie Fräulein Reimann, mit den Beinen strampelnd, »warum hast Du mich verlassen?« Sie schlug mit dem Kopf gegen die Mauer. »Ich bin Deine treue Dienerin gewesen«, rief sie in ihrer Verzweiflung, »ich habe zu Dir gebetet und auf Dich vertraut, und nun ist meine Wohnung zerstört, und ich muß hier sterben!«

»Sie werden nicht sterben«, sagte Faber.

»Doch!« rief Fräulein Reimann. »Ich werde hier sterben, ich weiß es.« In einem Anfall von Hysterie krümmte sich ihr Körper zusammen. Die Lippen wurden blau, die Finger verkrampften sich. Dann stieß sie mit den Beinen wild um sich und begann methodisch den Kopf gegen die Wand zu schlagen. »Meine Wohnung!« kreischte sie. »Meine Wohnung! Das einzige, was ich besitze ... o Gott, o Gott, meine Wohnung!«

Robert Faber packte sie an den Schultern und warf die sich Wehrende auf das Bett. Sie stieß mit den Füßen nach ihm und spuckte ihn an.

»Lassen Sie mich los!« schrie Fräulein Reimann. »Lassen Sie mich los! Ich will sterben!«

»Seien Sie ruhig«, sagte er.

»Nein!«

»Seien Sie ruhig«, sagte Faber. »Sie sind nicht allein.«

»Ich will nicht ruhig sein«, kreischte Fräulein Reimann, versuchte, ihn in die Hand zu beißen, und begann gellend um Hilfe zu rufen. Er preßte ihre Hände gegen seine Brust und schlug ihr fest ins Gesicht. Fräulein Reimanns Kiefer fiel herab. Sie starrte ihn entsetzt an und schwieg. Ihr Körper entspannte sich. Sie sank zusammen und begann wieder leise zu weinen. Der Soldat hob die Flasche vom Boden auf und stellte sie vorsichtig beiseite. Dann neigte er sich über die alte Frau.

»Bleiben Sie hier«, sagte er. »Ich komme zurück.«

Als er sich zum Gehen wandte, hielt sie ihn fest.

»Bitte«, flüsterte sie, »schicken Sie den Priester zu mir.«

Er nickte, verließ sie und stieg in die zweite Etage des Kellers hinauf, wohin die anderen vorausgegangen waren. Er fand sie vor dem zusammengebrochenen Bogengang des Aufstiegs. Große Steine, zerfaserte Balken und gelbe Erde bezeichneten die Stelle, an der er sich befunden hatte. Walter Schröder beleuchtete mit der Taschenlampe des Priesters die Trümmerstätte. Er wandte sich um, als er den Soldaten hörte.

»Es sieht böse aus«, sagte er. »Ich glaube, die ganze Stiege ist eingestürzt. Der Gang war nicht sehr breit. Wenn seine Mauern zusammengedrückt wurden, werden wir hier kaum hinauskommen.«

»Ein Glück, daß die Decke hielt«, sagte Faber. Er sah sich um und wies mit der Hand auf den Priester.

»Die alte Frau möchte Sie sehen.«

»Mich?« fragte Reinhold Gontard.

»Ja«, sagte der Soldat. »Gehen Sie zu ihr.« Der andere zuckte die Achseln und ging. Susanne Riemenschmied kam aus der Dunkelheit in den Lichtkreis der Lampe und blieb vor Faber stehen.

»Der Keller hat keinen zweiten Ausgang. Wir sind verschüttet, nicht wahr?«

Er nickte.

»Aber nicht lange. Die draußen werden uns finden.«

»Bestimmt«, sagte sie leise und sah zu Boden. »Sie werden uns finden.«

»Wir können ihnen entgegengraben. Durch den angefangenen Gang da drüben.« Faber legte seine Arme um Susanne Riemenschmied. Ihr Körper gab nach, und sie lehnte sich an ihn. Schröder ließ den Lichtkegel der Lampe über die Wände gleiten und gewahrte Anna Wagner, die gebückt an der Mauer stand. Das kleine Mädchen war bei ihr.

»Fühlen Sie sich nicht gut?«

»Ich bin so erschrocken …« Die schwangere Frau zuckte nervös zusammen. »Ich dachte, mein Herz bleibt stehen. Wird es lange dauern, bis man uns findet?«
»Hoffentlich nicht.«
»Mir ist sehr elend«, sagte die Frau. »Morgen früh hätte ich fortfahren sollen, stellen Sie sich das vor! Fort aus Wien, nach Alland. Ich habe schon eine Karte für den Zug … in der Entbindungsanstalt wäre ich sicher gewesen.« Sie schüttelte den Kopf und legte die Hände auf den Leib. »Bitte«, sagte sie, »Fräulein, kommen Sie zu mir. Ich möchte mit Ihnen sprechen.«
Susanne Riemenschmied trat von dem Soldaten fort, der Schröder an das andere Ende des Kellergewölbes folgte, um den in Bau befindlichen Stollen zu untersuchen. Eine etwa metertiefe, mannshohe Höhle war aus der Mauer geschlagen worden. Mehrere Balken stützten ihre Decke gegen Einbruch, andere lagen, zusammen mit Schaufeln und Hacken, auf dem Boden.
»Ich denke«, sagte Schröder, »es ist das beste, hier weiterzugraben. Allzu dick kann die Wand ja nicht sein. Außerdem wird man uns wahrscheinlich von der anderen Seite entgegenkommen. Was meinen Sie?«
Der Soldat nickte.
»Zweifellos«, sagte er. »Der Ausgang nach oben ist hoffnungslos verschüttet. Wenn das Nebenhaus nicht auch getroffen wurde, wird uns dieser Weg ins Freie führen.«
»Halten Sie die Lampe«, sagte Schröder, bückte sich und hob eine Hacke auf. »Ich möchte einmal sehen, wie fest das Erdreich hier ist.«
Er trat vor, schwang das Werkzeug über den Kopf nach hinten und schlug es dann schwer gegen die Wand. Die Spitze der Hacke verfing sich, und er bekam sie nicht frei. Schröder fluchte. »Steine«, sagte er, und riß mit einem Ruck die Hacke wieder aus der Mauer. »Steine

und Lehm. Das Graben wird nicht so einfach sein.« Faber hob eine Eisenstange auf.
»Wir werden die Felsbrocken aus der Mauer brechen«, sagte er, »und dann in der Öffnung herumbohren.«
»Wie?«
»Hier ist ein Vorschlaghammer.« Der Soldat hängte die Lampe an einen Knopf seines Mantels und gab dem andern die Stange. Schröder stemmte sie gegen die Wand, während Faber auf ihr stumpfes Ende schlug, bis er fühlte, daß sie sich festfraß und in die Erdschicht eindrang.
»Genug?« fragte Schröder.
»Nein«, sagte Faber, »noch nicht.« Er trat zurück und fuhr fort, wuchtig gegen die Stange zu schlagen. »So«, sagte er, als sie zu etwa einem Drittel eingedrungen war. »Jetzt wollen wir es versuchen.« Sie begannen an dem freien Ende zu rütteln und es hin und her zu bewegen. Faber spreizte die Beine, sprang hoch und stemmte sich auf die Stange, die mit einem Knirschen herabsank. Ein größerer Stein fiel zu Boden. »Ich glaube, so wird es gehen«, sagte er und fuhr sich über die Stirn.
»Ziemlich mühsam«, meinte Schröder und steckte den Kopf in die Öffnung. »Wenn wir tiefer graben, wird einer von uns in das Loch hineintreten müssen, um weiterzuarbeiten.«
»Ja«, sagte der Soldat. »Aber nehmen wir einmal an, die Wand sei einige Meter dick. Dann hat es keinen Sinn, eine so kleine Höhle zu graben, weil wir uns nicht in ihr bewegen können. Wenn sie aber größer ist, müssen wir sie abstützen, sonst fällt uns die Decke auf den Schädel.«
»Balken sind da«, sagte Schröder. »Auch eine Säge gibt es.« Er kratzte sich den Kopf. »Natürlich«, sagte er, »müssen wir versuchen, hier durchzukommen. Aber es wird eine schwere Arbeit werden für zwei Männer.«

»Für drei«, sagte Faber. »Sie vergessen den Priester.«
»Glauben Sie, daß der uns helfen wird?«
»Warum nicht? Wenn er seine Kutte ablegt, sollte dem nichts im Wege stehen.«
»Also gut«, meinte Schröder, »dann sind wir drei. Zunächst einmal brauchen wir mehr Licht. Diese Taschenbatterie wird nicht mehr lange sehr wirkungsvoll sein.« Er knipste sie aus, und der Keller war in Dunkelheit gehüllt. Faber vernahm die Stimmen der beiden jungen Frauen, die sich leise unterhielten. »Unten steht eine Petroleumlampe. Die Frage ist nur, ob wir genügend Brennstoff haben. Eine Lampe können wir uns immer bauen.« Faber dachte nach.
»Wir besitzen eine Menge Benzin. Glauben Sie, daß wir es verwenden können?«
Schröder schüttelte den Kopf.
»Rein nicht. Aber wir werden es mit dem Petroleum mischen.« Er sah sich um. »Groß ist der Keller ja. Luft gibt es genug für ein paar Tage, selbst wenn wir sie mit Benzin verpesten.« Er entzündete seine Lampe von neuem und begann die Wand entlangzugehen.
»Da steht noch mehr Benzin«, sagte er zu Faber, der ihm folgte. Er schraubte eine der Blechkannen auf und roch an der Flüssigkeit. »Ich möchte nur wissen, warum der Durchbruch hier gebaut werden sollte und nicht unten.«
»Wahrscheinlich sind die Keller um uns seichter.«
»Das wird es wohl sein.« Schröder setzte sich auf eine der Kannen und starrte zu Boden.
»Was haben Sie?«
»Es muß einen einfacheren Weg geben, hier herauszukommen, als durch den verdammten Gang«, sagte Schröder. »Es gibt immer einen einfacheren Weg. Man muß ihn nur kennen.«

»Es gibt keinen«, sagte Faber. »Nur den einen. Wir werden den Gang graben.«
»Das ist nicht der einzige Weg«, murmelte Schröder, »es gibt einen zweiten. Immer gibt es einen zweiten Weg. Aber ich kenne ihn nicht. Vielleicht wäre es möglich, in ein paar Stunden hier herauszukommen. Wenn man nur wüßte, welchen Weg man zu gehen hat.«
»Zum Teufel«, sagte Faber nervös, »haben Sie nicht den ganzen Keller durchsucht, jeden Winkel, die letzte Ecke, ohne einen Ausgang zu finden? Je früher wir an dem Tunnel zu arbeiten beginnen, um so eher werden wir frei sein.« Schröder stand auf. »Gut«, sagte er. »Vorläufig haben Sie recht. Aber geben Sie mir Zeit. Ich werde mir etwas ausdenken. Ich werde einen zweiten Weg finden. Bestimmt. Lassen Sie uns zunächst noch einmal zu der alten Dame hinuntergehen. Ich glaube, sie wohnt hier.«
»Ja«, sagte Faber, »das stimmt. Wahrscheinlich hat sie ihre Wohnung verloren.«
»Wie benimmt sie sich?«
»Ziemlich hysterisch, verständlicherweise. Der Priester ist bei ihr.« Schröder ging zur Stiege.
»Mein Gott«, sagte er, »gefangen zu sein in diesem finsteren Loch. Es ist zum Verrücktwerden. Ich hätte so viel zu erledigen gehabt. Ihnen ist der Urlaub verdorben worden.«
»Ich bin nicht in Eile«, sagte Faber. Schröder sah sich nach ihm um.
»Man soll immer seinem Instinkt folgen. Ich wollte fortgehen, wenn Sie sich erinnern. Hätte ich es getan, wäre ich jetzt nicht hier.«
»Vielleicht wären Sie tot«, sagte Faber. »Wir können nichts ändern an dem, was geschehen ist.« Er hörte, wie Susanne Riemenschmied seinen Namen rief. »Ja«, antwortete er, »ich komme.« Schröder beleuchtete mit sei-

ner Lampe die beiden Frauen. Die Schwangere hatte sich zu Boden gesetzt. Das Mädchen kauerte neben ihr.
»Werdet ihr den Gang graben?« fragte Susanne Riemenschmied.
»Ja«, sagte Faber.
»Wird es lange dauern?«
»Nicht, wenn man uns entgegengräbt. Oder wenn die Mauern nicht zu dick sind.« Susanne Riemenschmied stand auf.
»Wir müssen uns beeilen, sehr beeilen. Frau Wagner ist schwanger.«
»Ja«, sagte Schröder, »das habe ich gesehen.«
»Ich sollte fortfahren«, erzählte die Sitzende. »Morgen früh, denken Sie ... morgen früh wäre alles vorüber gewesen, die Angriffe, die Angst, alles ... und jetzt bin ich hier ...« Sie begann zu zittern.
»Hören Sie«, sagte Schröder leise zu dem Mädchen, »ist es möglich ... glauben Sie –«
»Ich weiß nicht«, antwortete Susanne Riemenschmied und trat nahe an den Soldaten heran, dessen Hand sie ergriff. »Es kann sein ... ich verstehe nichts davon –«
»Ich fürchtete mich so, als die Bombe einschlug«, sagte Anna Wagner tonlos. »Ich dachte, ich würde sterben.« Sie senkte den Kopf und blickte auf ihre schwerfällig gespreizten Knie. Dann stand sie mit Schröders Hilfe mühsam auf.
»Sie müssen liegen«, sagte dieser, »und sich ausruhen.«
»Aber auf der Erde –«
»Unsinn«, meinte Schröder, »natürlich nicht auf der Erde. Unten gibt es ein Bett, ich habe es gesehen. Ein Bett und Decken. Dort werden Sie sich bald besser fühlen.«
»Das Bett gehört der alten Dame. Ich kann ihr doch unmöglich den Platz wegnehmen.«

»Warum nicht?« fragte Schröder. »Sie ist gesund. Es gibt auch Stühle. Wir werden mit ihr sprechen.« Er führte sie zur Treppe.
»Ich will wirklich niemanden stören«, sagte Anna Wagner. »Ich bin nur so erschrocken. Wenn mein Mann bei mir wäre ... er ist Soldat, wissen Sie, in Ungarn.«
»Ja«, sagte Schröder, »ich weiß.« Er geleitete sie vorsichtig über die Stufen. Das kleine Kind folgte schweigend. Susanne Riemenschmied blieb mit Faber allein. Der Lichtschein von Schröders Lampe entfernte sich.
»Wenn sie nun ihr Kind hier zur Welt bringen muß ... hier, in der Finsternis ...«
»Wir werden uns bald befreien«, sagte er. »Unsere Gefangenschaft ist nur kurz.«
»Und wenn wir befreit sind«, erwiderte sie, »wenn wir befreit sind ... was dann?«
Faber umarmte sie schweigend und küßte sie behutsam auf den Mund.

## 3

Fräulein Reimann saß mit hochgezogenen Knien auf ihrem Bett und sagte schluchzend: »Ich habe meine Wohnung verloren.« Sie sagte es zum fünftenmal, und Reinhold Gontard, der vor ihr stand, begann nervös zu werden.
»Ich habe meine Wohnung verloren«, wiederholte Therese Reimann und bewegte sinnlos die kalten Hände. »Das einzige, was ich auf Erden mein eigen nannte, meinen ganzen Besitz. Ich habe alles verloren ...« Sie sah klagend zu dem Priester auf. »Ist dies der Wille des Allmächtigen?« fragte Fräulein Reimann. Reinhold Gontard schwieg. Er zog es vor, auf diese Frage keine

Antwort zu geben. Statt dessen griff er nach der offenen Flasche, die der Soldat beiseite gestellt hatte, und führte sie an die Lippen.

»Sie trinken«, sagte Therese Reimann klagend. »Schämen Sie sich nicht?«

»Nein«, sagte der Priester, »ich habe aufgehört, mich zu schämen.«

»Sie sind sehr verändert«, erklärte Therese Reimann. Er zuckte die Achseln und setzte sich auf den Rand des Bettes. Die alte Dame sah mit feuchten Augen um sich.

»Was hier steht, ist das einzige, was mir verbleibt«, sagte sie und wies mit dem Kinn auf die wenigen Kisten und Koffer. »Sonst habe ich alles verloren.«

»Vielleicht ist der Wohnung nichts geschehen.«

»Aber das Haus stürzte doch ein!«

»Ja«, sagte er. »Oder nein! Ich weiß nicht. Möglicherweise nur ein Teil.«

Fräulein Reimann legte sich zurück. »Warum?« fragte sie. »Antworten Sie mir, warum?«

»Warum was?«

»Warum mußte gerade mein Haus getroffen werden?«

»Ein Zufall«, sagte der Priester ermüdet. Er hatte es schon einige Male gesagt.

»Aber die Vorsehung«, flüsterte Fräulein Reimann. »Es gibt doch eine göttliche Vorsehung, Hochwürden.«

»Nein«, sagte Gontard, »die gibt es nicht.«

»Hochwürden!« schrie Fräulein Reimann. »Sie versündigen sich!«

Er schüttelte den Kopf.

»Dann nennen Sie mich nicht Hochwürden. Ich heiße Gontard.«

Fräulein Reimann starrte ihn an, und in ihren Zügen malte sich neben persönlichem Kummer noch tiefes Entsetzen.

»Warum sprechen Sie so? Ich ließ Sie rufen, weil ich dachte, Sie könnten mich trösten.«
»Nein«, sagte er, »das kann ich nicht.«
»Aber Sie vermochten es doch bisher, in Ihren Messen, in Ihren Predigten ...«
»Ich vermag es schon lange nicht mehr. Sie glaubten bloß, daß ich es noch könnte.«
»Das verstehe ich nicht.«
»Fräulein Reimann«, sagte der Priester, »ich habe nicht die Absicht, mit Ihnen meine Veränderungen zu besprechen. Sie ließen mich rufen, und ich verstehe vollkommen, wie schwer der Verlust Ihrer Wohnung Sie treffen muß. Ich will alles, was in meiner Macht steht, tun, um Ihnen zu helfen. Sie können darauf rechnen, daß ich in Zukunft bereit sein werde, Sie zu unterstützen in der Beschaffung von allem, was Sie benötigen. Vielleicht wird es möglich sein, einen großen Teil Ihres Besitzes zu retten. Ich will Ihnen gerne dabei helfen. Aber vergessen Sie um alles in der Welt die Zeit, in welcher ich Ihnen Seelenstärke verlieh. Denn die ist vorbei.«
Fräulein Reimann schüttelte ratlos den Kopf und fuhr fort, mechanisch die weißen Hände zu bewegen.
»Sie sind ein Priester der Kirche«, meinte sie, ehrlich betrübt, während Gontard sich protestierend räusperte, »ich sage: Sie sind ein Priester der Kirche und hätten die Verpflichtung, mich, die ich an der Weisheit Gottes schwankend geworden bin, auf den rechten Weg zurückzuführen.«
»Das kann ich nicht«, sagte er, stand auf und begann hastig zwischen dem Bett und der umgestürzten Kiste auf und ab zu gehen.
»Warum können Sie das nicht?« rief Therese Reimann erregt.
»Weil ich nicht an die Weisheit Gottes glaube. Deshalb,

verstehen Sie? Weil ich nicht daran glaube, daß es auf dieser Welt etwas wie Gerechtigkeit oder irgendeinen guten Menschen gibt, der nicht von einem Schuft sogleich erschlagen würde.«
Die Flamme der Lampe flackerte in dem Windzug, den Gontards schleifende Soutane schuf.
»Ich vertraue«, sagte Therese Reimann, »ich vertraue auf das Wort der Heiligen Schrift, und ich vertraue noch immer. Ich war für kurze Zeit meiner Fassung beraubt und redete lästerlich. Jetzt sehe ich klar. Gott will uns prüfen. Er schickt uns Heimsuchungen und Plagen, damit wir beweisen, ob wir Seiner würdig bleiben in den Stunden der Bedrängnis. Sie sind verbittert, Hochwürden, Sie wissen nicht, was Sie tun.« Mit einem heroischen Aufwand an Kraft und einer ganz feinen Bewunderung für die eigene Seelengröße und Haltung, die sie bewies, streckte Therese Reimann die Hände aus.
»Kommen Sie«, sagte sie. »Wir wollen zusammen beten.«
»Nein«, antwortete Gontard. »Ich will nicht beten.«
»Sie müssen«, sagte sie ruhig. »Wir alle müssen beten. Ich will es für Sie tun, wenn Sie sich weigern. Aber es muß geschehen. Gott verlangt es von uns. Dies ist die Stunde unserer Bewährung.«
Er blieb vor ihr stehen und sah sie zornig an.
»Sie schwätzen!« sagte der Priester. »Sie schwätzen! Kein Hund interessiert sich für Ihre Gebete. Gott hört sie nicht. Gott will sie nicht hören. Gebete sind so billig geworden wie Tränen oder der Tod. Sie helfen nichts mehr.«
Therese Reimann, die in der letzten halben Stunde ein Übermaß an Erregung zu bewältigen und mit Fassung zu tragen gehabt hatte, die angesichts des Verlustes ihres geliebten Besitzes mit einer rührenden Anstrengung

sich entschlossen hatte, weiter Gott zu vertrauen und ihn nicht anzuklagen für das, was ihr widerfuhr, war am Ende ihrer Selbstbeherrschung angelangt. Die Blasphemien des Priesters ließen sie neuerlich zusammenbrechen. Sie vergrub das Gesicht in den Händen, schüttelte die Schultern heftig und stieß einen sinnlosen hohen Schrei aus, der anhielt, solange Fräulein Reimann noch Atem in der Lunge hatte. Danach rang sie nach Luft und schrie:
»Sie lügen! Sie lügen! Aus Ihnen spricht der Satan!«
Und dann, mit einem grotesken Kreischen, in welchem die Stimme überschlug und brach: »Mein Gott, mein Gott, warum hast Du mich verlassen?«
»Die Frage ist alt«, sagte der Priester unbewegt. »Sie wurde häufig gestellt. Beantwortet wurde sie nie. Sie werden bei genauerer Studie der Materie feststellen, Fräulein Reimann, daß es die hervorstechendste Eigenschaft des lieben Gottes ist, die Menschen zu verlassen, wenn sie seiner bedürfen. Er erklärte dieses Vorgehen nie. Eine Motivierung dafür überläßt er jenen, die dennoch an ihn glauben.« Er sah auf und bemerkte, daß Therese Reimann krampfhaft die Hände an den Kopf preßte.
»Es hat keinen Sinn, sich die Ohren zuzuhalten«, sagte er. »Gar keinen Sinn. Wenn Sie auch noch die Augen zukneifen und die Lippen schließen, dann sind Sie gerade ein Sinnbild für die Weltanschauung, die Sie besitzen, die wir alle besitzen, die uns hierher geführt hat.«
Therese Reimann rührte sich nicht. Es war anzunehmen, daß sie wirklich nicht verstanden hatte, was er sagte.
Über die Treppe hörte Gontard die anderen herabkommen. Der Mann mit der Hornbrille erschien zuerst, er führte die schwangere Frau am Arm. Das kleine Kind ging an seiner Seite.
»Gnädige Frau«, sagte Schröder, sich an Therese Rei-

mann wendend, »erlauben Sie, daß Frau Wagner Ihr Bett benutzt?«
»Mein Bett?« fragte Fräulein Reimann laut. »Mein Bett? Aber ich bitte Sie – wo soll ich denn selbst schlafen?«
»Es gibt Stühle«, sagte Schröder. »Wir alle werden wahrscheinlich auf der Erde liegen müssen, wenn die Nacht kommt.«
»Auf der Erde!« rief Fräulein Reimann. »Ich bin eine alte Frau. Ich kann mich nicht auf den kalten Boden legen. Wo denken Sie hin? Ich fühle mich sehr schlecht.«
»Frau Wagner ist schwanger«, erwiderte Schröder, »sie braucht das Bett mehr als Sie.«
»Aber es gehört mir! Ich habe es hierher bringen lassen. Dies ist ein privater Schutzraum. Was kann ich dafür«, fragte Therese Reimann, »daß Sie alle ihn benutzen?«
Anna Wagner wandte sich ab.
»Entschuldigen Sie. Ich wollte Sie nicht belästigen. Es wird auch so gehen. Ich habe eine Decke in meinem Koffer.«
»Nein«, sagte Schröder wütend. »So geht das nicht, zum Teufel! Sie müssen das Bett haben, und Sie sollen es bekommen.«
Er trat auf Fräulein Reimann zu, die eine Hand hob und einen Augenblick lang wirklich glaubte, er wollte sie schlagen.
»Sie besitzen keine Kinder, nicht wahr?«
»Nein«, sagte sie und sah ihn fest an. »Gott sei Dank, nein.«
»Dann werden Sie sich wahrscheinlich nur schwer in die Lage von Frau Wagner versetzen können.«
»So ist es nicht. Ich verstehe sie sehr gut. Aber Sie können nicht von mir verlangen, daß ich mich auf die Erde lege.«
»Ich glaube«, rief Schröder, »Sie begreifen noch nicht, was vorgefallen ist! Wir wurden verschüttet. Wir wurden

alle verschüttet. Wollen Sie für immer in diesem Keller bleiben?«

»Nein«, sagte Fräulein Reimann.

»Wie stellen Sie sich unsere Befreiung vor?«

»Man wird uns finden«, sagte sie. »Mit Gottes Hilfe.«

Er lachte.

»Mit Gottes Hilfe sind wir hierhergekommen.«

»Sie haben kein Recht –«

»Doch«, sagte Schröder. »Doch, ich habe das Recht. Jeder von uns hat es. Gott wird uns nicht helfen, wenn wir selbst es nicht tun. Wir selbst müssen uns befreien. Und wir müssen einander helfen. Es gibt keinen privaten Besitz. Frau Wagner braucht das Bett mehr als Sie, deshalb soll sie es haben.«

Fräulein Reimann putzte sich betrübt die Nase. Was sie an diesem Tage an Gotteslästerungen und Feindseligkeiten zu ertragen hatte, überstieg ihr Fassungsvermögen.

»Hochwürden«, sagte sie schluchzend zu dem unbeteiligt lauschenden Priester, »helfen Sie mir! Es ist doch unmöglich, daß ich auf dem nassen Boden schlafe. Was soll ich tun?«

»Sie sind eine gute Christin«, erwiderte Gontard. »Geben Sie der Frau Ihr Bett. Der Himmel wird es Ihnen lohnen.«

Sie sah ihn unsicher an, da sie nicht klar verstand, ob er sie verhöhnte.

»Geben Sie ihr doch das Bett«, sagte Schröder, »und betragen Sie sich nicht, als ob Sie allein auf der Welt wären.«

»Ich bin allein auf der Welt«, antwortete Fräulein Reimann trotzig. Schröder brachte die schwangere Frau dazu, sich in den großen Korbstuhl zu setzen.

»Niemand«, sagte er, »ist allein auf der Welt. Er ist immer

das Mitglied einer Gemeinschaft, der menschlichen Gemeinschaft. Wir müssen uns alle helfen.«
»Ich habe meine Wohnung verloren!« rief Therese Reimann und brach über der Erinnerung an diese Katastrophe neuerlich in Tränen aus. »Ich verdiene Rücksicht und keine Vorwürfe.«
Schröder öffnete den Mund, um zu erklären, daß auch die seine in Trümmern lag, aber er überlegte es sich. Das kleine Mädchen trat zu Therese Reimann und sagte: »Bitte, laß meine Mutter hier liegen. Vielleicht ist für euch beide Platz ...«
Fräulein Reimanns Unterlippe begann zu zittern.
»Mein Gott«, sagte sie, »mein Gott, aber was soll das ...«
Sie stand auf und berührte Anna Wagner an der Schulter.
»Es tut mir leid«, sagte sie. »Ich habe es nicht so gemeint. Es war nur, weil ich ... so unglücklich bin.«
»Sie benötigen das Bett selbst.«
»Nein«, widersprach das Fräulein, »legen Sie sich nieder, ich bitte Sie darum.« Sie lief aufgeregt hin und her. »Hier«, sagte sie, »sind zwei Decken. Und hier ist ein Polster. Nehmen Sie das Bett und entschuldigen Sie mein Benehmen.« Sie hüllte die Zögernde sorgsam ein. »Es wird Ihnen gleich warm werden«, sagte sie. »Liegen Sie weich genug? Die Strohsäcke sind sehr bequem, nicht wahr. Warten Sie, bis ich die Polster zurechtschiebe ...«
Fräulein Reimann sprach schnell und viel. Sie schämte sich.
»Danke«, sagte Anna Wagner.
Fräulein Reimann wandte sich an Walter Schröder.
»Es tut mir leid«, flüsterte sie.
»Vielleicht ist wirklich Platz für Sie beide auf dem Bett?«
»Ich will es gar nicht«, widersprach sie, »ich habe mich an den Korbsessel schon sehr gewöhnt. Wir werden nicht sehr lange hier bleiben, hoffe ich.«

»Nein, aber vielleicht doch eine Nacht.«
»Mit dem Bau des Ganges wurde in der vorletzten Woche begonnen.«
»Wir werden ihn fertiggraben«, sagte Schröder. »Wohin führt er eigentlich? In das Haus in der Plankengasse?«
»Nein«, antwortete sie, »hinüber in die Seilergasse.«
»Wurde an der anderen Seite auch an ihm gearbeitet?«
»Das weiß ich nicht«, sagte Therese Reimann, »aber es ist möglich. Man wird uns entgegengraben.«
»Wenn der andere Keller nicht auch verschüttet ist.«
Sie erschrak.
»Das wäre schrecklich!«
»Es muß nicht so sein«, meinte Schröder, dem es leid tat, davon gesprochen zu haben. »Es schien mir, als wären überhaupt nur zwei oder drei Bomben gefallen. Außerdem, wenn die Leute drüben auch eingeschlossen wären, würden sie doch zu graben beginnen, weil sie von uns ebensowenig wissen wie wir von ihnen.«
»Damit ist uns aber nicht geholfen«, sagte Anna Wagner leise.
»Haben Sie versucht, durch Klopfsignale mit unseren Nachbarn in Verbindung zu treten?« fragte Therese Reimann, der dieser Gedanke eben gekommen war.
»Unsere Arbeit verursachte mehr Lärm als alle Klopfsignale.«
»Und haben Sie etwas gehört?«
»Nein«, sagte Schröder, »noch nicht.«
Reinhold Gontard, der schweigend auf einer Kiste gesessen hatte, stand auf und trank aus der offenen Kognakflasche.
»Prost«, sagte er zu Schröder.
»Prost«, sagte Schröder.
»Hoffentlich hat der Besitzer dieser hervorragenden Flüssigkeit nichts gegen meine Eigenmächtigkeit.«

»Ich dachte, Priester trinken nicht!«
»Ich bin kein Priester«, erwiderte Gontard. »Lassen Sie sich nicht irreführen durch den schwarzen Kittel, den ich trage.«
»Was soll das heißen?«
»Verstehen Sie nicht?« fragte Gontard und stellte die Flasche zurück. »Ich sage Ihnen, daß ich kein Priester bin. Erkundigen Sie sich bei dem gläubigen Fräulein Reimann.«
»Hören Sie nicht auf ihn«, meinte diese. »Er weiß nicht, was er spricht.«
Reinhold Gontard setzte sich.
»Doch«, behauptete er. »Ich weiß genau, was ich sage. Ich bin kein Priester. Ich glaube nicht an die Tröstungen der Religion. Ich glaube an gar nichts.« Er legte den Kopf in die verschränkten Arme. Das kleine Mädchen betrachtete ihn aufmerksam und fragte: »Was fehlt ihm?«
»Er ist müde«, sagte Schröder. Der Soldat und das Mädchen kamen über die Treppe herab.
»Haben Sie die Lampe gebaut?« fragte Faber. Schröder sah sich um.
»Noch nicht. Ich suche eine leere Flasche.«
»Hier ist eine«, sagte Faber. »Wir fanden sie gerade wieder. Ich verlor sie, als wir die Stiegen hinunterstürzten. Der Kognak ist ausgeflossen.«
»Wozu benötigen Sie eine zweite Lampe?« fragte Therese Reimann.
»Um oben zu arbeiten. Wir brauchen Licht, und Sie können hier nicht ständig im Finstern sitzen.« Schröder nahm ein Stück Werg vom Boden auf, rollte es zusammen und sah nach, ob der behelfsmäßige Docht durch den Flaschenhals ging.
»Fräulein Reimann, wieviel Petroleum besitzen Sie?«
»Etwa drei Liter.«

»Gut«, meinte Schröder. »Dann werden wir es mit Benzin mischen.« Er ging zu den aufgestapelten Kanistern, öffnete einen von ihnen und ließ die Flasche halb volllaufen. Danach goß er die gleiche Menge an Petroleum hinzu und schüttelte die beiden Flüssigkeiten durch. Schließlich drehte er das Werg in die enge Öffnung des Halses und ließ etwa drei Zentimeter davon herausragen. Der Stoff saugte sich rasch voll.

»Wird es nicht sehr rußen?« fragte Susanne Riemenschmied. »Doch«, sagte Schröder, »aber es wird auch sehr hell brennen. Der Keller ist groß. Luft haben wir genug.« Er riß ein Streichholz an und hielt es an den feuchten Docht. Eine Flamme stieg empor. Sie war tatsächlich sehr hell.

»Nicht besonders schön«, sagte Schröder, »aber es genügt.«

»Nehmen Sie die andere Lampe mit nach oben«, meinte Anna Wagner. »Es ist nicht nötig, daß wir hier ständig im Licht sitzen. Lassen Sie Ihre Streichhölzer da.«

»Ich bleibe bei Ihnen«, sagte Fräulein Reimann.

»Ich auch!« rief Evi. »Ich bleibe bei dir, Mutti!«

Schröder nahm die Petroleumlampe.

»Gut«, sagte er zu dem Soldaten. »Fangen wir an.« Faber ging zu Reinhold Gontard.

»Kommen Sie mit«, sagte er.

»Wohin?«

»Hinauf. Helfen Sie uns den Gang graben.«

Reinhold Gontard schlug ein Bein über das andere und sagte: »Ich werde Ihnen nicht helfen.«

»Was?« fragte Faber.

»Ich werde Ihnen nicht helfen«, wiederholte der Priester. »Ich denke nicht daran.«

»Sind Sie verrückt?«

»Warum?«

»Wollen Sie denn hier bleiben?«
Reinhold Gontard bewegte den Kopf. Sein schwerer Körper war zusammengesunken. Aus dem großen, offenen Gesicht sahen die hellen Augen mit einem Ausdruck tiefer Hoffnungslosigkeit in die des Soldaten.
»Ja«, sagte er, »ich will hier bleiben. Hier oder anderswo. Es ist mir völlig gleichgültig, wo ich bleibe. Gehen Sie doch, und graben Sie Ihren Gang, meine Herren. Ich wünsche Ihnen Erfolg. Mich lassen Sie gefälligst in Ruhe.«
Faber sah Schröder an.
»Nerven«, sagte dieser.
»Nein!« Der Priester wurde lebhafter. »Nein! Es sind nicht meine Nerven. Ich weiß genau, was ich rede. Der Bombeneinschlag hat damit nichts zu tun. Ich schlief überhaupt, als das Haus einstürzte.«
»Was ist es dann also?« fragte Schröder.
»Sie werden es nicht verstehen«, antwortete Gontard und zog mit steifen Fingern die Soutane um sich zusammen. »Sie haben nicht das rechte Naturell. Für Sie gibt es nur schwarze und weiße Dinge. Sie sind ein Tatmensch.«
»Dummes Geschwätz«, sagte Schröder.
»Sie irren sich sehr«, entgegnete Gontard, »wenn Sie der Ansicht sind, ich wäre ein Hysteriker. Was ich sage, ist auch kein dummes Geschwätz. Mich bewegen gute Gründe, wenn ich erkläre, daß ich genug habe, daß mir das ganze Leben gestohlen werden kann.«
»Wer redet von Ihnen?« fragte Schröder. »Glauben Sie ja nicht, daß uns Ihr alleiniges Wohlergehen am Herzen liegt. Neben Ihnen existieren noch andere.«
»Ich habe es bemerkt«, sagte der Priester.
»Und Sie wollen ihnen nicht helfen?« fragte Faber.
»Welchen Sinn hätte es? Warum sollten wir nicht hier

bleiben? Warum drängen Sie alle so stürmisch zum Bau dieses Tunnels?«
»Weil wir leben wollen«, sagte Susanne Riemenschmied.
»Leben?« wiederholte der Priester. »Was nennen Sie leben? Essen, schlafen und sich vor dem Morgen fürchten, das ist doch alles.«
»Nein«, sagte das Mädchen, »das ist nicht alles.«
»Für mich«, meinte Gontard, »ist es alles geworden. Und es genügt mir nicht. Ich stelle mir da den Tod noch unterhaltender vor.«
»Ach«, sagte Schröder, »ein Mystiker. Wie hübsch, wie ungemein passend. Ich beglückwünsche Sie zu Ihrer Geisteshaltung.«
»Tun Sie, was Sie wollen«, antwortete Gontard. »Mich kümmert es nicht.«
Der Soldat drehte sich um.
»Unterbrechen wir diesen Unsinn«, sagte er. »Wenn Sie nicht mit uns kommen wollen, dann bleiben Sie hier. Ich gehe.«
»Ich komme mit«, sagte Susanne Riemenschmied, den beiden Männern folgend. Therese Reimann sah ihnen kopfschüttelnd nach und streichelte das Haar des kleinen Mädchens.
»Kann ich auf die Straße gehen?« fragte Evi.
»Jetzt nicht.«
»Gar nicht mehr?«
»Doch, bald.«
»Weißt du, ob oben die Sonne scheint?«
»Vielleicht«, sagte Therese Reimann. »Vielleicht regnet es auch.« Sie hob die improvisierte Lampe auf und fragte:
»Sollen wir sie auslöschen? Es wird so weniger Luft verbraucht. Stört Sie die Dunkelheit?«
»Nein«, sagte Anna Wagner.

»Und Sie?«
Reinhold Gontard gab keine Antwort. Therese Reimann blies die Lampe aus.

## 4

Walter Schröder hatte seinen Mantel und seine Brille abgenommen und schlug mit dem Hammer auf das Ende der Eisenstange los, die der Soldat gegen die Mauer hielt. Sie hatten im oberen Teil der Öffnung zu graben begonnen und brachen Stein um Stein aus der Höhle.
»Wenn wir Glück haben«, sagte Faber, »stoßen wir bald auf Lehm.«
Sie rüttelten gemeinsam an der Stange, die sich nicht bewegte, Schröder fluchte. Er hängte sich an sie, zog die Beine hoch und begann zu wippen. Schließlich gab der Stein nach und fiel zu Boden. Faber nahm einen Spaten und stach in der frischen Grube herum. Er schaufelte etwas Erde aus dem Gang und stieß bald auf einen neuen Stein. Schröder nahm den Hammer.
»Ich hatte ganz recht mit meiner Einschätzung des Priesters«, sagte er.
»Er ist ziemlich alt. Wahrscheinlich fuhr ihm der Schreck in die Glieder. Ich hoffe nur, daß er die Frauen nicht verrückt macht.«
Schröder hielt einen Augenblick inne, zerrte sich die Krawatte vom Hals und öffnete seinen Hemdkragen. Dann schwang er keuchend den Hammer über die Schulter. Im Schein der Petroleumlampe, die hinter ihnen auf dem Boden stand, leuchtete die feuchte Erde schwarz und glänzend.
»Schlagen wir zuerst eine gleichmäßige Steinschicht aus der ganzen Grube«, sagte Schröder. »Vielleicht treffen

wir wirklich irgendwo auf weichen Lehm.« Er packte die Stange und gab Faber den Hammer. »Sprengpatronen«, sagte er versonnen, während dieser den provisorischen Meißel in die Mauer trieb, »es gibt bestimmte Sprengpatronen mit vertikaler Wirkung.«
»Ja«, sagte Faber, »ich kenne sie.«
»Wenn wir ein paar von ihnen hätten«, fuhr Schröder träumerisch fort, »dann brauchten wir die Stange nur weit vorzutreiben, wieder herauszuziehen und ein paar Patronen in dem Loch zu vergraben.«
»Wir haben aber keine.« Faber packte den Spaten.
»Es wäre schön,« sagte Schröder unbeirrt, »es wäre schön, wenn wir sie hätten. Vielleicht würde die verdammte Wand einstürzen!« Er bückte sich und warf die losgebrochenen Steine aus der Höhle.
»Vielleicht würde uns die Decke auf den Kopf fallen«, sagte Faber.
Sie arbeiteten eine Weile schweigend. Dann fragte Schröder: »Wieso haben Sie eigentlich kein Gewehr?«
»Es ging bei einem Tieffliegerangriff auf unseren Zug verloren«, antwortete Faber schnell und wie eingelernt. »Aber ich habe eine Pistole.«
»Welches Kaliber?«
»7,65.«
»Mit Munition?«
Faber hackte in der frischen Mulde herum.
»Ja«, sagte er, »mit Munition.«
Schröder kniete nieder, um die Stange zu halten.
»Warten Sie einmal, wäre da nicht eine Möglichkeit?«
»Welche denn? Wollen Sie Löcher in die Wand schießen?«
»Nein«, sagte Schröder. »Aber wenn wir mit einem Messer die Kugeln aus den Patronen kratzten, hätten wir eine ganze Menge Pulver.«

Faber lachte.
»Wie viele Patronen besitzen Sie?«
»Nicht einmal ein volles Magazin.« Der Soldat war auf Lehm geraten. »Außerdem«, sagte er, »selbst *wenn* wir das Pulver aus den Hülsen kratzten, könnten wir nichts mit ihm anfangen. Es würde einfach verbrennen.«
»Das wäre auch nicht der richtige Vorgang«, erwiderte Schröder, der methodisch um einen großen Stein herumhackte. »Man müßte es einschließen und dann zur Explosion bringen.«
»Wie denn? Wissen Sie nicht, daß eine Patrone nur auf Schlag reagiert?«
»Auch auf Hitze«, sagte Schröder, dem einige Schweißtropfen von der Stirne rollten. »Wenn Sie eine Patrone in einen Ofen legen, wird sie explodieren.«
»Wir haben keinen Ofen.«
»Aber Benzin«, sagte Schröder. »Wir haben viel Benzin. Vielleicht ...«
»Ach«, rief Faber, »das ist doch alles unmöglich! Selbst wenn Sie auf irgendeine Weise die Patronen heiß werden lassen könnten, würden doch nur die Kugeln herausfliegen. Das beste ist, einfach weiterzugraben.«
Schröder antwortete nicht. Er nahm die Hacke und schlug einige Male schwer gegen den nun bloßliegenden Stein, bis er sah, daß er sich lockerte.
»Gut«, sagte er dann, während er niederkniete, »gut, so geht es nicht. Aber irgendwie muß es gehen. Es gibt einen Weg.«
»Wir werden durchkommen«, sagte Faber.
»Bestimmt. Aber wann? Stellen Sie sich vor, wir sitzen noch zwei Tage hier. Die Frau unten kann ihr Kind in diesem Loch nicht zur Welt bringen. Wir müssen uns beeilen. Jede Stunde ist kostbar.«
»Es wird keine zwei Tage dauern«, sagte Faber.

»Hoffentlich haben Sie recht.« Schröder hieb auf die Stange ein. Dann verfluchte er den Priester.

»Sie können keinen Menschen zwingen zu arbeiten«, sagte Faber, der noch immer die Erde schaufelte.

»Doch!« sagte Schröder.

»Hier nicht«, sagte Faber.

»Man sollte es aber können! Schließlich befinden wir uns doch alle in der gleichen Lage. Warum sitzt der da unten und flennt, anstatt uns zu helfen?«

»Ich weiß es nicht«, erwiderte Faber. »Wir stehen sechs Jahre im Krieg. Keiner von uns ist noch ganz normal.«

»Ach was!« Schröder schlug verbissen mit der Hacke gegen die harte Wand. »Wohin kämen wir, wenn sich jeder seinen Launen ergäbe? Sie hat auch keiner gefragt, ob Sie gerne ein Gewehr tragen oder nicht.«

»Das war etwas anderes«, sagte Faber. »Wenn ich mich geweigert hätte, ein Gewehr zu tragen, wäre ich mit einem anderen erschossen worden. Hier, im Keller, kann jeder tun, was ihm paßt. Hier handelt es sich um sein privates Wohlergehen. Wenn es ihm so gefällt, kann er in diesem Gewölbe verrecken. Wer sollte es ihm verwehren?«

»Wir sind nicht allein!« rief Schröder. »Denken Sie an die junge Mutter, denken Sie an die alte Frau … wir müssen ihnen helfen. Warum graben Sie selbst?«

»Weil ich hinaus will.«

»Aber der Priester wird ebenso durch den Gang kriechen wie wir, auch wenn er nicht an ihm gearbeitet hat.«

»Na und?« sagte Faber. »Wollen Sie ihn zwingen, hierzubleiben?«

»Es wäre die gerechte Strafe.«

»Machen Sie sich nicht lächerlich! Übrigens will er vielleicht wirklich gar nicht heraus. Vielleicht ist es ihm ganz ernst mit seinem Geschwätz.«

Schröder brach wütend einen Stein los. »Dieser verfluchte Hypochonder! Er ist einfach zu faul. Es fehlt nur noch, daß er sich niederlegt und Zahnschmerzen bekommt.«
»Jedes Ding hat zwei Seiten«, sagte Faber. »Mindestens zwei.«
»Jeder«, erklärte Schröder, »muß seine Pflicht erfüllen. Die Pflicht des Priesters wäre es gewesen, mit uns zu arbeiten.«
»Ja«, sagte Faber, »das scheint *Ihnen* so.«
»Das muß jedem so scheinen. Wir hängen voneinander ab. Wir sind nur die Glieder einer Gemeinschaft –«
»Nein«, sagte Faber laut.
»Was?«
»Es gibt keine Gemeinschaft«, antwortete der Soldat. »Jeder ist allein auf der Welt. Glauben Sie, der Krieg hätte ausbrechen können, wenn wir eine Gemeinschaft wären und die Menschen willens, einander zu helfen?«
»Unser Volk ist eine Gemeinschaft«, sagte Schröder. »Wir stehen im Kampf.«
Der Soldat kniete nieder und hielt die Eisenstange, auf die der andere losschlug.
»Eben«, erwiderte er. »Wie viele Gemeinschaften gibt es also? Zwei oder drei? Oder hundertfünfundsechzig? Es gibt überhaupt keine!«
»Warum schießen Sie auf einen Mann, der eine andere Uniform trägt?« fragte Schröder rhetorisch.
»Weil er sonst mich erschießen würde.«
»Nein! Weil er ein Feind der Gemeinschaft Ihres Volkes ist.«
»Ach«, sagte Faber, »ich kenne ihn doch überhaupt nicht.«
Sie gruben schweigend weiter.
Susanne Riemenschmied war unterdessen durch den Keller gewandert. Sie trug Gontards Taschenlampe bei

sich und leuchtete mit ihr über die Wände, an denen einzelne Tropfen hingen. Von dem großen, runden Raum führten schmale und gewundene Gänge in kleine Kammern, die an Klosterzellen erinnerten. Sie waren teils leer, teils vollgeräumt mit Körben, Kisten, leeren Dosen und Flaschen, zerbrochenem Hausrat und schmutzigen Säcken. Auf komplizierte Weise kehrten die schmalen Passagen immer wieder in den eigentlichen Keller zurück. Susanne Riemenschmied kam deutlich der sonderbare Geruch zu Bewußtsein, der sich nach dem Einschlag der Bombe in der Luft verbreitet hatte. Es roch nach Staub, hauptsächlich nach Staub und daneben noch nach verbranntem Holz, das eben mit Wasser zum Erlöschen gebracht wurde. Sie kehrte zu der eingestürzten Treppe zurück und blickte auf die wüste Masse der Trümmer. Ihre Lampe beleuchtete die zerschlagenen Steine, den Schutt und die zersplitterten Balken. Susanne Riemenschmied neigte sich vor und betrachtete ihr feines, zerfasertes Holz. Stücke von Nadelgröße ragten an seinen Rißstellen empor, glatt und weich wie Gras. Sie hatten sich ganz rein erhalten. Dem Mädchen erschien es seltsam, daß sie der gewaltigen Kraft, die rücksichtslos Mauern einstürzen ließ und Menschen tötete, allein durch die Plötzlichkeit, mit welcher sie, sich entfaltend, die Luftschichten bewegte, widerstehen konnten. Auf einem der Balken wanderte in großer Ruhe ein länglicher Käfer, den die Ereignisse der letzten Stunden sichtlich nicht berührt hatten. Sein Reich war nicht von dieser Welt, dachte das Mädchen. Ihn kümmerte es nicht, ob er, am Morgen noch im Dachstuhl des Hauses, jetzt unter dessen Trümmern einherging. Der Lärm der Explosion war für sein Empfindungsvermögen tausendmal zu laut gewesen und der Balken, auf dem er lebte, so groß, daß ihm seine wahnwitzige Reise ebenso-

wenig zu Bewußtsein gekommen war wie uns die Bewegung der Erde um die Sonne.
Für ihn, dem dieser Balken die Welt bedeutete, hatte sich nichts geändert. Er vermochte nach wie vor sein Tagwerk zu verrichten, umherzukriechen, eine Freundin zu finden, andere Insekten zu jagen. Seine Kleinheit, dachte das Mädchen, bewahrte ihn vor der Teilnahme an menschlichen Miseren. Ihre Katastrophen waren zu groß und die Rangordnung zwischen ihnen und den seinen zu verschieden, als daß er sie auch nur erahnen konnte. So gab es, dachte Susanne Riemenschmied, für jedes Wesen vielleicht eine Grenze des Empfindens, und das Unglück, das uns widerfuhr, mußte sich in gewissen Gebieten bewegen, um von uns erkannt und erlitten zu werden. War es klein, dann nannten wir es kein solches, sondern nur eine Belanglosigkeit, einen peinlichen Zwischenfall. Für niedrigere Lebewesen aber war es noch immer eine Katastrophe weit über ihrem Begriffsbereich. Und umgekehrt: Es ließ sich vorstellen, daß es irgendwo im Kosmos zu Geschehnissen kam, von denen wir wieder nichts ahnten, weil sie unsere Maßstäbe millionenfach überstiegen. Daß Planeten zusammenstießen, daß flüssige Teile sich von der Sonne losrissen, davon las man in den Büchern und nahm es hin als naturwissenschaftliches Phänomen. Aber vielleicht gab es ein Wesen, dem diese Vorgänge so einschneidend nahegingen wie Menschen ein Luftangriff oder der Tod oder der Krieg. Ein Wesen, zu dem wir uns verhielten wie Ameisen oder Mikroben. Wem sollte man einen solchen Reichtum an Emotion, ein solches unendliches Indikationsgebiet zutrauen? Wie war es wohl um ein Wesen beschaffen, das gleichermaßen mit den Seelennöten und Schmerzen der ganz Kleinen und der Giganten vertraut sein konnte? Dem das Weltall erschien wie uns

der zersplitterte Balken und die ganze Menschheit wie der kleine vielbeinige Wurm?
Susanne Riemenschmied erhob sich und wanderte weiter. Aus der Dunkelheit glänzte etwas. Es war ein handgroßer, halb erblindeter Spiegelscherben, scharfrandig gebrochen und auf der Rückseite mit schwarzer Farbe bestrichen. Das Mädchen beleuchtete mit der Lampe sein Gesicht und sah in den Spiegel. Große Augen blickten ihm entgegen, fremd und verschleiert. Das Licht ließ sie in schattigen Höhlen liegen und warf halbe Ringe um sie. Susanne Riemenschmied sah lange in das Glas, um sich selbst zu erkennen. Dann versuchte sie zu lächeln. Aber die Augen in dem blinden Spiegel blieben ernst und unbewegt.
Ich lächle doch, dachte das Mädchen. Aber ich lächle doch! Das ist nicht mein Gesicht. Sie hob die Brauen, und auch das Bild änderte sich. Und dennoch blieb es fremd. Susanne Riemenschmied betrachtete ihren Mund, die Lippen, die Zähne. Danach die Wangen, ihre Nase, die Stirn und das feuchte Haar. Eine Spinnwebe hing von einer Kante des Scherbens herab.
Der Spiegel ist schlecht, dachte sie. Vielleicht hat sich die Silberschicht vom Glas gelöst, und er verzerrt die Bilder, die in ihn fallen. Oder er ist zu lange im Dunkel gelegen und hat nichts gespiegelt als die Finsternis. Ein Spiegel lebt vom Licht. Wo es kein Licht gibt, ist er sinnlos. Sie ließ das Glas fallen und trat mit dem Absatz ihres Schuhes darauf, daß es knirschend brach.
Die Stimmen der beiden arbeitenden Männer drangen zu ihr, und sie sah im Licht der Petroleumlampe die Silhouetten ihrer Gestalten an der erleuchteten Wand. Robert Faber schwang den Hammer über den Kopf. Sein Schatten dehnte sich vom Boden zu der nassen Decke hinauf. Da er zuschlug, flog das Bild des Hammers blitz-

schnell über das feuchte Gestein. Susanne Riemenschmied folgte ihm mit den Augen, und als das Werkzeug metallisch aufschlug, kam ihr zum erstenmal zu Bewußtsein, was sich ereignet hatte. Sie stand, die verlöschte Lampe in der Hand, reglos und schmal in der Dunkelheit und sah den Männern zu, die Stein nach Stein aus der Mauer brachen.

Es war jetzt drei Uhr. In fünf Stunden sollte sie zu lesen beginnen. In fünf Stunden würden sich Menschen in einem großen Saal versammeln, um die »Weise von Liebe und Tod« zu vernehmen. »Die Weise von Liebe und Tod«, gelesen von Susanne Riemenschmied. So stand es auf dem Programm. So war es verabredet. Verabredet mit wem? Mit Herrn Huber und Herrn Kesselring, den Veranstaltern des Abends.

Aber Susanne Riemenschmied würde nicht im Festsaal des Industriehauses erscheinen, um den »Cornet« zu lesen. Heute nicht und morgen nicht. Denn Susanne Riemenschmied war verschüttet worden von einer ziellos geworfenen Bombe, verschüttet in einem Keller auf dem Neuen Markt. Die Herren Huber und Kesselring hatten keine Chance gegen die Macht des Zufalls. Die Tonnen Schutt vor dem Hauseingang wogen mehr als alle Vereinbarungen. Nein, Susanne Riemenschmied würde heute abend nicht erscheinen. Sie war zu ihrem Bedauern verhindert. Vor ihr entstand das Bild des Raumes mit den wartenden Menschen. Eine Uhr zeigte ein Viertel nach acht. Einzelne Gäste begannen unruhig zu werden. Susanne Riemenschmied sah alles mit großer Deutlichkeit auf der erleuchteten Mauer, die von Schatten belebt war, während sie so mit hängenden Armen in der Dunkelheit stand. Jemand trat auf das kleine Podium. Es wurde still, als er die Hand hob.

»Meine Damen und Herren«, sagte der Mann in dem

dunklen Anzug, »ich bedauere, Ihnen mitteilen zu müssen, daß der für heute geplante Rilke-Abend nicht stattfinden kann, da Fräulein Riemenschmied aus uns unbekannten Gründen an ihrem Erscheinen verhindert ist.« Er verneigte sich. Als er sich umwandte, sah Susanne sein Gesicht. Es war Robert Faber. Seine Augen lächelten traurig. Dann verschwand das Bild. Das Mädchen atmete tief und ging langsam zu den beiden Männern zurück.

## 5

Durch die Stille der dritten Kelleretage drang die schwache Stimme Therese Reimanns, die mit gefalteten Händen, sehr aufrecht, in ihrem Korbstuhl am Bette Anna Wagners saß.
»Das Silberbesteck und das kostbare Geschirr meiner Eltern«, sagte sie, »brachte ich noch zur rechten Zeit in Sicherheit. In dieser Kiste liegt ein vollständiges Worcester-Service für sechs Personen und ein weiteres aus Meißner Porzellan. Auch ein Perserteppich«, sagte Fräulein Reimann, »liegt hier, verpackt in Sackleinen. Meine Bibliothek – sie ist nicht sehr groß, aber ich liebe meine Bücher – gelang es mir gleichfalls zu retten. Das Klavier allerdings, ein herrlicher Bösendorferflügel, war zu groß, um transportabel zu sein, und blieb oben. Wahrscheinlich ist er in Stücke geschlagen.«
Fräulein Reimann sprach beherrscht und langsam, bemüht, ihre Haltung nicht wieder zu verlieren. Dennoch sah sie sich gezwungen, aus Gründen der Selbstachtung dem Satz eine kurze Stille folgen zu lassen, da sie fühlte, daß ihr das Weinen in der Kehle saß.
»Mein Vater«, sagte sie dann, »pflegte auf diesem Klavier

zu spielen. Er war sehr musikalisch. Ich erinnere mich noch an einen Abend, da er, allerdings noch in unserer alten großen Wohnung, einigen Herren der Städtischen Oper ein Klavierkonzert von Chopin vortrug und sie zu Äußerungen höchster Anerkennung bewegte.« Fräulein Reimann versank in Erinnerungen.

»Es war ein sehr schöner Flügel«, sagte sie, wobei sie durch die Wahl des Imperfektums zum Ausdruck brachte, daß ihr sein Verlust gewiß erschien. »Schließlich«, sagte sie, »verabsäumte ich es leider, den Inhalt der kleinen Vitrine zu bergen. Diese Vitrine hätte dir Spaß gemacht, Evi.«

»Was ist eine Vitrine?«

»Ein Kasten aus Glas«, erklärte Therese Reimann, »aber es war nicht der Kasten, sondern sein Inhalt, der dein Gefallen gefunden hätte. In diesem gläsernen Schrank bewahrte ich wunderschöne Dinge auf: Puppen, alte Lebkuchenherzen, Armbänder und Medaillons – ohne wirklichen Wert«, erklärte sie, an die Mutter gewandt, »aber doch bezaubernd schön. Ich besaß eine silberne Hirtenflöte aus dem 18. Jahrhundert, ein griechisches Tränenkrüglein aus gebranntem Ton, einen künstlichen Schmetterling, der ganz aus Perlen und Halbedelsteinen hergestellt war, ein Segelschiff in einer Flasche und ein altes chinesisches Spiel mit vielen bunten Steinen. Alle diese Dinge«, sagte Therese Reimann traurig, »wurden mit Gewißheit vernichtet. Sie befanden sich seit langer Zeit in meinem Besitz. Manche von ihnen sind über meine Eltern auf mich gekommen, während diese wieder sie von den ihren erhielten. Es ist schade um meine kleine Vitrine. Ich hätte sie herab in den Keller tragen sollen. Ja, das hätte ich wohl.«

Sie sprach eigentlich zu sich selbst, während sie so, genesen von dem kurzen hysterischen Schwächeanfall,

in der Dunkelheit saß. Sie hatte sich mit der bereitwilligen Ergebenheit ihres Alters in das Unabänderliche gefügt und trug ihre Trauer mit Würde, wobei sie sich sogar schon ein wenig für die Art schämte, in der sie sich hatte gehenlassen. Fräulein Reimann neigte sich in Demut vor dem Schicksal, das hier seine Macht bewies, während es ihr, der Beraubten, allein verblieb, Haltung zu zeigen. Sie streichelte das kleine Kind, das an ihren Knien lehnte, und nahm sich vor, gutzumachen, was sie in einem Anfall von Schwachheit an häßlichen und einer Christin unwürdigen Handlungen begangen hatte.
»Liegen Sie weich?« fragte sie Anna Wagner.
»Ja«, antwortete diese. »Ich bin Ihnen sehr dankbar, gnädige Frau.«
Therese Reimann bewegte abwehrend den Kopf.
»Sie sollten mir nicht danken. Was ich tat, war nichts.« Sie zögerte und sagte dann etwas sehr Sonderbares. »Ich bin nur eine alte Frau«, meinte Therese Reimann, »Sie aber sind eine Mutter. Sie haben einem Kinde das Leben geschenkt. Sie sind fruchtbar gewesen und befinden sich in Not. Ich habe immer nur an mich selbst gedacht. Vielleicht straft mich Gott jetzt dafür.« Fräulein Reimann schwieg beschämt und bedachte bei sich, daß sie kaum imstande gewesen wäre, das eben Gesagte zu wiederholen. Die Dunkelheit verändert die Menschen. Sie meinen, allein zu sein, wenn sie einander nicht sehen, und wagen es, Gedanken Ausdruck zu verleihen, die ihnen im Licht des Tages nicht geheuer erscheinen. Fräulein Reimann war noch nicht sehr vertraut mit der Stimme, die aus ihrem Munde kam.
»Willst du mit mir spielen?« fragte das kleine Mädchen.
»Aber Evi«, sagte die Mutter, »du darfst die Dame nicht belästigen.«
»Das tust du gar nicht«, widersprach Therese Reimann

und hob das Kind auf ihre Knie. »Was willst du denn spielen?«

»Kennst du ›Ich seh' etwas, was du nicht siehst‹?«

»Ja«, sagte Fräulein Reimann, »aber wie sollen wir das spielen? Es ist doch so finster hier, daß wir beide nichts sehen!«

»Machen wir Licht!«

»Wir haben eine schlechte Lampe. Sie verbraucht zu viel Sauerstoff.«

»Sauerstoff«, wiederholte das Kind. »Was ist das: Sauerstoff?«

»Was du zum Atmen brauchst.«

»Ich brauche gar nichts zum Atmen.«

»Doch«, sagte Therese Reimann, »du brauchst Luft.«

»Luft?« fragte das kleine Mädchen erstaunt. »Aber Luft gibt es doch überall. Ich kann überall atmen. Mit dem Mund. Oder der Nase. Oder mit beiden.«

»Siehst du«, sagte Fräulein Reimann, »die Luft, das ist ein Gas ...«

»Aus dem Gasherd?«

»Nein, nicht gerade ein solches. Wir können die Luft nicht sehen. Aber wir brauchen sie zum Leben ... der Sauerstoff ist auch ein Gas, er ist in der Luft enthalten. Wenn du einatmest, kommt der Sauerstoff in deinen Körper, und wenn du ausatmest, bleibt er in ihm. Es wird deshalb hier im Keller immer weniger Sauerstoff geben, weil keine neue Luft hereinkommen kann. Darum wollen wir die Lampe nicht anzünden. Denn auch sie würde Sauerstoff verbrauchen. Hast du mich verstanden?«

»Nein«, sagte Evi. »Was geschieht, wenn es keinen Sauerstoff mehr gibt?«

»Dann schlafen wir ein«, erklärte Fräulein Reimann vorsichtig.

»Tut es weh?«

»Gar nicht!«
»Wir schlafen richtig ein?«
»Ja«, sagte Therese Reimann.
»Aber das tue ich doch jeden Abend, wenn ich müde bin.«
Die alte Dame überlegte, daß ihre Ausführungen nur Verwirrung und späterhin sogar Furcht stiften konnten und außerdem dazu verurteilt waren, nicht verstanden zu werden. Sie beschloß, das Thema zu wechseln.
»Wenn wir schon«, sagte sie, »nicht ›Ich seh' etwas, was du nicht siehst‹ spielen können, weil es zu finster ist, dann versuchen wir etwas anderes. Du denkst an etwas, das wir beide kennen, und ich muß erraten, was es ist.«
»Ja!« rief das Kind. »Aber was kennst du?«
»Nun«, sagte Fräulein Reimann, »eine Straßenbahn zum Beispiel oder eine Sonnenblume. Und das Christkind ...«
»Kennst du Türkischen Honig?« fragte Evi aufgeregt.
»Ich glaube.«
»Er ist weiß und sehr klebrig und süß.«
»Hast du schon oft Türkischen Honig gegessen?«
»Einmal«, erwiderte das Kind. »Erinnerst du dich, Mutti? Damals, als der Vater fortgegangen ist, im Prater.«
»Ja«, sagte die Mutter, »ich erinnere mich.«
»Damals habe ich Türkischen Honig gegessen«, erzählte Evi, »und auch Schokolade.«
»Wann war denn das?«
»Gestern. Nein, es war nicht gestern. Ich glaube, es war am Freitag ...« Evi schwieg beklommen, da sie sah, daß sie sich auf das ihr unheimliche Gebiet der Zeitrechnung begeben hatte, mit der sie nichts anzufangen wußte. Sie verwechselte noch häufig gestern und morgen und stellte gelegentlich Anfragen wie: Wann habe ich wieder Geburtstag? oder: Hat es morgen geregnet? ... Nein,

Fräulein Reimann konnte nicht hoffen, eine Antwort auf ihre Erkundigung zu erhalten. »Wann ist der Vater fortgefahren, Mutti?«

»1941«, antwortete Anna Wagner tonlos. »Im Herbst.«

Das kleine Mädchen wurde lebhafter.

»Im Herbst! Die Sonne hat geschienen. Erinnerst du dich noch?«

»Ja«, sagte Anna Wagner, »ich erinnere mich.« Sie schloß die Augen. Sie wollte gerne weinen. Peters Bild tauchte vor ihr auf, er lachte. Er lachte ... jede Faser ihres Leibes sehnte sich nach ihm, verlangte nach ihm, schrie nach ihm. Sie legte beide Hände fest auf die Brust und stöhnte vor Verlangen, ihn bei sich zu wissen in dieser Stunde – für eine Sekunde ... für einen Tag ... für immer.

»Ja«, wiederholte Anna Wagner, »ich erinnere mich.«

Das Kind auf Therese Reimanns Knien sagte langsam und feierlich. »Im Herbst neunzehnhunderteinundvierzig.«

»So lange ist dein Vater schon fort?«

»Er ist auf Urlaub gekommen.«

»Dreimal«, sagte Anna Wagner, »jedes Jahr. Nur heuer nicht.«

»Er ist jedes Jahr auf Urlaub gekommen«, sagte das Kind ernsthaft, »aber ich habe keinen Türkischen Honig mehr gegessen.«

»Ich glaube, es gibt ihn nicht mehr«, vermutete Fräulein Reimann.

»Warum nicht?« fragte das Kind. »Warum gibt es keinen Türkischen Honig mehr?«

»Weil ... wegen –«, Therese Reimann überlegte gewissenhaft: Was war aus dem Türkischen Honig geworden? Es gab keinen Zucker ... die Blockade der Alliierten ... nein, dachte sie, das war 1918 gewesen. Heute ...

»Weil wir Krieg haben«, antwortete sie laut. Weil wir

Krieg haben. Viel mehr Krieg als Türkischen Honig ... welch ein Unsinn.
»Warum haben wir Krieg?« fragte Evi.
»Liebes Kind«, erwiderte Fräulein Reimann, hilflos lachend, »das weiß ich doch nicht.«
»Weißt du es, Mutti?«
»Nein«, sagte Anna Wagner bitter. »Ich weiß es auch nicht.«
»Aber wer weiß es denn?«
Zu ihrem Erstaunen hielt ein schamvolles Schuldgefühl Fräulein Reimann davon ab, den Allmächtigen zu erwähnen. »Komm«, sagte sie, »wir wollen spielen.«
Das kleine Mädchen war sofort bereit, von seiner Frage Abstand zu nehmen, und preßte die Fäuste an die Augen.
»Was tust du?«
»Ich denke mir etwas«, erklärte Evi. »Bitte, warte. So, ich habe es schon. Du kannst anfangen.«
»Gut«, sagte Therese Reimann. Und sie fing an:
War es ein Mensch? Nein. Ein Tier? Nein. War es ein lebendiges Wesen? Nein. Also ein Ding? Ja, ein Ding. Ein nützlicher Gegenstand? Nein! War es groß? Ja, sehr groß! Ein Haus? O nein! War Evi sicher, daß Therese Reimann es auch wirklich kannte? O ja, gewiß. Konnte man darauf sitzen? Haha! Ja, das konnte man. War es eckig? Nein. Also rund? Ja, es war rund.
»Ein Luftballon?« mutmaßte das Fräulein.
Nein! Ein Luftballon war doch nützlich ...
War es größer als ein Luftballon? Ja, viel größer. Auch schwerer. Und ebenso rund? Nein, nicht ganz so rund. Oder doch, manchmal vielleicht.
Möglicherweise ist es die Erdkugel, dachte Therese Reimann. Wenn das Kind das wußte, daß die Erde rund war, rückte diese Lösung in den Bereich des Möglichen. Aber

war die Erde ein nützlicher Gegenstand in den Augen einer Sechsjährigen, besonders, wenn man in Betracht zog, daß es keinen Türkischen Honig, sondern nur Krieg gab? Vielleicht nicht. Dennoch: Die Erde blieb größer als ein Haus, das stand fest. Also kam sie nicht in Frage. Fräulein Reimann war bemüht, sich an andere kugelförmige Gegenstände zu erinnern.

»Ich kann es nicht erraten«, sagte sie endlich. »Du mußt mir helfen.«

»Wirklich?«

»Ich werde nie darauf kommen, wenn du es mir nicht sagst.«

»Also«, erklärte Evi, »es macht furchtbaren Lärm. Mehr Lärm als irgend etwas anderes.«

»Auch Luftballons machen Lärm, wenn sie zerplatzen«, argumentierte das Fräulein.

Der Lärm eines zerplatzenden Luftballons, behauptete Evi, war in keiner Weise zu vergleichen mit jenem Lärm, an den sie dachte, er stünde in keinem Verhältnis zu ihm. Außerdem hatte vor einem Luftballon niemand Angst.

»Oh«, sagte Therese Reimann, »und vor dem Ding, an das du denkst, fürchtet man sich?«

Evi nickte.

»Warte einmal. Es ist rund wie ein Luftballon, nicht so groß wie ein Haus und nicht nützlich. Es macht viel Lärm, und man fürchtet sich davor. Kommt es von oben?« fragte Therese Reimann ahnungsvoll.

»Ja«, sagte das Kind. »Es kommt vom Himmel. Kannst du es schon erraten?«

»Ich glaube«, antwortete Fräulein Reimann bedrückt. »Ja, ich glaube, ich kann es erraten. Eine Bombe, nicht wahr?«

Das Kind nickte heftig.

»Aber ich habe dir helfen müssen, sonst wärst du nie darauf gekommen.«

»Nein«, sagte Therese Reimann. »Sonst wäre ich nie darauf gekommen.«

»Jetzt bist du an der Reihe«, erklärte Evi. »Jetzt denkst du dir etwas aus. Es darf aber nicht schwer sein.«

Beklommen bemühte sich Fräulein Reimann, an etwas zu denken, das nicht schwerer zu erraten war als eine Bombe, etwas, das einem Kind von sechs Jahren, nein, einem Kind von 1945, vertraut sein mußte. Aber es war gar nicht so einfach. Fräulein Reimann kam sich lächerlich vor, als sie endlich beschloß, an die große Puppe des Mädchens zu denken, die auf dem Bett der Mutter lag.

»Fertig?« fragte Evi. Sie nickte.

»Ist es ein Mensch?«

»Nein«, sagte Therese Reimann.

Das Mädchen stellte weitere Fragen. Aus dem oberen Stockwerk vernahm Anna Wagner, die still auf den beiden weichen Strohsäcken lag, die Stimmen der anderen und die Geräusche ihrer Arbeit. Sie lauschte dem gleichmäßigen Schlag des schweren Hammers, dem Scharren der Schaufel und dem gelegentlichen dumpfen Fall eines Steines.

Wie lange? dachte sie. Wie lange wird es dauern? Einen Tag noch, oder zwei? Morgen um neun Uhr geht mein Zug. Ob ich ihn erreichen werde? Vielleicht gräbt man uns von drüben entgegen. Aber vielleicht ist auch der andere Keller verschüttet. Was dann? Peter, dachte die Frau, Peter, mein Mann, mein Geliebter. Wo bist du? Warum kommst du nicht zu mir? Warum muß ich hier liegen in der Finsternis, ohne zu wissen, ob du noch lebst? Anna Wagner rührte sich nicht. Unbeweglich lauschte sie dem Schlag des Hammers, mit dem Robert Faber die eiserne Stange in die Wand trieb.

Es war halb fünf Uhr nachmittags. Hinter der festen Steinschicht, in der sie zu graben begonnen hatten, fand sich eine größere Menge weicher Erde, die sie ohne besondere Mühe zu entfernen vermochten. Schröder schaufelte hastig, während der Soldat einige Steine lokkerte. Das Mädchen hielt die Petroleumlampe. Schröders Gesicht war schmutzig, er schwitzte.
»Die Zeit«, sagte er erregt, »die Zeit ... sie allein ist jetzt maßgebend. Der Krieg ist zu einem Wettlauf mit der Zeit geworden. Wenn wir noch sechs Monate durchhalten, haben wir ihn gewonnen.«
»Wir haben schon sechs Jahre durchgehalten«, sagte Faber. Schröder stieß den Spaten in die Wand.
»Sechs Jahre«, wiederholte er, »sechs Jahre! Wissen Sie, was sich in ihnen vorbereitet hat? Können Sie erahnen, welche Erfindungen in jener lächerlich kurzen Zeitspanne gemacht wurden?«
»Für mich waren diese sechs Jahre keine lächerlich kurze Zeit. Für mich waren sie die längsten meines Lebens.«
»Sie sprechen als Außenseiter«, sagte Schröder. »Ihnen fehlt der Einblick in die großen Zusammenhänge. Ich besitze ihn durch meine Arbeit – zu einem kleinen Teil. Und ich erkläre Ihnen, daß Dinge ihrer Vollendung entgegengehen, die Sie nicht erträumen würden. Ich habe Patentschriften gelesen. Ich habe mit Wissenschaftlern gesprochen. Kennen Sie ein Instrument, mit dessen Hilfe Sie in tiefster Nacht Ihre Umgebung wie am Tage sehen können?«
»Nein«, sagte Faber.
»Ein Fernglas«, erzählte Schröder, »ein einfaches Fernglas. Am vorderen Ende trägt es einen Selenschirm, der das auftretende infrarote Licht fängt, Elektronen frei werden läßt und diese auf einen zweiten Schirm am anderen Ende des Rohres schießt, der elektrisch geladen

und fluoreszierend ist. Auf ihm erscheint so ein völlig exaktes Bild von allem, worauf Sie in der Dunkelheit Ihr Glas richten. Wissen Sie, wie dieses Instrument betrieben wird? Sie wissen es nicht. Aber ich weiß es. Mit einem Generator, der die Spannung einer Taschenlampenbatterie auf 15 000 Volt bringt! Der Motor ist nicht größer als eine ausgewachsene Nuß und macht 10 000 Umdrehungen in der Minute. Vermögen Sie sich das vorzustellen? Wir haben ein besonders chloriertes Paraffinöl gefunden, das ihn 3000 Stunden in Gang hält ...«

»Ja«, sagte Faber, »und?«

Schröder hörte ihn nicht. Er hatte den Spaten sinken lassen und sprach laut. In seinen Augen brannte ein verrücktes Feuer. »Sie denken vielleicht, die fliegenden Bomben seien unheimlich. Sie haben keine Ahnung von dem, was noch kommen soll! Wir besitzen heute mehr als hundert verschiedene Typen von ferngesteuerten Explosivkörpern. Sie operieren mit Radioanlagen, mit Kurzwellengeräten, mit magnetischen Feldern, mit Düsenantrieben ... wir haben Bomben konstruiert, die dreißig Meter lang sind und mehr als zwölf Tonnen wiegen! Sie fliegen mit einer Geschwindigkeit, die dreimal so groß ist wie jene, mit welcher die Erde sich am Äquator dreht. Sie sind schneller als der Schall. Wir werden in kurzer Zeit von Europa Bomben abschießen können, die in vierzig Minuten New York erreichen ... wir haben Torpedos gebaut, die ihr Ziel nicht verfehlen können, weil sie sich nach dem Geräusch der Schiffsschraube richten und direkt unter ihr explodieren. Wir haben Fieseler Störche konstruiert, deren Düsenantrieb in den Spitzen der Windmühlflügel sitzt! Wir kennen heute Apparate, die in vier Minuten bis in die Stratosphäre steigen können ... ich weiß, Sie glauben mir nicht, aber es ist so. Warten Sie sechs Monate, und Sie

werden sehen, wie die Erde vor Schrecken bebt ...«
Schröder packte die Schaufel und begann von neuem zu graben. »Der Krieg ist noch nicht zu Ende«, sagte er. »Er hat gerade erst begonnen. Wir brauchen Zeit, das ist alles. Nur Zeit.«
Faber schüttelte den Kopf.
»Und wenn wir sie hätten? Wenn wir noch sechs Monate weiterkämpften?«
»Der Krieg wäre gewonnen«, sagte Schröder und sah ihn aus kurzsichtigen Augen an. »Es gäbe keine Stadt der Erde, die wir nicht in wenigen Stunden zerstören könnten. Es gäbe keine Rettung vor unseren Waffen, keine Abwehr! Niemand könnte ihre Fürchterlichkeit ertragen.«
»Vielleicht doch«, sagte Faber, »der Mensch erträgt viel.«
»Es gibt eine Grenze!« rief Schröder.
»Warum wollen Sie die Erde zerstören?« fragte Faber abwesend.
»Um den Krieg zu gewinnen.«
»Und wenn wir den Krieg gewonnen haben?«
»Es gibt nichts, das wir nicht wieder aufbauen könnten in kurzer Zeit.«
»Nein«, sagte Faber und schlug verbissen auf die Eisenstange los, »nein, so, wie Sie es sich vorstellen, wird es nicht gehen, Herr Schröder. Es wurde noch für jede Waffe eine Gegenwaffe gefunden. Einzelne Überlebende werden Anlagen ersinnen, die Ihre Raketengeschosse unschädlich machen. Die Menschen werden unter der Erde leben. Schiffe werden geräuschlos fahren. Man wird die Dunkelheit künstlich erhellen, um nicht von infrarotem Licht verraten zu werden. Dem Irrsinn sind keine Grenzen gesetzt.«
»Zu alldem«, sagte Schröder, »wird es zu spät sein, wenn wir losschlagen.«

»Woher wissen Sie, daß nicht auch die anderen an Erfindungen wie diesen arbeiten?«
»Sie tun es. Wir müssen schneller fertig sein als sie. Wir müssen arbeiten, arbeiten ... um sie zu schlagen ... um diesen Wettlauf zu gewinnen ... um Sieger zu sein!«
»Es lohnt sich nicht«, sagte Faber.
»Doch!« rief der andere leidenschaftlich. »Es lohnt sich! Wenn wir verlieren, sind wir alle verloren!«
»Und wenn wir gewinnen?« Schröder sah den Soldaten verständnislos an.
»Was soll das heißen?«
»Sie erzählen von infraroten Strahlen«, sagte Faber, »von Düsenflugzeugen, von phantastischen Explosivstoffen ... ist es schwerer, den Frieden zu konstruieren als eine Atombombe? Ist es einfacher, daran zu glauben, daß man in vier Minuten die Stratosphäre erreichen kann, als daß wir alle gleich geboren sind?«
Schröder hackte unwillig in der Mulde herum.
»Das klingt sehr hübsch, aber es ist natürlich ganz unsinnig. Es wird immer Kriege geben.«
»Nein«, sagte Faber, »das ist nicht wahr.«
Schröder lachte kurz.
»Doch, es stimmt schon. Nicht etwa, weil wir unterschiedlich geboren wurden, sondern einfach, weil wir uns zu schnell vermehren. Sie können es ein Gesetz der Natur nennen. Oder auch anders. Wenn es keine Kriege gäbe, wäre die Welt in ein paar Jahrzehnten so übervölkert, daß sich Katastrophen noch viel größeren Umfanges ereignen müßten.«
»Immerhin«, sagte Faber, der gebückt arbeitete, »gibt es da noch eine zweite Lösung.«
»Nämlich welche?«
»Dafür zu sorgen, daß weniger Menschen geboren werden. Gewöhnliche Geburtenkontrolle. Welchen Ge-

fallen tun wir unseren Kindern schon, wenn wir sie zuerst zur Welt kommen lassen, um sie dann doch wieder umzubringen? Dieses Verfahren ist doch ausgesprochen unökonomisch. Es ließe sich enorm vereinfachen und schmerzloser gestalten.«

Schröder wischte sich Schweiß von der Stirn.

»Die Sache hat nur einen Fehler. Sie läßt sich nicht durchführen.«

»Es ließen sich schon ganz andere Projekte durchführen. Aber sie dienten natürlich auch alle destruktiven Zwecken.«

»Wie stellen Sie sich denn ein solches Kontrollsystem vor?« fragte Schröder. »Wie wollen Sie denn ein paar Millionen junge Asiatinnen davon abhalten, Kinder zu kriegen?«

»Wie fangen Sie es denn an, wenn Sie ein paar Millionen jungen Europäerinnen ihre Kinder nehmen?«

»Das ist etwas anderes«, sagte Schröder. »Dieses Gespräch nimmt groteske Formen an. Ihr Projekt ist lächerlich. Es beweist nur, daß auch Sie keinen Ausweg kennen.«

»Es beweist«, sagte Faber, »daß es einfacher ist, einen Krieg zu beginnen, als sich um den Frieden zu bemühen.«

»Der Frieden kann in dieser Welt nur ein vorübergehender Zustand sein.«

»Und der Krieg ein konstanter. So sieht es aus«, sagte Faber. »Wir brauchen uns nichts vorzumachen, Herr Schröder. Sie haben andere Ansichten. Der Unterschied zwischen uns ist der, daß Sie den Krieg sehr gut in Ihrem Glaubensbekenntnis verwenden können, während ich –«

»Ja?« fragte Schröder.

»– während ich mich noch immer nicht an ihn gewöhnen kann.«

»Und wie steht es mit Ihrem eigenen Glaubensbekenntnis? Haben Sie überhaupt eines?«

»Doch«, sagte Faber, »ich habe schon eines, aber ich trage es nicht so deutlich sichtbar mit mir spazieren wie Sie. Es kann deshalb leicht der Eindruck entstehen, als hätte ich keines, als wären Sie der weit gefestigtere und wertvollere Charakter, weil *Sie* zu *glauben* vermögen und ich nicht.«

»Sie vermögen auch nicht zu glauben!«

Faber kratzte sich am Kopf.

»O ja«, sagte er langsam, »ich vermag schon zu glauben.«

»Woran?«

»An die Wahrheit«, sagte Faber, »und an die Gerechtigkeit. Daran, daß wir gleich geboren sind und daß wir einander helfen müssen wie Brüder.«

»Der Unterschied liegt dann wahrscheinlich darin, daß ich bereit bin, für meine Ideale zu sterben, und Sie nicht ...«

»Ich«, sagte Faber, »bin vor allem bereit, für die meinen zu leben ...«

Schröder schaufelte weiter. Er antwortete nicht. Die Arme schmerzten ihn, sein Atem ging keuchend. Das Hemd klebte ihm am Leib. Schröder stieß den Spaten in die Mauer, wieder und wieder. Der Soldat rüttelte an einem großen Stein. Das Mädchen stand schweigend zwischen ihnen und hielt die Lampe.

Gegen fünf Uhr kamen sie überein, die entstandene Höhle abzustützen. Sie sägten zwei Balkenstücke zurecht und stellten sie aufrecht in die Öffnung. Danach schlugen sie mit dem schweren Hammer einen dritten, rechtwinkelig zu ihnen, in den Raum zwischen der Tunneldecke und dem oberen Ende der Pfosten, den sie mit Absicht zu klein gewählt hatten, damit das Holz sich in die Steinschicht einfressen konnte.

»Herrgott«, sagte Schröder, als er den Hammer sinken ließ »bin ich hungrig!«
»Ich auch. In meinem Sack liegt Brot. Lassen Sie uns hinuntergehen.«
Schröder trat aus der Höhle und warf sich seinen Mantel über die Schultern. Der Soldat legte einen Arm um das Mädchen, als sie zur Treppe gingen.
»Susanne«, sagte er leise, »heute abend ... wollen Sie mir den ›Cornet‹ vorlesen?«
Sie nickte wortlos und griff nach seiner Hand.

## 6

Die Porzellanuhr mit dem vergoldeten Pendel zeigte ein Viertel nach fünf Uhr. Die Petroleumlampe stand jetzt auf der Kiste neben Anna Wagners Bett. Sechs Augenpaare sahen interessiert auf Robert Fabers Hände, mit denen er seine große Tasche leer räumte. Fräulein Reimann brachte dieser Unternehmung ebensoviel Aufmerksamkeit entgegen wie Walter Schröder und die kleine Evi. Sie war ebenso hungrig. Unglücklichsein regt den Appetit über kurze Zeit ebenso an wie manuelle Arbeit, und auch wenn man gar nichts tut, muß man doch immer noch essen.
Faber legte ein großes viereckiges Brot auf die leere Kiste, dazu ein mächtiges Stück gedörrtes Fleisch, drei Eier und zwei Schachteln mit Fischkonserven.
»Wer Hunger hat«, sagte er, »nehme sich, was ihm gefällt.« Er zog ein Messer aus der Tasche, schnitt eine große Scheibe des Brotes ab, bedeckte sie mit Fleisch und reichte sie Susanne Riemenschmied.
»Bevor wir zu essen beginnen«, sagte Schröder, als er die zweite Schnitte abhob, »müssen wir uns noch etwas über-

legen. Es gibt unter uns einige, die keine Lebensmittel mit sich gebracht haben. Ich gehöre selbst zu ihnen. Sie fallen nun den anderen zur Last.«

»Wir werden alle das gleiche essen«, sagte Faber. »Nicht wahr, Fräulein Reimann?«

»Ja«, sagte diese eifrig, in dem Bemühen, nun das Richtige zu tun. Aber der gute Vorsatz verhinderte nicht den kleinlauten Nachsatz: »Wenn nur genug für alle da ist.«

»Eben«, meinte Schröder, der mit einem Taschentuch den Trichter der Petroleumlampe lüftete, um an der Flamme eine Zigarette zu entzünden, »das wollte ich gerade sagen. Wenn alles gutgeht, sind wir morgen aus dem Keller heraus. Ich glaube nicht, daß es länger dauern wird. Oder?«

»Nein«, erwiderte Faber, »besonders dann nicht, wenn die draußen uns helfen.«

»Es handelt sich also um etwa vierundzwanzig Stunden«, sagte Schröder, »mit denen wir zu rechnen haben. Um sicherzugehen, lassen Sie uns lieber annehmen, daß wir noch sechsunddreißig Stunden hierbleiben müssen. So schützen wir uns vor unangenehmen Überraschungen. Die Frage ist: Wieviel dürfen wir essen?«

»Wenn es Ihnen recht ist«, sagte Fräulein Reimann, »will ich alles, was ich selbst besitze, gleichfalls auf die Kiste legen.«

»Das ist eine gute Idee«, meinte Schröder. »Hat noch jemand etwas zu essen mitgebracht?«

»Ja«, sagte Anna Wagner. »Evi, hol unseren Koffer.« Das Kind trug ihn herbei. »Mach ihn auf«, sagte die Mutter. Das kleine Mädchen öffnete den Verschluß des abgestoßenen braunen Fiberkoffers und stellte zwei Aluminiumgefäße auf die Kiste, die mit Gummiringen und flachen Deckeln verschlossen waren.

»Weißt du, was da drin ist?« fragte sie Schröder.

»Was denn?«
»Kartoffeln mit Bohnen. Schon gekocht. Hast du Bohnen gern?«
»Furchtbar gerne«, sagte Schröder.
»Es sind aber schwarze Bohnen.«
»Die liebe ich besonders.«
Sie sah ihn ungläubig an: »Lügst du auch nicht?«
»Evi«, sagte Schröder, »schwarze Bohnen sind meine Lieblingsspeise.«
Sie lachte geniert.
»Ich mag sie nicht leiden, aber die Mutti will, daß ich sie esse.« Sie hob eine Thermosflasche aus dem Koffer. »Tee mit Sacharin.«
»Weißt du denn, was Sacharin ist?«
»Das ist auch Zucker«, behauptete Evi. »Nur kleiner und viel süßer. Man kann ihn nicht so essen. Leider. Hier ist Brot«, erklärte sie mit hausfraulichem Ernst, »ein ganzer Laib. Es ist von gestern. Ich habe frisches Brot lieber.«
»Von altem wird man schneller satt«, meinte Schröder.
»Das sagt die Mutti auch immer!« Evi nahm eine Zitrone und legte sie auf die Kiste. »Hier, in diesem Sack, ist Würfelzucker. Die Mutti hat ihn gezählt, weil ich immer stehle. Wieviel Stücke haben wir?«
»Fünfundzwanzig«, sagte Anna Wagner.
»Wir haben fünfundzwanzig Stücke Würfelzucker«, berichtete Evi. »Ist das viel?«
»Das ist enorm viel«, sagte Robert Faber, der mittlerweile weitere Brote belegt hatte. Evi war plötzlich still geworden. Sie hielt ein runde Dose, die mit buntem Papier beklebt war, in der Hand und betrachtete sie voll Wehmut.
»Was gibt's?« fragte Schröder.
Das kleine Mädchen kämpfte mit sich. Sie sah ihn unglücklich an, stand dann auf und ging zu der Mutter.

»Ich will dir was ins Ohr sagen.«
»Wir haben doch keine Geheimnisse voreinander. Sag es nur laut.«
»Ich ... Mutti! Muß ich die Kondensmilch hergeben?«
»Ja«, sagte Anna Wagner, »ich weiß nicht. Eigentlich schon. Du wirst doch auch von den Fischen und dem Fleisch essen wollen.«
»Mutti«, sagte das Kind beschwörend, »ich will gar nichts anderes essen. Ich habe gar keinen Hunger.« Evi drehte sich um und fragte Schröder: »Bitte, willst du etwas von meiner Kondensmilch?«
»Gott bewahre«, sagte dieser. »Um nichts in der Welt. Ich kann sie nicht leiden.«
»Und du?« fragte Evi Therese Reimann.
»Nein«, erwiderte diese. »Ich danke dir.«
Evi holte die gleiche Erkundigung bei den übrigen ein. Susanne Riemenschmied lehnte eine Beteiligung an der Dose mit dem kohlehydratreichen Inhalt ebenso ab wie Robert Faber, der sogar zusätzlich erklärte, nach dem Genuß von gezuckerter Milch stets Leibschmerzen gräßlichster Art zu erdulden. Es blieb Reinhold Gontard, der im Halbdunkel des entfernten Kellerendes schlief oder wenigstens so tat.
»Glaubst du, daß er etwas will?«
»Frag ihn doch.«
»Ich traue mich nicht. Willst du ihn nicht fragen?«
»Hochwürden«, sagte Schröder laut, »wie steht es mit Ihnen?« Der andere gab keine Antwort.
»Nein«, sagte Schröder, »er will deine Milch nicht.«
»Aber er hat doch gar nichts gesagt!«
»Ich weiß, daß er nichts will. Pfarrer trinken keine Kondensmilch.«
»Das stimmt«, murmelte Therese Reimann grimmig, »sie trinken Kognak.«

»O ja?« sagte Faber. »Na, du kannst die Dose behalten, Evi. Soll ich sie dir aufmachen?«
»Nein, danke. Noch nicht. Wenn ich schlafen gehe, dann bitte. Man muß zwei Löcher in die Dose bohren.«
»Ja«, sagte Faber, »damit die Luft hinein kann.«
»Die Luft?« Evi legte einen Finger an die Nase. »Muß der Sauerstoff in die Dose kommen?«
»Ach wo«, sagte Faber, »einfach die Luft, verstehst du?«
»Ja«, sagte Evi in tiefer Verwirrung, »einfach die Luft.« Und dann wiederholte sie ein paarmal probierend: »Die Luft, einfach die Luft.« Ganz einfach.
»Die Luft«, sagte Evi Wagner. Aber verstehen konnte sie es nicht.
Unterdessen hatte Fräulein Reimann auf die schon leicht überladene Kiste weitere Lebensmittel gehäuft. Einen dritten Laib Brot, weder viereckig noch rund, sondern von vornehm glänzender, weckenförmiger Beschaffenheit, zwei Stück in Silberpapier verpackten Käse, ein Glas mit Marmelade und ein Säckchen mit Würfelzucker.
»Herrschaften«, sagte Faber, »das wird ein Festessen werden. So gut hat es nicht einmal der König von England.«
»Bestimmt nicht?« fragte Evi.
»Meiner Seel«, sagte Faber, »nicht halb so gut.«
»Es tut mir leid«, meinte Susanne Riemenschmied, die das Brot, das Faber ihr gereicht hatte, noch immer in der Hand hielt, »daß ich in keiner Weise zu dieser Mahlzeit beitragen kann!«
»Machen Sie sich nicht lächerlich«, rief Schröder, »mir geht es genauso. Es ist ja nicht Ihre Schuld.«
»Wir haben genug für alle«, sagte Therese Reimann. Schröder stand auf.
»In meiner Aktentasche liegt ein Apfel!« Er holte ihn

hervor, rieb ihn an seinem Ärmel blank und reichte ihn dem kleinen Mädchen.

»Da, nimm ihn, bitte.«

»Aber er gehört doch dir!«

»Meine Liebe«, meinte Schröder, »was glaubst du wohl, wie gerne ich ihn essen würde. Aber ich kann einfach nicht. Ich kann nicht.«

»Warum kannst du nicht?« fragte Evi hingerissen.

»Die Kerne«, sagte Schröder jammernd, »sie bleiben mir im Hals stecken, verstehst du, und dann huste ich stundenlang. Es ist entsetzlich. Was machst du mit den Kernen?«

»Ich spucke sie aus«, sagte Evi und biß in den Apfel. Faber legte das Messer auf die Kiste.

»Was meinen Sie? Fangen wir an zu essen.« Er zog zwei Koffer und den Korbstuhl herbei und setzte sich neben Susanne Riemenschmied.

»Ich schlage vor, zunächst einmal die Bohnen, bevor sie sauer werden.«

»Angenommen«, sagte Faber.»Ich habe sogar einen Löffel.«

»Aber Teller«, meinte Fräulein Reimann, »wir besitzen keine Teller. Soll ich vielleicht etwas von meinem Service auspacken?«

»Um Gottes willen«, sagte Schröder. »Wir werden aus den Dosen essen, jeder einen Löffel, immer im Kreis.«

»Geht denn das?« Zum erstenmal an diesem Tag ließ Therese Reimann ein Geräusch erklingen, das eine heitere Note trug.

»Sie werden schon sehen, wie das geht«, sagte Faber. »Ganz ausgezeichnet wird das gehen.«

Er ging zu Reinhold Gontard hinüber und schüttelte ihn.

»Was wünschen Sie?« fragte dieser.

»Kommen Sie essen. Wir warten auf Sie.«
»Ich bin nicht hungrig.« Gontard ließ den Kopf wieder sinken.
»Natürlich sind Sie hungrig.«
Der Priester schlug mit der Faust ins Leere.
»So lassen Sie mich doch in Ruhe!« schrie er. »Hören Sie? Sie sollen mich in Ruhe lassen! Ich will allein sein! Können Sie das nicht begreifen?«
Faber trat zurück.
»Entschuldigen Sie«, sagte er. »Wenn Sie später hungrig werden sollten – es steht alles auf der Kiste drüben.«
»Kommt der alte Mann nicht?« fragte Evi, als er zu den anderen zurückkehrte.
»Nein«, sagte Faber. »Aber wir werden jetzt beginnen.«
»Soll ich beten?«
»Ja«, sagte Therese Reimann.
»Ich werde für euch alle beten«, erklärte Evi, sah Schröder an und fügte hinzu: »Du mußt deine Hände falten.«
»Entschuldige«, sagte dieser und legte die Finger aneinander. Evi Wagner senkte den Kopf und sprach hastig: »Komm, Herr Jesu, sei unser Gast, und segne, was du uns bescheret hast, amen. Gesegnete Mahlzeit.«
»Gesegnete Mahlzeit«, sagten alle. Dann fingen sie an zu essen. Die beiden Dosen mit den schwarzen Bohnen wanderten herum, Faber belegte weitere Brote, und jeder bekam ein Stück weißen Würfelzucker. Die Petroleumlampe auf der schwer beladenen Kiste beleuchtete die Gesichter der Speisenden. Fräulein Reimann kratzte mit dem Löffel, wenn die Reihe an sie kam, lärmend in den Blechgefäßen und erklärte, für kurze Zeit herausgehoben aus der eigenen Misere durch ihre erregende Aufnahme in die Gemeinschaft der anderen, noch nie so viel Spaß beim Konsum von schwarzen Bohnen und

gekochten Kartoffeln gehabt zu haben. Als niemand mehr Hunger hatte und die Lebensmittel beiseite geräumt waren, erklärte Schröder, eine Mitteilung machen zu wollen.

»Der Augenblick«, sagte er, »scheint günstig, denn was ich zu sagen habe, geht uns alle an.«

»Worum handelt es sich?« fragte Faber, der noch immer neben dem jungen Mädchen saß.

»Um den Tunnel, den wir zu graben begannen. Wieviel Zeit, glauben Sie, werden wir zu seiner Vollendung benötigen?«

»Ich bin ziemlich müde«, sagte der Soldat. »Sie wahrscheinlich auch. Wenn wir heute noch ein oder zwei Stunden arbeiten und morgen zeitig aufstehen, dann sollten wir es bis abends schaffen können.«

»Also noch einen ganzen Tag.«

»Ungefähr«, sagte Faber. »Vielleicht etwas länger. Je nachdem, ob wir auf viele Steine stoßen oder auf Erde.«

Schröder nickte und schraubte den Docht der Lampe höher. »Ein Tag ist eine lange Zeit, nicht wahr? Frau Wagner soll morgen früh ihren Zug erreichen. Auch für Sie –« er wandte sich an Therese Reimann »– ist der Aufenthalt in diesem Keller gewiß nicht bekömmlich. Ich selbst habe viel zu erledigen. Wir alle«, sagte er und sah sich um, »sind ein wenig in Eile.«

»Ich nicht«, meinte Faber. »Ich bin nicht in Eile.«

»Und Sie?«

»Ich war es«, sagte Susanne Riemenschmied. Schröder legte die Hände zusammen.

»Es handelt sich«, meinte er, »in erster Linie um Frau Wagner. Sie muß schnellstens in Sicherheit gebracht werden.«

»Morgen abend wird sie den Keller verlassen können.«

»Ja«, sagte Schröder und stand auf. »Aber warum sollte

sie bis morgen abend warten, wenn sie in wenigen Stunden frei sein kann?«

Anna Wagner richtete sich auf.

»Das verstehe ich nicht. Wieso –«

»Es gibt zwei Wege, den Keller zu verlassen«, erklärte Schröder, auf und ab gehend. »Der eine ist, den Gang zu graben. Das wird lange dauern. Der andere Weg –«

»Es gibt keinen anderen«, sagte Faber. »Darüber haben wir uns schon einmal unterhalten.«

Schröder blieb vor ihm stehen.

»Es gibt einen anderen Weg! Während wir arbeiteten, ist er mir eingefallen. Wollen Sie ihn hören?«

»Ja«, sagte Susanne Riemenschmied. Schröder setzte sich wieder. »Wir haben hier im Keller eine große Menge Benzin. Wie Sie wahrscheinlich wissen, ist diese Flüssigkeit sehr feuergefährlich und unter gewissen Bedingungen auch explosiv. Meine Idee war nun folgende: Wir schlagen ein kleines, aber tiefes Loch in die Mauer, graben einige Kannen Benzin in ihm ein und bringen sie zur Explosion. Es ist anzunehmen, daß die Trennungswand einstürzen wird. Was halten Sie davon?«

Eine Weile sprach niemand. Dann sagte Faber: »Mir gefällt die Idee nicht.«

»Warum?« fragte Schröder. »Wir könnten in ein paar Stunden frei sein!«

»Wie wollen Sie die Kannen zur Explosion bringen?«

»Wir gießen eine halbe Kanne in die Höhle«, sagte Schröder, »und leeren einen Teil aus den Kanistern, die wir verwenden wollen, damit sich in ihnen genug Benzindämpfe entwickeln können. Setzen wir das ausgeschüttete Benzin in Brand, dann werden sich die Kannen erhitzen, der Druck des gasförmigen Benzins wird größer und größer werden und schließlich die Behälter zerreißen.«

»Ja«, sagte Faber, »und dann?«
»Dann was?«
»Das ganze Benzin wird in Brand geraten! Der ganze Keller wird brennen ...«
»Nicht, wenn wir die Kannen entsprechend eingraben«, sagte Schröder.
»Wenn wir sie entsprechend eingraben«, erwiderte Faber, »wird es nicht möglich sein, um sie ein Feuer zu entfachen.«
»Man müßte sich das überlegen«, meinte Schröder.
»Ich bin noch nicht fertig«, sagte Faber. »Wie viele Kannen wollen Sie verwenden?«
»Dem Gefühl nach, drei oder vier.«
»Ja«, sagte Faber, »dem Gefühl nach! Vielleicht genügten zwei, wenn Sie fünf nehmen, und vielleicht benötigten wir zehn.«
»Das ist nebensächlich.«
»Herrgott noch mal, das ist nicht nebensächlich! Wenn die Explosion zu schwach ist, setzen wir den Keller in Brand und sind den Flammen ausgesetzt, ohne sie löschen zu können. Nehmen wir aber zuviel, dann fliegt vielleicht das ganze Gewölbe in die Luft, und wir liegen unter den Trümmern. Wie wollen Sie wissen, wieviel Benzin Sie verwenden dürfen?«
Schröder zuckte ungeduldig die Schultern.
»Natürlich ist ein Risiko mit der Angelegenheit verbunden. Deshalb brachte ich Ihnen allen meinen Plan zur Kenntnis.«
»Außerdem«, sagte Faber, der ihn nicht gehört zu haben schien, »ist es unmöglich vorherzusagen, *wie* sich die Explosion auswirken wird. Vielleicht in die Mauer hinein. Vielleicht aber auch aus ihr heraus, mitten in unseren Keller!«
»Wir werden uns selbstverständlich nicht oben, sondern

hier unten aufhalten, wenn es soweit ist. Wir können sogar hier bleiben, bis der Brand vorüber ist ...«

»Vorausgesetzt, daß uns die Decke nicht auf den Kopf fällt. Vergessen Sie nicht, wie sehr alle Mauern dieses Hauses durch den Bombeneinschlag erschüttert wurden.«

»Das vergesse ich gar nicht. Im Gegenteil. Um so leichter sollte es sein, eine von ihnen zum Einstürzen zu bringen.«

»Nehmen wir einmal an, daß uns ein paar Leute entgegengraben«, sagte Faber. »Die haben keine Ahnung von dem, was wir hier treiben. Wenn Sie die Mauer sprengen, so ist das ein glatter Mord. Die drüben werden keine Zeit haben, sich in Sicherheit zu bringen.«

Schröder antwortete nicht gleich.

»Daran habe ich nicht gedacht«, sagte er schließlich. »Man müßte sich nachts an die Arbeit machen, wenn die drüben ruhen.«

»Vielleicht arbeiten sie unausgesetzt.«

»Ich erklärte schon, daß meine Absicht gefahrvoll ist. Wer nichts wagt, gewinnt nichts.«

»Das ist ein Sprichwort«, sagte Faber.

»Aber es ist wahr!«

»Sie sollten es trotzdem nur anwenden, wenn es sich um eine Affäre handelt, in der Sie allein etwas zu wagen oder zu gewinnen haben.«

»Das Ganze ist möglicherweise völlig gefahrlos!« rief Schröder. »Wahrscheinlich würden die herabstürzenden Erdmassen alle Flammen sofort ersticken.«

»Wahrscheinlich«, sagte Faber. »Und vielleicht doch nicht. Warum wollen Sie nicht sichergehen und den Gang graben?«

»Weil ich hier heraus muß! Weil Frau Wagner heraus muß! Weil mir der Gedanke unerträglich ist, daß wir ein

Mittel besitzen, uns sogleich zu befreien, ohne es anzuwenden. Verstehen Sie?«
»Nein«, sagte Faber, »das verstehe ich nicht.«
»Warum, zum Teufel«, fragte Schröder, »haben wir das Benzin im Keller?«
»Weil es irgend jemand hierhergebracht hat.«
»Und das halten Sie für einen Zufall?«
Faber sah ihn erstaunt an. »Natürlich. Wofür denn sonst?«
»Mir scheint sein Vorhandensein symbolisch«, sagte der andere. »Es muß einem ja gerade in die Augen springen! Da stehen die Kannen. Wir alle sehen sie ... sagen sie nicht deutlich: Verwendet uns, wenn ihr euch befreien wollt!«
»Nein«, erwiderte Faber, »das sagen sie nicht.«
»Was sagen Ihnen die Kannen denn?«
»Gar nichts. Blechkannen sagen mir nichts.«
»Seien Sie nicht albern!« Schröder stand verärgert auf. »Mir ist sehr ernst zumute.«
»Ich bin nicht albern. Ich weigere mich nur, Symbole zu deuten. Das ist mir zu gefährlich.«
»Ja«, sagte Schröder höhnisch, »wie ich bemerke. Für Sie gibt es nur eines: den Gang graben. Einen Stein nach dem anderen aus der Mauer brechen. Eine Schaufel Erde nach der anderen, stundenlang. Immer dasselbe. Heute noch. Und morgen wieder. Bis wir verrückt werden.«
»Bis wir durch sind«, sagte Faber.
»Aber begreifen Sie denn nicht«, schrie Schröder, »daß dies eine dumme und geistlose Methode ist?«
»Nein«, sagte Faber, »das begreife ich nicht.«
»Eine unwürdige Methode.«
»Unwürdig wessen?«
»Unwürdig unser«, erwiderte Schröder, »die wir über die

technischen Möglichkeiten verfügen, Klügeres zu tun. Jeder Höhlenmensch, jeder Kretin kann einen Gang graben mit seinen Händen. Aber wir sollten das Wagnis auf uns nehmen, das wir kennen, um uns darüber zu erheben und zu beweisen, daß wir neben Verstand noch Mut besitzen.«

»So beweist man nicht Mut«, sagte Faber. »So beweist man Tollkühnheit. Und diese deutet nicht immer auf ein Übermaß an Verstand.«

»Sie erstaunen mich aber. Ich dachte, Sie wären ein Soldat.«

»Diese Bemerkung ist geschmacklos, Herr Schröder«, sagte Faber. »Ich bin wahrscheinlich ebenso mutig und ebenso feige wie Sie selbst. Denken Sie nicht?«

»Doch«, meinte Schröder. »Sie haben recht. Ich entschuldige mich. Aber Sie legen zu großen Wert auf Sicherheit, scheint mir, zu großen Wert auf die Bewahrung des eigenen Lebens. Es gibt Wichtigeres.«

»Es gibt nichts Wichtigeres als das menschliche Leben.«

»Wissen Sie das bestimmt?«

»Ja«, sagte Faber. »Das weiß ich bestimmt.«

Schröder begann wieder auf und ab zu gehen.

»Wir sind vom Thema abgekommen. Dies ist nicht die Zeit, weltanschauliche Studien zu treiben. Ich habe Ihnen meine Idee mitgeteilt. Meiner Ansicht nach wäre ich berufen, sie auszuführen – zum Wohl aller.«

»Herr Schröder«, sagte Faber ernst, »in diesem Keller hat jeder von uns genau das gleiche Recht, über seine Zukunft und sein Leben zu verfügen. Das müssen wir uns alle merken. Wenn Sie hundertmal recht hätten mit Ihrer Theorie, sollten Sie doch von ihr Abstand nehmen, sobald Sie auf Widerspruch stoßen.«

»Aber ich *weiß*, daß die Explosion uns befreien würde! Fragen Sie mich nicht, woher ich es weiß. Ich bin mir darüber im klaren, daß es dumm klingt, was ich sage, aber daran kann ich nichts ändern. Ich weiß es! Ich bin ein Chemiker. Ich besitze eine geringe Kenntnis der toten Materie. Aber ich habe eine Art gefühlsmäßiger Vertrautheit mit ihr. Ja, das ist es! Und diese Vertrautheit gestattet mir zu sagen: Ich weiß, daß meine Theorie sich verwirklichen, erfolgreich verwirklichen läßt.«

»Das ist durchaus möglich«, meinte Faber. »Sie sagen, Sie wüßten es gefühlsmäßig. Aber können Sie es uns versprechen? Können Sie es uns mit aller Bestimmtheit versprechen?«

»Das kann ich natürlich nicht.«

»Sehen Sie«, sagte Faber. »Und dennoch hat ein jeder von uns ein Recht darauf, es in die Hand versprochen zu bekommen, nein noch mehr: Er hat ein Recht darauf, sich vollkommen von den Erfolgsaussichten dieses Unternehmens überzeugen zu lassen, ehe Sie die Erlaubnis besitzen, es auszuführen. Wenn nur einer von uns an Ihrem Plan zweifelt – wie ich es tue –, dann müssen Sie ihn vergessen. Denn wir alle haben das gleiche Recht auf Sicherheit.«

»Aber Herrgott –« Schröder warf die Arme auf, »wenn einer den richtigen Weg sieht, wenn er ihn wirklich sieht wie ich, der ich selbst doch keine Experimente mit unserem Leben unternehmen würde – wenn jemand vollkommen überzeugt ist von der Richtigkeit seiner Ansichten und davon, daß sie besser sind als die anderen, dann muß er sie doch aussprechen dürfen!«

»Aussprechen schon«, sagte Faber, »aber nicht in die Tat umsetzen. Denn wir sind alle nur Menschen. Und das Irren ist eine menschliche Schwäche.«

»Auch ein Sprichwort«, sagte Schröder.

»Aber eines, das auf eine Gemeinschaft anzuwenden ist. Ich würde selbst gerne vor morgen abend diesen Keller verlassen, und ich weiß, daß Frau Wagner auf diesen Augenblick wartet. Aber es ist besser, einen Tag zu warten, als getötet zu werden.«

»Was schlagen Sie also vor?«

»Fragen Sie doch«, sagte Faber. »Fragen Sie jeden einzelnen von uns um seine Ansicht. Die meine haben Sie gehört. Aber begreifen Sie: Dies ist keine Abstimmung! Es kommt nicht darauf an, wer mehr Stimmen bekommt. Wenn Sie alle Stimmen bekämen und die kleine Evi hätte Angst vor Ihrem Plan, dann müßten Sie diese Furcht berücksichtigen.«

»Was hat es dann noch für einen Sinn, zu fragen? Sie selbst sprechen sich ja gegen meine Idee aus, womit sie hinfällig wird.«

»Fragen Sie dennoch. Vielleicht bin ich der einzige. Dann würde ich mir überlegen, ob ich nicht doch im Unrecht bin.«

»Gut«, sagte Schröder. Er wandte sich an Therese Reimann.

»Ich fürchte mich«, sagte diese. »Ich will lieber noch einen Tag warten und dann den Keller sicher verlassen, als mich der Gefahr eines Experimentes aussetzen. Lassen Sie uns zusammenbleiben und in Geduld den morgigen Abend abwarten.«

Fräulein Reimann schwieg und putzte sich die Nase.

»Und Sie, Frau Wagner?« fragte Schröder. Die schwangere Frau griff nach seinem Arm.

»Ich will Sicherheit für mein ungeborenes Kind. Ich muß es zur Welt bringen. Für meinen Mann. Können Sie mir versprechen, Herr Schröder, daß dem Kind nichts geschieht, wenn Sie die Mauer sprengen?«

»Ich kann es beinahe versprechen.«

»Können Sie es mit Bestimmtheit versprechen?«

»Nein«, sagte Schröder, »das kann ich nicht.«

»Dann«, erwiderte Anna Wagner, sich zurücklegend, »will ich hierbleiben und warten.«
»Evi«, fragte Schröder, »hast du verstanden, wovon wir sprechen?«
»Nein«, sagte das Kind. »Aber ich will das tun, was meine Mutter tut. Bist du mir böse?«
»Ich bin nicht böse«, antwortete Schröder. »Fräulein Riemenschmied, ich nehme an, daß Sie sich der Meinung von Herrn Faber anschließen?«
»Ich wünschte sehr«, sagte diese, »heute abend nicht hier sein zu müssen. Das war vor einigen Stunden. Aber jetzt ist alles anders geworden. Es kommt vielleicht –«
Susanne Riemenschmied verwirrte sich. Sie stockte. »Ich glaube«, sagte sie, »ich will auch lieber auf den morgigen Abend warten.«
Faber steckte eine Zigarette zwischen ihre Lippen, eine andere zwischen die eigenen und setzte beide in Brand.
»Danke.« Sie sah ihn an und lächelte.
»Mhm«, sagte Faber. Er hob die Hände. »Es scheint, Herr Schröder, daß wir einmütig entschlossen sind, uns in Geduld zu fassen.«
Der andere fuhr auf.
»Es ist mir nicht nach Scherzen zumute.«
»Mir auch nicht«, erwiderte Faber, »aber das ist doch kein Grund, die Dinge ernster zu nehmen, als sie sind. Es hat alles eine gute und eine böse Seite, wissen Sie.«
»Ich rede zu tauben Ohren«, sagte Schröder. »Für Sie ist das Ganze von keiner Bedeutung.«
»Ach, Unsinn!« Faber stand auf und trat neben ihn. »Ich verstehe Sie sehr gut, wirklich!«
»Herr Schröder«, sagte Susanne Riemenschmied, die nachdenklich die beiden Männer betrachtete, »können Sie Ihre Idee nicht vergessen? Müssen Sie immer an sie denken?«

Der Chemiker bewegte den Kopf, und die Lampe ließ in seinen Augen ein Licht aufblitzen, vor dem das Mädchen Furcht empfand. Es war kalt und unmenschlich.

»Ja«, antwortete Schröder mit einer Stimme, die sich bemühte, beherrscht zu sein. »Ja! Ich muß daran denken, immer. Ich kann es nicht vergessen. Ihr alle seid nur zu träge, um mich zu begreifen. Deshalb werden wir eines Tages zugrunde gehen. Deshalb werden wir schließlich doch den Krieg verlieren. Weil wir zu viele Bedenken und zu wenig Mut besitzen.« Er wandte sich ab, verließ den Soldaten, ohne die Zigarette zu nehmen, die dieser ihm anbot, und ging zu dem Priester.

»Und was ist Ihre Ansicht? Was halten Sie von meinem Plan? So reden Sie doch«, sagte er, als Gontard schwieg. »Spielen Sie diese jämmerliche Komödie nicht weiter. Ich weiß genau, daß Sie nicht schlafen.«

Der Priester sah auf.

»Lassen Sie mich in Ruhe! Begreifen Sie nicht, daß ich mit Ihnen nichts zu tun haben will? Muß ich es wirklich erklären? Mir ist es völlig gleichgültig, was Sie tun. Graben Sie den Gang, oder graben Sie ihn nicht. Sprengen Sie den Keller in die Luft. Halten Sie Reden. Beweisen Sie Ihre Stärke. Wissen Sie, was Sie für mich sind?«

»Ich kann es mir denken.«

»Ein Brechmittel«, sagte Gontard, »ein heroisches Brechmittel.«

Schröder lachte.

»Prächtig«, sagte er, »prächtig.« Der Priester legte den Kopf in die Hände, »Gehen Sie«, bat er, »gehen Sie schon. Verstehen Sie endlich: Ich will allein gelassen werden.«

»Hochwürden«, sagte Faber, »die Flasche mit dem Kognak steht drüben auf der Kiste.« Gontard antwortete nicht.

Schröder drehte sich um.
Er haßte sie alle. Sie waren alle seine Feinde. Sie hingen an ihrem jämmerlichen Leben – für ihn war das Leben nichts, ein Dreck. Das fremde Leben. Und das eigene auch. Für Robert Faber war das Leben ein Wunder. Für Walter Schröder war es ein Dreck. Für Robert Faber hatten der Luftangriff und der eingestürzte Keller eine Situation geschaffen, in der man Verantwortlichkeit zu beweisen hatte. Für Walter Schröder gebot dieselbe Situation nichts als ein dummes, herzloses und eiskaltes »Seine-Pflicht-Tun«. Der eine war ein Mensch. Und der andere war ein Maschinenmensch. Maschinenmensch im Dienste einer furchtbaren und negativen Macht, die sich den Untergang der Welt und die Vernichtung aller schönen Dinge zum Ziel gesetzt hatte.
Es war nicht etwa so, daß Walter Schröder auf eine Sprengung des Durchbruchs drängte, weil er seine Mitgefangenen in Sicherheit und sich selbst wieder in Freiheit wissen wollte – auch wenn er das wirklich glaubte. Walter Schröder war durch die Ereignisse der letzten Stunden vielmehr fast zum Prototyp jenes Menschenschlages geworden, dem er sich selbst verschrieben hatte, jenes Menschenschlages, der den Haß vor die Liebe, die Pflicht vor die Barmherzigkeit, Demagogie vor Vernunft und die Gewalt vor das Recht setzte.
Ihm war es nicht um die Bewahrung von Menschenleben zu tun, diese erschienen ihm höchst gleichgültig. Ihm war es, obwohl er selbst das nicht wußte, wie den Großen, die ihn führten, um nichts zu tun als nur darum: recht zu behalten um jeden Preis, die Macht zu behalten um jeden Preis; und – um jeden Preis, und wenn dabei alle, die auf ihn hörten, verreckten wie Ratten – der *Stärkere* zu sein und zu bleiben. Darum allein.
»Kommen Sie mit!«

Faber sah ihn an.
»Wohin?«
»Weitergraben«, erwiderte Schröder. »Was denn sonst?«
»Bevor wir gehen«, sagte Faber, »wollen wir jeder einen Schluck –« Sie tranken aus der offenen Flasche.
»Les extrèmes se touchent«, sagte Susanne Riemenschmied. Schröder nickte.
»Am Rande der Schnapsflasche«, sagte er. »Es lebe der Alkohol!«
Als sie zur Treppe gingen, blieb der Soldat stehen und sagte zu dem Chemiker, der die Lampe trug: »Ich komme gleich.« Er kehrte zu dem Mädchen zurück und drückte etwas in dessen Hand.
»Was ist das?«
»Sie werden es herausfinden«, sagte Faber. »Ich habe es für Sie aufgehoben. Stecken Sie es in den Mund.«
Er folgte Schröder, der die Treppe hinaufstieg.
Susanne Riemenschmied hielt den kleinen eckigen Gegenstand dicht vor die Augen. Es war ein Stück Würfelzucker, wie jeder von ihnen eines aus dem Säckchen des Fräulein Reimann erhalten hatte.

## 7

Gegen acht Uhr abends schlug Schröder sich mit dem schweren Hammer den linken Daumen blutig und erklärte, dabei fluchend ein Taschentuch um die Wunde windend, für den Augenblick genug zu haben. Die Petroleumlampe war fast leer. Faber, dem der Schweiß von der Stirne lief, richtete sich auf und streckte die schmerzenden Arme aus.
»Morgen«, sagte er, »morgen …« Er trat mit dem Fuß gegen einen losen Stein und stieß ihn beiseite. »Wenn

die drüben uns entgegengraben, sind wir morgen mit dem Tunnel fertig.«
Schröder blickte auf die gestapelten Benzinkannen und warf sein Werkzeug fort.
»Herrgott«, meinte er, »bin ich müde.«
»Wir werden schlafen gehen.«
»Ja«, sagte der Chemiker, »und da erhebt sich ein neues Problem: Wo werden wir schlafen?«
»Unten liegen ein paar alte Bretter und Kistendeckel.«
»Aber es ist kalt hier. Wir werden Decken brauchen.«
»Ja«, sagte Faber.
»Decken für sieben Menschen. Oder nein, für sechs. Der Priester kann, was mich angeht, ruhig Lungenentzündung bekommen.«
»Es wird sich ja herausstellen«, sagte Faber, »wie viele Decken wir besitzen.«
Es stellte sich heraus. Anna Wagner verfügte über zwei, Fräulein Reimann über drei, Faber besaß seine Zeltbahn. Die anderen hatten nur ihre Mäntel. Da die alte Dame erklärte, um nichts in der Welt ihr Bett gebrauchen zu wollen, kam man überein, die kleine Evi neben ihrer Mutter schlafen zu lassen. Therese Reimann gab ihren unerschütterlichen Entschluß kund, den alten Gartenstuhl zu benützen, wobei sie betonte, daß sie mit einer Decke ihr Auslangen finden würde. Reinhold Gontard erklärte auf Befragen mürrisch, daß Samariterdienste jeder Art ihn anwiderten.
»Gut«, sagte Schröder, »dann erfrieren Sie meinetwegen.«
Der Priester sah ihn an und lachte laut.
»Was gibt es?« fragte Schröder. »Was verursacht diesen überraschenden Heiterkeitsausbruch?«
»Ach«, flüsterte Gontard, geschüttelt von einem hysterischen Schluchzen, »wenn Sie wüßten, eine wie lächerli-

che Figur Sie in meinen Augen sind! Geradezu pathetisch vor Lächerlichkeit.«

Er lachte, bis Tränen in seine Augen traten. Dann schwieg er plötzlich. Aber immer neue Tränen rannen ihm über die Wangen, während er so in die Dunkelheit des Kellers starrte.

»Verfluchter Neurotiker«, sagte Schröder leise, als er ihn verließ. »Fräulein Riemenschmied, nehmen Sie die verbleibende Decke.«

»Was werden Sie selbst tun?«

»Ich habe einen Mantel. Auch Herr Faber besitzt einen. Wir werden ein paar Kisten zusammenstellen und uns darauf legen.«

»Aber es ist doch viel zu kalt«, sagte Therese Reimann. »Es ist doch viel zu kalt! Sie werden nicht schlafen können.«

»Ich habe schon ungemütlicher geschlafen«, sagte Schröder.

»Sie doch auch?«

»O ja«, antwortete Faber abwesend.

Therese Reimann erhob sich aus dem Korbstuhl, streifte die Decke ab und schüttelte den Kopf.

»Nein«, sagte sie. »Daran ist nicht zu denken. Ich habe eine viel bessere Idee. Herr Faber, bitte geben Sie mir Ihr Messer.«

»Was wollen Sie tun?«

»Sie werden es sehen«, sagte Therese Reimann, gleich werden Sie es sehen.« Sie nahm das Messer in Empfang, hob die Lampe auf und ging in jene Ecke des Kellers, in der ihr gerettetes Eigentum lagerte. Schwerfällig kniete sie nieder und zerschnitt hastig die Schnüre, mit denen ihr Perserteppich in Segelleinen verpackt war.

»So«, sagte sie dabei, »so. Hier und hier und hier. Mein Teppich, wissen Sie, ist sehr groß und dick. Es können sich bequem zwei Menschen in ihn einrollen. Er ist bestimmt warm.«

»Aber wir werden ihn schmutzig machen!«

»Man kann ihn reinigen«, sagte Fräulein Reimann, die fand, daß es sie seltsam glücklich machte, helfen zu können. »Es tut nichts, wenn er schmutzig wird. Gar nichts. Es ist ein Glück, daß wir ihn haben.« Sie erhob sich. »Fräulein Riemenschmied – das ist doch Ihr Name, nicht wahr? – nimmt die Decke und schläft auf den Stühlen. Sie beide rollen sich in den Teppich ein. Dann haben wir alle, was wir brauchen.« Schröder lächelte. Er ging auf sie zu, umarmte sie und küßte sie auf den Mund. Das Fräulein stieß einen hohen Schrei aus. Schröder ließ sie los. Therese Reimann zitterte und stellte sich auf die Zehenspitzen.

»Was ... haben Sie getan?«

»Ich habe Sie geküßt«, erwiderte Schröder. »Aus Freude. Und aus Dankbarkeit. Aber vor allem aus Freude.«

»Freude?« wiederholte das Fräulein, noch immer ein wenig atemlos. »Freude worüber?«

»Über –«, sagte Schröder, »ach, ich kann das nicht erklären. Aus Freude einfach.«

»Oh«, sagte Therese Reimann und fügte mit einem Anflug von Koketterie hinzu: »Sie haben mich sehr erschreckt.« Dann ging sie zu ihrem Stuhl zurück, schlug mit Susanne Riemenschmieds Hilfe die Decke um sich und rutschte zufrieden hin und her wie ein kleines Kind. Faber schraubte den Docht der Lampe herunter. Er sah das Mädchen an.

»Ich dachte –«

»Ja«, erwiderte sie, »nur –«

»Nur was?«

»Wie?« fragte Schröder, hinzutretend. »Ach so –«, er warf einen Blick auf die alte Frau und schüttelte leicht

den Kopf. »So«, sagte er laut, »nun wollen wir Ihre Stühle zusammenstellen, Fräulein Riemenschmied. Vielleicht da drüben, ich glaube, dort ist es trocken. Wir beide«, meinte er zu Faber, »werden oben schlafen, wenn es Ihnen recht ist. Für den Fall, daß einen von uns die Lust ankommen sollte, aufzustehen und weiterzugraben. Am besten, Sie nehmen den Teppich mit sich.« Er warf die Decke über vier zerbrochene Stühle, die er mit den Füßen vor sich her gestoßen und endlich in eine Reihe gebracht hatte.
Das kleine Mädchen war in das Bett der Mutter geklettert und sagte liegend ein Abendgebet.
»Ich bin klein, mein Herz ist rein, soll niemand drin wohnen als Gott allein, amen.«
»Gute Nacht«, sagte Anna Wagner. In dem großen Raum hallte ihre Stimme nach.
»Gute Nacht«, antwortete Therese Reimann schläfrig.
»Haben Sie noch eine Zigarette für jeden von uns?« fragte Schröder. »Ja?« Er setzte sich auf einen der Stühle und lud die beiden anderen durch eine Handbewegung ein, es ihm gleichzutun.
»Fräulein Riemenschmied«, sagte er, eine Rauchsäule gegen die Decke blasend, »was sind Sie von Beruf?«
Sie sagte es ihm.
»Und Sie?« Faber zuckte die Achseln.
»Alles mögliche. Eine Zeitlang war ich Schlosser. Dann malte ich Bilder, weil ich glaubte, Talent zu besitzen, und weil es mir Freude bereitete. Aber es war nicht das Richtige. Schließlich arbeitete ich mit den Fischern am Bodensee. Das war sehr schön.«
»Sie können immer zurück«, meinte Schröder.
»Das weiß ich nicht«, sagte Faber und streifte die Asche von seiner Zigarette, »vielleicht wird es nicht möglich sein.«

Sie rauchten schweigend. Es war fast dunkel, nur die kleine Flamme der Lampe, die Schröder neu gefüllt hatte, erleuchtete schwach ihre Gesichter. Das Kind begann ruhig und tief zu atmen, Susanne Riemenschmied legte ihren Kopf an die Schulter des Soldaten.

»Wir sind alle müde«, sagte dieser. »Ich glaube, auch Fräulein Reimann schläft schon.« Schröder sah ihn kurz an. Dann warf er seine Zigarette zu Boden und trat sie mit dem Fuß aus. Er blickte auf die Uhr.

»Halb neun.«

»Ziemlich spät«, sagte Faber.

»Ja«, sagte Susanne Riemenschmied, wandte den Kopf und bettete ihr Gesicht an seinem Hals. Eine Pause entstand.

»Hören Sie«, sagte Faber schließlich, an Schröder gewandt, »macht es Ihnen etwas aus, hier unten zu schlafen?«

Schröder schüttelte den Kopf.

»Ich wollte es eben vorschlagen.« Er sah Susanne Riemenschmied an, die plötzlich lächelte.

»Ja?« fragte er.

»Sie sind – Sie haben ...«, das Mädchen stand auf und nahm eine Decke unter den Arm. »Ach«, sagte sie, »weshalb sollen wir uns das zu Herzen nehmen?«

»Zu Herzen nehmen?«

»Was andere von uns denken.«

»Die anderen denken gar nichts. Stimmt's, Schröder?«

»Stimmt«, antwortete dieser. Faber ergriff Susanne Riemenschmieds Hand. »Gute Nacht«, sagte er. Schröder nickte. Er legte sich auf die Stühle, breitete die Decke über sich und sah den beiden nach. Unter seinem Kopf ruhte die Tasche mit den Plänen, er spürte das kühle Leder an seiner Wange. Das Licht der Lampe in Susanne Riemenschmieds Hand wanderte über die Wand, wurde

schwächer und verschwand. Schröder lag mit offenen Augen in der Dunkelheit.
»Fräulein Reimann?« fragte er laut.
»Ja«, sagte diese.
»Ich dachte, Sie schlafen«, murmelte Schröder verlegen. Therese Reimann ließ eine kleine Pause verstreichen und antwortete dann freundlich: »Ich habe geschlafen.«

## 8

Etwa eine Stunde später erhob sich Reinhold Gontard von der Kiste, auf welcher er bis dahin reglos gesessen hatte, entzündete ein Streichholz und tastete sich in seinem Schein durch den Keller bis zum Bett des friedlich schlummernden Fräulein Reimann, wo er die behelfsmäßige zweite Petroleumlampe an sich nahm und in die zweite Etage des Gewölbes emporzusteigen begann. Der Priester ging langsam, und sein großer Schatten wanderte über die nassen Mauern vor ihm her. Als er den oberen Teil des Kellers erreichte, hörte er aus der Dunkelheit leise Stimmen, doch er schenkte ihnen keine Beachtung, sondern schritt auf die Stelle zu, an der die beiden Männer zu graben begonnen hatten. Dort stellte er die Lampe zu Boden und hustete lange. Die feuchte schwarze Erde lag beiseite geschaufelt links vor der Höhle, auf sie waren der Spaten, zwei Schaufeln, die Eisenstange und der Hammer geworfen worden. In dem frischen Lehm gewahrte Gontard die deutlichen Abdrücke von drei verschiedenen Schuhpaaren: jene des Mädchens, schmal und mit lächerlich kleinen Absätzen, die klobigen des Soldaten und die breiten, ungenagelten Walter Schröders. Der Priester betrachtete sie abwesend, dann öffnete er die wenigen Knöpfe seiner Soutane und zog sich das lange Gewand eilig über den Kopf, wonach er es achtlos beiseite warf. Sein wirres weißes Haar stand weit ab. Reinhold Gontard trat in den Tunnel und fuhr mit den Händen über dessen unebene Rückseite. Dann hob er die Hacke auf und kniete auf einem Bein nieder, während er das andere in einem rechten Winkel vorsetzte, um Halt zu finden. Sein Gesichtsausdruck war ruhig und verschlossen, als er die Hacke über den Kopf schwang, seine Bewegung gleichfalls beherrscht und eher zögernd, so, als mache er sich an eine unbekannte und neue Aufgabe. Er kniete, weil der Gang schon zu tief geraten war, um eine aufrechte Arbeitsweise länger zu gestatten, und er mit der Lockerung eines Steines beginnen wollte, der etwa in der Mitte der Rückwand lagerte. Als er das Werkzeug in den erhobenen Händen hielt, holte Reinhold Gontard tief Atem. Und nun geschah das Außerordentliche.

Allen Menschen gemeinsam ist die Erfahrung, manchmal bei dem Bedürfnis, einen tiefen Atemzug zu tun, auf ein unbeschreibliches Hemmnis zu treffen. Der Atmung als solcher steht nichts entgegen, von einem Erstickungsgefühl ist nicht zu reden. Aber eben jene gewisse sonderbare Grenze des Empfindens zu erreichen – und zu überschreiten –, an welcher die eingesogene Sauerstoffmenge sich mit einem unendlich angenehmen Gefühl in der Brust verbreitet und man den Eindruck hat, mit seinem Atem wie über eine Schwelle geschritten zu sein, eben jene sonderbare Grenze zu erreichen bleibt uns versagt. Es ist für unser Wohlbefinden nicht vonnöten, sie zu überschreiten. Manchmal kommt wochenlang keine Sehnsucht danach in uns auf. Aber wenn wir finden, daß es uns aus dem einen oder anderen Grund unmöglich ist, auf diese besondere Weise tief einzuatmen, dann, plötzlich, empfinden wir ein brennendes Bedürfnis nach ihr. Wir versuchen, wieder und wieder, ohne sie zu befriedigen, unsere Bemühungen, die uns zwar lächerlich anmuten, aber hartnäckig sein können. Wir unterbrechen sie vielleicht für kurze Zeit. Aber wir vergessen sie nicht. Und dann, auf einmal, ohne ersichtliche Ursache, gelingt es uns! Es gelingt uns, dieses wunderbare Gefühl eines idealen Atemzuges zu erleben, und eine ganz kurze Glückseligkeit kommt über uns, daß wir vermeinen, das Paradies und die ewige Seligkeit, von denen man uns erzählt, wären nichts anderes als die Aussicht auf einen Zustand, in dem uns diese Möglichkeit des unbehinderten und freien Atemholens jederzeit gegeben ist.

Als Reinhold Gontard die Hacke über den Kopf schwang, atmete er tief, und in dieser Sekunde gelang auch ihm – ohne daß er auf ihn gewartet oder überhaupt an ihn gedacht hatte – ein vollendeter Atemzug. Sein Gesicht belebte sich. Es wurde nicht glücklich. Aber es wurde belebt. Die Lippen öffneten sich, die Brauen stiegen hoch. Dann ließ der Kniende das Werkzeug vorwärts fliegen mit aller Kraft seiner Arme. Die Luft strömte aus seinem offenen Mund, als die blitzende Hacke, ihren großen Bogen beschreibend, in rasender Eile auf die dunkle Mauer zuflog, auftraf mit einem eiskalten, metallischen Kreischen, das fast klang wie ein menschlicher Schrei, und sich knirschend festfraß in einer Spalte zwischen Lehm und Stein. Ihr Stiel bebte in den Händen des Mannes, der sie hielt, und von dem stählernen Ende stoben Funken. Gontards Atem kam zu Ende in einem absonderlichen Seufzen, das halb rebellisch und halb gramvoll war. Und nun begann der Priester Reinhold Gontard, 54 Jahre alt, weißhaarig und rotgesichtig, dem Trunk ergeben und nach der Untätigkeit eines ganzen langen Tages, angetan mit einem schäbigen schwarzen Anzug, zu arbeiten, wie er noch nie, in seinem ganzen Leben nicht, gearbeitet hatte: ohne Besinnung, in rasender Eile, wild, mit gebleckten Zähnen und verkrampften Muskeln, mit Augen, vor denen ein roter Schleier hing, allein, verlassen und fast tollwütig wie ein Tier in seiner Hast. Die rußende Lampe hinter ihm brannte mit züngelnder Flamme. Gontards Schatten tanzte gespenstisch über die Wand, wenn er sich bewegte, und in ihm gefangen lag auf dem Boden die fortgeworfene Soutane, die aussah wie ein kleiner Haufen Erde. Er riß die Hacke frei, schwang sie empor und ließ sie von neuem niedersausen auf den harten Stein, der sich nicht bewegte. Dreimal, viermal schlug Gontard auf ihn los, dann nahm er die Eisenstange. Der Hammer fiel krachend nieder, jetzt und jetzt, die Stange fraß sich ein, wurde freigerissen, drang von neuem vor, tiefer und tiefer. Und langsam lockerte sich der Stein. Er war sehr groß. Um ihn fiel ein feiner Regen von Erde auf den Boden. Der Priester packte wieder die Hacke und schlug zwei Scharten, wobei er sich bemühte, den Stein mit der Zwinge des Werkzeugs zu umfassen. Es gelang ihm nicht, das Stahlende war zu kurz. Gontard kroch in den Tunnel und fuhr mit den Armen in die beiden ausgeschlagenen Höhlen. Seine Finger legten sich um den Stein und klammerten sich fest. In dieser innigen Umarmung begann er, mit dem Stein zu kämpfen. Er stemmte sich gegen ihn, seine Schuhe gruben sich in den Boden, seine Brust preßte sich gegen die rauhe Außenseite des Steins, er bewegte den Körper auf und nieder, ruckweise, immer noch hastig. Sein Anzug beschmutzte sich mit Erde. Seine Finger schmerzten in den Gelenken. Gontard fühlte, wie der Stein sich lockerte. Er holte tief Atem, seine Augen schlossen sich vor Anstrengung, als er ihn aus der Wand herausriß. Er ließ ihn sogleich fallen, trat zurück und stieß ihn mit den Füßen auf den Weg. Ohne zu unterbrechen, griff er danach wieder zu der Hacke und begann, auf den nächsten Stein loszuschlagen. Er arbeitete unentwegt, ohne zu rasten, blind und taub für seine Umgebung. Ein Zug zäher Entschlossenheit verdrängte den des Schmerzes in seinem Gesicht. Die Hacke flog auf den Stein nieder, wurde emporgerissen, kehrte zurück, beharrlich und unbarmherzig, geführt von einem Mann, der wußte, daß der Stein sich nicht nach den ersten Hieben lösen würde, daß er aber aus der Mauer fallen *mußte,* wenn man nur lange genug auf ihn losschlug. Gontard atmete hastig und riß sich den steifen weißen Kragen vom Hals. Sein Gesicht war noch röter geworden, und von der Stirn rann ihm der Schweiß in großen Tropfen. Er allein brachte Lärm in die tiefe Stille. Sonst regte sich nichts. Die Tropfen fielen lautlos von den Wänden, und die rußende Flamme wiegte sich schweigend hin und her. Nur die Hacke schlug gegen das Gestein, trocken und durchdringend, hell und hart. Dann kam die Schaufel, die tief und kratzend scharrte, der Spaten, der sich knirschend in den Lehm grub, und der Hammer, der metallisch und ohne jeden Nachhall auf die Eisenstange fiel. Und wieder die Hacke. Und wieder die Schaufel. Und dann der Hammer ...

Reinhold Gontard warf die Erde achtlos hinter sich in die Dunkelheit, er rollte die losgelösten Steine beiseite, ohne sie anzusehen. Die Höhlung, in der sie lagen, interessierte ihn mehr. Aber auch diese wieder weniger als die Steine, die sie begrenzten ... und selbst die wurden nebensächlich in dem Augenblick, da er sie beseitigt hatte. Gontards Gedanken bewegten sich nicht um seine Arbeit. Diese geschah instinktiv, er wußte genau, wie er zu graben hatte. Die uralte manuelle Weisheit seiner bäuerischen Ahnen sprach aus den Bewegungen seiner Hände. Seine Gedanken waren wirr und leicht.

Wie ein Tier, dachte der Priester, auf dem schmutzigen Boden kniend, wie ein Tier. Ein Maulwurf, ein Regenwurm, wie ein Marder … unter der Erde verschüttet in einem engen, dunklen Gang, auf dem Weg nach oben begriffen, nach oben, zum Licht, dorthin, wo der Wind weht und die Sonne scheint. Ich bin nichts anderes. Ein großer Marder, der wühlt und scharrt und kratzt. Aber eigentlich bin ich ein Mensch wie alle, die hier mit mir vergraben sind und schlafen.

Ein Mensch!

Das ist es, was ich sein sollte.

Ein Wesen, das, wie Millionen andere, aufrecht geht, zu sprechen und zu lauschen versteht, das in einer vieltausendjährigen Entwicklung eine Welt von unerhörter Kompliziertheit und gelegentlicher Schönheit gebaut hat. Ein Mensch: nur das mikroskopische Teilstück einer gewaltigen Gemeinschaft von einander Unbekannten, die durch das Geheimnis des Blutes und eine gemeinsame, niemals zu bestimmende Unruhe der Seele verbunden waren auf dieser Welt. Auf dieser einen Welt. Die Kontinente waren nur Inseln und das Meer ein Teich. Der Äquator ging um die ganze Erde und war überall zu Hause. Eine Welt …

Der Priester zögerte eine Sekunde, als er das Werkzeug über den Kopf schwang, um zu denken: Wir aber, jeder von uns ist schuld, haben viel von dem wenigen Schönen zerstört, das unsere Vorfahren zu überdauern verstand …

Dann flog die blitzende Hacke vorwärts, und die Luft rauschte an ihr vorbei, nach hinten, in die Finsternis. Der Stahl schlug krachend auf den harten Stein, der fast so hart war wie er, aber doch nicht ganz so hart.

Die Finsternis ist mit der Zeit im Bunde. Sie haben ein Geheimnis und eine schweigende Verabredung zusammen, undurchdringlich, aber gewiß. Es gibt eine Zeit des Tages und eine der Nacht. Das Licht und die Dunkelheit verfahren verschieden mit der Zeit, die sich unserer Vorstellung in dem Augenblick schon zu entziehen beginnt, in dem wir an sie denken. Der Tag unterwirft sie einer gewissen Ordnung und einer Stetigkeit, die ihr, mühsamen Definitionen zufolge, anhaften sollte, aber nicht anhaftet, wie die Dunkelheit zeigt, mit der gemeinsam sie ihre Späße treibt. In der Dunkelheit wird die Zeit unruhig. In der Dunkelheit ist sie nicht länger stetig, auch wenn die Uhren uns einreden, daß sie es sei. Denn die Uhren sind gezwungen, ein hilfloses, mechanisch gebundenes Leben zu führen, sie können nicht tun, was sie gerne täten, um das schamlose Treiben der Zeit aufzudecken. Das weiß diese und benützt die Uhren als ein willkommenes, wennschon eigentlich überflüssiges Alibi, denn wer wollte sich vermessen, mit der Zeit zu hadern, um eine Minute vielleicht oder einen Sekundenbruchteil?
In der Dunkelheit gibt es Perioden, in welchen die Zeit, die wie ein feiner Luftzug an uns vorüberzieht, sich ungebührlich beeilt, und andere, in denen sie sich Zeit läßt. Läuft sie beschleunigt, wenn wir gerade nicht hinsehen, wenn wir schlafen oder nicht an sie denken, dann gefällt es ihr manchmal, sich umzudrehen, eine Schleife zu ziehen im Raum oder einen Achterbogen ... alles ausschließlich, um zu beweisen, daß sie sich nach nichts, nach gar nichts zu richten hat. Wenn wir uns dann der impotenten Uhren bedienen, sagen wir vielleicht: Wie, schon so spät? Oder: Noch so früh?
Und die Zeit lacht sich in das Fäustchen der Finsternis. So stehen die Dinge. Niemand wird etwas an ihnen

ändern. Reinhold Gontard ahnte nicht, wie lange er schon gearbeitet hatte, als er zum erstenmal jenes feine, leise Geräusch vernahm und sein Werkzeug sinken ließ, um dem seltsamen Ticken zu lauschen. Er stand auf und legte das Ohr an die Mauer. Eine Weile blieb alles still. Dann hörte er es wieder. Leise, sehr leise. Dreimal, nach einer Pause weitere dreimal. Reinhold Gontards Augen wurden groß, als er begriff, was dieses Geräusch bedeutete, das aus dem toten Gestein kam.

Er bückte sich, hob mit zitternden Fingern den Hammer auf und schlug mit ihm auf einen aus der Wand ragenden Stein. Dann lauschte er. Und aus weiter Ferne antworteten ihm fast unhörbare Klopfzeichen. Der Priester schüttelte den Kopf. Er schlug mit dem Hammer fünfmal an, in regelmäßigen Abständen. Nach einer Weile kam die Antwort: fünf zarte, kaum noch wahrnehmbare Signale. Reinhold Gontard versuchte sechs, dann sieben Schläge. Danach bestand kein Zweifel mehr an der Richtigkeit seiner Vermutung.

Als er sich aufrichtete, taumelte er leicht. Von der zerschundenen Stirn rann ihm ein Streifen Blut, der sich auf der Wange mit Erde zu einem feuchten Brei mischte. Aber Gontard bemerkte ihn nicht. Er war gebannt von dem Wunder der Klopfzeichen, die er vernommen hatte. Sie erfüllten in dieser Minute sein ganzes Bewußtsein so restlos, daß er an nichts sonst mehr denken konnte.

Er mußte die anderen wecken! Er mußte ihnen erzählen, was geschehen war, sie herbeirufen, damit sie selbst es vernehmen konnten ... das Wunder. Das Wunder der wiederhergestellten Verbindung mit der Außenwelt, ohne die sie nicht leben konnten. Der Priester Reinhold Gontard war vierundfünfzig Jahre alt. Wild protestierte in diesem Augenblick sein mißhandelter, von Alkohol geschwächter Organismus. Gontards Gesicht lief dunkelrot an, vor seinen Augen bildeten sich Nebelschleier. Ein grenzenloses Schwindelgefühl überkam ihn, er taumelte, er rang nach Luft und fand nur, daß der Raum sich auf unerklärliche Weise um ihn schloß. Dann warf die Schwäche einer schweren Ohnmacht ihn zu Boden. Sein Schatten fiel nieder und verschwand. Die Lampe flatterte verschreckt und erlosch. Die Stille kehrte zurück aus ihrem Exil und machte sich breit. Sie beherrschte den Keller. Nichts regte sich mehr. Reinhold Gontards Haupt lag auf dem festgetretenen Boden, die Füße im weichen Erdreich. Seine Schuhe aber hatten sich neben den Abdrücken der drei anderen Paare deutlich in den weichen Lehm geprägt. Sie standen in der Mitte zwischen denen Walter Schröders und Robert Fabers.

# Viertes Kapitel

## 1

In der Finsternis des Kellers glühte ein einziger dunkelroter Punkt. Faber rauchte eine Zigarette. Sein Kopf lehnte an der kühlen Mauer, und er hatte einen Arm um die Schulter des Mädchens gelegt. Susanne Riemenschmied erzählte die »Weise von Liebe und Tod«. Sie brauchte das Buch nicht dazu, sie erinnerte sich an jede Zeile, jedes einzelne Wort. An den jungen Grafen mit der verwelkten Rose über dem Herzen, an die Nacht und das Feuer im Schloß, die Trommeln, die Fahne, an die lachende Wasserkunst der Schwerter, die vorsprangen und eindrangen, tödlich und tief, in das Herz des verlorenen Reiters. Susanne Riemenschmied sprach langsam.

Von den Wänden tropfte das Wasser, fiel zu Boden und versickerte in der schwarzen Erde. Der Priester arbeitete nicht länger, seine Lampe war erloschen. Wahrscheinlich, dachte Faber, war er zu den anderen hinuntergegangen und schlief. Er hörte dem Mädchen zu und erinnerte sich der Stunden an der ungarischen Grenze, da er seine eigene schmale Feldpostausgabe des »Cornet« fortgeworfen hatte mit einem großen Teil seines Besitzes, als er über den hartgefrorenen Acker rannte, während hinter ihm die Wagenkolonne in Flammen aufging. Die Tiefflieger

schossen den Flüchtenden nach, aber sie trafen keinen. Nur die Verwundeten, die man in den Wagen hatte liegen lassen, konnten sich nicht retten und brüllten um Hilfe. Am Ende des Ackers lag ein Streifen Wald, an seinem Rande standen ein paar ausgebrannte Häuser mit leeren Dachstühlen und schwarzen Mauern, aus denen Eisentraversen ragten. An einer von ihnen hatte man einen Soldaten erhängt. Die Stiefel waren gestohlen worden, und seine wachsgelben nackten Füße pendelten im Wind hin und her. Hin und her ...
Faber schloß die Augen und zwang sich, nicht weiter zu denken. Das war vorbei. Vorüber. Susanne Riemenschmied sprach leise. Sie war zum Ende der Weise gekommen, zu dem trüben Morgen, an dem ein Kurier des Freiherrn von Pirovano in eine kleine Stadt einritt, um eine alte Frau dort weinen zu sehen.
Sie schwiegen beide. Dann sagte das Mädchen: »Kann ich eine Zigarette haben?«
Während ihr Gesicht für kurze Zeit im warmen Licht eines Streichholzes sichtbar wurde, sprach Faber ihren Namen aus.
»Ja«, sagte sie.
»Du bist sehr schön, Susanne.« Das Streichholz erlosch.
»Ich danke dir.«
»Wofür?«
»Daß du für mich die Weise gesprochen hast.«
Sie lächelte und legte einen Arm um seine Hüfte.
»Es war doch gut, daß du bei mir geblieben bist.«
»Ich wollte nicht bleiben. Ich wollte fortgehen.«
»Warum?«
»Weil ich Angst hatte.«
»Angst vor mir?«
»Nein«, sagte Faber, »nicht vor dir. Ich hatte Angst, zu spät zu kommen.«

»Wohin wolltest du denn?«
»Nach nirgends«, sagte Faber, »ich weiß nicht, woh
»Wolltest du nicht nach Hause fahren?«
»Doch«, erwiderte er. »Aber das kann ich nicht. Ich kann nirgends hingehen und nirgends bleiben.«
»So geht es uns allen«, sagte sie, »mehr oder weniger. So wie dem Mann, der das sonderbare Gedicht schrieb.«
»Welches Gedicht?«
»Es steht an einer Kirchenwand, in Stein gehauen«, sagte sie.
»Es heißt:

*Ich bin, ich weiß nicht, wer.*
*Ich komme, ich weiß nicht, woher.*
*Ich gehe, ich weiß nicht, wohin.*
*Mich wundert, daß ich so fröhlich bin.*«

»So ähnlich ist es wohl«, sagte er. »Mich wundert auch, daß ich so fröhlich bin.«
»Bist du es überhaupt?«
»Ein wenig«, sagte Faber.
»Und hast du noch immer Angst, zu spät zu kommen?«
»Nein, jetzt ist alles gut.«
»Weil du bei mir bist?«
»Vielleicht, weil ich bei dir bin.« Sie ließ ihre Zigarette sinken und wandte das Gesicht.
»Liebst du mich?«
»Ja«, sagte Faber.
»Liebst du mich wirklich?«
»Ja, Susanne, ich liebe dich wirklich.«
»Aber es ist nicht wahr.« Er schwieg.
»Ich weiß, daß es nicht wahr ist!«
»Ich würde dich gerne lieben, Susanne.«
»Ich dich auch. Ich möchte bei dir bleiben. Für immer.«

»Du kennst mich nicht«, erwiderte Faber leise.
»Ich möchte bei dir bleiben«, wiederholte das Mädchen.
»Ich will nicht wissen, wer du bist.«
»Du kannst nicht bei mir bleiben«, sagte Faber, neigte sich vor und küßte sie lange. Ihre Hände schlossen sich um seinen Hals, ihr Körper drängte ihm entgegen. Faber hielt seine Zigarette vorsichtig zur Seite und legte die Lippen auf ihr Haar.
»Woran hast du gedacht?« fragte sie.
»An nichts.«
»Das ist nicht wahr.«
»Doch, Susanne.«
»Sag es mir«, bat sie, »hast du an mich gedacht?«
»Ja«, log er. »Ich habe an dich gedacht, Susanne.« Er sah zu der Decke des Kellers auf. Aber der Gehenkte mit den nackten gelben Beinen hing nicht von ihr herab, so deutlich Faber auch das Geräusch seiner langsamen Pendelbewegung vernommen zu haben glaubte. Der Tote war in Estersom geblieben, falls ihn nicht mittlerweile wieder jemand aus seiner Grube geholt hatte, was unwahrscheinlich schien. Wenn man in Eile ist, hat man wenig Zeit, sich um Tote zu kümmern. Höchstens so viel, ihnen die Schuhe auszuziehen. Faber hielt noch immer das Mädchen in seinen Armen.
»Eines Tages«, sagte sie, »würden wir vielleicht damit beginnen, uns zu lieben. Das wäre schön.«
Er wandte sich ab.
»Wäre es nicht schön?«
»Schöner als alles, was ich mir vorstellen kann. Aber es ist nicht möglich.«
»Warum nicht?«
»Weil ich dich morgen verlassen muß«, sagte er und preßte sein Gesicht an ihre Schulter. Sie fuhr mit den Fingern durch sein Haar.

»Mein Lieber«, sagte sie, »mein Lieber, hör
Kennst du den Soldatensender Calais?«
Er nickte, ohne den Kopf zu heben. »Wir hö
manchmal an der Front, wenn wir allein waren.
Sie lehnte sich vor und brachte ihn dazu, sich in ihren Schoß zu legen. Ihre Arme schlossen sich um ihn, und sie zog die Knie weiter an den Leib, so daß er durch das Kleid die Wärme ihres Körpers spürte. »Hörst du mein Herz?«

»Ja«, sagte Faber, »ich höre dein Herz, Susanne.« Sie schlug das Ende des Teppichs um ihn.

»Was ist mit dem Soldatensender Calais?«

»Ich wurde vor ein paar Wochen eingeladen. Da hörte ich ihn.«

»Warum erzählst du mir das?«

»Warte«, sagte sie. »Zwischen den Nachrichten bringt er doch Tanzmusik, nicht wahr?«

»Ja«, erwiderte Faber, »deshalb hatten wir ihn auch lieber als irgendeinen anderen Geheimsender.«

»Damals, in jener Nacht«, erzählte Susanne, »hörte ich ein Lied. Heute erinnere ich mich daran.«

»Welches Lied?«

»Ein altmodisches«, sagte sie. »Ein ganz lächerliches. Einen englischen Schlager. Vielleicht kennst du ihn auch.«

»Ich verstehe nicht Englisch.«

»Das Lied hieß ›I'm waiting for the man I love‹«, sagte das Mädchen leicht verlegen. »Das heißt: Ich warte auf den Mann, den ich liebe. Es ist schrecklich lächerlich, nicht?«

»Ja«, sagte er, »schrecklich. Wie geht es weiter?«

»Someday he'll come along«, sagte das Mädchen, »so fing es an: eines Tages wird er kommen – the man I love. And he'll be big and strong, the man I love. Und er wird

groß und stark sein, der Mann, den ich liebe. Heute habe ich wieder an dieses Lied gedacht.«
»Ich bin nicht groß und stark.«
»Doch«, sagte sie.
»Ich bin klein und schwach.«
»Du bist mutig.«
»Nein«, sagte er. »Ich habe Angst.«
»Auch dafür will ich dich lieben.«
»Das sollst du nicht tun.«
»Ich möchte es aber so gerne«, sagte sie und sang leise:

*»Maybe I'll meet him some day,*
*maybe Monday, maybe Tuesday –*
*but I'll meet him one day ...«*

Der Soldatensender Calais, dachte Faber, auf einer Kurzwelle im 31,4-Meterband. Brachte die letzten Nachrichten des Tages, stets zwanzig Minuten vor der vollen Stunde. Zwischen den Meldungen sendete er Tanzmusik. Lili-Marlen und das blonde Käthchen. Damit die Toten in den Schützengräben ein wenig Heimweh bekamen. Amerikanischen Jazz. Damit die Krüppel ihr Vergnügen finden und zeigen konnten, daß sie noch auf Beinstümpfen ihren Mann standen. Damit es den Piloten der Jagdflugzeuge nicht zu einsam in ihren Preßglaskabinen wurde. Damit in den Luftschutzbunkern Berlins die rechte Stimmung aufkam, wenn die Riesenflugzeuge einen Bombenteppich warfen, damit die abgerissenen Köpfe, die man am nächsten Morgen in den Straßen fand, wenigstens vergnügt grinsten.
Zwischen den Nachrichten über den Verlauf der letzten Schlachten brachte der Soldatensender Calais Tanzmusik. Damit die Huren in den Bordellen von Litzmannstadt etwas zu lachen hatten, wenn besoffene General-

stäbler versuchten, einen Foxtrott zu tanzen. Damit die Posten auf den Wachtürmen des Anhaltelagers Auschwitz nicht an ihren Maschinengewehren einschliefen, weil der süßliche Leichengestank aus den Verbrennungsöfen sie benommen werden ließ …

Faber richtete sich auf.

»Was willst du?« fragte das Mädchen.

»Trinken wir die Flasche leer.«

»Ja, das ist eine gute Idee.«

Sie tranken beide.

»Ich glaube, ich könnte dich sehr liebhaben«, sagte Susanne.

»Es ist verboten, mich liebzuhaben.«

»Wer verbietet es?«

»Der Krieg«, erwiderte Faber und preßte sein Gesicht an ihre Brust, »der gottverfluchte Krieg.«

»Der Krieg kann mir nichts verbieten.«

»Er kann dir verbieten zu leben.«

»Wer ist der Krieg?«

»Ich weiß nicht«, sagte er. »Wir alle sind wahrscheinlich der Krieg, jeder von uns zu einem sehr kleinen Teil. Mit ein wenig Dummheit, mit ein wenig Gemeinheit …«

»Und man kann nur lieben, solange man lebt?«

»Ja«, sagte Faber. »Nur so lange.«

»Ich will dich gut lieben, solange ich lebe. Und ich will dich besser lieben nach dem Tod.«

»Susanne«, sagte Robert Faber, »ich werde dich morgen verlassen.«

»Du sollst mich nie verlassen!«

»Ich werde dich verlassen müssen.«

»Das ist nicht wahr.«

»Es ist gewiß«, sagte er.

»Aber warum? Warum?«

Er zuckte die Achseln.

»Wer zwingt dich, mich zu verlassen?«
»Der Krieg«, sagte Faber, »andere Menschen, andere Soldaten.«
»Warum zwingen sie dich?«
Faber preßte das Mädchen an sich.
»Liebste«, sagte er, »weil sie doch selbst gezwungen werden.«
»Und gibt es keinen Ausweg?«
»Nein, es gibt keinen Ausweg. Oder ich kenne ihn nicht. Das ganze Land, die ganze Welt ist ein Gefängnis, und wir sind gefangen in ihm.«
Er fühlte, wie ihr Körper hart wurde.
»Du hättest nicht bei mir bleiben dürfen. Jetzt verstehe ich dich! Du hättest fortgehen müssen.«
»Ja«, sagte er. »Das hätte ich.« Sie schwieg. »Susanne«, sagte Faber, »ich bin sehr froh darüber, daß ich bei dir geblieben bin.«
»Du bist nicht froh darüber. Ich habe dir Unglück gebracht.«
»Nein«, erwiderte er, »all mein Unglück habe ich mir selbst gebracht. Du wolltest mir Glück bringen.«
»Ich wollte es wirklich! Alles Glück, das ich mir denken kann. Glaubst du mir das?«
»Ja«, sagte er. »Ich glaube dir.«
»Was wird jetzt werden?«
»Wir haben viel Zeit«, sagte Faber. »Wenn man sich auf etwas sehr freut, dann wird man enttäuscht. Und wenn man sich vor etwas sehr fürchtet, dann täuscht man sich auch. Es kann alles gut werden.«
»Das glaubst du nicht.«
»Nein«, erwiderte er, »aber ich möchte es gerne glauben.«
Sie begann zu weinen.
»Nicht«, sagte Faber. »Nicht, Susanne. Bitte, sei ruhig.«

»Der Krieg«, stammelte sie, »der Krieg ... ich fürchte mich so ...«
»Ich fürchte mich auch«, sagte er, »es gibt niemanden, der sich nicht fürchtet.«
»Solange wir zusammenbleiben«, sagte sie schluchzend, »weißt du, ich habe gedacht, daß uns nichts geschehen kann, solange wir nur zusammenbleiben ...«
»Auch wenn wir zusammenbleiben, kann alles geschehen. Aber dann macht es uns nichts aus.«
»Warum nicht?«
»Weil es uns beiden geschieht.«
»Wirklich?«
»Susanne«, sagte Faber, »würde es dir etwas ausmachen?«
»Nein«, erwiderte sie, »nie.«
»Mir auch nicht.«
»Du lügst!«
»Nein«, sagte er, »das ist wahr.«
»Ich glaube dir nicht«, erwiderte sie leise.
»Glaube mir«, sagte er, »bitte, glaube mir. Ich weiß es. Ich bin alt genug, um dein Vater zu sein. Aber das möchte ich gar nicht.«
Sie versuchte zu lächeln. »Was möchtest du denn?«
»Ich möchte dich lieben können«, sagte Faber.
»Du kannst mich lieben. Du kannst mit mir tun, was du willst.«
»Nein, das kann ich nicht.«
»Du sollst es tun«, flüsterte sie, »ich will es. Hörst du? Ich will es so sehr!«
Faber warf die Zigarette fort. Ihr Körper gab nach, und sie sank auf den Teppich. Er neigte sich vor und legte beide Arme um sie.
»Robert«, sagte Susanne, »du bist aus der Armee desertiert, nicht wahr?«

»Ja«, antwortete Faber.
Sie zog ihn an sich, und ihr Atem klang wie ein Stöhnen.
»Küß mich«, flüsterte sie. »Nicht so ... Küß mich, damit ich denken kann, du liebtest mich.«
»Ich liebe dich«, sagte Faber.
»Erzähl mir nichts«, bat sie. Der Mann wandte den Kopf. Als seine Lippen die ihren trafen und ihre Zähne eindrangen in sie, fühlte er den Körper des Mädchens erzittern und hielt sie fest an sich, während der Raum und die Finsternis in Bewegung gerieten und um sie beide kreisten, während ihre Hände sich gemeinsam bewegten und das Blut an ihren Schläfen ein uraltes Lied zu singen begann.

## 2

Alles wäre einfacher, wenn wir weniger allein sein müßten. Wir waren sechs Jahre allein, jeder von uns, ganz gleich, wo wir uns befanden. In Afrika, in Norwegen, an der Normannenküste. Du und ich, wir wissen, wie verlassen wir waren: in einem elenden Bunkerloch voll Wasser, des Nachts, wenn die Sterne schienen und der Mond über den Hügeln aufging. Hinter Drehbänken, hinter Schreibtischen, hinter den Steuerrädern der großen Traktoren. An Maschinengewehren. Und an buntbemalten Wiegen. In U-Booten und in Krankenhäusern. In Kampfflugzeugen und auf den Feldern, wenn wir das Korn mähten.
Kein Mensch war da, der uns helfen konnte. Kein Mensch. Wir blieben ganz allein, und wenn wir heulten vor Wut und Einsamkeit, sah es niemand. Die Einsamkeit verging nicht, auch wenn wir uns noch so sehr betranken. Auch wenn wir noch so laut lachten. Auch wenn wir

meinten, glücklich zu sein. Die Einsamkeit saß uns am Hals wie ein Gespenst und grinste. Sie blieb kleben. Jeder von uns war allein, hier und auf der anderen Seite. Die Einsamkeit war in der ganzen Welt zu Hause, auch wenn keiner davon sprach. Es war die gleiche Einsamkeit, hier und drüben. Der Sieger fühlte sie und der Besiegte, und keiner konnte froh werden. Nur die Toten hörten auf, einsam zu sein. Die Toten fürchteten sich auch nicht mehr wie die Lebenden. Ihnen war alles eins, und ihre heraushängenden Gedärme störten sie nicht, wenn sie langsam im Schnee steif froren. Ihnen konnte keiner mehr Angst einjagen. Der Tod war ihr Freund. Er tat ihnen nichts. Nur die Menschen waren ihre Feinde. Nicht jene, die man gelehrt hatte, auf sie zu schießen, sondern jene, mit denen zusammen sie durch den Schlamm marschierten, jene, vor denen sie kuschten, jene, denen sie nicht vertrauen konnten und die ihnen selbst nicht vertrauten. Jene, deren Sprache du verstehen konntest, ohne zu begreifen, was sie sagten. Deine eigenen Brüder waren es, vor denen du Angst hattest. Und deine eigenen Brüder hatten Angst vor dir. Du schlugst mir auf die Schulter und nanntest mich Kamerad, wir sprachen nie miteinander und kannten uns doch schon so gut, als hätten wir ein Leben gemeinsam verbracht. Du warst mein Bruder. Du wußtest, daß ich zu dir hielt. Und du wußtest, daß ich dich verraten würde in meiner gottverdammten Scheißangst. Und ich wußte dasselbe, ganz genau dasselbe von dir. Ich war dein Freund. Und ich war dein Feind. Und du warst ebenso hundeelend verlassen und allein auf dich gestellt wie ich oder der Muschik, auf den wir beide schossen, weil er sonst uns erschossen hätte.

Wir alle wußten, daß es ein Verbrechen war zu schweigen, aber wir schwiegen wie nie zuvor. Wenn wir fünfzig

Geiseln an die Wand stellten – wer wußte da nicht, daß die armen Idioten unschuldig waren an dem Verbrechen, um dessentwillen man sie zu Geiseln gemacht hatte? Wenn unsere Bomber eine kleine Stadt verwüsteten vor unseren Augen – wer wußte da nicht, daß nur noch Frauen und Kinder und alte Männer in den Kellern saßen und krepierten? Und wenn die Amerikaner Köln angriffen – wer von ihnen wußte da nicht, daß ihre Bomben auf Wohnhäuser fielen, die mit Industrieanlagen so viel zu tun hatten wie ein Ferkel mit einem Elefanten? Und wenn wir Eisenbahnzüge sahen, aus deren Wagen Menschen quollen, die ebensogut wie wir ahnten, wohin sie fuhren, nämlich in den Tod – warum sagte da keiner ein Wort? Oh, Herrgott, warum nicht? Und wenn wir deutlich sahen, wie uns alle belogen, und wenn wir hörten, wie sie uns mit ihren Lügen verhöhnten, und wenn wir deutlich fühlten, daß doch alles verloren und umsonst war – warum schwiegen wir da? Oh, warum war ich ein so gemeiner, elender, feiger Hund? Und du, Bruder, warum warst du so ein gemeiner, elender, feiger Hund, der sich lieber töten ließ, als Schluß zu machen? Ich will es dir sagen: weil uns die Angst in den Knochen saß. Darum. Weil uns die Angst in den Knochen saß und wir sie nicht loswerden konnten. Wir nicht und die anderen nicht. Wir waren allein, und wir fürchteten uns. Deshalb kämpften wir. Deshalb starben wir. Der liebe Gott segne uns dafür.
Ich will vergessen. Das ist alles, was ich mir wünsche: Vergessenheit. Ich will die Toten vergessen und die Sterbenden, die Hungrigen und die Erschlagenen, meine toten Freunde und meine erschossenen Feinde, die verbrannten Städte, die verwüsteten Wälder, die gesprengten Brücken, die weinenden Kinder. Ich werde vergessen. Es muß vorübergehen. Nichts bleibt zurück.

Gar nichts. Eines Tages werde ich alles vergessen haben. Ich beginne schon damit. O Gott, ich wollte, ich könnte damit beginnen …

Hier sitze ich in einem verschütteten Keller. Morgen werden sie mich ausgraben. Vielleicht habe ich dann etwas mehr Mut. Das ist meine Chance. Aber ich weiß schon jetzt, wie alles werden wird. Nichts soll geschehen. Nichts, ich weiß es genau. Vor dem Angriff traf ich dich, ein Mädchen. Du warst schön. Wir sprachen miteinander. Und ich wollte fortgehen. Aber du batest mich zu bleiben. Da blieb ich. Warum? Du weißt es nicht, Susanne, deren Lippen ich küsse, deren Körper ich fühle, die ich liebkose mit meinen Händen. Aber vielleicht ahnst du es doch. Ich blieb, weil ich ein wenig hoffte, du würdest mir helfen können. In meiner Einsamkeit. Und meiner Sehnsucht, zu vergessen. Das hoffte ich. Ich habe es schon oft gehofft. In Paris. Und in Brest. In Budapest. Und in Odessa. Ich habe getrunken und mit Frauen geschlafen. Und es hat alles nichts geholfen. Meine Sehnsucht blieb. Und deshalb blieb auch meine Hoffnung. Als ich dich sah, da dachte ich, wie schön es sein müßte, alles vergessen zu können und dich zu lieben und ein einfaches Leben zu führen, ich weiß nicht, wie. Es ist unmöglich. Aber es wäre schön. Ist es denn wirklich unmöglich? Meine Liebe, meine Liebe, es ist ganz unmöglich. Wie sollten wir glücklich sein können, wo alle Menschen unglücklich sind?

Zusammen. Wenn wir zusammenblieben: Das wäre vielleicht eine Lösung. Ich habe mich immer nach dir gesehnt. Ich habe dich nicht gekannt. Aber ich wünschte stets, du würdest eines Tages kommen, um zu bleiben. Jetzt ist es zu spät. Morgen ist alles zu Ende. Ich dachte es besonders schlau anzufangen und bin in die Falle gegangen wie ein Narr. Deine Hände sind weich, deine

Hände sind so weich. Deine Stimme sagt Dinge, von denen ich träumte, und dein Mund ist heiß. Wenn ich doch einmal, ein einzigesmal nur, vergessen könnte. Für diese Stunde. Für diese eine Stunde. Ich kann auch lachen. Ich war einmal sehr fröhlich. Wirklich, einmal, da konnte ich lachen wie andere Menschen – damals hättest du mich treffen sollen, damals am Wasser, in den Fischerbooten. Ich hätte dich lieben können mit meinem ganzen Herzen. Dein Haar ist weich. Küß mich, Susanne, küß mich und lege deine Arme um mich, damit ich vergessen kann. Nur für diese eine Nacht. Susanne. Susanne. Du fragst mich, ob ich desertiert bin. Ich sage dir die Wahrheit. Sie macht dir nichts aus. Ich küsse dich und rede mir ein, wir wären glücklich. Glücklich für immer. Wir lieben einander. Es gibt kein Morgen, wenn man nicht daran glaubt. Die Stunde wird nie wiederkehren, ob sie schön ist oder häßlich. Wer sagt das? Sei still, Susanne. Der Morgen wird kommen, ob diese Stunde häßlich ist oder schön, und er wird alles enden. Alles.
Vielleicht aber gibt es noch einen Ausweg, den wir nicht kennen, vielleicht geschieht das Wunder, an das ich nicht glaube ... vielleicht kann ich bei dir bleiben.
Komm zu mir. Sag, daß du mich liebst. Sag es noch einmal. Es könnte doch wahr sein. Warum denn nicht? Der Teppich ist groß und weich. Wir können uns zudecken mit ihm. Komm näher, noch näher. Ganz nahe. Dein Körper ist jung, so jung. Du ziehst meinen Kopf an deine Brust, und ich schließe die Augen und lege meine Lippen auf deine atmende Haut. Ich habe dich lieb. Ich habe dich lieb. Es ist nicht wahr? Doch, Geliebte, es könnte wahr sein, es könnte so schrecklich leicht wahr sein. Wie schön wäre das. Sag es noch einmal. Ich liebe dich. Wo du hingehst, da will auch ich hingehen. Ich will bei dir bleiben, bis daß der Tod uns scheidet. Der

Tod … Kann der Tod uns denn scheiden? Ja, Geliebte, der Tod scheidet uns alle. Das glaube ich nicht. Der Tod soll mich nicht von dir scheiden. Ich liebe dich so sehr. Der Tod ist stärker als die Liebe. Unsere Liebe wird stärker sein als der Tod. Der Tod ist billig geworden, Susanne. Jeder kann ihn haben, jeder von uns. Aber die Liebe – wer kann die Liebe haben? Wir beide vielleicht, heute nacht. Wäre es das nicht wert? Du sagst, du hättest mich erwartet, wie das Mädchen in dem lächerlichen Lied. Some day he'll come along. Some day he'll come along, the man I love …

Komm zu mir, Susanne. Vergessen wir die Zeit. Sie hat auch uns vergessen. Wir liegen unter der Erde, in der Finsternis. Es gibt kein Licht. Es gibt nur dich und mich und die Sekunden, die vorüberlaufen und zu Stunden werden, die uns entfliehen. Komm zu mir, Geliebte. Ich will vergessen, auch wenn ich verloren bin wie alle andern. Wir können die Zeit anhalten, wenn wir wollen, und versuchen, glückselig zu werden. Öffne deine Arme, laß mich bei dir sein und versuchen, dir zu sagen, daß ich dich liebe. Nicht mit Worten. Laß es mich schweigend sagen.

Schließe deine Arme um mich, und halte mich nah, und ich will auch dich halten mit meinen Händen. Ich liebe dich, Susanne. Die Dunkelheit gerät in Bewegung, sie dreht sich um uns und kreist wie im Rausch. Meine Augen sind blind und leer, mein Herz schlägt wie ein Hammer, und dein Atem fliegt an meiner Wange vorbei, Susanne, Susanne. Die Finsternis ist ein Brunnen, ohne Grund fast, endlos tief, und auf seinem Boden, den wir nicht kennen, rauscht Wasser. Wir stürzen. Kralle deine Finger in meinen Rücken, damit wir uns nicht verlieren. Wir fliegen zusammen, und der Raum kreist um uns in riesigen Schwüngen. Das Wasser kommt uns entgegen.

Es empfängt uns wie eine unsägliche Liebkosung und schließt uns ein und macht uns taub und stumm und überflutet den Brunnenrand und verströmt sich voll Segen in die Finsternis hinein.
Mein Gott, mein Gott, was ist geschehen?
Ich bin so glücklich ... ich bin glückselig geworden mit dir, Susanne.

## 3

Im frühen Sommer des Jahres 1939 lebte Susanne Riemenschmied in einem kleinen Haus auf dem Lande. Sie liebte einen jungen Menschen, der seine Ferien mit ihr verbrachte. Die beiden waren Tag und Nacht zusammen, schwammen in dem nahen See, lagen stundenlang in der Sonne und machten weite Spaziergänge. Aus der innigen Vertrautheit ihrer Körper sowie aus einer einfachen Übereinstimmung ihrer Ansichten entsprang ein Gefühl beispielloser Zufriedenheit mit dem Leben und das Bedürfnis, einander wohlzutun. Ihr Verhältnis war deshalb vorzüglich, weil es ganz einfach war. Susanne Riemenschmied liebte den jungen Menschen mit dem lachenden braunen Gesicht, und er liebte sie. Da sie allein und sehr jung waren, fiel es ihnen leicht, einander glücklich zu machen. Sie beschlossen zu heiraten. Der junge Mensch mit den grauen, fröhlichen Augen wurde, als der Krieg ausbrach, sogleich mit einem Kampffliegergeschwader nach Polen gesandt. Es blieb Susanne Riemenschmied nicht viel Zeit, für ihn zu beten, wenn sie des Nachts in großer Sehnsucht an ihn dachte. Er flog nur zwei Angriffe gegen die zurückflutenden polnischen Truppen. Sein Tod wurde Susanne in einem Brief mitgeteilt, den die Eltern des Soldaten ihr sandten. So endete, ganz folgerichtig und gemäß den Gesetzen der Zeit, in der sie lebten, die Beziehung zwischen den beiden, jene Beziehung, die ihre Vorzüglichkeit aus einer tiefen und aufrichtigen Einfachheit geschöpft hatte. Und auch was weiter geschah, lag ganz auf der Linie dessen, was zu geschehen hatte, und brauchte niemanden zu verwundern.

Susanne Riemenschmied lebte weiter. Da sie, ähnlich ihrer exzentrischen Tante, die Einsamkeit plötzlich nur noch schwer ertrug, war ihr Dasein nun bestimmt von einer raschen und verwirrenden Folge gesellschaftlicher Exzesse, wie man sie in Bällen, durchtanzten Nächten, dem Konsum alkoholischer Getränke und dem niemals ernst gemeinten, aus einer verborgenen Verzweiflung geborenen Spiel mit vielen, die alle nichts bedeuten, zu sehen gewohnt ist. Man kann endlich auch in dem Umstand, daß dem Mädchen mit dem Fortschreiten der Monate der Verlust des Geliebten an Bedeutung und Tragik abzunehmen schien, nichts anderes erblicken als wieder nur die Gesetzmäßigkeit und Logik jener seltsamen Jahre voller Tod. Alles gerät in Vergessenheit, wir bewahren nichts in uns. Denn wie anders können wir bestehen in einem Übermaß an Leid? Die Erinnerung an etwas Verlorenes schwimmt fort auf dem stillen Wasser der Zeit, und wir werden es bald müde, ihr nachzusehen. Es ist uns mittlerweile klargeworden, daß auch die Erfüllung zu jenen Dingen gehört, welche uns versagt sind. Fast erscheint es unnötig, noch hinzuzufügen, daß Susanne Riemenschmied zwar ruhig, aber bei weitem nicht glücklich wurde. Doch dies bedrückte sie nicht sehr. Sie wäre in jener Zeit nur sehr schwer zu lieben gewesen und empfand kein Verlangen nach Zärtlichkeit. Was sie an ihr erhielt, genügte ihr, auch wenn es im Grunde genommen nichts blieb.

Susanne Riemenschmied nahm Schauspielunterricht, sie besuchte das Schönbrunner Seminar, sie spielte. Und über ihren Tagen und nun unerfüllten Nächten, hoch und nicht zu verlieren, stand wie ein blasser Schatten das Gefühl der Sehnsucht. Die Sehnsucht ging mit ihr auf allen Wegen und brachte die seltsame Bewegtheit der Seele zustande, die zuweilen in ihrem Spiel sichtbar wurde und jene aufblicken ließ, die ihre Lehrer waren. Es war eine unbestimmte Sehnsucht, und deshalb war sie allgemein. Es war die Sehnsucht von Millionen jungen Menschen, die, wie Susanne Riemenschmied, in diesem Krieg zuviel allein gelassen worden waren und sich wünschten, jemandem zu begegnen, der ebenso hilflos und ebenso fiebernd, ebenso froh und ebenso traurig zu sein vermochte wie sie selbst, damit ihres Herzens Unrast sich an ihm stillte und sie zufrieden würden. Obwohl das Wort Sehnsucht in diesen Jahren aus dem Sprachschatz der Völker fast verschwunden und nur noch gelegentlich in den Texten ordinärer Schlager aufzufinden war, wurde es doch zu einem der ersten Gefühle der Zeit. Die Furcht, die Einsamkeit und die Sehnsucht – diese drei Empfindungen wohnten gleichmäßig in den Herzen aller Menschen. Aber die Furcht war die größte unter ihnen.

Susanne Riemenschmied gehörte zu jenen, die mit Erfolg gegen die Trägheit ihres Herzens anzukämpfen verstanden, und es bedurfte einer langen Weile, bis sie begriff, daß sie ihr Leben ändern mußte. Dann aber, als sie dies zu tun begann, wurde die Sehnsucht nach einem Gefährten fast übermächtig in ihr. Sie sah um sich, sie suchte einen, der Frieden in ihre Tage zu bringen verstand und Taumel in ihre Nächte. Sie suchte ihn und glaubte zuweilen, ihn gefunden zu haben in einem ihrer vielen Bekannten. Aber sie fand ihn nicht. Da erkannte sie plötzlich, was die Schuld an diesem erfolglosen Suchen trug: Es war die Intensität ihrer Bemühungen. Es wird uns, dachte Susanne Riemenschmied, niemand helfen, wenn wir auf Hilfe warten. So wir selbst elend und verlassen sind, werden uns nur Menschen begegnen, denen es ebenso geht wie uns. Die Liebe wird uns erst finden, wenn wir schon meinen, gut ohne sie auskommen zu können. Nicht die Starken finden an den Schwachen Gefallen, sondern nur andere Schwache.

In diesen Bahnen bewegten sich die Gedankengänge Susanne Riemenschmieds, und es ist verständlich, daß sie sich in eben jenen Bahnen bewegten. Es war die natürliche Reaktion eines jungen Menschen, der sich bemühte, dem Strudel des Mahlstroms zu entkommen, in den er gerissen worden war. Und wenn sie zuweilen zu erkennen glaubte, daß dieses ganze mühsame Gerüst von Gründen, mit denen sie sich überzeugte, auf wenig sicherem Grund gebaut war, dann verschloß sie sich ihrem Argwohn und fand hundert neue Wege, sich Zuversicht zu verleihen in ihren Theorien.

Daß sie an jenem regnerischen Frühlingsmorgen Robert Faber traf, war nur ein Zufall, ein lächerlicher Zufall. Wennschon er nicht lächerlicher erscheint als der Umstand, daß eben jene sieben Menschen sich zu eben jener Stunde in dem Keller eben jenes Hauses auf dem Neuen Markt versammelten. Und auch nicht lächerlicher als der Zufall der blind und dumm neben ihr Ziel geworfenen Bombe, die sie alle zu Gefangenen machte für eine Reihe von Stunden.

Vielleicht aber war all dies gar nicht so lächerlich, vielleicht gab es den Zustand, den wir Zufall nennen, nicht. Vielleicht fiel jedem Ereignis, das uns widerfuhr, eine gewisse Wertung zu, ein gewisser Sinn?

Susanne Riemenschmied liebte nicht zum erstenmal.

Dennoch betrug sie sich absonderlich an diesem Tag. Aber es machte ihr nichts aus. Von jener Stunde an, da Robert Faber ihr im Keller des Hauses zugelächelt hatte, war etwas wie eine Verzauberung über sie gekommen. Es stand für sie fest, daß sie seit dem Tage, da sie den jungen Flieger, der über Polen abgeschossen wurde, zum letztenmal sah, nicht so glücklich gewesen war, und die besondere Situation, in welcher Faber ihr begegnete, brachte es mit sich, daß sie bedenkenlos und ohne Rückhalt alles tat, um diesen Zustand von Glückseligkeit zu bewahren. Sie ahnte bald schon, wen sie vor sich hatte: einen Flüchtling, einen Gejagten, einen Deserteur. Und selbst dieser Argwohn trug, vielleicht aus einem alten, elementaren Mutterinstinkt heraus, dazu bei, sie ihm noch mehr zugetan werden zu lassen. Sie wußte nicht, wie der nächste Tag sein würde, und daß er selbst es auch nicht wußte, machte ihn zu ihrem Bruder. Sie wußte genau, daß er, ebenso wie sie, unter dem allmächtigen Bann der Sehnsucht, der Furcht und der Einsamkeit stand, und das machte ihn zu ihrem Geliebten. Es rührte sie, daß er stark und dabei doch hilflos verstrickt war in das Geschehen der Zeit, daß er in seinem Dilemma fröhlich zu bleiben vermochte und daß er die Wahrheit ohne Phrasen sprach. Sie meinte ihm mit ihrer Hingabe helfen zu können, wie er selbst ihr half durch sein Dasein.

So kam es, daß sie in jener Nacht, da sie mit ihm und fünf anderen unter einer gewaltigen Schuttmasse begraben lag, zu seiner Geliebten wurde und ihm alle Leidenschaft und Zärtlichkeit bewies, die in ihr wohnten und die seit langem darauf warteten, sich beweisen zu können. Während sie, sinnlose Worte stammelnd, in seinen Armen lag, während ihre Hände durch sein Haar und über seinen Rücken glitten, glaubte sie sich befreit und glück-

lich, herausgehoben aus dem Wirbel der Tage ohne Sinn, die sie durchlebte.
Später, in einer Minute der Entspannung, entsann sie sich benommen eines Satzes, in welchem von der Liebe, dem Haß und der Hoffnung gesprochen wurde. Und sie meinte, daß die Liebe vielleicht doch die größte unter ihnen sei.

## 4

Walter Schröder lag ausgestreckt auf den drei zusammengerückten Stühlen. Seine Augen waren geöffnet, die Hände über der Brust gefaltet. In der Nähe atmeten drei Menschen. Fräulein Reimann und das kleine Kind schienen fest zu schlafen, die junge Mutter bewegte sich von Zeit zu Zeit unruhig und stöhnte leise. Seit etwa einer Stunde hatte der Priester seine Arbeit eingestellt und rührte sich nicht mehr. Schröder, dem das abrupte akustische Ende seiner Bemühungen auffiel, nahm an, daß Reinhold Gontard in einem plötzlichen Anfall von Schwäche oder Müdigkeit zu Boden gesunken und eingeschlafen war. Ein sonderbarer Mensch, dachte er, man konnte nicht klug aus ihm werden. Vielleicht hatte er ihm unrecht getan? Oder war dem Priester die Verächtlichkeit seines Benehmens zu Bewußtsein gekommen? Morgen, dachte Schröder, würde man sehen, wie es sich mit ihm verhielt. Morgen, wenn sie den Gang zu Ende gruben. Zu Ende! Wer sagte, daß es ihnen überhaupt gelang? Kein Mensch wußte, wie stark die Mauer war. Da lagen sie alle und schliefen. Sie konnten schlafen! Sie machten sich nicht, wie er, Gedanken um die Zukunft. Sie sorgten sich nicht.
Unser ganzes Land, dachte der Wachende, schlief, un-

bekümmert und verantwortungslos. Die wenigen, die anders lebten, konnten der allgemeinen Trägheit nicht Herr werden. Eines Tages mußten sie resignieren. Dann war der Krieg verloren.

Ein bitteres Gefühl stieg in Schröder auf. Warum schuftete er wie ein Kuli, warum war er selbst an der Arbeit, wenn die anderen ihm diese Anstrengung, die er auch um ihretwillen auf sich nahm, nicht einmal dankten? Sie wollten nicht an die Gefahr erinnert werden, in der sie schwebten, an die grauenvolle Gefahr, die sie zu vernichten drohte. Es war im großen ebenso wie im ganz kleinen. Im Leben der Völker ebenso wie hier, in diesem schmutzigen Keller, wo er als einzelner gegen sechs andere stand, die nicht auf ihn hörten. Er wußte mit voller Bestimmtheit, daß es in seiner Macht lag, sie alle zu befreien – aber sie folgten ihm nicht, sie lehnten seinen Plan ab, aus Angst, das Leben zu verlieren.

Als ob, dachte Schröder, das Leben etwas wert wäre, wenn man es nicht gelegentlich aufs Spiel setzte für eine große Idee. Feiglinge und Schwätzer, das waren sie. Feiglinge und Schwätzer. Es gab nichts Wertvolleres als das menschliche Leben ... Jeder von uns hat ein Recht auf Sicherheit ... Man kann niemanden zwingen zu arbeiten ... Dumme Phrasen, bequeme Worte, die einen jeder Verantwortung enthoben. Es war jämmerlich. Von den Frauen konnte man keine andere Geisteshaltung erwarten. Aber wer hatte denn damit begonnen, ihm zu widersprechen? Jener, von dem er es am allerwenigsten erwartete, ein Soldat, ein Angehöriger der Armee. Der Mensch, zu dem Schröder, sobald er ihn sah, sich sonderbar hingezogen fühlte wie zu einem Bruder. Der Mensch, um dessen Anerkennung und Zustimmung es ihm vor allem zu tun gewesen wäre. Was hätten sie zusammen vollbringen können, wenn sie einer Meinung wären! Alles, alles. Es müßte schön sein, dachte Schröder, Robert Faber zum Freund zu haben. Der aber wollte nicht. Der aber ergriff nicht die Hand, die Schröder ausstreckte, und gab zu verstehen, daß eine Welt sie trennte.

Unsere eigene Zerrissenheit, unser eigener Unfrieden, dachte der Wachende, werden uns zum Verhängnis werden, sind uns schon immer zum Verhängnis geworden. Wir marschieren getrennt. Und wir werden vereint geschlagen.

Faber war ein Soldat, er kam von der Front. Er sollte wissen, wie es um Deutschland stand. Wahrscheinlich wußte er es auch. Aber es war ihm gleichgültig. Er sah nicht den Abgrund, dem sein Volk entgegenglitt.

Das kleine Mädchen redete im Schlaf, man konnte die Worte nicht verstehen. Dann bewegte es sich jäh. Schröder lag still und sah in die Finsternis hinein.

»Mutter«, sagte Evi.

Anna Wagner erwachte seufzend.

»Was hast du denn?«

Das Kind erhob sich. Seine Stimme war schlaftrunken.

»Es ist gar kein Sauerstoff mehr da. Müssen wir jetzt sterben?«

»Nein«, sagte Anna Wagner, »wir müssen nicht sterben. Es ist noch viel Sauerstoff da.«

»Aber ich bin doch eingeschlafen.«

Die Frau streichelte das Kind. »Ja, du bist eingeschlafen.«

»Warum?«

»Weil du müde warst, mein Liebling.«

»Bist du auch eingeschlafen?«

»Genauso wie du.«

»Weil du müde bist?«

»Ja«, sagte Anna Wagner, »weil ich sehr müde bin.«

»Und wir werden nicht sterben?«

»Nein, wir werden nicht sterben. Morgen früh wachen wir wieder auf, so wie immer.«
»Wann ist es morgen früh?«
»In ein paar Stunden.«
»Bald?«
»Ja«, sagte Anna Wagner. Schröder verschränkte die Arme unter dem Kopf. Die kleine Evi beruhigte sich. Sie war schon wieder dabei, in den Schlaf hinüberzugleiten.
»Ich habe auf einmal solche Angst gehabt, weißt du«, murmelte sie. »Ich habe Angst gehabt, daß kein Sauerstoff mehr da ist und ich sterben muß.«
»Jetzt kannst du ruhig schlafen.«
»Ja«, sagte Evi, »jetzt kann ich schlafen. Ich will nicht sterben. Ich will nie sterben. Ich will immer weiterleben. Vielleicht werde ich hundert Jahre alt. Gute Nacht, Mutti.«
»Gute Nacht«, sagte Anna Wagner. Das Bett knarrte, als sie sich bewegte. Dann wurde es still. Schröders Gesicht sah sehr friedlich aus. Sein Plan stand fest. Wir werden weitergraben, dachte er. Der Soldat, der Priester und ich. Den ganzen Tag werden wir graben. Und wenn wir unser Ziel nicht erreichen, dann will ich *gegen* ihren Willen das einzig Richtige tun. In der Nacht, wenn sie schlafen. Es wird nicht schwer sein. Man muß eine Höhle graben ... und die Kannen einschaufeln ... wenn sie dann aufwachen, wird schon alles vorbei sein. Und sie werden sehen, wie recht ich hatte ... sie werden frei sein und mir dankbar dafür, daß ich gegen ihren Wunsch handelte. Auch der Soldat wird mir danken. Was könnte er anderes tun? Und was könnte ich selbst anderes tun?
Walter Schröder lag reglos ausgestreckt auf den drei schadhaften Stühlen und dachte darüber nach, wie er die Kanister am besten zur Explosion bringen würde. In seiner Nähe atmeten, nun wieder regelmäßig und ruhig,

drei schlafende Menschen. Über ihm, in der Dunkelheit der zweiten Kelleretage, flüsterten Faber und Susanne Riemenschmied. Ihre Körper lagen aneinander, und sie streichelten sich. Der große Teppich hüllte sie ein wie eine weiche, warme Decke.

»Du bist mein Herz«, sagte Susanne, »du bist meine Seele. Wenn du mich verläßt, muß ich sterben.«

Ich will bei dir bleiben, meine Geliebte, solange ich es vermag, denn auch ich werde traurig sein, wenn du von mir gehst. Vielleicht haben wir Glück. Es haben schon Menschen vor uns Glück gehabt. Sie sind davongekommen und konnten sich retten. Wir sind zu zweit. Und wir lieben einander. Vielleicht gelingt es uns, die Menschen zu täuschen, wenn wir es nur klug anfangen. Wenn wir den Keller verlassen haben, ist schon fast alles gut. Bei dir wird mich niemand suchen. Die Russen können Wien in ein paar Wochen erreichen, es gibt keinen geordneten Widerstand mehr in Ungarn. Wenn ich mich verberge, kann nichts geschehen.

Aber ich bringe dich in Gefahr, Susanne, hast du daran gedacht? Das bedeutet nichts, mein Geliebter, nun, da ich ohne dich nicht mehr leben kann. Wenn wir zusammenbleiben und verspielen, können wir immer noch sterben. Da du ihn stirbst, ist auch der Tod ein heitrer Morgen über fremden Meeren, die wir durchziehn in sonnenbeglänztem Boot. Der Tod ist nicht heiter, Susanne. Auch das Leben kann es nur sein mit dir. Ohne dich will ich es nicht. Ich dachte immer, auch das häßlichste Leben sei besser als der schönste Tod. Glaubst du das noch? Ich weiß nicht. Ich weiß überhaupt nichts mehr. Nur, daß ich bei dir bleiben will und das Ende des Krieges erleben, damit wir glücklich sein können. Du wirst bei mir bleiben, immer. Du wirst mich nie verlassen, nicht wahr. Nein, Susanne, ich werde dich nie verlassen. Wir

wollen zu mir gehen. Da kennt dich niemand. Ich werde den Leuten sagen, du wärest mein Freund und auf Urlaub gekommen. Hast du nicht sechs Jahre gewartet? Warst du nicht sechs Jahre in Gefahr? Und da sollte dir gerade zuletzt noch etwas geschehen ... das wäre doch zum Lachen! Ja, das wäre zum Lachen, zum Totlachen wäre das, Susanne ... sag mir, daß du mich liebst. Ich liebe dich. Ich liebe dich sehr. Vergiß den Tod. Wenn ich bei dir bin, habe ich ihn vergessen. Du sollst immer bei mir sein. Ja, Susanne. Küß mich, bitte. Meine Liebe. Meine Liebste. Komm zu mir. Laß uns glücklich sein.
Später, viel später, während sie sanft in seinen Armen lag, erzählte er von seiner Flucht.

## 5

Als die fünfundzwanzig Mann der brennenden Wagenkolonne sich nach ihrem Lauf über die brachen Felder am Rande des Waldes sammelten, betrachteten sie den Leichnam des erhängten deutschen Soldaten mit den wachsgelben Beinen. Er war schon seit längerer Zeit tot. Einer kletterte zu der Traverse hinauf und schnitt ihn ab. Er fiel zu Boden, und es stellte sich heraus, daß seine Glieder steifgefroren waren. Die gefesselten Hände sahen verschwollen und blau aus. Sie gruben ein Loch unter einem kahlen Baum, legten ihn hinein und schaufelten Erde über den Toten. Unter den Soldaten befand sich ein Offizier. Er gab fünf Mann den Auftrag, zu den Verwundeten zurückzugehen und die nicht zerstörten Wagen des Geleits in den Straßengraben zu fahren. »Tragt die Verwundeten nach vorne«, sagte er. »Wir wollen einmal sehen, ob wir nicht herausbekommen können, wer den armen Kerl hier aufhängte. Dann fahren wir weiter. In Raab gibt es ein Lazarett.« Er schluckte beherrscht und schwankte leicht. Er war seit Stunden betrunken.

»Die Häuser sind alle leer«, sagte ein Soldat. »Es ist kein Mensch hiergeblieben. Schade um jede Minute.«

»Vielleicht sitzen die Schweine in den Kellern.«

»Es ist ja ganz klar, wer den da aufgehängt hat. Die Gegend ist voller Partisanen. Wahrscheinlich leben sie im Wald. Wir sollten machen, daß wir wegkommen. Drüben auf der Straße liegen ein paar Verwundete.«

»Wir werden die Keller durchsuchen«, sagte der Leutnant. »Je zwei Mann auf ein Haus.«

»Scheißkeller«, murmelte der Soldat, der ihm widersprochen hatte, hob eine weggeworfene Maschinenpistole auf und ging fort. Robert Faber folgte ihm. Er trug ein Gewehr. Sie versuchten, die Eingangstür einer niederen Hütte einzuschlagen, und kletterten schließlich durch ein zerbrochenes Fenster in das Innere.

»Glaubt der Idiot wirklich, daß die auf uns gewartet haben?« fragte der Soldat mit der Pistole. »Ich sage dir, es ist kein Hund hiergeblieben.« Er ging nachlässig durch die schmutzigen, vollgeräumten Zimmer. Faber hob eine offene Flasche vom Tisch auf und roch an ihr. Dann stellte er sie zurück, ohne getrunken zu haben. Die Wände des Hauses waren schwarz, durch einzelne Stellen der Decke sah man, da der Dachstuhl fehlte, in den trüben Himmel. Jemand hatte auf dem Fußboden ein Feuer entzündet und ein Loch in den Dielenboden gebrannt. Der Soldat, mit dem Faber durch das Fenster geklettert war, kehrte von seinem Rundgang zurück.

»Nichts«, sagte er. »Hast du etwas zu essen gefunden?«

»Nein.«

»Ich auch nicht.«

»Drüben steht eine Flasche, ich glaube, mit Wein.«

»Laß sie stehen. Gehen wir in den Keller hinunter.«

Sie stiegen über eine krumme Treppe in die Tiefe. Der mißgestimmte Soldat trat mit dem Fuße eine angelehnte Tür auf, hob die Maschinenpistole und schoß zweimal in die Dunkelheit hinein. Es blieb alles still. Faber nahm eine Schachtel mit Streichhölzern aus der Tasche, riß eines an und trat in den Keller vor. Er war leer. Faber sah sich um. Auf der Erde lagen ein paar aufgerissene Strohsäcke, alte Zeitungen, Blechdosen und deutsche Uniformstücke. Das Streichholz verlosch. »Kannst du das begreifen?« fragte Fabers Begleiter. »Auf der Landstraße jammern die armen Hunde, die es erwischt hat, und hier suchen wir nach Partisanen. Der Teufel soll den Leutnant holen.«

»Er ist betrunken.«

»Trotzdem!«

Faber entzündete ein neues Streichholz, kniete nieder und hob eine der Zeitungen auf.

»Erfolgreicher Vorstoß deutscher Truppen nordwestlich des Plattensees«, las er laut. Der andere lachte. Faber wendete das Papier. »Die Zeitung ist schon zehn Tage alt.«

»Ach so«, sagte sein Begleiter höhnisch. Er stieß mit dem Fuße nach einer kleinen Schachtel, die einen sonderbaren Ton von sich gab.

»Zünd noch ein Streichholz an«, sagte er, »ich glaube, ich habe etwas gefunden.« Sie knieten nieder. Faber hob die Schachtel auf.

»Weißt du, was das ist?«

»Ja«, erwiderte der andere, »eine Spieldose. Warte, die läßt sich irgendwo aufziehen.« Er legte die Maschinenpistole fort und fuhr mit den Händen über das Holz. »Hier«, sagte er, »hier steckt der Schlüssel.« Er drehte ihn vorsichtig. Faber verbrannte sich die Finger und ließ

den Hölzchenrest fallen. »Hör nur«, sagte der Soldat, »die spielt noch! Ich kenne das Lied.«
Aus der kleinen Dose drang leise und zitternd eine Folge von Tönen, die unter viel Schnarren zur Melodie wurde. Die beiden saßen im Finstern und lauschten ihr.
»Das hat meine Mutter gesungen«, sagte Faber. »Es heißt: Du, du liegst mir im Herzen.«
»Ich kenne es auch. Ich kenne das ganze Lied.« Der andere stellte die Schachtel auf eine Kiste und sprach die Worte mit. »Du, du liegst mir im Herzen. Du, du liegst mir im Sinn.« Die Spieldose schnarrte. Faber schüttelte sie. Das Lied ging weiter. »Du, du machst mir viel Schmerzen«, sagte der unrasierte Soldat mit der schmutzigen Uniform, »weißt nicht, wie lieb ich dich hab'.«
»Wie gut ich dir bin«, verbesserte Faber, »es heißt: wie gut ich dir bin.«
»Blödsinn«, sagte der andere.
»Doch. Es reimt sich auf Sinn. Weißt nicht, wie gut ich dir bin.« Die Melodie brach mit einem Schnappen ab.
»Spiel sie noch einmal!«
Faber zog die Schraube auf. Draußen vor den Kellerluken trampelten Stiefel vorüber. Jemand kreischte. Dann schrie die Stimme des Offiziers nach Faber.
»Gehen wir«, sagte dieser. »Ich glaube, sie haben doch irgendwen gefunden.«
Er warf die Spieldose fort, stand auf und kletterte nach oben. Der andere folgte ihm. Sie sprangen aus dem zerbrochenen Fenster auf die Straße hinaus, wo ein Haufen von Männern um einen etwa fünfzehnjährigen, verwahrlosten Jungen versammelt stand, der auf der Erde lag und mit aufgerissenen schwarzen Augen angstvoll um sich sah. Er trug ein zerfetztes Hemd und eine ebensolche Hose. Sein rechtes Bein war mit schmutzigen

Tüchern umwunden. Das verfilzte Haar hing ihm über die Ohren und in die Stirn.
»Haben Sie jemanden gefunden, Faber?« fragte der Leutnant. »Nein«, sagte dieser. Der Offizier trat mit dem Fuß nach dem Liegenden.
»Aber wir. Diesen kleinen Hund da. Er lag unter ein paar Säcken. Ich glaube, er hat sich das Bein gebrochen. Deshalb konnte er wahrscheinlich nicht mit den anderen fort.«
Faber antwortete nicht. Er sah in das Kindergesicht des Jungen, der vor ihm im Schlamm lag und ihn anstarrte. Sein Hals war von einem dunkelroten Ausschlag bedeckt, und sein Zahnfleisch blutete. Er bewegte die Hände und versuchte zu reden. Aber es gelang ihm nicht. Der Leutnant trat vor.
»Steh auf«, sagte er. Der Junge rührte sich nicht.
»Steh auf!« Der Leutnant rülpste und trat dem Liegenden leicht in die Rippen. »Na, wird's bald?«
Der Soldat, der mit Faber den Keller durchsucht hatte, fluchte plötzlich. »Er kann doch nicht aufstehen, wenn sein Bein gebrochen ist.«
»Alles Theater«, sagte der Leutnant. »Der Kerl hat bloß die Hosen voll.«
»Vielleicht versteht er uns nicht«, meinte Faber.
»He«, sagte der Offizier und beugte sich über den Jungen, »verstehst du mich?«
Der Junge nickte. »Ja, Herr Leutnant.«
»Warum stehst du dann nicht auf?«
»Mein Bein«, antwortete der Junge. »Mein Bein gebrochen. Ich kann nicht stehen.«
»Du bist ein dreckiger Lügner. Warum hast du dich im Keller versteckt?«
»Verstehe nicht«, sagte der Junge. Der Leutnant schlug ihn ins Gesicht.

»So, du kleiner Hund, du verstehst nicht, wie?«
»Nein, Herr.«
»Bist du ein Ungar?«
Der Junge nickte.
»Aha«, sagte der Leutnant. »Das war wohl sehr lustig, wie ihr den Soldaten drüben aufgehängt habt, was?«
Der Junge schüttelte den Kopf.
»Soldaten ...«, sagte er, »aufgehängt ... ich sprechen schlecht deutsch, Herr Leutnant.«
Der Offizier fuhr sich mit der Hand um den Hals und stach dann mit einem Finger nach oben in die Luft.
»Partisanen. Deutscher Soldat. Verstehst du?«
»Ja«, sagte der Junge.
»Wer hat das getan?«
»Ich weiß nicht.«
»Aber du hast es gesehen.«
»Ja.«
»Und du weißt nicht, wer es getan hat?«
Der Junge schüttelte den Kopf und biß die Zähne zusammen.
Der Leutnant gab ihm zwei Ohrfeigen.
»Na?«
»Ich weiß nicht.«
»Du kleines Schwein«, sagte der Leutnant und schlug ihn ins Gesicht, »wer war es?«
Der Junge begann zu weinen. Aus seiner Nase rann ein wenig Blut. Er wischte es mit einer schmutzigen Hand ab.
»Wer war es?« fragte der Leutnant und hob die Faust.
Der Junge bedeckte das Gesicht mit den Armen.
»Gib die Hände weg, hörst du? Gib die Hände weg!« Der Leutnant riß sie fort. »Wer war es also? Willst du es nicht sagen?« »Nein«, antwortete der Junge. Der Leutnant schlug ihn wieder ins Gesicht. Diesmal traf er den Mund.

Faber fühlte, wie sein Rücken sich mit Schweiß bedeckte. Er steckte die Hände in die Manteltaschen und sagte wütend:
»Herrgott noch mal, das ist doch ein Kind!«
Der Offizier fuhr herum und schrie ihn an: »Halten Sie das Maul, Faber! Das ist ein dreckiger kleiner Partisane, sage ich Ihnen. Wenn er könnte, würde er Ihnen mit Vergnügen eine Kugel in den Arsch schießen! Ich weiß, was ich rede.«
»Mit einem gebrochenen Bein hat er bestimmt niemanden aufgehängt«, sagte Fabers Begleiter und warf die Maschinenpistole über die Schultern. Einige der Umstehenden gaben ihm recht.
Der Offizier sah sie wortlos an und beugte sich dann wieder über den Jungen.
»Wo ist dein Vater?«
»Tot.«
»Wo ist deine Mutter?«
»Ich weiß nicht.«
»Und wer hat den Soldaten aufgehängt?«
»Partisanen«, sagte der Junge.
»Wann?«
»Gestern abend.«
»Warst du dabei?«
»Ja«, sagte der Junge.
»War er allein?«
»Waren noch drei andere.«
»Wo sind die?«
»Ich weiß nicht. Partisanen haben mitgenommen.«
»Warum?« fragte der Leutnant.
»Um mit ihnen Ostern zu feiern«, sagte Fabers Begleiter bitter. »Herr Leutnant, drüben auf der Straße liegen die Verwundeten.«
Der Offizier hörte ihn nicht.

»Warum haben die Partisanen die Soldaten mitgenommen?«
»Ich weiß nicht.«
»War dein Vater nicht vielleicht auch dabei?«
»Mein Vater tot«, sagte der Junge trotzig.
»Und dein Bruder?«
»Habe keinen.« Der Junge legte das Gesicht, aus dessen Nase Blut rann, zur Seite und begann zu weinen.
»Warum heulst du?«
»Mein Bein tut weh. Ich habe Hunger.«
Faber griff in die Tasche und zog ein Stück Brot heraus.
»Hier«, sagte er.
Der Junge sah ihn aus dunklen Augen an.
»Danke«, sagte er heiser, packte die Rinde mit beiden Händen und biß hinein. Sein Zahnfleisch blutete stark. Er verschluckte sich, hustete und kaute weiter.
»Faber«, sagte der Leutnant, »nehmen Sie ihm das Brot wieder fort. Sind Sie wahnsinnig?«
»Nein«, sagte Faber.
»Nehmen Sie ihm das Brot fort!«
»Es ist mein eigenes Brot.«
»Sie wollen es nicht nehmen?«
»Nein!« rief Faber.
Der Leutnant sah ihn böse an.
»Gut«, sagte er. »Wir werden darauf zurückkommen.« Er kniete unsicher nieder, um dem Jungen die Rinde aus der Hand zu schlagen, aber er kam zu spät. Dieser hatte sie schon verschlungen. Gleich darauf erbrach er sich heftig. Er brach viel mehr aus, als er gegessen hatte, und stöhnte leise. Sein Magen war zu geschwächt, um feste Speisen behalten zu können. Keiner der Männer sprach ein Wort.
»Die Partisanen sind hier irgendwo in der Nähe«, sagte der Leutnant. »Ich werde es aus dem kleinen Hund

schon herausbekommen.« Sein mageres, langes Gesicht sah häßlich aus. Er nahm eine Pistole aus der Tasche. »Wo sind die Partisanen?«

»Ich weiß nicht«, erwiderte der Junge schwach. Der Leutnant zog den Lauf der Waffe zurück und ließ eine Patrone hochspringen.

»So«, sagte er, »wo sind die Partisanen?«

Der Junge schüttelte den Kopf und schwieg.

»Weißt du, was ich mit dir machen werde?«

»Ja.«

»Nein, du weißt es nicht.«

»Erschießen«, sagte der Junge.

»Richtig«, sagte der Leutnant. »Du bist ein kluges Kind. Ich werde dich erschießen, wenn du mir nicht sagst, wo die Partisanen sind.«

»Ich weiß nicht.«

Der Offizier drückte die Sicherung der Pistole hin und her. »Überleg es dir noch einmal.«

Der Junge wand sich am Boden, und aus seinen Augen liefen Tränen. Er sagte nichts mehr. Der Leutnant hob die Pistole und schoß. Die Kugel schlug etwa einen halben Meter neben dem Liegenden in den Kot und warf etwas Erde auf. Der Junge lag jetzt ganz still.

»Das nächstemal«, sagte der Leutnant, »werde ich nicht danebenschießen. Wo sind die Partisanen?«

Über die Felder kamen mehrere Männer von der Landstraße zurück. Der Leutnant ließ die Pistole sinken und sah ihnen entgegen.

»Wieviel Verwundete haben wir?«

»Nur drei«, sagte einer der Soldaten.

»Was ist mit den anderen los?«

»Sie sind alle tot.«

Der Offizier stand still und betrachtete die Pistole. Es begann leicht zu regnen.

»Wie viele Wagen sind uns geblieben?«
»Fünf. Vier LKWs und ein Opel. Aber wir haben nur wenig Benzin.«
Der Junge auf der Erde redete in seiner Muttersprache.
»Was sagt er?« fragte der Leutnant. »Versteht jemand Ungarisch?«
»Ja«, erwiderte ein Soldat. »Er sagt, daß er Schmerzen hat. Er sagt, daß er nicht weiß, wo die Partisanen sind. Er sagt, er schwört, daß er es nicht weiß. Und er redet von Gerechtigkeit.«
»Von was?« fragte der Leutnant.
»Von Gerechtigkeit. Er sagt, er bittet um Gerechtigkeit.«
»Das dreckige Schwein!« rief der Leutnant. »Als man unsere Leute aufhängte, lachte er sich den Bauch voll. Jetzt bittet er um Gerechtigkeit. Seine Freunde sitzen irgendwo im Wald und warten darauf, uns abzuknallen.«
»Er sagt, er bittet den Herrn Leutnant um Gerechtigkeit«, übersetzte der Soldat, der Ungarisch verstand.
»Wunderbar«, sagte der Offizier langsam, »ganz außerordentlich. Aber es gibt keine Gerechtigkeit, nicht wahr, Faber?« Er hob die Pistole. Der Junge schrie auf und warf sich zur Seite. Doch die Kugel traf ihn nicht. Sie flog irgendwo in den Himmel hinein. Denn Faber hatte den Arm des Offiziers mit der linken Faust hochgestoßen. Mit der Rechten schlug er ihn ins Gesicht. Der Leutnant taumelte zurück, spie Blut und stürzte sich auf Faber. Als dieser ihn zum zweitenmal ins Gesicht traf, strauchelte er, fiel zu Boden und blieb stöhnend liegen. Keiner der Soldaten rührte sich. Faber hob die Waffe auf und steckte sie in die Tasche. Es war eine deutsche Armeepistole. Dann begann er, ohne sich umzusehen, auf die Straße loszugehen. Sein Gewehr ließ er liegen. Er dachte an den Jungen und seine Worte.
Gerechtigkeit ... sagten seine Stiefel bei jedem Schritt.

Gerechtigkeit … Gerechtigkeit. Barmherziger Gott, Gerechtigkeit!
Linkes Bein, rechtes Bein, linkes Bein. Rechtes Bein. Es regnete. Faber ging langsam über den Acker. Die anderen blickten ihm nach. Keiner von ihnen sprach. Der Leutnant lag neben dem Jungen mit dem gebrochenen Bein im Dreck und hielt sich den Kopf. Faber erreichte die Landstraße.
Er ging zu dem kleinen mausgrauen Personenwagen, öffnete den Schlag, stieg ein und startete den Motor. Dann trat er die Kupplung hinein, preßte den Handhebel in den ersten Gang, gab Gas, ließ die Kupplung wieder herausgleiten und fuhr aus dem Graben auf die Straße hinauf. Dort schaltete er in den zweiten und dritten Gang hinauf. Die Chaussee war leer. Sie glänzte im Regen. Faber sah sich kein einzigesmal um. Er fuhr schnell. Zwei Stunden später war er in Komorn. Am Nachmittag, gegen fünf Uhr, erreichte er Raab. Faber ließ den Wagen vor dem Bahnhof stehen, ging in den Wartesaal, setzte sich auf eine Bank und schlief ein. Als er erwachte, war es elf Uhr nachts und ihn fror. Eine Rote-Kreuz-Schwester brachte ihm heißen Kaffee und eine Provianttasche mit Lebensmitteln.
»Wohin fahren Sie?«
»Auf Urlaub«, sagte Faber. »Nach Wien.«
»Brauchen Sie Geld?«
»Nein.«
»Doch«, sagte sie.
»Bestimmt nicht.«
»Hier sind 500 Mark«, meinte die Schwester und sah ihn aus übernächtigen, müden Augen an. »Sie werden sie brauchen. Warten Sie, bis der Zug einläuft, dann führe ich Sie in ein Abteil für Verwundete. Dort wird sich kein Mensch um Ihre Papiere kümmern.«

»Was soll das heißen?«
»Sie sind doch desertiert.«
Er lachte.
»Ich habe Sie beobachtet, als Sie schliefen.«
»Und?« fragte Faber. »Habe ich leise geweint?«
»Geweint nicht«, sagte die Schwester. »Sie haben im Schlaf gesprochen.«
Er schwieg, und sie sah ihn besorgt an.
»Wenn Sie am Ostbahnhof ankommen, achten Sie auf die Wehrmachtsstreifen. Hier gibt es keine. Nur im Zug. Und Sie werden bei den Verwundeten liegen, dafür ist gesorgt.«
»Warum tun Sie das alles für mich?« fragte Faber.
»Mein Verlobter ist vor drei Wochen gefallen«, antwortete sie. »Ich habe es heute erfahren.«
»Das tut mir leid!«
»Mir tut es auch leid«, meinte sie und lächelte starr wie eine Maske.
Um ein Uhr nachts lief der Zug ein. Die Schwester führte Faber in einen Krankenwagen und sorgte dafür, daß er einen Platz bekam.
»Gute Nacht«, sagte sie. »Viel Glück.«
»Danke«, sagte Faber und küßte ihre Hand.
»War's schön?« fragte ein Soldat aus einem andern Bett, als sie gegangen war.
Faber sah ihn eine Weile an, ehe er den Sinn der Frage begriff.
»Wunderschön«, sagte er dann. Der andere lachte.
»Glück muß der Mensch haben!«
Faber legte sich auf sein Bett zurück und schloß die Augen.
»Ja«, sagte er, »Glück muß der Mensch haben.«
Der Zug setzte sich wieder in Bewegung. Es regnete noch immer.

# 6

All dies erzählte in jener Nacht Robert Faber Susanne Riemenschmied, die er durch eine sonderbare Fügung des Zufalls, den es vielleicht gar nicht gab, getroffen hatte, als die Sirenen heulten, und bei der er, gerührt durch die Bewegtheit ihres Wesens, geblieben war, um mit ihr verschüttet zu werden, um sie zu seiner Geliebten zu machen, um an ihrer Schulter Worte zu flüstern, die er schon fast nicht mehr kannte.
Er erzählte noch vieles, während die Zeiger seiner Armbanduhr unablässig weiterwanderten und das Wasser in unsichtbaren Tropfen von den Wänden fiel; während fünf Menschen in dem gleichen Keller ermüdet schliefen, während die Hände des Mädchens durch sein Haar und über seine Wangen strichen. Sie hörte schweigend zu und stellte keine Fragen. Es kam ihr vor, als wüßte sie alles, was er erzählte, schon seit undenklich langer Zeit, als habe sie Jahre mit ihm verbracht und wäre mit seinem Leben vertraut wie mit dem eigenen. So, wie alles seinen Worten zufolge geschehen war, hatte es geschehen müssen, dachte sie; was er erlebte, führte ihn zu ihr. Für das, was er getan hatte, liebte sie ihn schon, als sie noch nichts davon wußte. Sein Mund lag an ihrer Wange, er hatte die Arme um sie gelegt und redete sehr leise. Aber sie verstand ihn genau.
»Dieser Leutnant«, sagte Faber, »war gestern betrunken, weißt du, Susanne. Ich kannte ihn gut. In Kiew hatten wir einmal nichts zu essen. Da fuhr er die ganze Nacht hindurch zurück zu einem Proviantplatz, um Brot zu holen. Als er wiederkam, waren gerade zwanzig Gefangene eingebracht worden. Er teilte das Brot unter uns, jeder bekam gleich viel. Zu Weihnachten verschenkte er Schokolade an Russenkinder und schickte Medikamente

in ein Dorf, wo die Ruhr ausgebrochen war. Aber an diesem Morgen war er betrunken. Er hatte früh damit angefangen zu trinken, Wein und Kognak. Ich trank mit ihm, aber mir wurde schlecht, und ich schlief auf dem Lastwagen ein. Als ich erwachte, trank er noch immer und schoß auf Vögel, die in den Feldern saßen. Er war ein ganz gewöhnlicher armer Hund, der zuviel getrunken hatte und nicht mehr wußte, was er tat. Aber er war eben betrunken, und ich war es nicht. Andernfalls hätte vielleicht ich den Jungen mit dem gebrochenen Bein geschlagen.«

»Nein«, sagte das Mädchen.

»Ich habe vieles getan«, sagte Faber, »das ich vergessen möchte. Schlimmeres, als einen Jungen treten, viel Schlimmeres. Ich habe Menschen getötet. Und den Mund gehalten, wenn Unrecht geschah. Sechs Jahre lang. Sechs Jahre lang habe ich den Mund gehalten zu viel schlimmeren Dingen als denen, die gestern geschahen. Ich habe geschwiegen und geschwiegen und geschwiegen. Und dann, gestern früh, auf einmal, da war es zu Ende. Und ich konnte nicht mehr zusehen. Und da lief ich fort, weil ich genug hatte.«

»Du hast versucht, ein Verbrechen zu verhindern.«

»Ich habe gar nichts getan. Ich bin nicht auf den Wagen mit den Verwundeten geklettert und habe geschrien: Nieder mit dem Krieg! Hört auf mit dem Morden! Besinnt euch! Und all den herrlichen Unsinn aus den Lesebüchern. Ich habe nicht versucht, einen der wirklich Schuldigen zu erledigen. Ich bin nur fortgelaufen, weil ich es nicht mehr aushalten konnte.«

»Und du wirst nie wieder zurückkehren.«

»Nein«, sagte Faber langsam. »Ich werde nie wieder zurückkehren!«

»Du wirst immer bei mir bleiben!«

»Ich werde immer bei dir bleiben.«
Ihre Hände streichelten ihn.
»O Gott«, sagte Faber, »ich wollte, ich könnte immer bei dir bleiben.«
»Du kannst es. Ich werde dich verstecken. Niemand soll dich finden ... Du gehörst zu mir ... Gehörst du zu mir?«
»Ja«, sagte Faber.
»Du bist eingeschlossen in meinem Herzen. Der Schlüssel ist verlorengegangen. Jetzt mußt du immer bei mir sein.«
Sie küßte seine Augen und hob seine Hand.
»Nein«, sagte Faber, »bitte. Du sollst meine Hand nicht küssen.«
»Warum nicht?«
»Weil ich dich liebhabe.«
»Aber dafür will ich dir doch danken.«
»Nicht so«, sagte Faber. »Küß meinen Mund, Susanne.«
Sie wandte sich ihm zu ...
»Ist das deine Pistole?« fragte sie etwas später und legte einen Arm um seine Hüfte.
»Nein. Ich hatte gar keine. Die hier gehört dem Leutnant. Ich nahm sie, ehe ich fortging. Die Tasche dazu fand ich in dem Auto. Aber mein Gewehr habe ich liegenlassen – leider.«
»Wieso leider?«
»Weil ich ohne Gewehr jeder Streife auffalle.«
»Ist das die Pistole, mit der er auf den Jungen schoß?«
»Ja«, sagte Faber.
»Warum hast du sie behalten?«
»Ich weiß nicht, aus keinem besonderen Grunde.«
»Es war tapfer von dir, fortzulaufen.«
»Mhm«, sagte Faber.
»Es war viel tapferer, als zu bleiben wie die anderen.

Wenn alle nach Hause gingen, dann wäre der Krieg zu Ende.«
»Ich bin sechs Jahre zu spät nach Hause gegangen.«
»Ich bin nie nach Hause gegangen.«
»Du bist eine Frau.«
»Aber das Nachhausegehen ist doch nur eine Umschreibung für etwas anderes …«
»Wofür?«
»Ich weiß nicht, vielleicht dafür, daß man etwas Mutiges tut.«
»Ich habe nichts Mutiges getan.«
»Du hast etwas getan, obwohl du Angst hattest.«
»Ich war nur nicht genug betrunken«, sagte Faber. »Das ist alles.«
Susanne legte eine Hand auf die Pistolentasche.
»In ein paar Wochen brauchst du sie nicht mehr.«
»Nein«, sagte er, »in ein paar Wochen werden wir die Pistole in die Donau werfen.«
»Von der Reichsbrücke«, sagte das Mädchen und küßte ihn. »Wir werden zusammen zur Reichsbrücke gehen, bis ganz hinaus in die Mitte, und dort werden wir die Pistole ins Wasser werfen. Darauf freue ich mich schon.«
»Ich mich auch.«
»Und dann werden wir zurücklaufen und uns an den Händen halten, und du wirst dich nicht mehr verstecken müssen. Ich werde furchtbar stolz auf dich sein.«
»Weshalb?«
»Weil du so groß bist und weil du so nette Augen hast!«
»Ach so«, sagte Faber.
»Wirst du auf mich auch stolz sein?«
»Ja«, sagte er.
»Oder wirst du dich mit mir langweilen?«
»Nein.«
»Wirst du dich schämen, mit mir herumzulaufen?«

»Was?«
»Wirst du dich mit mir schämen?«
»Natürlich«, sagte er. »In Grund und Boden. Ich werde dich stehenlassen und so tun, als ob ich dich nicht kennen würde.«
»Wirklich?«
»Ja, wirklich!«
»Versprichst du mir das?«
»Das verspreche ich dir. Ich werde dich stehenlassen und fortgehen. Als ob ich nie mit dir gesprochen hätte.«
»Weil ich dich langweile?«
»Weil du mich zu Tode langweilst.«
Sie lachten beide, und er hielt sie nahe an sich und streichelte ihren Körper.
»Mein Lieber«, sagte sie, »mein Liebster, ich bin ja so froh, daß ich dich gefunden habe.«
»Ich auch.«
»Aber du hast nichts dazu getan! Du wolltest fortlaufen. Ich habe dich entdeckt. Ich habe dir gesagt, daß du bei mir bleiben sollst. Du hättest mich gar nicht gesehen. Dir wäre ich gar nicht aufgefallen.«
»O ja«, sagte Faber, »du bist mir gleich aufgefallen.«
»Aber du hast kein Wort gesagt.«
»Wer hat dich aus seiner Kognakflasche trinken lassen?«
»Du.«
»Na also«, sagte Faber, »war das nicht ein vollendeter Sympathiebeweis?«
»Es war eine kleine Aufmerksamkeit.«
»Es war ein Sympathiebeweis.«
»Nein.«
»Doch«, sagte er.
»Was war es?«
»Ein Sympathiebeweis.«
»Ein was?«

»Herrgott«, sagte Faber, »es war eine Liebeserklärung.«
»Ernst gemeint?«
»Nein«, sagte er, »nur im Spaß.«
»Meine war ernst gemeint.«
»Meine auch.«
»Dann sag es noch einmal«, bat sie und bettete ihr Gesicht an seinen Hals. Faber atmete tief. Er sagte: »Ich habe dich lieb.«
»Sag es noch einmal.«
»Ich habe dich lieb.«
»Ich dich auch. Ich habe dich sehr lieb. Weißt du, ich sah einmal einen Film über das Leben Robert Schumanns. Er hieß ›Träumerei‹. Kennst du ihn?«
»Nein«, sagte er.
»In diesem Film gibt es eine Szene, da legt die Frau ihr Gesicht genauso an die Wange des Mannes wie ich jetzt. Sie werden ganz groß photographiert, und sie reden lange Zeit überhaupt nicht. Dann sagt sie: ›Du meine Seele.‹ Und er sagt: ›Du mein Herz.‹«
Susanne richtete sich etwas auf und legte beide Hände um seine Wangen. Faber lag still und hatte die Augen geöffnet. »Du mein Herz«, sagte das Mädchen.
»Du meine Seele«, sagte Faber.
»Ich will dich lieben, bis daß der Tod uns scheidet.«
»Reden wir nicht vom Tod.«
»Wovon willst du reden?«
»Von der Liebe.«
»Was weißt du denn von der Liebe?«
»Nichts«, sagte er, »aber ich rede gerne von ihr.«
»Ich rede gerne vom Tod.«
»Ich nicht«, sagte Faber.
»Weil du zuviel von ihm weißt.«
»Ich weiß nur von ihm, was alle wissen.«
»Was ist das?«

»Daß er zu jedem kommt, daß er weh tut und alles beendet. Daß er meistens erscheint, wenn man ihm nicht begegnen möchte. Und daß er dumm ist. Deshalb entkommt man ihm auch nicht. Das ganze Sterben ist ein Blindekuhspiel. Wir laufen mit viel Geschrei im Kreis herum, und der Tod tappt nach uns, und manchmal streift er den Richtigen und manchmal den Falschen. Aber tot sind alle, die er berührt.«

»Der Tod ist nicht dumm«, sagte das Mädchen.

»Natürlich nicht«, sagte Faber, »ich schwätze auch nur so herum. Ich weiß gar nichts vom Tod. Aber ich mag ihn nicht.«

»Glaubst du, daß der Junge mit dem gebrochenen Bein gestorben ist?«

»Vielleicht«, sagte Faber.

»Glaubst du, daß der Leutnant ihn erschossen hat?«

»Es kann schon sein.«

»Aber dann ist er doch ein Mörder!«

»Mhm«, sagte Faber, »dann ist er ein Mörder. Wir sind alle Mörder, jeder von uns, sechzig Millionen Mörder, eine hübsche Vorstellung.«

»Du bist kein Mörder!«

»O ja«, sagte er, »auch ich.«

»Hast du jemals einen Wehrlosen getötet?«

»Ja«, sagte Faber, »und außerdem muß man kein Gewehr tragen, um ein Mörder zu werden. Man muß nicht dabeisein, wenn man jemanden umbringt. Nur fünfundzwanzig Millionen sind dabeigewesen von den sechzig Millionen. Der Rest blieb zu Hause. Er tat gar nichts. Er mordete mit seinem Schweigen.«

»Auch ich?«

»Ja«, sagte Faber, »du auch. Du und ich. Wir beide. Und die Leute, die unten schlafen. Und sechzig Millionen andere. Wir hielten den Mund. Das war unser Verbrechen. Daß der Leutnant den Jungen erschoß, ist zum Teil auch unsere Schuld. Denn wenn wir nicht geschwiegen hätten, wäre er nie in die Lage gekommen zu töten. Wenn wir nicht geschwiegen hätten, wäre der Krieg unterblieben. Alles wäre anders geworden, wenn wir uns weniger gefürchtet hätten.«

»Hat der Leutnant sich auch gefürchtet?«

»Natürlich«, sagte Faber, »der hat sich manchmal entsetzlich gefürchtet. Sonst hätte er nicht getrunken. Der fürchtete sich vor dem Tod und davor, daß er seine Frau nicht wiedersehen würde, und vor seinen Vorgesetzten und vor seinen Untergebenen und vor der Finsternis und vor allem. Der fürchtete sich genauso wie du und ich und wie alle anderen.«

»Und als er sich betrunken hatte, da benahm er sich wie ein Schuft!«

»Jeder von uns ist ein Schuft«, sagte Faber. »In jedem von uns lebt die Gemeinheit. Sie ist sehr lebendig geworden. Denn wir haben sie gut genährt mit dem, was ihre Lieblingsspeise ist: mit unserer Angst. Sie ist groß geworden, sie ist in der ganzen Welt zu Hause. Darauf werden wir noch kommen. Der Krieg ist nicht zu Ende, wenn wir ihn endlich verloren haben. Dann beginnt erst die Auseinandersetzung unserer Herzen.«

»Wie sonderbar das klingt!«

»Ja«, sagte Faber, »ich weiß, wie es klingt. Es ist ja auch alles Unsinn. In Wahrheit verhält es sich ganz anders.«

»Ich glaube nicht.«

»Keiner weiß es«, sagte Faber.

»Aber die Menschen«, sagte das Mädchen, »die noch immer nicht begreifen, was mit uns geschieht, die uns einreden, wir müßten den Krieg gewinnen?«

»Die fürchten sich davor, ihn zu verlieren«, sagte Faber. »Wie dieser Chemiker.«

»Schröder«, sagte Susanne.

»Ja, wie er. Die einen können nachts nicht schlafen, weil sie fürchten, wir würden den Krieg gewinnen, und die andern liegen wach, weil sie fürchten, wir könnten ihn verlieren.«

»Und deshalb kämpfen sie?«

»Was sollen sie denn tun?« fragte Faber. »Jeder zieht aus seinen Erkenntnissen Schlüsse. Ich bin desertiert. Dieser Schröder bemüht sich, fliegende Bomben zu konstruieren, um New York zu zerstören. Und jeder glaubt, das Richtige zu tun.«

»Und wer hat recht?«

»Ich«, sagte Faber, »ich habe recht. Denn ich will, daß die Menschen leben dürfen. Und Schröder will, daß sie sterben.«

»Damit andere leben können.«

»So ähnlich«, meinte Faber. »Die Überlebenden werden ihm dankbar sein für eine verwüstete Erde, auf der sie, frei von Hunger, Furcht und Not, sich vergnügen können. Wir haben ja alle das gleiche Ziel. Eines Tages werden wir es erreichen. Draußen, in Rußland, da hatten wir einen, der schmiedete immer Pläne. Einmal erklärte er, einen Weg gefunden zu haben, den Militarismus abzuschaffen. Weißt du, wie? Indem er zunächst 10 000 Offiziere erschießen ließ.« Faber lachte über seine eigenen Worte.

»Bitte, sei still.«

»Warum? Es ist doch lustig!«

»Nein, es ist nicht lustig.«

Sie legte sacht die Hände auf seinen Mund, und er schwieg.

»Glaubst du, was Schröder erzählte?«

»Von den neuen Waffen?«

Sie nickte.

»O ja«, sagte Faber, »das glaube ich schon. Aber sie werden uns nicht mehr helfen.«

»Sie werden den Krieg verlängern«, sagte das Mädchen. »Verstehst du?«

»Vielleicht«, sagte Faber.

»Das wäre schrecklich ... was würde geschehen, wenn der Krieg noch ein Jahr dauert?«

»Er wird kein Jahr mehr dauern.«

»Aber vielleicht noch sechs Monate. So lange kannst du dich nicht verbergen.«

»Wenn wir es klug anfangen, kann ich es.«

»Nicht sechs Monate!«

Faber bewegte die Schultern.

»Meine Liebe, was sollen wir tun?«

»Ich weiß es nicht. Ich habe Angst, wirklich, ich habe Angst. Dir erscheint es komisch, nicht wahr?«

»Ja«, sagte Faber.

»Es ist aber gar nicht komisch.«

»Nein«, sagte er, »es ist komisch. Es ist sehr komisch, daß ein Herr Schröder zwischen mir und dem Glücklichsein steht mit seinen fliegenden Bomben und stinkenden Gasen. Dabei ist er doch nur ein winziges Zahnrad, das überhaupt nicht weiß, warum es sich dreht.«

»Er weiß, warum er sich dreht! Er hat es uns heute nachmittag gesagt. Er hilft den anderen die Welt zerstören. Er hilft den anderen den Krieg verlängern.«

»Weil er glaubt, daß er ihn gewinnen muß.«

»Aber du hast doch selbst gesagt, daß er im Unrecht ist, weil er die Menschen vernichten will.«

»Ja«, sagte Faber, »das stimmt. Er ist im Unrecht. Aber er weiß es nicht. Weil er nicht mit meinen Augen sehen kann. Und ich nicht mit den seinen.«

»Er ist eine Gefahr für uns«, sagte Susanne, »er kann dich töten.«

»Das kann er nicht!«

»Er kann erraten, wer du bist. Er kann die Polizei auf uns hetzen. Er kann uns Unglück bringen. Er ist viel zu verbohrt in seine Idee, um Rücksichten zu nehmen. Erinnere dich an seinen Plan, den Gang in die Luft zu sprengen.«

»Aber er hat doch nachgegeben!«

»Ja, für heute. Aber was wird er morgen tun?«

»Susanne«, sagte Faber, »ich sehe deutlich, daß es nur eine Möglichkeit gibt, ihn unschädlich zu machen.«

»Welche?«

»Wir müssen ihn ermorden.«

»Ja«, sagte sie ernst. Dann richtete sie sich auf. »Du machst dich über mich lustig!«

»Wo denkst du hin? Ich spreche im Ernst. Wir müssen ihn töten. Am besten, wir schleichen uns gleich zu ihm hinunter und erdrosseln ihn im Schlaf. Oder wir sprengen ihn in die Luft. Ich glaube, das ist eine gute Idee. Die Welt soll zittern bei der Germanen Untergang.«

»Bitte, hör auf«, bat sie. »Er bedroht uns, ich fühle es, ich weiß es. Er wird etwas tun, irgend etwas, und uns in Gefahr bringen damit.«

»Er wird gar nichts tun.«

»Er wird dich der Polizei ausliefern.«

»Susanne«, sagte Faber, »du bist zu müde, um vernünftig zu denken.«

»Ich bin nicht müde. Es ist noch gar nicht spät. Wie spät ist es?«

»Zwei Uhr früh«, sagte Faber.

»Liebst du mich noch?«

»Ja«, sagte er.

»Und du hast keine Angst vor Schröder?«

»Nein«, sagte er, »gar keine. Morgen abend werden wir ihm auf Wiedersehen sagen.«

»Ich habe Angst vor ihm.«
»Susanne«, sagte er, »meine Liebe, rede keinen Unsinn.«
»Ich habe Angst vor ihm!«
»Er hat dir doch nichts getan.«
»Aber er ist mir unheimlich.«
»Er ist ein ganz gewöhnlicher Mensch.«
»Er ist verrückt.«
»Ja«, sagte Faber, »das sind wir alle.«
»Nicht so wie er. Er will die ganze Welt vernichten. Das hat er gesagt. Oder nicht?«
»Doch, das hat er gesagt.«
»Man muß dafür sorgen, daß er es nicht tun kann.«
»Morgen«, sagte Faber, »morgen werden wir dafür sorgen, Susanne.«
»Du wirst gar nichts tun.«
»Nein«, murmelte er, »ich werde gar nichts tun.«
»Warum sprichst du so?«
»Weil ich müde bin.«
»Sehr müde?«
»Ja«, sagte er, »sehr müde.«
»Hast du überhaupt verstanden, was ich sagte?«
»Jedes Wort. Du hast ganz recht, Liebste. Dieser Schröder ist eine Gefahr, eine Krankheit, eine Epidemie. Er muß vernichtet werden. Er bedroht uns alle.«
Sie schüttelte ihn.
»Robert«, sagte sie, »Robert, hörst du mich?«
»Deutlich«, erwiderte Faber und gähnte.
»Warum glaubst du mir nicht?«
»Ich glaube dir doch, Susanne.«
»Aber du wirst nichts tun.«
»Morgen«, sagte er, »werde ich diesen Kerl töten. Mit meiner Pistole. Mit der Pistole des Leutnants. Es wird eine schöne, dramatische Affäre werden. Frage mich nicht,

warum ich ihn töten werde. Das würde die Spannung zerstören. Außerdem weiß ich es selbst noch nicht. Es wird sich ein Grund finden. Das ist eine Kleinigkeit. Es findet sich immer ein Grund. Morgen muß Herr Schröder sterben, es ist alles schon beschlossen. Bist du jetzt zufrieden?«

»Ich bin unglücklich«, sagte sie leise.

Er richtete sich auf und neigte sich über sie.

»Verzeih mir. Ich bin ein Idiot. Ich habe es nicht so gemeint.«

Sie lächelte.

»Ich weiß, du bist müde.«

»Ja«, sagte Faber, »müde bin ich. Du hast ganz recht mit allem, was du sagst. Ich weiß es selbst. Wir werden sehr vorsichtig sein. Er darf nicht merken, was mit mir los ist. Wir werden nett und freundlich zu ihm sein und aufpassen, daß er nichts merkt. Damit wir gut aus dem Keller hinauskommen. Das ist das wichtigste. Alles andere ist leicht. Deshalb werden wir ihn auch gut behandeln und nicht in die Luft sprengen.«

Sie lachte leise.

»Na also«, sagte er.

»Es ist nur, weil ich dich liebhabe.«

»Drei Tage war das Füchslein krank, nun lacht es wieder, Gott sei Dank.«

»Ich bin kein Füchslein.«

»Du bist ein wunderschönes Füchslein«, sagte Faber. »Mit einem schönen, buschigen Pelz. Und mit entzükkenden Ohren.«

»Gefalle ich dir?«

»Sehr«, sagte er. »Du bist ein faszinierendes Füchslein.«

»Du auch«, sagte sie.

»Du bist ein kluges Füchslein.«

»Du bist viel klüger als ich.«

»Ich bin ein Idiot«, sagte Faber.
»Nein!«
»Ich bin ein glücklicher Idiot. Ich habe dich gefunden.«
»*Ich* habe dich gefunden. Vergiß das nicht. Ich habe dich entdeckt.«
»Das war lieb von dir.«
»Bitte, es ist gerne geschehen.«
»Susanne«, sagte Faber, »willst du meine Frau werden?«
»Armes Füchslein«, sagte sie, »du bist sehr müde.«
»Ich bin gar nicht müde.«
»Du weißt nicht, was du sprichst.«
»Ich weiß es sehr gut. Willst du meine Frau werden?«
»Mein Liebster«, sagte Susanne, »mein Liebster, ich will deine Frau werden.«
Die Müdigkeit griff nach ihm und ließ seine Stimme leise werden.
»Wir werden ein schönes Leben führen, wenn der Krieg aus ist.«
»Ich bin sehr glücklich.«
»Ich auch«, sagte Faber. Er gähnte und legte den Kopf an ihre Brust. »Alles wird gut werden.«
»Bestimmt«, sagte sie.
»Es dauert nur noch eine kleine Weile.«
»Ein paar Wochen.«
»Dann ist es vorüber.«
»Ja«, sagte er, »dann ist es vorüber. Gute Nacht, liebes Füchslein.«
»Gute Nacht, Robert.«
»Schlaf gut.«
»Du auch.«
»Wir wollen zur gleichen Zeit einschlafen.«
»Ja«, sagte er.
»Und aneinander denken. Küß mich noch einmal.«
Er legte die Arme um sie.

»Ist es so gut?« Sie nickte.
»Und du hast keine Angst mehr vor Schröder?«
»Nein«, sagte sie, »gar keine.«
»Das ist schön.«
»Ich habe überhaupt keine Angst vor ihm.«
»Das sollst du auch nicht.«
»Er ist ein ganz gewöhnlicher Mensch.«
»Ganz gewöhnlich. Wir werden ihn vergessen.«
»Ja, wir werden ihn vergessen. Ich habe gar keine Angst mehr vor ihm. O Gott«, sagte Susanne Riemenschmied, »ich wollte, ich hätte keine Angst vor ihm.«

## 7

Dann schliefen sie beide.
Die leuchtenden Zeiger auf Fabers Uhr wanderten weiter, sie kümmerten sich nicht um die Dunkelheit und die Zeit, die mit ihr Späße trieb. Sie bewegten sich langsam im Kreis und zählten die Stunden. Das Wasser tropfte von den Wänden und interpunktierte die Stille. Fabers Gesicht lag an dem des Mädchens, er atmete tief. Der Teppich Therese Reimanns hüllte sie ein und hielt sie warm. Susanne lächelte im Schlaf. Einmal bewegte sie sich. Aber sie erwachte nicht.
Auf drei Stühlen lag Walter Schröder und dachte darüber nach, wie er den Gang in die Luft sprengen würde. In seiner Hand verglomm eine Zigarette. Ihre Asche fiel auf den Boden und wurde kalt. Schließlich ließ Schröder sie fallen. Er dachte an den Stollen und die Benzinkanister. Nun würde ihn nichts mehr von seinem Plan abhalten, nichts! Seine kurzsichtigen Augen schlossen sich, Schröder war zufrieden. Morgen, dachte er noch, morgen … dann schlief er ein.

Gegen vier Uhr früh bewegte sich Fräulein Reimann in ihrem Korbstuhl, erwachte fröstelnd mit einem hohen Seufzer und besann sich nach einer Weile darauf, wo sie sich befand. Sie streifte die Decke ab und blieb aufrecht in ihrem Stuhl sitzen, während sie angestrengt darüber nachdachte, was sie zu tun vergessen hatte. Dann erinnerte sie sich.

Sie tastete mit den Händen über die Kiste, bis sie die Schachtel mit den Streichhölzern fand, riß eines von ihnen an und entzündete mit steifen Fingern die Petroleumlampe. Dann ging sie vorsichtig in jene Ecke des Kellers, in der ihre Koffer lagen. Sie kniete nieder. Mit ernstem Gesicht zog Fräulein Reimann ihre Porzellanuhr auf. Der Schlüssel drehte sich knirschend. Therese Reimann sah auf das Zifferblatt, aber da sie noch immer halb vom Schlaf umfangen war, konnte sie nicht erkennen, wie spät es war. An dem schnarchenden Walter Schröder vorbei ging sie zu ihrem Stuhl zurück und verlöschte die Lampe. Mit einem Gefühl der Genugtuung wand sie die Decke um sich, zog die Beine an den Leib und glitt fast augenblicklich in einen tiefen, friedlichen Traum.

# Fünftes Kapitel

## 1

Als Reinhold Gontard erwachte, fror ihn so erbärmlich, daß seine Zähne aufeinanderschlugen. Sein ganzer Körper war steif geworden, er konnte kaum die Beine heben. Gontard tastete um sich und fand, daß er im weichen Erdreich lag. Seine Kleider waren feucht. Er hielt sich den Kopf. Es war völlig finster um ihn. Schließlich griff er in die Tasche, zog ein Feuerzeug heraus und setzte es in Brand. Neben ihm lagen die Spaten und die umgestürzte Lampe. Er hob sie auf und sah, daß ein geringer Rest von Flüssigkeit in ihr verblieben war. Seine Zähne klapperten noch immer, als er die Flamme des Feuerzeuges an den Docht hielt. Er sah auf die Uhr. Es war drei Viertel sieben. Vor ihm erhob sich die dunkle Höhle des Tunnels. Gontard stand auf, gähnte, trat in den Gang und lauschte. Sehr leise, aber sehr deutlich hörte er wieder das Klopfen der arbeitenden Menschen auf der anderen Seite der Mauer. Er nickte zufrieden, hob den Hammer und schlug ein paarmal gegen den Stein. Dann nahm er die Lampe und ging eilig durch den Keller, um die Schlafenden zu wecken.

Ich muß das Bewußtsein verloren haben, dachte Gontard. Meine Kleider sind schmutzig. Ich bin doch tatsächlich die ganze Nacht auf dem Boden gelegen, ohne es zu

wissen. Er schluckte. Seine Kehle war trocken. Im Licht der Lampe sah er ein längliches dunkles Bündel auf der Erde liegen. Irgend jemand schlief dort, vermutlich der Chemiker und der Soldat. Gontard beugte sich nieder, schlug das Ende des Teppichs zurück und erblickte Robert Faber. Er schüttelte ihn. Faber rührte sich nicht.
»He«, sagte Gontard und fuhr fort, den anderen an der Schulter zu rütteln, »Faber, wachen Sie auf!«
Der Soldat öffnete ein Auge und fragte heiser: »Was ist denn los?«
»Stehen Sie auf«, sagte der Priester. Faber drehte sich um, murmelte etwas und schlief weiter.
»Faber!« schrie Gontard und zog ihn an den Haaren. Der Soldat sah ihn verständnislos an. Dann streckte er die Arme unter dem Teppich hervor.
»Wie spät ist es?«
»Sieben«, sagte der Priester.
»Warum ist es noch finster?«
»Wir befinden uns im Keller.«
»Wo?«
»In einem Keller. Wir wurden verschüttet.«
Faber richtete sich schnell auf und streifte den Teppich zurück. Dabei erblickte er Susanne.
»Ach so«, sagte er und deckte sie wieder zu. »Drehen Sie sich um, Hochwürden.«
»Warum?« fragte Gontard.
»Ich bin in Gesellschaft. Haben Sie das noch nicht bemerkt?«
»Es geht mich nichts an.«
»Drehen Sie sich trotzdem um.«
»Gut«, sagte der Priester.
Faber erhob sich.
»Hören Sie«, sagte Gontard, »haben Sie noch etwas Kognak?«

»Nein, er ist ausgetrunken.«
»Alles?«
»Ja«, sagte Faber, »die Flasche ist leer.«
Gontard schwieg bedrückt, und sein abgewandtes Gesicht trug einen enttäuschten Zug. Er beleckte sich die Lippen.
»Es tut mir leid.«
»Schon gut.«
»Es tut mir wirklich leid.«
»Kognak wäre mir lieber«, sagte Gontard. Der Soldat knöpfte sein Hemd zu.
»Weshalb haben Sie mich eigentlich geweckt?«
»Ich kann die Leute auf der anderen Seite graben hören.«
»Nein!« Faber ließ die Hände sinken.
»Doch«, sagte der Priester und sah interessiert die feuchte Mauer an, vor der er stand, »ich kann sie ganz deutlich hören. Ich habe sie schon gestern abend gehört. Aber da wurde ich bewußtlos und fiel um. Ich bin eben aufgewacht.«
»Aha«, wiederholte Faber sinnlos, »Sie sind eben aufgewacht.«
»Kommen Sie mit«, sagte der Priester, »damit Sie das Klopfen selber hören.«
»Warten Sie!« Faber warf seinen Mantel über die Schultern und nahm dem anderen die Lampe aus der Hand. Zusammen liefen sie zu dem Tunnel hinüber. Faber blieb stehen und neigte sich vor.
»Da«, sagte der Priester triumphierend, »hören Sie es?«
»Bei Gott«, sagte Faber, »ganz deutlich.« Er lachte. »Ich höre es!« Er nahm den Hammer und schlug dreimal gegen den Stein. Das Klopfen auf der anderen Seite hörte vorübergehend auf. Dann vernahmen die beiden Männer ein dreimaliges Antwortsignal.

»Es funktioniert«, sagte der Priester, dem das Haar wild vom Kopf abstand.
»Es funktioniert prächtig«, sagte Faber. Er schlug fünfmal gegen die Mauer und zählte die Klopfsignale von der anderen Seite.
»Die hören uns auch!«
»Natürlich«, sagte Gontard, »die hören uns genauso, wie wir sie.«
Faber, der neben ihm niedergekniet war, sah auf.
»Heute abend sind wir frei.«
»Hoffentlich!«
»Bestimmt«, sagte Faber. »Es tut mir leid, daß wir den ganzen Kognak ausgetrunken haben.«
Gontard hob die Hand.
»Das macht nichts. Wenn wir hier herauskommen, gehen wir neuen kaufen. Ich kenne ein Lokal.«
»Abgemacht«, sagte Faber. »Aber mehr als zwei Flaschen.«
»Viel mehr«, sagte der Priester.
»Wir beide werden sie austrinken.«
»Wir beide und Ihr Mädchen, wenn es Ihnen recht ist.«
»Natürlich ist es mir recht«, sagte Faber. »Herrgott, das muß ich ihr gleich erzählen!«
Er sprang auf.
»Ich gehe zu den anderen hinunter«, sagte der Priester.
»Ich werde sie alle wecken.«
Faber hörte ihn nicht mehr. Er lief zu Susanne zurück und kniete neben ihr nieder.
»Susanne!« sagte Faber. »Susanne! Wach auf, Susanne.«
Er küßte ihren Mund. Sie lächelte und nannte seinen Namen. »Susanne, es ist etwas Unglaubliches geschehen!«
Sie schlug die Augen auf.
»Liebes Füchslein«, sagte sie.

»Wir hören die Leute von der anderen Seite!« Er legte die Arme um sie und zog sie an sich. Sie sah ihn an.
»Von welcher Seite?«
»Aus dem anderen Keller!« rief Faber. »Wir hören sie! Sie haben geklopft.«
Das Mädchen stieß einen glücklichen, hohen Schrei aus.
»Du hast sie gehört?«
»Ich habe sie gehört, Susanne! Ich habe dreimal geklopft, und dann haben sie dreimal geklopft, und dann haben wir fünfmal geklopft, und sie haben fünfmal zurückgeklopft. Sie hören uns auch! Genau wie wir sie hören. Der Priester war dabei. Er hat es auch gehört. Erst dreimal und dann fünfmal!«
»Robert«, sagte Susanne, »Robert –«
»Sie müssen schon ganz nahe sein. Heute abend sind wir bei ihnen!«
Sie lachte und weinte zugleich. Faber hob sie auf und trug sie durch den Keller zum Tunnel. Sie hielt sich fest und zitterte vor Kälte und Aufregung.
»Sie haben uns gehört«, stammelte sie, »sie haben uns gehört.«
Faber blieb stehen.
»Da«, sagte er, »wie gefällt dir das?«
Sie umarmte ihn wild und küßte sein Gesicht viele Male.
»Ich höre sie«, flüsterte sie, »Ich höre sie, o Gott, ich höre sie ganz deutlich! Robert, Robert, hörst du sie auch?«
»Ja, Susanne, natürlich höre ich sie auch. Heute abend sind wir frei.«
»Frei«, wiederholte sie, »frei … oh, ich bin ja so glücklich!«
Faber drehte sich mit ihr im Kreis und tanzte durch den dunklen Keller.
»Mein Lieber«, sagte sie, »ach, mein Lieber … halt mich

fest –« Dann nieste sie heftig. Faber lachte. »Trag mich zurück«, bat sie, »ich friere.«
»Du mußt dich schnell anziehen, ehe die anderen heraufkommen, damit dich niemand sieht.« Er stellte sie auf den Teppich. Sie lehnte sich an ihn und wiederholte ein paar Worte: »Sie hören uns ... sie hören uns ... heute abend sind wir frei ... Mein Liebster, wir hören sie ... Du«, sagte sie plötzlich erschrocken, »wer hat dich aufgeweckt?«
»Der Priester.«
»Aber dann –«
»Ich habe ihn gebeten, sich umzudrehen.«
Sie umarmten sich und lachten, bis ihnen die Kiefer weh taten.
»Marsch«, sagte Faber, »zieh dich an. Du kannst nicht so herumlaufen.« Er hob ihr Kleid auf.
»Robert, ich bin so glücklich!«
»Ich auch«, sagte er und streifte das Kleid über ihre Arme. »Steh still!«
»Ich kann nicht still stehen.« Er lachte.
»Heb die Arme hoch! Noch höher.« Sie drehte sich um sich selbst. »Susanne!« rief Faber. »Willst du denn nackt herumlaufen?«
»Ja«, sagte sie, »das will ich. Paßt es dir nicht?«
»Nein, das paßt mir nicht.«
»Du bist süß!«
»Willst du still stehen?«
»Nein!«
»Bei Gott«, rief Faber, »Ich werde dir die Hosen strammziehen, wenn du nicht folgst!«
Sie machte sich ganz weich und kugelte nach vorne.
»Bitte«, sagte sie, »bitte, lieber Robert, tu es doch!«
Er ließ sich neben sie fallen und rollte mit ihr auf dem Teppich herum. Sie lachten beide, bis sie nach Atem

ringen mußten. Dann küßten sie sich lange. Als der Priester mit den anderen aus dem unteren Stockwerk heraufkam, war Faber gerade dabei, die Knöpfe von Susannes Kleid zu schließen.
»Wie sehe ich aus?« fragte sie, aufstehend.
»Wunderschön«, sagte Faber.
»Ich schaue entsetzlich aus.«
»Nein!«
»Doch.«
»Also gut«, sagte er.
»Wie sehe ich aus?«
»Wie eine Hexe.«
»Sieht man es mir an?«
»Natürlich«, sagte er, »ganz deutlich sieht man es dir an. Es steht in deinem Gesicht geschrieben.«
»Was steht in meinem Gesicht geschrieben?«
»Daß du mich liebhast.«
»Daß ich dich liebgehabt habe.«
»Das auch«, sagte er.
»Du bist selbst nicht sehr schön.«
»Ich bin so schön wie immer.«
Sie lachten wieder.
»Lieber, lieber Gott«, sagte Susanne, »daß man so glücklich sein kann!«
Sie gingen zu den anderen, die andächtig um die Höhle standen, in welcher der Priester seine Klopfexperimente vorführte.
»Hörst du es?« fragte er die kleine Evi. »Hörst du das Klopfen?«
Sie nickte.
»Ich höre es auch«, sagte Therese Reimann, die eine lange Zipfelmütze trug.
»Ich auch«, sagte Anna Wagner.
»Und Sie?« fragte Gontard und lachte.

Schröder machte ein Gesicht, als traute er seinen Ohren nicht. »Wahrhaftig, ich höre es auch!«
Faber führte das Mädchen am Arm.
»Guten Morgen allerseits«, sagte er. Susanne blieb im Schatten stehen.
»Das will ich meinen, daß dies ein guter Morgen ist«, sagte der Priester. »Ein ganz hervorragender Morgen ist das. Ich habe schon lange keinen so angenehmen erlebt.«
»Ich auch nicht«, meinte Faber. »Wißt ihr, es ist direkt ein Vergnügen, hier eingeschlossen zu sein. Da kann man sich noch so richtig auf den Augenblick freuen, wo man herausgeholt wird.«
»Wenn es uns sehr schlechtgeht«, erklärte der Priester, »dann geht es uns daneben auch immer sehr gut. Meistens wissen wir es nur nicht. Die ganz häßlichen Dinge gehen mit den ganz schönen einher. Nur wenn wir die einen erleiden, werden wir den anderen begegnen.« Er warf den Hammer fort.
»Hochwürden«, sagte Faber, »Sie sprechen mir aus der Seele. Mit Ihnen will ich noch Schnaps trinken, und wenn es das letzte ist, was ich tue.«
»Ich hoffe«, erwiderte Gontard ernst, »es wird das letzte sein, was *ich* tue.«
Alle lachten, selbst Therese Reimann.
»Heute abend«, sagte der Priester, »werden wir den Keller verlassen. Es ist doch zu lächerlich. Denkt einmal nach. Wir werden den Keller verlassen. Und wohin kehren wir zurück? In unser Leben von gestern, in dieselbe Gefahr, in dieselbe schmutzige Zeit. Ich dachte, ich hätte genug von alldem. Und jetzt freue ich mich so kindisch darauf, wie ich das gar nicht sagen kann.«
»Worauf freuen Sie sich, Hochwürden?« fragte Susanne.
»Auf das Leben«, antwortete Reinhold Gontard, »auf das

Leben, mit dem ich nicht fertig werde. Ich glaube, ich bin ein Narr.«
»Wir sind alle Narren«, sagte Faber. »Und jetzt wollen wir frühstücken gehen.«

## 2

Diesmal saßen sieben Menschen um die vollgeräumte Kiste, auch der Priester. Er hielt das kleine Mädchen auf dem Schoß, und während Faber dafür sorgte, daß jeder genug zu essen bekam, bohrte er mit einem Messer zwei Löcher in die Kondensmilchdose.
»Paß auf«, sagte Evi, die aufgeregt zusah, »du wirst dich in den Finger stechen.«
Gontard drehte das Messer um. »Es geht schon. Ich wollte, es wäre Bier in der Dose.«
»Warum?« fragte Evi erstaunt.
»Weil ich durstig bin.«
»Wir haben Tee mit Zitrone.«
»Was für Tee?«
»Kamillentee!« Der Priester schüttelte sich.
»So«, sagte er und reichte dem Kind die Dose. »Weißt du auch, wie man daraus trinkt?«
Sie nickte.
»Man muß ein Loch an die Lippen halten.«
»Verdirb dir nicht den Magen«, sagte Gontard.
»Es schmeckt fein«, erklärte sie strahlend und fuhr sich mit einer Hand über den klebrigen Mund.
»Laß noch etwas drin!«
»Heute abend bin ich doch schon wieder zu Hause.«
»Freilich«, sagte Gontard, »aber du wirst entsetzliches Bauchweh haben.«
»Ich habe nie Bauchweh!«

»Na«, sagte Gontard, »na, na!«
»Nicht auf Kondensmilch«, behauptete Evi. »Ich kann soviel Kondensmilch trinken, wie ich will, und bekomme kein Bauchweh.«
»Nur auf schwarze Bohnen«, murmelte Faber mit vollem Mund.
Das kleine Mädchen lachte und trank glucksend.
»Herr Faber«, sagte der Priester, »wann haben Sie sich zum letztenmal rasiert?«
»Vor drei Tagen«, erwiderte dieser. »Oder vielleicht vor vieren. Ich weiß es nicht mehr.« Er fuhr sich mit der Hand über das Kinn. »Warum?«
»Sie sehen sehr eindrucksvoll aus.«
»Ich habe beschlossen, mir einen Bart wachsen zu lassen.«
»Einen schönen, buschigen Bart«, sagte Susanne und kniff ihn in den Arm.
»Keine schlechte Idee«, meinte Schröder. »Die Partisanen in Jugoslawien wollen sich so lange nicht rasieren, bis sie den Krieg gewonnen haben.«
»Ja«, sagte Therese Reimann, »das hat in der Zeitung gestanden. Wollen Sie das auch tun, Herr Faber?«
»Was?« fragte der Soldat. »Ach so: nein! Bei mir ist es reine Bequemlichkeit. Ich passe mich den Umständen an. Als ich das letztemal ein warmes Bad nahm, mußte man noch die Rote Armee besiegen, um von Buda nach Pest zu gelangen.«
»Oder seine Weltanschauung ändern«, sagte der Priester.
Schröder sah plötzlich auf.
»Und was haben Sie getan?«
»Nichts«, erwiderte Faber und legte einen Arm um die Schulter des Mädchens. »Ich war ganz zufrieden in Buda. Ich wollte gar nicht nach Pest.«

Schröder lachte.
»Wissen Sie, was ich an Ihnen bewundere? Ihren Gleichmut! Sie werden noch in der dreckigsten Situation einen Witz machen.«
»Wenn mir einer einfällt.«
»Sie sind ein glücklicher Mensch. Sie nehmen nichts ernst.«
»Nein«, sagte Faber, »ich nehme nichts ernst. Wohin kämen wir denn, wenn wir alles ernst nehmen würden?«
Gontard schnitt schmale Stücke von seiner Brotscheibe ab. »In den Himmel.«
»Eher in die Hölle«, meinte Schröder. »Nicht als Strafe, sondern als logische Folge.«
»Ich bleibe lieber auf der Erde«, sagte Faber. »Wenigstens noch für eine Weile.«
»Ein so einschneidender Unterschied zwischen ihr und dem tiefer gelegenen, wärmeren Etablissement läßt sich eigentlich gar nicht mehr feststellen.«
»Hochwürden«, sagte Faber kauend, »Sie beachten die Reihenfolge nicht genügend. Denken Sie an die Ewige Seligkeit und die Ewige Verdammnis. Ich glaube an beide nicht. Aber soweit ich verstehe, kann einem die Evakuierung in eine dieser Zonen erst nach dem Tode passieren.«
Der Priester schüttelte den Kopf und legte sein Messer fort. »Sie begehen einen Fehler, wenn Sie annehmen, die Erde, der Himmel und die Hölle wären drei Reiche, die nichts miteinander zu tun hätten. Gerade der Begriff der Ewigkeit sollte Ihnen zu denken geben.«
»Ich bin kein frommer Mensch.«
Der Priester lächelte. »Sie sind religiös.«
»Unsinn«, sagte Schröder, »ich glaube an gar nichts.«
»Oh, verzeihen Sie, es scheint mir, daß wir aneinander vorbeisprechen. Sie glauben an eine ganze Menge.«

»Nicht an Gott!«
»Das macht nichts. Wir wollen uns nicht um einen Namen streiten. Was andere Leute Gott nennen, bedeutet in Ihrem Sprachschatz der Endsieg oder die Arbeit oder das Großdeutsche Reich. Das nenne ich einen religiösen Menschen.«
»Sie brauchen nicht deutlicher zu werden«, sagte Schröder. »Ich verstehe schon, worauf Sie hinauswollen.«
»Aber an diese Dinge glauben Sie doch?«
»Ja«, sagte Schröder, »an diese Dinge glaube ich.«
»Es macht Ihnen daraus niemand einen Vorwurf«, erklärte Therese Reimann, die dem Gespräch interessiert folgte. Gontard zuckte die Schultern.
»Das möchte ich nicht sagen. Ich hatte Gelegenheit, Menschen kennenzulernen, die es taten. Und andere, denen man die Gegenstände ihres privaten und speziellen Glaubens nicht nur zum Vorwurf machte, sondern denen man dafür das Leben nahm. Es wäre vielleicht richtiger zu sagen, daß wir nicht *zuständig* sind, Herrn Schröder daraus einen Vorwurf zu machen.«
»Dazu ist kein Mensch berechtigt«, erklärte dieser.
»Doch«, sagte der Priester. »Ein einziger: man selbst.«
»Das verstehe ich nicht.«
»Es ist auch gleichgültig«, meinte Gontard. »Um aber auf den Himmel und die Hölle zurückzukommen, von denen Sie meinten, daß ihre Ewigkeiten erst beginnen könnten, wenn wir diese Erde verlassen haben: Die Ewigkeit beginnt nicht, wie Sie wissen. Deshalb beginnt sie auch nicht erst nach unserem Tode. Unseren Himmel und unsere Hölle durchschreiten wir schon bei Lebzeiten.«
»Sind Sie sicher?«
»Nicht sehr sicher«, sagte Gontard. »Es ist mir erst gestern abend eingefallen. Ich werde noch ein wenig darüber nachdenken.«

»Ich glaube, es ist richtig«, sagte Susanne.
»Liebes Fräulein«, erwiderte der Priester, »ich habe angenommen, daß Sie meiner Ansicht sein würden.«
Schröder stand auf.
»War es das, worüber Sie nachdachten, als Sie da drüben in der Ecke saßen und nichts von uns wissen wollten?«
»Unter anderem«, sagte Gontard, »war es auch das.«
Schröder schüttelte den Kopf.
»Sie sind der sonderbarste Priester, der mir je begegnet ist!«
»Es werden Ihnen möglicherweise nicht übermäßig viele begegnet sein«, meinte Gontard. »Und gegen diese wenigen nahmen Sie vielleicht eine vorbestimmte Haltung ein, die deshalb verfehlt war, weil sie von vornherein ablehnend blieb.«
»Es gibt viele schlechte Priester.«
»Es gibt viele schlechte Menschen«, sagte Gontard. »Eine Untersuchung würde wahrscheinlich beweisen, daß der Prozentsatz von ihnen in allen Berufsgruppen etwa der gleiche ist.«
»Betrachten Sie Ihre Tätigkeit als einen Beruf?«
»Natürlich«, erwiderte Gontard. »Es ist, oder es war vielmehr mein Beruf, Glauben zu schaffen.«
»An den lieben Gott«, sagte Schröder höflich und zündete eine Zigarette an.
»Auch an diesen. In letzter Zeit aber auch an andere Dinge, die ebenso gefragt werden wie der Allmächtige.«
»Zum Beispiel?«
Der Priester hob verlegen die Hände.
»Es handelt sich durchwegs um abstrakte Begriffe, die sich nur schlecht im Rahmen der totalen Mobilmachung unseres Volkes verwenden lassen. Die Gerechtigkeit gehört zu ihnen. Und die Toleranz. Die Barmherzigkeit. Auch die Liebe.« Er sah Schröder an. »Es gibt nämlich

selbst heute noch Menschen, die von diesen altmodischen Ausdrücken nicht loskommen können und nach ihnen Sehnsucht empfinden.«

»Das bemerke ich«, sagte Schröder, »Ihre Kirchen sind ja jetzt voller denn je.«

»Sie dürfen uns daraus«, erwiderte Gontard mit einem Anflug von Spott, der dem anderen entging, »keinen Vorwurf machen. Die Voraussetzungen für diesen immensen Zustrom an Gläubigen wurden von anderen und sehr gegen unsere eigenen Absichten geschaffen. Es wäre uns lieber, die Kirchen stünden leer und die Menschen suchten weniger nach Gott. Denn da sie ihn nur suchen, weil sie in Not geraten sind, werden sie ihn doch kaum finden.«

Schröder spielte mit dem Messer.

»So daß«, sagte er, »der eigentliche Sinn Ihrer Organisation im Grunde in der Verabreichung stark dosierter Tröstungen liegt, an deren Wirksamkeit Sie selber zweifeln.«

»Wir zweifeln an ihrer Wirksamkeit«, entgegnete der Priester und streichelte das Kind auf seinen Knien, »aber wir zweifeln nicht daran, daß wir sie zu verabreichen gezwungen sind als Mittel gegen jenes Unglück, an dem Sie und Ihresgleichen deshalb Schuld tragen, weil Sie es nicht verhinderten.«

»Wie hätten wir es verhindern sollen?« fragte Schröder zornig. »Durch eine Revision Ihres Glaubensbekenntnisses«, sagte der Priester, »durch Ersetzung einzelner Begriffe. Deutschland etwa durch Gerechtigkeit. Gewalt etwa durch Toleranz. Und Haß etwa durch Liebe.«

»Ach so«, sagte Schröder, »es trifft uns also die Schuld, wie?«

»An diesem Krieg bestimmt –«

»Und wen trifft die Schuld an uns? An unserer Partei, an

unseren Ideen? Herr Gontard, haben Sie schon einmal darüber nachgedacht, wie die Bewegung, der ich angehöre, wohl zustande kam? Gewiß nicht nur, weil ein paar Verbrecher – denn das sind unsere Führer ja zweifellos in Ihren Augen – ein größenwahnsinniges Machtbedürfnis entwickelten.«

»Gewiß nicht«, sagte Gontard. »Es gibt dafür Gründe wirtschaftlicher und politischer Art, das weiß ich.«

»Unsere Bewegung«, rief Schröder leidenschaftlich, »*mußte* entstehen. Sie kam zustande durch die Verbrechen und Fehler anderer. Durch den Ersten Weltkrieg, durch den Vertrag von Versailles, der eine Dummheit war, durch das gewissenlose Betragen der Siegerstaaten. Und auch der Erste Weltkrieg brach nicht aus, weil Wilhelm II. ein Krüppel mit Minderwertigkeitskomplexen war. Auch er hatte seine tieferen Ursachen. Die Geschichte unserer Welt ist die Geschichte einer ununterbrochenen Entwicklung. Es wäre lächerlich, Herr Gontard, unter das Jahr 1933 einen Strich zu ziehen und zu sagen: An allem, was seither geschah, tragt ihr die Schuld. Wenn wir diesen Krieg verlieren, werden Sie noch sehen, daß ich recht habe. Denn dann wird es uns nicht bessergehen. Dann werden dieselben Greuel, deren man uns anklagt, von anderen begangen werden. Und wieder wird man jemanden suchen, der die Schuld an ihnen trägt. Man wird ihn finden. Und man wird vergessen, daß wir die Schuld an seiner Schuld tragen, so, wie man schon vergessen hat, was vor uns geschah.«

»Es wäre aber an der Zeit«, sagte Gontard, »daß jemand diesen kontinuierlichen Prozeß unterbricht und Taten begeht, um derentwillen man ihn nicht anklagen kann. Es wäre an der Zeit, die Diktatur durch eine Demokratie zu ersetzen.«

»Eine Demokratie in Mitteleuropa!« Schröder lachte. »Wir haben schon bemerkt, daß diese Staatsform für uns unmöglich ist.«
»Ich glaube nicht, daß diese Ansicht Ihre eigene ist.«
»Sie werden ja sehen«, sagte Schröder, »wie weit es die Demokratie noch bringt, wenn Ihr Herzenswunsch in Erfüllung geht und wir den Krieg erst verloren haben.«
»Sie wird das Recht an die Stelle der Macht setzen«, sagte Gontard, »womit der erste Schritt getan wäre.«
»Keiner von euch weiß«, sagte Schröder, »was er sich erhofft. Es gibt nichts Wichtigeres als die Macht in diesem Jahrhundert.«
»Das Recht ist wichtiger.«
»Es gibt nichts Schrecklicheres als Recht ohne Macht.«
»Macht ohne Recht ist schrecklicher«, sagte der Priester. »Ich weiß es, ich erlebe diesen Zustand.«
»Aber Sie haben den anderen noch nicht erlebt. Sie können ihn sich nicht einmal vorstellen. Nicht eine Diktatur, sondern eine Demokratie macht die niedrigen Instinkte der Menschen frei. Weil sie sie nicht bestraft.«
»Diese traurige Bilanz können Sie vielleicht in Ihren eigenen Kreisen ziehen.«
»Gerade dort«, sagte Schröder, »kann ich das nicht. Wir leben unter einer Diktatur, zugegeben. Aber urteilen Sie selbst: Hat diese Diktatur die Menschen nicht dazu gebracht, hilfsbereit, kameradschaftlich und gut zueinander zu sein?«
»Nach außen hin«, sagte Gontard.
»Hat sie es nicht verstanden, der Korruption der Ämter, dem Schiebertum und der Gewissenlosigkeit der Wirtschaft ein Ende zu bereiten?«
»Indem sie selbst ein Monopol auf Korruption, Schiebertum und Gewissenlosigkeit errichtete.«
»Nein«, sagte Schröder, »Sie machen es sich zu leicht. Es

ist kein Kunststück, einem totalitären Staat Vorwürfe zu machen, die man nicht zu beweisen braucht. Nehmen Sie das Allernächstliegende: Haben wir nicht heute, im sechsten Kriegsjahr, alle unser tägliches Brot?«

»Weil wir es anderen stehlen.«

»Das ist nicht wahr!«

»Glauben Sie, daß die Menschen in Polen und Griechenland spaßeshalber an Hunger sterben?«

»Und sind Sie der Ansicht, daß wir es vor ihnen tun sollten?«

»Es sollte niemand tun«, sagte Gontard. »Daß wir selbst nicht genug haben, berechtigt uns nicht, anderen etwas wegzunehmen.«

»Wenn die anderen nichts hätten, würden sie dasselbe tun.«

»Sie haben ja nichts!«

»Aber sie sind hilflos. Sie besitzen vielleicht Ihr geliebtes Recht. Aber sie besitzen nicht die Macht. Die Macht besitzen wir. Wir tun, was uns notwendig erscheint. Wir verhindern, daß man uns um die Früchte unserer Siege bringt. Wir halten die Menschen davon ab, gemein zu werden – mit Terror, wenn Sie wollen, mit Drohungen, mit der Angst vor dem Nachbarn, dem Zellenleiter, dem Spitzel.«

»Herr Schröder«, sagte Gontard, »Sie haben die Gemeinheit in den Menschen überhaupt erst groß werden lassen – mit dem Terror, der Angst, dem Zellenleiter, dem Spitzel.«

»Wir handeln einer Überzeugung gemäß«, sagte dieser. »Da Sie eine andere oder gar keine haben, muß Ihnen, was geschieht, natürlich schlecht erscheinen. Wir gehen unseren Weg, und Sie erklären, er wäre falsch. Aber Sie konnten und können uns keinen besseren zeigen. Nicht einmal einen anderen.«

»Doch«, sagte der Priester, »das kann ich schon.«
»Warum tun Sie es dann nicht?«
Gontard schwieg.
»Aus Angst!«
»Nein«, sagte der Priester, »weil ich erst langsam auf ihn gekommen bin. Einer Ihrer gefälligen Geographen sagte einmal, wir müßten lernen, in Kontinenten zu denken.«
»Wir müssen lernen, in Gemeinschaften zu denken«, erklärte Schröder.
»Sie nehmen mir viel vorweg«, sagte Gontard, »Sie widersprechen mir schon, ohne daß ich Sie darum ersuche. Wer denkt in eurer Gemeinschaft denn? Die tausend Männer, die ihr zu Führern gewählt habt. So sieht es aus. Vielleicht denkt von ihnen auch nur die Hälfte. Die anderen stehen stramm und dienen. Sie stehen stramm und schweigen. Ein ganzes Volk hält den Mund zu dem, was die Führung sagt.«
»Sie selber auch.«
»Ich auch.«
»Und Sie sollten nicht schweigen!«
»Auch Sie nicht!«
»Ich bin einverstanden mit dem, was ich höre. Aber Sie sind es nicht.«
»Ich begreife kaum«, sagte der Priester, »wie Sie einverstanden sein können.«
»Und ich«, erwiderte Schröder, »begreife nicht, wie Sie schweigen können.«
»Aus Angst«, sagte Gontard, »ich gebe es ruhig zu. Aus Angst vor eurem Terror, eurer Diktatur. Ich will nicht sterben.«
»Unsere Leute *sind* gestorben.«
»Nicht sehr viele.«
»Genug!«

»Es sind viel zu wenig gestorben, wenn wir schon davon reden wollen«, sagte der Priester, »und ihr habt ihren Tod reichlich vergolten.«
»Ich verstehe Sie nicht mehr. Machen Sie mir die Angst zum Vorwurf, unter der Sie selber leiden?«
»Ja«, antwortete der Priester, »dieselbe Angst. Die Angst ist das einzige, was uns verbindet. Die Angst ist noch stärker als Ihre Macht.«
»Wir haben keine Angst!«
»Solange man die Macht hat, braucht man sie nicht zu haben. Ihr fürchtet euch aber, die Macht zu verlieren. Und außerdem fürchtet ihr euch voreinander. Das sagten Sie selbst. Ihr seid anständig aus Angst. Das ist wohl das Äußerste, wozu ihr es bringen könnt.«
»Wie schade«, sagte Schröder langsam, »daß man Ihre Offenheit der außerordentlichen Umgebung zuschreiben muß, in der wir uns befinden.«
»Diese Bemerkung«, erwiderte der Priester, »bestätigt alles, was ich bisher aussprach. Noch haben Sie die Macht, Herr Schröder. Wenn man uns ausgräbt, können Sie mit mir verfahren, wie Sie wollen.«
»Unser Gespräch werde ich selbstverständlich vergessen«, sagte dieser. »Oder ich werde vergessen, daß ich es mit Ihnen führte. Meine Bemerkung sollte Ihnen zu verstehen geben, daß ich der Ansicht bin, Sie hätten zu lange geschwiegen.«
»Und Sie?« fragte der Priester. »Herr Schröder, ich bin überzeugt, daß Sie bei weitem nicht mit allem einverstanden sind, was im Namen Ihrer Partei geschieht.«
»Das stimmt«, sagte Schröder.
»Und warum treten Sie nicht aus ihr aus?«
»Weil die Dinge, die ich gutheiße, in ihrem Programm überwiegen. Weil sie meinen Idealen näher kommt als irgendeine andere Bewegung. Und weil ich weiß, daß sie

allein uns jetzt noch vor einem nationalen Untergang bewahren kann.«

»Sie haben Angst«, sagte Gontard, »das ist es.«

Schröder lachte.

»Ich möchte den Menschen sehen, der aus der Partei austritt. Ja, das möchte ich! Sie können hinausgeworfen werden. Aber austreten, das können Sie nicht.«

»Man kann es schon, aber man wagt es nicht.«

»Sie, Hochwürden«, sagte Schröder, »haben leicht reden. Sie wären nie aufgenommen worden. Aber was haben Sie getan? Reden gehalten und Gebete gesprochen. Während andere starben. Andere: Ihre Gegner, die eine Überzeugung hatten, und Ihre Freunde, welche die Ihre vertraten. Ihre Freunde und meine Feinde, meine Freunde und Ihre Feinde. Haben Sie je das Leben riskiert für Ihren Glauben?«

»Und Sie?«

»Ich habe für ihn gekämpft, hier, in der Heimat.«

»Aha«, sagte Gontard, »hier, in der Heimat.«

»Meine Arbeit«, antwortete Schröder, dessen Gesicht um eine Spur dunkler geworden war, »ist ein kleiner Beitrag zu diesem Kampf.«

Der Priester lachte plötzlich.

»Wissen Sie«, sagte er, »daß wir uns eigentlich nur gegenseitig den Vorwurf der persönlichen Feigheit und der Angst vor unseren Mitmenschen machen? Sie fürchten sich, und ich fürchte mich. Und keiner will es wahrhaben. Wenn wir uns weniger fürchteten, wären die Dinge einfacher.«

»Na also«, sagte Schröder. »Da hätten Sie Ihre Chance. Werden Sie mutiger, Hochwürden. Vergessen Sie Ihre Angst.«

»Ich bin dabei.«

»Was werden Sie tun?«

»Ich will mein Leben ändern«, sagte der Priester.
»Das fällt Ihnen spät ein.«
Gontard nickte.
»Ich weiß, es ist spät. Ich muß mich jetzt beeilen.«
Das kleine Mädchen glitt von seinen Knien und ging auf Zehenspitzen zu Robert Faber, der diesem Gespräch wortlos gelauscht hatte.
»Guten Morgen, Evi«, sagte er. Sie nickte, lehnte sich an ihn und fragte flüsternd. »Warum streiten die beiden Männer?«
»Sie haben verschiedene Ansichten über dieselbe Sache.«
»Über welche Sache?«
»Über die Gerechtigkeit.«
»Was ist die Gerechtigkeit?«
»Etwas sehr Wichtiges«, sagte Faber.
»Und deshalb streiten sie?«
»Ja«, sagte Faber, »deshalb streiten sie.«
»Warum streitest du nicht auch mit?«
»Ich mag nicht«, erwiderte Faber. Susanne, die an seine Schulter gelehnt saß, lächelte.
»Warum ist die Gerechtigkeit denn so schrecklich wichtig?«
»Weil man sie zum Leben braucht.«
Eine dunkle Erinnerung stieg in dem Kind auf. Es zog die Stirn in Falten.
»Wie den Sauerstoff?«
»Ja«, sagte Faber, »fast so sehr wie den Sauerstoff.«
»Kann man sie auch nicht sehen?«
»Nein, das kann man nicht.«
»Aber wie weiß man denn dann, daß sie da ist?«
»Es ist wie mit dem Sauerstoff, weißt du«, sagte Faber. »Solange man atmen kann, ist immer noch ein bißchen Gerechtigkeit da.«

»Überall?«
»Ja, überall.«
»Auch hier im Keller?«
»Sogar hier im Keller«, sagte Faber.
»Das ist aber komisch!«
»Das ist sehr komisch.«
»Und wenn ich atme, dann bekomme ich sie in den Mund?«
»Eine kleine Portion davon«, sagte Faber.
»Und was geschieht mit ihr?«
»Du schluckst sie hinunter.«
»Und dann?«
»Dann atmest du sie wieder aus.«
Evi holte geräuschvoll Atem. »Jetzt habe ich aber viel Gerechtigkeit geschluckt, und jetzt spucke ich sie wieder aus.«
»So ist es recht«, sagte er. »Die andern wollen auch etwas davon haben.«
»Du«, flüsterte sie, »warum hältst du die Frau an der Hand?«
»Pst«, sagte Faber, »weil ich sie liebhabe.«
»Sehr?«
»Ziemlich.«
»So lieb wie ich meine Mutter?«
»Mhm«, sagte Faber, »so lieb wie deine Mutter deinen Vater.«
»Seid ihr verheiratet?«
Faber nickte.
»Ich habe dich auch lieb«, erklärte Evi.
»Danke schön«, sagte Faber.
»Streitet ihr miteinander wie die beiden Männer?«
»Nein, wir streiten nicht.«
»Warum nicht?«
»Weil wir uns liebhaben.«

»Ach so«, sagte Evi. »Und die Gerechtigkeit?«
»Wir streiten nicht einmal über die Gerechtigkeit.«
Susanne Riemenschmied neigte sich vor und hob das Kind auf ihre Knie.
»Stell dir das vor«, sagte sie, »wir streiten nicht einmal über die Gerechtigkeit. So lieb haben wir uns.«
»Meine Mutter hat mit meinem Vater auch nie gestritten.«
»Siehst du«, sagte Faber, »bei denen war es genauso.«
»Warum ist es nicht bei allen Menschen so?«
»Weil sie sich nicht alle liebhaben.«
»Deshalb?«
»Deshalb, Evi.«
»Das wäre schön«, meinte das kleine Mädchen, »das wäre schön, wenn sie sich alle liebhätten, glaubst du nicht auch?«
»Ja«, sagte Susanne Riemenschmied, »das wäre wunderschön.«

## 3

Kurz nach acht Uhr nahmen die Männer die Arbeit an dem Tunnel wieder auf. Zwei von ihnen gruben, während der dritte sich ausruhte, Erde beiseite schaufelte oder die Lampe hochhielt.
»Sie sind gestern abend hübsch weit gekommen«, sagte Schröder zu Gontard, der neben ihm kniete und auf einen Stein losschlug.
»Ich wäre noch viel weiter gekommen, wenn ich nicht plötzlich das Bewußtsein verloren hätte.«
»Sie haben sich überanstrengt.«
»Nein«, sagte der Priester, »ich habe zuviel getrunken.«
Er bearbeitete den Stein mit der Hacke und fuhr sich mit

der Zunge über die trockenen Lippen. »Heute abend«, sagte er, »wenn ich hier heraus bin –«

»Was werden Sie tun?«

»Schnaps trinken und baden«, sagte der Priester.

»Und Sie?«

»Baden und Schnaps trinken«, erwiderte Faber. »Rasieren will ich mich auch. Ich habe eine ganze Menge vor.«

Schröder räusperte sich. »Ich muß in mein Laboratorium. Hoffentlich ist dort nichts geschehen. Ich habe zwei Tage verloren. Das ist viel Zeit.«

Der Priester brach einen Stein los.

»Ich freue mich auf das Bad. Und den Schnaps. Und die Nachtluft. Ich freue mich auf eine ganze Menge von Dingen, die ich vergessen hatte. Beispielsweise auf den Mond. Oder auf Radiomusik. Eigentlich auf mein ganzes Leben.«

»Auf das Leben, von dem Sie gestern nichts mehr wissen wollten«, sagte Schröder. Der Priester nickte. »Das zeigt, wie leicht wir Depressionen erliegen und eine Sache verloren geben, die noch lange nicht verloren ist.«

»Nein«, sagte Gontard, »das zeigt, wieviel der Mensch aushalten kann, ohne die Hoffnung zu verlieren. Was meinen Sie, Faber?«

»Ich weiß nicht«, sagte dieser. »Ich freue mich auch auf die Dinge, die ich tun werde, wenn ich wieder frei bin.«

»Was wollen Sie tun?«

»Wien verlassen und versuchen, gleich nach Hause zu fahren.«

»Viel Glück!«

»Danke«, sagte Faber. »Geben Sie mir jetzt die Hacke.«

»Ich wünsche Ihnen viel Glück«, wiederholte der Priester.

»Das haben Sie schon einmal gesagt.«

Gontard sah ihn an.

»Ich glaubte, Sie hätten mich das erstemal nicht verstanden.« Faber nahm die Hacke und lächelte.
»Doch«, sagte er, »ich habe Sie gleich verstanden.« Er begann zu graben.
»Wissen Sie«, sagte Schröder nach einer Weile, »jetzt, wo wir die anderen schon hören, kann ich Ihnen ja verraten, was ich mir in der letzten Nacht vornahm. Ich wollte den Gang in die Luft sprengen, heute abend, wenn Sie schliefen.« Die beiden Männer schwiegen. »Überrascht Sie das gar nicht?«
»Nein«, sagte Gontard, »ich dachte mir, daß Sie sich das vornehmen würden.«
»Sie hätten es bestimmt nicht getan«, meinte Faber. »Sie wußten doch, daß wir alle dagegen waren.«
»Ich hätte es trotzdem getan«, erklärte Schröder und schaufelte Erde beiseite.
»Ich weiß«, sagte der Priester.
»Sie scheinen mich ja ausgezeichnet zu kennen!«
»Den Typus«, erwiderte Gontard, »ich kenne den Typus.«
»Wieso eigentlich?«
»Reden wir von etwas anderem.«
»Nein, ich möchte gerne wissen, woher Sie diese umfangreiche Kenntnis meines Charakters beziehen.«
»Es ist gar nicht so schwer«, sagte der Priester, »wenn man erst die Formel gefunden hat, nach der man vorgehen muß.«
»Welche Formel?«
»Ich werde Sie mit meiner Antwort verletzen.«
»Das macht nichts aus. Außerdem bin ich schwer zu verletzen.«
»Sie sind ebenso leicht verwundbar wie der gehörnte Siegfried«, sagte der Priester ruhig, »man muß nur die richtige Stelle kennen.«

»Und Sie kennen die Stelle?«
»Ja, ich kenne sogar die Stelle. Die aber will ich Ihnen nicht nennen.«
»Dann sagen Sie mir wenigstens, wie Sie es fertigbringen, über meine Absichten so wunderbar informiert zu sein.«
Gontard sah zu ihm auf. Sein Gesicht war schmutzig und glänzte von Schweiß.
»Ich überlege mir, was ich selbst tun würde, wenn ich an Ihrer Stelle stünde. Und wenn ich dann das Gegenteil annehme, weiß ich etwa, was Sie beabsichtigen. Sie sehen, es ist ganz einfach.«
»Ganz einfach«, sagte Schröder.
»Ich erklärte Ihnen, daß meine Antwort Sie verletzen würde.«
»Sie hat mich nicht verletzt.«
»Ein wenig.«
»Gar nicht«, sagte Schröder, »sie hat mich gar nicht verletzt. Ich weiß, daß Sie in vielen entscheidenden Punkten anderer Ansicht sind als ich. Ich achte Sie dafür, daß Sie offen gegen mich Stellung nehmen.«
»Das ist noch kein Grund, Achtung vor einem Menschen zu haben«, sagte Gontard, »besonders in diesem Falle.«
Schröder lachte.
»Sie entwickeln geradezu eine Manie, mir Freundlichkeiten zu sagen. Übrigens haben Sie Ihre Erklärung, mir einen Weg aus dem Dilemma, in dem wir alle stecken, zu zeigen, noch nicht in die Tat umgesetzt.«
Der Priester sah ihn an. »Interessiert Sie meine Idee wirklich?«
»Natürlich! Glauben Sie, ich mache mir keine Gedanken über die Zeit, in der ich lebe?«
»All unser Unglück«, sagte Gontard, »kommt daher, daß wir nicht allein zu denken vermögen. Damit müßte man beginnen: die Menschen zum eigenen Denken zu brin-

gen. Sie eigene Entschlüsse fassen zu lassen, sie anzuregen, aus dem eigenen moralischen Empfinden heraus zu handeln.«
»Da müßten sie zuerst eines haben!«
»Ja«, sagte Gontard, »dies wäre ein weiterer wichtiger Punkt meines Erziehungsprogrammes: die Wiedererweckung eines natürlichen ethischen Gefühls, das uns Recht von Unrecht unterscheiden läßt. Wir dürfen nicht in Gemeinschaften denken, solange wir nicht jeder für uns selber denken können. Die Meinung eines jeden von uns muß Gewicht haben.«
»Die Meinungen der meisten von uns sind so trostlos idiotisch, daß sie nur Unheil anrichten können. In unserem Jahrhundert heißt es, sich zu entscheiden und zu handeln, und nicht, zu schwätzen und zu zögern.«
»In unserem Jahrhundert«, sagte Gontard, »heißt es, Geduld zu haben und die Wahrheit zu sagen. Erst das viele Lügen hat manche von uns kretinhaft werden lassen.«
»Und diesen Zustand wollen Sie mit vielem Reden bessern?«
»Nicht mit vielem Reden, aber mit ein wenig Denken.«
»Sie sind ein Phantast«, rief Schröder.
»Und Sie«, erwiderte der Priester, »sind, so seltsam dies scheinen mag, in Ihrem Herzen ein unglücklicher Pessimist, dem nichts mehr abgeht als eine Sache, an die er glauben kann, ohne sich für sie von Staats wegen begeistern zu müssen.«
Faber hörte nicht zu. Er dachte an etwas anderes, an etwas, das der Priester gesagt hatte. Als die Reihe an ihn kam, sich auszuruhen, nahm er seinen Mantel und meinte, er wolle einen Augenblick hinuntersteigen, um nach Susanne zu sehen. Er fand sie am Bett Anna Wagners.
»Ja?« fragte sie und sah lächelnd zu ihm auf.

»Kann ich dich sprechen?«
»Natürlich. Entschuldigen Sie, Frau Wagner.«
»Kommen Sie zurück«, bat diese. Faber führte Susanne in eine dunkle Ecke, umarmte sie und küßte sie zärtlich.
»Mein Lieber«, fragte sie, »was ist geschehen?«
»Der Priester weiß, daß ich desertiert bin.«
»Das ist doch nicht möglich!«
»O ja«, sagte Faber, »er weiß es.«
»Hat er davon gesprochen?«
»Indirekt. So, daß Schröder ihn nicht verstehen konnte. Er fragte mich, was ich tun würde, wenn wir frei sind. Ich sagte, ich würde Wien verlassen. Und da wünschte er mir viel Glück.«
»Mein Lieber, du siehst Gespenster!«
»Er wünschte mir zweimal Glück«, sagte Faber. »Er meinte, ich hätte ihn das erstemal nicht verstanden. Und er lächelte. Ich bin ganz sicher, daß er es weiß, was mit mir los ist.«
»Ob er zu uns hält?«
»Ich glaube«, sagte Faber. »Als ich ihn verließ, stritt er mit Schröder. Vielleicht kann er uns helfen. Deshalb kam ich zu dir. Um dich zu fragen, was du davon hältst.«
»Er gefällt mir.«
»Mir auch. Sollen wir ihm die Wahrheit sagen?«
»Wozu?«
»Paß auf, Susanne«, sagte Faber. »Es wird nicht mehr lange dauern, und wir sind frei. Aber ich weiß nicht, wer da auf der anderen Seite gräbt. Vielleicht Zivilisten, vielleicht Gefangene. Und vielleicht Soldaten. Verstehst du? Der schwierigste Schritt wird der aus dem Keller sein. Ich habe mir das schon überlegt. Ich trage eine Uniform. Deshalb werde ich mich im Hintergrund halten, wenn die von drüben zu uns klettern, und versuchen, in einem günstigen Augenblick auszureißen. Dabei könnte der

Priester uns helfen. Vor einem Priester haben die meisten Menschen noch immer einen gewissen Respekt. Er könnte mit ihnen reden, er könnte ihre Aufmerksamkeit auf sich ziehen, und wir hätten eine Chance, zu fliehen.«

»Wenn er aber nichts davon wissen will?«

»Dann können wir ihn noch immer bitten zu schweigen.«

»Was hältst du selbst für das Beste?«

»Mit ihm zu reden.«

»Und was willst du ihm sagen?«

»Die Wahrheit.«

»Die ganze Wahrheit?«

Faber lächelte.

»Auszugsweise«, sagte er. »Bist du einverstanden?«

Sie nickte und legte einen Arm um seinen Hals. »Ich möchte dabeisein.«

»Gut«, sagte er, »komm mit.« Sie stiegen in den zweiten Stock hinauf.

»Aber Schröder –«

»Wir werden sehen«, sagte Faber. Im Näherkommen bemerkten sie, daß der Chemiker sich um die Lampe bemühte. »Der Docht ist zu kurz«, sagte Gontard und kratzte sich den Kopf.

»Nein«, sagte Schröder, »es ist kein Petroleum mehr in der Flasche.« Faber drückte Susannes Hand. Schröder stand auf. »Ich gehe hinunter und fülle sie wieder. Sie werden ein paar Minuten im Finstern bleiben.« Er ging pfeifend zur Treppe. Es wurde dunkel. Faber trat neben das Mädchen.

»Hochwürden, wo sind Sie?«

Der Priester legte ihm eine Hand auf die Schulter.

»Hier.«

»Hören Sie«, sagte Faber, »wir haben nur wenig Zeit. Ich muß Ihnen eine Mitteilung machen.«

»Ja?«
»Susanne und ich lieben einander.« Der Priester schwieg. »Haben Sie mich verstanden?«
»Ja«, sagte Reinhold Gontard.
»Ich bin desertiert. Ich bin vor zwei Tagen in Ungarn desertiert.«
»Ja«, sagte Gontard.
»Wollen Sie uns helfen?«
»Ja«, sagte Reinhold Gontard zum viertenmal.
»Danke«, sagte der Soldat. »Wenn die anderen von drüben kommen – dann will ich fliehen.«
»Es wird nicht so schwer sein. Wissen Sie, wohin Sie gehen?«
»Zu Susanne.«
»Ich kann Ihnen Kleider verschaffen«, sagte der Priester. »Und Lebensmittel. Wann immer Sie mich brauchen, kommen Sie zu mir. Ich wohne in dem Kloster in der Annagasse, Annagasse 19. Werden Sie sich das merken?«
»Ja«, sagte Faber. Der Priester nahm die Hand von seiner Schulter.
»Was machen Sie?«
Faber lachte. »Ich habe Susanne geküßt, da Sie für derartige Zärtlichkeiten doch nicht in Frage kommen.«
»Lächerlich«, sagte der Priester, »warum nicht?«
»Warum wirklich nicht?« meinte Susanne, sie tastete sich zu ihm und küßte ihn auf den Mund.
»Fräulein Riemenschmied«, erklärte Gontard, »Sie gefallen mir.«
»Sie gefallen mir auch.«
»Wir sind alle drei reizende Menschen.«
»Ich glaube, Schröder kommt zurück«, sagte Susanne. Gontard räusperte sich und sprach von seiner Sehnsucht nach einem Glas Bier. Seine Worte klangen ergreifend. Faber lachte über sie. Aber Schröder, der mit der bren-

nenden Lampe näher kam, hatte plötzlich ganz klar und stark das Gefühl, daß er in seiner Abwesenheit zu einem Ausgeschlossenen geworden war. Die anderen fingen sogleich ein Gespräch mit ihm an. Aber Schröder wußte: Sie hatten ein Geheimnis miteinander, und er würde es nicht erfahren.

»Haben Sie sich im Dunkeln gefürchtet?« fragte er das Mädchen, als er die Lampe niederstellte.

»Nein, ich war ja nicht allein!«

Schröder sah Susanne nachdenklich an. Auch du, dachte er. Auch du bist gegen mich. Du wirst es mir nicht sagen, aber wir wissen es beide. Du magst mit mir nichts zu tun haben. Und doch grabe ich dich aus diesem Keller aus, ebenso wie die beiden Männer, die deine Vertrauten sind. Du wirst mir nie danken, was ich für dich tue, weder im Keller noch draußen im Leben. Wir kennen uns gar nicht, und trotzdem stellst du dich gegen mich. Warum?

Er zuckte die Achseln und griff wieder nach der Schaufel.

»Faber«, sagte er, »Sie sind ein glücklicher Mensch.«

Dieser nickte. »Ja, ich weiß.«

»Sie haben gar keine Ahnung«, sagte Schröder, »wie glücklich Sie sind.«

Susanne erreichte die untere Etage des Kellers und setzte sich wieder an das Bett der schwangeren Frau. Das Kind ließ sich von Therese Reimann ein Märchen erzählen.

»Fräulein Riemenschmied«, sagte Anna Wagner, »ich möchte Sie gerne um etwas bitten. Aber ich weiß nicht, wie ich es anfangen soll.«

»Versuchen Sie es einmal.«

Anna Wagner fuhr mit den Händen über die Decke des Bettes.

»Ich werde jetzt bald mein Kind zur Welt bringen«, sagte sie langsam.

»Nicht hier.«

»Hoffentlich nicht hier. Aber es kann doch sein.«

»Heute abend sind wir frei.«

»Vielleicht«, sagte Anna Wagner.

»Bestimmt!«

»Fräulein Riemenschmied«, sagte die Schwangere, »es ist zu dumm, aber ich habe schreckliche Angst vor dem heutigen Abend.« Sie bewegte hilflos die Hände. »Ich weiß nicht, warum. Ich habe so lange Angst gehabt, daß ich mich schon gar nicht mehr an eine Zeit erinnern kann, in der ich keine hatte. Es ist mir nie etwas geschehen. Aber ich bin meine Angst nie losgeworden. Ich habe sie noch immer. Schreckliche Angst.«

»Es wird alles gut werden«, sagte Susanne und kam sich dumm vor.

»Ich habe Angst vor dem Tod«, flüsterte Anna Wagner, »und deshalb wollte ich Sie um etwas bitten.«

»Sie werden nicht sterben.«

»Vielleicht doch.«

»Heute abend liegen Sie schon im Spital, und in ein paar Tagen ist alles vorüber.«

»Ja«, sagte Anna Wagner, »so wird es sein. Und vielleicht sterbe ich auch. Können Sie dann – würden Sie dann Evi zu meiner Mutter bringen?«

»Natürlich«, sagte Susanne, »aber es wird Ihnen nichts geschehen.«

»Sie wohnt im 16. Bezirk«, flüsterte die Schwangere, »Thaliastraße 45. Ich habe die Adresse aufgeschrieben. Sie liegt in meinem Koffer. Und zwei Briefe an meinen Mann liegen auch in ihm. Es hat keinen Sinn mehr, sie abzuschicken, denn sie würden ihn doch nicht erreichen. Wollen Sie sie behalten und ihm geben, wenn er nach Hause kommt?«

»Liebe Frau Wagner«, sagte das Mädchen, »das will ich gerne tun. Aber Sie werden nicht sterben. Machen Sie

sich keine Sorgen. Wir haben gute Ärzte. Und Sie sind jung. Das ist nicht Ihr erstes Kind.«
Anna Wagner schüttelte den Kopf. »Heute nacht, da träumte mir, ich wäre tot.«
»Nein«, sagte Susanne.
»Doch«, sagte die Frau. »Ich war tot. Es regnete, und ich lag in einem Keller und war tot. Zuerst konnte ich nichts erkennen, denn es war finster, und ich wußte überhaupt nicht, wie ich in den Keller gekommen war. Aber dann fiel es mir ein. Ich war verschüttet worden, und als man mich schon fast ausgegraben hatte, fiel noch eine Bombe auf das Haus, und der ganze Gang stürzte wieder ein.«
»Aber das ist doch Unsinn!«
»Ich weiß. Aber ich habe mich sehr gefürchtet. Und deshalb sollen Sie die beiden Briefe an sich nehmen, weil doch keiner sagen kann, was uns noch geschehen wird.«
»Die erste Bombe, die auf das Haus fiel, hat uns nichts tun können, weil der Keller so tief war«, sagte das Mädchen. »Es ist unmöglich, daß noch eine Bombe auf dieselbe Stelle fällt.«
»Es ist nicht ganz unmöglich.«
»Natürlich nicht. Aber wenn einem von uns hier unten etwas geschieht, dann wird allen andern wahrscheinlich dasselbe geschehen, glauben Sie nicht?«
»Ja«, sagte die Frau, »daran habe ich nicht gedacht.«
»Wenn wirklich noch eine Bombe auf das Haus fällt und der Keller einstürzt, können wir alle umkommen.«
»Das ist richtig«, sagte Anna Wagner.
»Aber es wird nichts geschehen. Es kann nichts geschehen. Deshalb sollen Sie keine Angst haben.«
Anna Wagner drehte das Gesicht zur Wand.
»Ja«, sagte sie, »deshalb soll ich keine Angst haben.«

## 4

Etwa eine Stunde später sägten die drei Männer Balken zurecht, um eine weitere Partie des Ganges abzustützen. Das Klopfen von der anderen Seite war sehr deutlich geworden. Faber pfiff eine Schlagermelodie, während er mit Schröder sägte.

»Wir haben wirklich Glück«, sagte dieser. »Sogar die verdammten Steine werden kleiner. Wenn das so weitergeht, werden wir bald die Erde aus dem Gang herausschaufeln können.«

»Wissen Sie, was wir tun sollten, wenn wir durch sind? Dem Hauseigentümer eine Rechnung präsentieren. Über den Bau eines vollendet schönen Ganges. Feinste Spezialarbeit, von drei Experten ausgeführt.«

»Ja«, sagte Gontard, »das wäre eine Idee. Nennen wir uns ›Erste Wiener Tunnelbaugesellschaft‹. Ein Chemiker, ein Soldat und ein Priester – wir sollten Erfolg haben.«

»Denken Sie allein an die Rekordzeit, in der wir unsere Arbeit erledigen. Man verschütte uns in einem Keller, und wir liefern garantiert und schnellstens einen erstklassigen Durchbruch.«

Der Balken war durchsägt. Schröder spuckte erleichtert auf den Boden. Dann richtete er sich auf. »Wißt ihr, was mir gerade eingefallen ist? Der Besitzer des Hauses hat jetzt einen hervorragenden Keller und kein Haus mehr.«

»Ein sogenannter Kellerbesitzer«, sagte Faber.

»Ob er unsere Arbeit noch zu schätzen weiß? Vielleicht hat er andere Sorgen. Die Leute sind undankbar.«

»Wozu braucht er einen Keller, wenn er kein Haus mehr hat?«

»Immer noch besser ein Keller als gar nichts«, meinte Gontard.

»Ein Keller in der Hand«, sagte Faber grinsend, »ist besser als ein Haus auf dem Dach.«
»Ein Glück, daß wir kein Haus in den Keller bekamen«, sagte Schröder.
»Bei genauerer Überlegung«, murmelte der Priester, »will es mir scheinen, als ob der Baustil der Zukunft den gegenwärtigen Sicherheitsverhältnissen durch eine Verlegung der Wohnräume *unter* die Erde entgegenkommen sollte.«
»Dann werden wir unsere Rechnung auf den Bau einer Haustür umschreiben«, sagte Faber. Er horchte auf. »Nanu, haben die drüben etwa eine Frühstückspause eingelegt?«
»Warum?«
»Ich kann sie nicht hören.«
Der Priester nahm den Hammer und schlug gegen die Wand. Aber es blieb still.
»Na, den Kerlen werde ich etwas erzählen«, sagte Faber. »Wenn ich sie sehe.«
»Sie können niemanden zur Arbeit zwingen!« rief Schröder und lachte.
»Erinnern Sie sich noch?«
Faber lachte gleichfalls.
»Das habe ich gestern gesagt, nicht wahr?«
Schröder nickte.
»Sehen Sie, wie Sie sich heute darüber ärgern?«
»Ja, aber es stimmt trotzdem.«
»Stimmt es wirklich?«
»Ich weiß nicht«, sagte Faber. »Vielleicht. Lebensregeln sind nicht meine starke Seite.« Sie sägten weiter.
Plötzlich sagte der Priester: »Da sind sie wieder.«
Jetzt lauschten sie alle.
»Ja«, sagte Faber, »sie klopfen wieder.«
Schröder war aufgeregt.

»Sie klopfen jetzt anders! Hören Sie den Unterschied?«
»Nein«, sagte der Priester.
»Ich höre ihn ganz deutlich! Das ist ein anderes Klopfen.«
»Unsinn! Es gibt kein anderes Klopfen.«
»Faber«, sagte Schröder und lief ein paar Schritte auf und ab, »haben Sie kein rhythmisches Gefühl für Töne?«
»Nein!«
»Aber ich, ich habe ein Ohr dafür.« Schröder sah die beiden anderen an. »Wißt ihr, was das ist?«
»Was?«
»Morsezeichen! Das sind Morsezeichen. Irgendeine Botschaft! Die wollen uns etwas sagen ...« Er wandte sich an Faber. »Können Sie Morsetexte lesen?«
»Nein. Und Sie?«
»Ich konnte es einmal ...« Das Klopfen dauerte an. Schröder rieb sich nervös die Hände. »Was wollen die nur?«
Dann begann er in seinen Taschen zu suchen. »Ich habe einen Kalender. Ich glaube, in ihm befindet sich eine Tabelle mit Morsezeichen.« Er zog ein kleines Buch hervor und blätterte. »Hier«, sagte er, »hier ... nein, hier ist es.« Er nahm seine Feder und setzte sich auf den Boden. »Ich werde es versuchen. Vielleicht verstehen wir sie.« Schröder lauschte angestrengt und zeichnete eine Reihe von Punkten und Strichen auf das Papier des Kalenders. Schließlich riß er die Seite heraus. »Nein, das ist falsch!«
Er begann von neuem.
»Lang«, sagte er, »kurz, kurz, kurz, kurz, lang.« Sein Kopf bewegte sich im Rhythmus der Schläge. »Kurz, kurz, lang, kurz. Nein, das ist ein neuer Buchstabe ...« Faber und der Priester sahen ihm zu. Nach ein paar Minuten brach Schröder ab.

»Ich glaube, das ist alles.« Er begann die Botschaft zu entziffern. »Lang, kurz«, sagte er, »das ist ein N. Punkt, das ist ein E ... N. E. U. E. R., das erste Wort heißt ›Neuer‹.« Er buchstabierte weiter. »L. U. F. T. A. N. B. – das Zeichen ist falsch. Ich kann es nicht finden.«
»Wie heißt das Wort bisher?«
»Luftanb –«, sagte Schröder.
»Luftangriff!« rief Faber. »Das Wort heißt Luftangriff!« Er kniete neben Schröder nieder. »Weiter. Wie heißt das nächste Wort?«
»A. U. F.«, buchstabierte Schröder. »Auf W. I. –«
»Auf Wien«, sagte Faber ungeduldig. »Neuer Luftangriff auf Wien.« Schröders Finger zitterten. Er suchte.
»Hier«, sagte Faber, »das ist ein S, dann kommt ein T. Dann ein U. Das muß ein E sein ... STUETZET heißt das Wort ...« Schließlich hatten sie die ganze Botschaft vor sich: Neuer Luftangriff auf Wien. Stützet den Tunnel ab. Sie sahen sich an. Dann fluchte Schröder. Er fluchte lange. Faber stand auf.
»Schon gut«, sagte er, »wir müssen uns beeilen.«
Sie arbeiteten weiter. Der zweite Balken wurde durchsägt, dann nahmen sie den dritten.
»Schneller«, sagte Faber. Schröder hustete.
»Neuer Luftangriff auf Wien! Diese verfluchten Schweine!«
Faber stemmte einen Stiefel gegen das Holz und zog die Säge an sich, daß das Metallblatt kreischte.
»Ja«, sagte er, »diese verfluchten Schweine.«
Der Priester schleppte die beiden fertigen Balken in den Tunnel.
»Warum regen Sie sich auf? Es ist doch nichts geschehen. Wir haben schon mehrere Luftangriffe erlebt. Oder nicht? Kein Grund zu Hysterie.«
»Wenn alles in Ordnung wäre, hätten die drüben uns

nicht verständigt«, sagte Schröder, der leise keuchte. »Irgend etwas geht vor. Da! Haben Sie das gehört?«
Ein leises Grollen drang in den Keller.
»Die Flak schießt«, sagte Faber. »Passen Sie auf, Sie werden sich in den Finger schneiden.«
Wieder drang eine ferne Detonation zu ihnen.
»Vorwärts«, sagte Faber, »wir müssen auf alle Fälle die Balken in den Gang verteilen. Zum Fluchen ist später noch Zeit.« Er fühlte, wie eine leichte Unruhe ihn überkam. Lächerlich, dachte er, ausgerechnet hier soll noch einmal etwas geschehen. Wir sind alle nervös. Wenn wir nur den Balken schon durchgesägt hätten ... sei ruhig, du Trottel, es wird überhaupt nichts geschehen. Laß dich nicht anstecken von diesem Schröder. Es ist nichts. Trotzdem wird mir wohler sein, wenn wir den Gang abgestützt haben ... Er warf die Säge fort. »So«, sagte er und hob den letzten Balken auf. Er versuchte, ihn zwischen den beiden anderen und der Decke zu verkeilen, aber der Zwischenraum war zu klein.
»Stellen Sie die Pfosten schief gegen die Mauer. Dann können wir sie später noch immer senkrecht klopfen.«
Schröder und der Priester folgten seinen Worten. Das Grollen kam wieder näher. Faber schob den waagerechten Balken in die nun vergrößerte Öffnung.
»Ich halte ihn fest. Schlagen Sie die beiden Pfosten gerade.«
Faber hatte die Arme über den Kopf gehoben und stand mit gespreizten Beinen, das Gesicht zur Mauer gekehrt. Der Balken verschob sich leicht, als Schröder ihn festzuschlagen begann.
»Ist es so gut?«
»Nein«, sagte Faber, »das ist noch gar nichts. Schlagen Sie fester auf das Holz.«
Schröder schwang den Hammer wie einen Krocketschlä-

ger. Faber fühlte, daß der Balken sich festfraß. Dann, plötzlich, fühlte er etwas anderes. Ein sonderbares Beben ging durch das Holz, es schien Faber, als schwanke der Boden in einer mäßigen Wellenbewegung, und er hörte den Priester Atem holen. Der Balken sank wie unter einem riesenhaften Druck abwärts, die beiden vertikalen Pfosten glitten vor.

»Vorsicht«, sagte Faber sehr leise und stemmte sich gegen das Holz, bis sein Kreuz sich durchbog und seine Knie zu zittern begannen. »Schlagen Sie die beiden Balken zurück!«

Ein heftiger Ruck ging durch die Wand. Erdreich fiel Faber ins Gesicht. Schröder hieb wie von Sinnen auf die stützenden Pfosten ein, aber der Balken glitt langsam weiter. Fabers Stirnadern traten hervor. Er schloß die Augen und hielt den Atem an. Seine gekrümmte Gestalt stand unbeweglich. Ein Stein fiel aus der Decke.

»Helfen Sie mir«, sagte Faber tonlos. Schröder sprang neben ihn. Fabers Arme bogen sich in den Gelenken. Er wandte sich blitzschnell um und fing den sinkenden Balken mit den Schultern auf. Sein Rücken lehnte an der Wand, neben ihm stand Schröder. Er biß die Zähne zusammen. Auch seine Schultern bogen sich unter der Last der sinkenden Decke. Der Priester schlug noch immer mit dem Hammer gegen die unaufhörlich weitergleitenden Pfosten. Der feine Erdregen wurde dichter.

Zu dieser Zeit war es genau sieben Minuten vor elf.

## 5

Faber fühlte, wie die scharfe Kante des Balkens in die Haut seines Halses eindrang. Schröder keuchte. Seine Brille war ihm von der Nase gefallen. Der Priester trieb hastig zwei spitze Eisenstücke vor den vertikalen Pfosten in den Boden, um sie von weiterem Gleiten abzuhalten.
»Eine Minute«, sagte er dabei, »eine Minute ... warten Sie ... halten Sie es noch eine Minute aus? Ich bin gleich soweit. Eine Minute noch!«
Der Balken schrammte Fabers Hals. Er spürte, wie das Blut ihm langsam über den Rücken lief. Der stechende Schmerz in seinen Schulterblättern wurde stärker. Ein neuer Ruck ging durch die Wand. Seitlich schauend, gewahrte Faber einen Riß im Erdreich. Wieder fielen Steine aus der Decke.
»Gleich«, sagte der Priester, »warten Sie noch einen Augenblick ...«
Schröder stöhnte.
»Halten Sie es noch aus?«
»Nicht mehr lange.« Die Hände des Chemikers waren rot und dick. Er stemmte sie auf die Knie. Gontard hatte den rechten Balken festgeschlagen und bemühte sich um den linken.
»Sofort«, sagte er, »sofort ... der Gang darf nicht einstürzen ... warten Sie ... warten Sie noch ...«
Die beiden vertikalen Pfosten standen still. Statt dessen begann sich ihr oberer Teil aus der Höhle herauszuschieben. Die Männer stemmten sich gegen diese neue Bewegung. Aber auch sie wurden langsam von der Wand abgedrängt. Der Balken wanderte nach vorne. Die Decke des Tunnels wanderte mit ihm.
»Schlagen Sie oben gegen das Holz«, sagte Faber keuchend. Der Priester folgte. Als der Hammer den Balken

traf, glaubte Faber, der Kopf würde ihm abgerissen. Er biß sich in die Lippen.
»Noch einmal«, sagte er. Gontard schlug zu. Walter Schröder seufzte schwer und fiel zu Boden. Dann geschah alles sehr schnell.
Der Balken, der nun nur noch auf einer Seite gestützt wurde, kippte, schlug Faber gegen die Schläfe und fiel mit den beiden anderen um. Faber sprang vor, so schnell er konnte, und riß den Priester mit sich. Aus der Wand kam ein tiefer ächzender Ton. Dann begann sie zu stürzen. Zuerst stürzte die Decke ein und begrub Schröder unter sich. Dann brachen die beiden Stirnflächen des Eingangs zusammen. Ein großer Erd- und Steinhaufen verschüttete im Lauf von wenigen Sekunden den vorgetriebenen Gang. Faber packte die Lampe und leuchtete gegen die Kellerdecke, die von einem kurzen Sprung durchzogen war. Aber die Kellerdecke hielt. Nach kurzer Zeit hörte sogar der Erdregen auf. Von dem Durchbruch war nur noch der Eingang zu sehen.
»Es ist alles vorüber«, sagte Faber und griff nach der Schaufel. »Wir müssen Schröder ausgraben, bevor er erstickt.«
Der Priester wühlte mit beiden Händen. »Vorsicht«, sagte er, »Sie werden ihn mit der Schaufel verletzen.«
»Er liegt weiter hinten. Ich passe schon auf.«
»Hier sind seine Füße. Vielleicht können wir ihn herausziehen.«
»Nein«, sagte Faber, der nun auch seine Hände benützte, »es sind zu viele Steine in der Erde. Versuchen Sie, das Gesicht frei zu bekommen.«
Schließlich gelang es ihnen, Schröder auszugraben. Er war bewußtlos, kam aber schon nach kurzer Zeit zu sich. Sein Gesicht blutete an vielen kleinen Stellen. Er schlug die Augen auf und fragte: »Ist der Gang eingestürzt?«

»Zum Teil«, sagte Faber. Schröder betrachtete schweigend den Erdhaufen vor sich. Dann begann er zu weinen. Die Tränen liefen über seine schmutzigen, zerkratzten Wangen und tropften auf den Boden. Schröder weinte geräuschlos und sagte kein Wort. Mit seiner Gebärde vollendeter Hoffnungslosigkeit drehte er sich um und legte sich nieder. Sein Gesicht ruhte in der schwarzen, feuchten Erde. Sie bedeckte seine Augen, seinen Mund und seine Stirn. Aber er merkte es gar nicht. Er lag ganz still und weinte wie ein Kind.
Der Priester stieg vorsichtig über ihn hinweg und räumte ein paar Steine beiseite.
Dann sah er Faber an.
»Wir haben uns zu früh gefreut.«
Faber nahm den Hammer und klopfte. Aber es blieb still. Er versuchte es nochmals. Es kam keine Antwort mehr von der anderen Seite.
»Neuer Luftangriff auf Wien«, sagte der Priester und stocherte mit der Eisenstange in etwas Erde herum. »Wir haben die Botschaft richtig entziffert. Wissen Sie, wo wir jetzt sind?«
»Wo?« fragte Faber abwesend und sah auf den weinenden Schröder.
»Wo wir gestern waren«, sagte Gontard. Der Soldat schüttelte den Kopf.
»Nein, wir sind viel weiter. Die Erde ist locker und leicht. Wir brauchen sie nur beiseite zu schaufeln. Das Hacken hat ein Ende. In ein paar Stunden ist der Gang wieder frei.«
»Faber!«
»Ja«, sagte dieser. »Lassen Sie mich in Ruhe. Glauben Sie, mir ist nicht zum Heulen zumute?«
»Dann heulen Sie doch!«
»Nein«, sagte Faber. »Ich will nicht.«

»Ich will schon«, sagte Gontard. »Aber ich kann nicht.« Er setzte sich und ließ ein wenig Erde durch seine Finger rinnen. Schröders Gesicht war tragisch.

»Wenn ich nicht umgefallen wäre, hätte der Balken gehalten.«

»Nein«, sagte Faber, »die Wand wäre auf alle Fälle eingestürzt.«

»Wir beide hätten den Balken halten können, solange der Priester die Bolzen einschlug. Aber ich war zu schwach. Wir hätten ihn halten können, zusammen.«

»Nein«, sagte Faber, »das war unmöglich.«

Schröder bohrte Lehm aus seinen Ohren.

»Wenn ich nicht umgefallen wäre, stünde der Gang noch.«

»Zehn Männer hätten ihn nicht stützen können.«

»Wir beide«, murmelte Schröder verlegen, »nur wir beide. Und der Priester hätte die Bolzen eingeschlagen ...«

»Die Pfosten wären auf alle Fälle gestürzt!«

»Nein«, sagte Schröder.

»Ja!« sagte Faber.

»Nicht, wenn wir sie zusammen gehalten hätten.«

Faber holte Atem.

»Ich war zu schwach«, sagte Schröder. »Ich fiel um und ließ Sie allein den Balken halten, und so konnte der Gang einstürzen. Wäre ich stehen geblieben, hätte es nicht geschehen können. Ich bin schuld daran. Weil ich umfiel.«

»Schröder!« schrie Faber plötzlich. »Hören Sie auf mit diesem Gerede!«

Der Priester hob eine Handvoll Erde auf und ließ sie langsam zu Boden rinnen. Dann griff er nach neuer.

»Ich war zu schwach«, sagte Schröder. Faber beherrschte sich und schwieg. »Ich bin schuld an allem. Wäre ich stärker gewesen, hätte das nicht passieren können ...«

Faber sagte den gemeinsten Fluch, den er kannte, hob die Schaufel und begann zu graben.
Der Priester warf zwei kleine weiße Steine in die Luft. Wenn er den einen auffing, flog der andere nach oben. Seine Augen verfolgten interessiert den Weg der beiden Kiesel. Niemand wäre auf die Idee gekommen, daß Reinhold Gontard betete.

## 6

Während ihre Mutter mit Susanne Riemenschmied sprach und Fräulein Reimann in einem Koffer kramte, fiel es Evi Wagner plötzlich ein, daß sie schon lange nicht mehr »Einbilden« gespielt hatte. Heute nicht und gestern nicht – es war so vieles geschehen, daß sie darauf vergessen konnte. Aber nun war es ruhig, nun hatte sie Zeit, nun wollte sie spielen.
»Einbilden« war eine Erfindung, die sie selbst gemacht hatte, ein Spiel, zu dem man keine Freundin brauchte, keinen Ball, keine Wiese, keinen Puppenwagen. »Einbilden« konnte man ganz allein spielen und gerade dann besonders gut. »Einbilden« war ein wunderbarer Spaß, wenn man genug von Bilderbüchern und Märchen hatte. Man bildete sich ein, man wäre irgendwas: ein Segelboot zum Beispiel oder ein Königssohn, ein Schmetterling oder ein Känguruh, das seine Kinder in einem Beutel trug und hüpfte. Man bildete sich ein, man wäre irgend etwas Fremdes, Aufregendes, Ungewöhnliches und betrug sich dann so, als ob der vorgeschützte Sachverhalt dem richtigen, als ob die erdichtete Existenz der wirklichen entspräche. Wenn man ein Haifisch war, dann schnappte man mit den Kiefern, kroch auf dem Bauch und strampelte in Ermangelung einer Schwanz-

flosse mit den Beinen. War man ein Flugzeug, dann lief man mit ausgebreiteten Armen (den Tragflächen) in Kreisen und Schleifen durch das Zimmer, brummte tief und landete schließlich voll Vorsicht auf dem Flughafen zwischen dem Schrank und dem Ofen. War man ein Tiger im Dschungel, so wand man sich geschmeidig auf allen vieren zwischen Tisch und Stuhlbeinen hin und her, lag lange Zeit flach unter dem Bett und stürzte sich dann, wild brüllend, auf eine vorüberziehende Ziegenherde, wobei man annahm, daß die europäische Hausziege auch in äquatorialen Gegenden heimisch ist.
Das Vergnügen, in eine fremde Existenz einzusteigen wie in ein sympathisches Vehikel und sie wieder verlassen zu können nach eigenem Ermessen, mit sich selbst ein Geheimnis zu haben vor den Erwachsenen – das war das Spiel »Einbilden«, das Evi, wie Millionen andere Kinder, selbst erfunden hatte.
Sie nahm Gontards Taschenlampe von der vollgeräumten Kiste, knipste sie an und ging zu ihrer Mutter, die noch immer mit Susanne Riemenschmied sprach.
»Ich möchte spielen!«
»Bleib doch bei uns.«
»Aber ich habe schon so lange nicht mehr gespielt.«
Evi kletterte auf das Bett und streichelte die Mutter.
»Darf ich gehen?«
»Wohin?«
»Nur hier im Keller.«
»Gut«, sagte Anna Wagner. »Aber mach dich nicht schmutzig. Es ist überall finster.«
»Ich habe eine Taschenlampe«, sagte Evi stolz und glitt zu Boden. Sie lief fort und wiederholte die Worte ...
Ich habe eine Taschenlampe, sagte der Fahrer des großen dunkelroten Lastkraftwagens, der über die dunkle Landstraße raste. Es war tiefe Nacht. Nicht einmal die

Sterne schienen. In den Kurven hieß es vorsichtig sein, denn man wußte nie, was hinter der nächsten Ecke kam. Hier zum Beispiel! O Gott, schnell auf die Bremsen treten ... Rrrrrrrrr, rasseln die Zahnräder. Zitternd bleibt der Wagen stehen. Nur ein paar Zentimeter vor der nassen Mauer. Da hätte das schrecklichste Unglück geschehen können. Wir nehmen die Taschenlampe und leuchten die Wand ab. Nein, hier können wir nicht durch, das ist ganz unmöglich. Wir müssen umdrehen und eine andere Straße wählen. Der Motor fängt an zu brummen, wir schalten die Scheinwerfer ein. Zurückfahren auf derselben Straße, aber vorsichtig, nicht zu schnell und ständig hupend. Tuu-tuu-tu-tuuu! Jetzt läuft die Straße geradeaus, den Weg kennen wir, der führt nach Amerika, an das andere Ende der Welt, dorthin, wo die Kisten der alten Frau stehen, die uns Schokolade geschenkt hat. Zunächst fahren wir nach Amerika, später, wenn wir zurückkommen, nach Floridsdorf und dann in die Engerthstraße. Nach Rußland fahren wir auch und nach Ungarn. Vielleicht treffen wir den Vater dort. Aber zuerst müssen wir nach Amerika, unsere Ware abliefern. Fünfzig Säcke, den ganzen Wagen voll. Fünfzig kostbare Säcke, gefüllt mit feinster Gerechtigkeit. Sie kostet eine Menge Geld, diese Gerechtigkeit, deshalb müssen wir auch besonders vorsichtig sein, damit den Säcken nichts geschieht. Wir beschreiben einen großen Bogen, laufen Amerika, von Osten kommend, an, landen auf einem Wäscheballen und leeren die Gerechtigkeit aus, indem wir uns seitlich neigen, So. So. Ein Sack nach dem anderen. Und hier der letzte. Wie? Nein, leider, wir können nicht bleiben. Wir müssen gleich weiterfahren. Es ist schon spät. Und wir waren noch nicht in Floridsdorf. Auf Wiedersehen, wir kommen bald wieder. Gute Nacht, Amerika!

Wir starten den Motor und ziehen die Knie beim Gehen hoch an den Leib, denn die Strecke über den Atlantischen Ozean ist gefährlich, und wir können nicht schwimmen. Unser Scheinwerfer wandert hin und her. Langsam fahren wir in unserem brummenden Auto durch das Meer. Wellen schlagen an uns, der Wind heult … und es ist ganz finster. Wir verdienen unser Brot schwer. Mitten in der Nacht sind wir unterwegs für andere Leute. Damit sie zum Frühstück ihre Gerechtigkeit haben. Der Sturm bläst, wir müssen uns vorneigen. Die Wellen schaukeln. Auf und ab. Auf und ab. Das ist aber komisch! Ich glaube, ich schaukle wirklich! Nein, so etwas … Jetzt ist es ruhig. Aber jetzt, jetzt wackelt es wieder, ich fühle es ganz deutlich. Und irgend etwas knarrt und knistert und fällt von der Decke herunter. Da! Ein Stein …

Evi stand in der Nähe des Treppenaufstiegs und betrachtete einen Stein, groß wie ihr Kopf, der vor ihre Füße gefallen war. Sie konnte sich nicht erklären, woher er kam. Über sich hörte sie Lärm. Was machten die? Der Pfarrer, der Mann mit der Brille und der Soldat, der das Mädchen liebhatte? Warum wackelten sie mit den Wänden? Evi hielt die brennende Taschenlampe in der Hand und kletterte eilig die Stufen hinauf. Ihre Augen leuchteten. Irgend etwas schrecklich Interessantes ging vor, das war klar. Vielleicht eine Überraschung, vielleicht etwas, das sie nicht wissen sollte. Aber warum hatte der Boden gewackelt? Warum? Gleich würde sie es wissen. Sie erreichte die zweite Etage und marschierte auf den Tunnel los. Dann blieb sie sprachlos stehen.

Wo war der Tunnel? Sie sah ihn nicht mehr. War er verschwunden? Und wo kam die viele Erde her, die da herumlag? Die Mauer sah auch ganz anders aus als früher. Und erst die Männer! Der Soldat schaufelte in dem Erdhaufen herum, und der Mann mit der Brille hatte sich auf den Boden gelegt und versteckte sein Gesicht. Was spielten die beiden? Einschauen? O Gott, und der Pfarrer! Warum warf er zwei Steine in die Luft und fing sie wieder auf? Und warum sprachen die drei nicht miteinander? Was hatten sie vor? Was war das für ein komisches, geheimnisvolles Spiel? Evis Augen wanderten und blieben wieder an dem Priester hängen, der die kleinen weißen Steine in die Luft warf. Den einen, den anderen. Dann beide auf einmal. Jetzt fiel ihm einer der Kiesel aus der Hand. Gontard starrte ihn abwesend an und rührte sich nicht.

Evi fühlte, wie ein kribbeliges Gefühl in ihrer Brust hochstieg. Sie schüttelte sich. Was war das bloß? Sie mußte lachen. Sie lachte aus ganzer Kehle, mit hoher Stimme, sie lachte über diese lustigen drei Männer. Sie konnte sich nicht helfen. Es war so komisch, so komisch, so komisch …

Evi Wagner hielt die brennende Taschenlampe in der Hand, und ihr kleiner Körper bog sich in einem herzhaften, befreienden Kinderlachen über die winzige Szene aus der unendlichen menschlichen Komödie, deren unschuldige Zuschauerin sie war.

## 7

»Wie lange wird es dauern?« fragte Therese Reimann. Sie hatten sich alle vor dem eingestürzten Gang versammelt, selbst Anna Wagner war aufgestanden. »Wie lange wird es dauern?«

»Ein paar Stunden«, sagte der Priester, »vielleicht noch eine Nacht.« Er sah in die Gesichter der anderen. Das kleine Mädchen lächelte ihm zu. Die Mutter hatte die

Augen zu Boden geschlagen. Susanne Riemenschmied sprach leise mit dem Soldaten. Schröder klopfte Erde aus seinem Anzug.
»Wir werden mit dem Essen sparsamer sein müssen«, sagte Fräulein Reimann sachlich.
»Auch mit der Luft«, sagte der Priester. »Eine Lampe muß genügen.«
»Warum?« fragte Evi.
»Weil wir noch ein wenig länger hier bleiben werden.«
»Hier bleiben?« Evi zog die Stirn in Falten. »Bin ich heute abend noch nicht zu Hause?«
»Vielleicht noch nicht«, sagte Gontard. »Vielleicht erst morgen früh.«
»Aber du hast doch gesagt, daß es heute sein wird.«
»Ich habe mich geirrt.«
»Hörst du die anderen noch klopfen?«
»Nein«, sagte Gontard, »im Augenblick nicht.«
»Dann müssen sie aber sehr weit fort sein.«
»Es ist nicht so arg, wenn wir die Erde fortgeschaufelt haben, werden wir sie wieder hören.«
»Wer weiß, was in dem anderen Keller passiert ist«, sagte Therese Reimann.
»Nichts«, sagte der Priester.
»Vielleicht ist die Bombe auf das nächste Haus gefallen und hat die Menschen drüben ebenso verschüttet wie uns.«
»Das ist unmöglich.«
»Warum ist es unmöglich?«
»Das gibt es nicht!«
»Ja«, sagte die alte Dame, »das gibt es nicht. Warum eigentlich nicht?«
»Weil ich es nicht glauben will.«
»Ich will es auch nicht glauben«, meinte sie, »aber es könnte doch sein.«

Evi ergriff die Hand der Mutter.
»Hast du gehört? Wir müssen noch dableiben …«
»Ich weiß«, sagte Anna Wagner ruhig und sah Schröder an, »wir müssen noch dableiben.«
»Was haben Sie?«
»Gar nichts«, sagte die Frau, »ich habe gar nichts. Nicht einmal mehr Angst. Das ist das Sonderbare. Ich weiß jetzt, wie alles kommen wird. Ich habe gar keine Angst mehr, weil ich es weiß.«
»Woher wissen Sie alles?«
»Ich habe geträumt. In der letzten Nacht. Deshalb fürchte ich mich nicht mehr. Es ist schon lange her, daß ich mich nicht mehr gefürchtet habe.«
»Erzählen Sie uns allen, wie es werden wird«, sagte Therese Reimann.
»Das kann ich nicht.«
»Wollen Sie es nicht?«
»Ich kann es nicht.«
»Es wird nicht so kommen, wie Sie es träumten, Frau Wagner«, sagte Susanne.
»Doch, genau so.«
»Ich weiß, daß es nicht so kommen wird.«
»Was heißt das?« fragte Gontard. »Haben Sie denselben Traum gehabt?«
»Nein, natürlich nicht, aber Frau Wagner hat mir den ihren erzählt.«
Die Schwangere schüttelte den Kopf.
»Ich habe Ihnen nur die Hälfte von meinem Traum erzählt.«
»Warum haben Sie die andere verschwiegen?«
Anna Wagner antwortete nicht.
»Schon gut«, sagte Faber, »lassen Sie sich keine grauen Haare darüber wachsen, Frau Wagner. Seien Sie froh, daß Sie Ihre Angst losgeworden sind. Sie haben Ihren

Traum natürlich nur gehabt, weil Sie verschüttet wurden, und nicht umgekehrt.«
»So ist es«, sagte der Priester, »Sie sind nicht etwa verschüttet worden, weil Sie einen Traum gehabt haben.«
»Hinter allen Dingen«, sagte Schröder plötzlich, »steht ein Sinn. Alles, was hier geschieht, geschieht nur im Gleichnis. Jedem von uns bedeutet dieses Gleichnis etwas anderes.«
»Aber wir haben uns doch«, sagte Susanne, »alle mit demselben Erlebnis auseinanderzusetzen.«
»Fräulein Riemenschmied«, erwiderte Schröder, »der Lehre eines Mannes zufolge, der etwa hundert Jahre nach Christus in Griechenland lebte, hat alles, was uns widerfährt, das ganze Leben, einen dreifachen Sinn. Einen historischen. Einen symbolischen. Und einen metaphysischen. Sie werden mir recht geben, wenn ich sage, daß jeder von uns die hinter uns liegenden Stunden, nach diesen drei Gesichtspunkten gewertet, völlig verschieden erlebt hat.«
Gontard hustete.
»Das weiß ich nicht. Wenigstens, was die historische Seite betrifft, dürften wir doch alle das gleiche empfunden haben.«
»Diese Ansicht«, erwiderte Schröder, »ist gänzlich irrig. Denn wir kommen aus verschiedenen Bezirken der menschlichen Gesellschaft. Wir sind unterschiedlich alt. Wir haben entgegengesetzte Weltanschauungen. Wenn wir, in ein paar Jahren, uns an diese Episode erinnern, dann wird ein jeder von uns ihr einen anderen Wert beimessen. Fräulein Reimann wird an das Schicksal und die Allmacht Gottes denken. Fräulein Riemenschmied vielleicht an die Liebe. Und Sie, Hochwürden, an den Tag, da Sie Ihr Leben zu ändern begannen. Eine Bombe hat uns alle zu Gefangenen gemacht. Aber wir sind sehr

verschiedene Gefangene. Nie werden wir über gleichen Erlebnissen zu gleichen Gefühlswerten gelangen, und nie wird das Leben, das wir alle gemeinsam führen, uns zu den gleichen Erkenntnissen verhelfen, ob es sich um metaphysische, symbolische oder historische handelt.«
Faber lachte.
»Warten Sie einmal: Wenn diese Theorie wirklich etwas für sich hat, dann müßten wir eigentlich auf drei verschiedenen Gebieten zu einundzwanzig verschiedenen Ansichten gekommen sein!«
Schröder nickte.
»Das ist völlig richtig. Manche von Ihnen werden ähnliche Ansichten gewonnen haben, auf dem einen oder anderen dieser Gebiete.« Er lächelte ein wenig. »Sie und Fräulein Riemenschmied vielleicht auf dem historischen. Sie, Hochwürden, und ich die entgegengesetztesten auf dem metaphysischen. Wenn man sich diese Überzeugung, wie ich, zu eigen gemacht hat, dann ist es ein leichtes, ein wenig von dem Vielen vorherzusagen, das sich ereignen wird. Denn um das Wesen eines Menschen zu begreifen, muß man sich stets indirekter Methoden bedienen. Eine von ihnen ist die Praxis, sich zu überlegen, wie er ein Erlebnis in der erwähnten dreigegliederten Weise aufnehmen wird.«
»Was wollen Sie eigentlich?« fragte Faber.
»Ich will das gleiche wie Sie, aber ich versuche es auf einem anderen Weg zu erreichen.«
»Das habe ich nicht gemeint. Was wollen Sie mit dieser Theorie?«
»Auch ich«, sagte Schröder, »weiß, wie alles werden wird.«
Der Priester griff nach der Schaufel, die Faber fortgeworfen hatte. »Sie irren sich, Herr Schröder. Es wird nicht so kommen, wie Sie glauben.«

»O ja!«
»Nein«, sagte der Priester.
»Warum nicht?«
»Weil ich es verhindern werde«, erwiderte Reinhold Gontard. Seine Gestalt streckte sich. Er sprach lauter.
»Wir werden ja sehen«, sagte Schröder. Therese Reimann schüttelte den Kopf.
»Wovon sprechen Sie eigentlich? Vielleicht hat einer von Ihnen die Freundlichkeit, mich aufzuklären. Es interessiert mich schließlich auch.«
»Fräulein Reimann«, fragte der Priester ruhig, »glauben Sie an Gott den Allmächtigen?«
»Ja«, sagte die alte Dame.
»Faber«, fragte der Priester, »gibt es etwas Wertvolleres als das menschliche Leben?«
»Nein«, sagte Faber.
»Evi«, fragte Gontard, »was braucht man zum Leben fast ebensosehr wie den Sauerstoff?«
»Die Gerechtigkeit«, erwiderte das kleine Mädchen. »Und etwas zu essen.«
»Fräulein Riemenschmied, gibt es etwas, das stärker ist als die Liebe?«
»Nein«, sagte Susanne.
»Frau Wagner, wissen Sie, warum es zum Krieg gekommen ist?«
»Nein«, sagte diese.
Schröder setzte irritiert seine Brille wieder auf. »Was soll das bedeuten?«
»Das soll bedeuten, daß wir genug geredet haben. Ich weiß jetzt, was ich zu tun habe.«
»Das weiß ich seit langem.« Faber lachte.
»Wie erfreulich. Was halten Sie von meinem Vorschlag, weiterzuarbeiten?«
»Angenommen«, sagte Gontard. Er begann zu schaufeln.

Faber rollte die umgestürzten Balken zur Seite. Die Frauen gingen in das untere Stockwerk zurück. Walter Schröder sah ihnen nach. Er hatte die Hände in die Taschen seiner Hose gesteckt, und sein Mund war rund, als wollte er pfeifen. Aber er pfiff nicht. Er wartete auf den Augenblick, da die Reihe an ihn kommen würde, weiterzugraben. Und während er wartete, ballte sich die eine seiner Hände in der Tasche zur Faust.

# Sechstes Kapitel

## 1

Sieben Minuten vor elf zerschlug ein Splitter der Bombe mit dem Kennzeichen US BR 84732519/44 die Wand eines Wasserrohres, das sich unter der Fahrbahn der Plankengasse hinzog. Von diesem Zeitpunkt an verströmte mit großer Gewalt unaufhörlich Wasser in die Umgebung der Bruchstelle. Es kam einen weiten Weg aus den Reservoiren der Wiener Hochquellenleitung am Rosenhügel und drang nach allen Richtungen vor. Ein Teil stieg aufwärts und begann den durch die Explosion der Bombe entstandenen Trichter trüb und schlammig zu füllen. Ein anderer Teil fand seinen Weg durch Erd- und Steinschichten in einen alten Luftschacht, der in die Trennungswand der Häuser Plankengasse 2 und Neuer Markt 13 gegraben worden war, und stieg in diesem langsam empor, wobei es sich nach dem Gesetz der kommunizierenden Gefäße stets auf dem Niveau des Flüssigkeitsspiegels in dem Trichter hielt.

Die Seite der Mauer, die in den Keller des Hauses Plankengasse 2 blickte, war fest und aus Stein gefügt, die andere Seite bestand zum Teil, besonders in ihrer unteren Hälfte, aus Lehm. Dies hatte zur Folge, daß das Wasser aus dem Schacht weiterzusickern begann.

Etwa fünf Stunden nach der Explosion der Bombe, um

vier Uhr nachmittags, stiegen die Arbeiter eines Wagens der Wiener Wasserwerke in der Kärntnerstraße in einen Keller hinab und schraubten das freiliegende Ventil einer tiefen Rohrleitung zu. Das gleiche taten sie in einem Keller der Dorotheergasse, womit sie den ganzen zwischen den beiden Straßenzügen liegenden Sektor blockierten. Sie kamen gerade aus dem einundzwanzigsten Bezirk zurück und waren halb tot vor Überanstrengung. Sie hatten seit vielen Stunden nicht mehr geschlafen. Es war nicht ihre Schuld, daß eine derart lange Zeit zwischen der Katastrophe und ihrem Eintreffen verstreichen mußte.

Das Wasser hatte unterdessen den Trichter völlig gefüllt. Große schmutzige Blasen stiegen an die Oberfläche und zerplatzten. Der Boden des alten Luftschachtes wurde schlammig. An einer Stelle durchbrach das Wasser die Kellerwand des dreistöckigen Gewölbes eines Hauses auf dem Neuen Markt und begann in einem dünnen, aber starken Strahl in die dritte Etage zu strömen. Der Kanal wurde rasch größer. Erde und kleine Steine schwemmten sich vor und fielen in unregelmäßigen Stößen zu Boden. Der Wasserstrahl verbreiterte sich. Eine zweite, etwas später eine dritte Stelle der Mauer wurde undicht. Mit verstärkter Gewalt drückte das Wasser gegen die poröse Wand. Gegen Abend weichte diese so weit auf, daß sie mit einem saugenden Geräusch zusammenstürzte und sich die gesamte Wassermenge des Luftschachtes in den Keller ergoß. Durch diese plötzliche und heftige Entleerung entstand ein Sog, der Wasser aus umliegenden Erdschichten nach sich zog und ihm den gleichen Weg wies. Der Trichter leerte sich langsam. Durch winzige Kanäle und ausgeschwemmte Gänge sickerte das Wasser zurück in die Tiefe, um sich mit dem auf dem Kellerboden zu vereinen in unzähligen einzelnen Trop-

fen, die ohne Unterlaß wie Schweiß aus den Poren der Mauer traten, langsam in Bewegung gerieten und lautlos einflossen in den dunklen See unter der Erde.
Daß die Bombe US BR 84732519/44 in kein Haus einschlug, war nicht ihre Schuld. Man konnte sie dafür nicht verantwortlich machen. Sie fiel, wie sie fallen mußte, und es traf sich, daß sie in die Mitte der Fahrbahn zwischen die Häuser Plankengasse 1 und 2 fiel. Sie kam von der Kärtnerstraße her, passierte in Leitungsdrahthöhe den Donnerbrunnen und schlug an der erwähnten Stelle auf den Asphalt auf. Sie hätte das Haus Plankengasse 1 oder das Haus Plankengasse 2 treffen können. Sie hätte ein Blindgänger sein können.
Aber sie fiel mitten in die Fahrbahn. Und sie war kein Blindgänger. Sie war eine gewöhnliche, einwandfreie Fünfhundertkilobombe, die über einen Verzögerungszünder verfügte. Aus diesem Grunde durchbrach sie zunächst mit der unerhörten Wucht ihres Aufpralls die Straßendecke, glitt, immer noch mit beträchtlicher Geschwindigkeit, durch feuchtes Erdreich und zerschnitt spielend einige sorgfältig mit Guttapercha isolierte Lichtkabel. Dann explodierte sie. Da sie mehrere Meter tief eingedrungen war, hatte die Explosion eine Erderschütterung zur Folge, die sich weniger nach oben als seitlich auswirkte und umliegende Mauern ruckartig verschob. Nur einzelne Stücke des Stahlmantels der Bombe erreichten wieder die Straße. Der Großteil mengte sich innig mit dem erschütterten Erdreich, wodurch eine nicht unbeträchtliche Menge von pennsylvanischem Eisen unter jenem Boden zu liegen kam, über den, ein paar Jahrhunderte früher, römische Soldaten marschierten.
Ein großer Splitter mit besonders scharfen Rißstellen zerschlug, wie es sich traf, ein Wasserrohr, das unter der Straße lief. Da der Druck der Flüssigkeit in ihm größer

war als jener der das Rohr umgebenden Erdschicht, drang mit großer Gewalt dieses aus jenem und begann durch Stein und Lehm zu sickern.
Das Ende der Bombe US BR 84732519/44 ließ sich ausgezeichnet zu demonstrativen Zwecken energetischer, thermodynamischer, elektrochemischer und hydrostatischer Natur verwenden. Es war ein reiner Zufall, daß sich in einem Keller nahe ihrer Einschlagstelle sieben Menschen befanden, die seit vierundzwanzig Stunden das Tageslicht nicht mehr gesehen hatten.

## 2

Beim Licht einer Kerze hantierte Fräulein Reimann an der mit Lebensmitteln vollgeräumten Kiste. Sie bewegte lautlos die Lippen, als spräche sie zu sich selbst, nickte gelegentlich mit dem Kopf und schüttelte ihn dann wieder, so, als wäre sie mit sich selbst nicht einer Meinung. Es war drei Viertel eins. In dem oberen Stockwerk arbeiteten die drei Männer an der Freilegung des verschütteten Ganges. Sie hatten die gute Lampe mitgenommen, und es war eigentlich vereinbart worden, daß man sich aus Gründen der Luftersparnis mit ihr begnügen wollte.
Aber Fräulein Reimann, die nach einem Besuch der Einsturzstelle wieder in ihren Korbstuhl zurückgekehrt war, hatte es unmöglich gefunden, untätig in der Dunkelheit zu sitzen und der Arbeit der anderen zu lauschen. Sie beschloß, ein Mittagbrot zu bereiten. Dieser Entschluß beruhigte ihre immerhin ein wenig erregten Nerven.
Die Aussicht auf eine Beschäftigung, die ihr und anderen zugute kam, ließ sie munter werden. Während sie die

Kerze entzündete und eine Inventur der Nahrungsmittel vornahm, dachte sie kurz daran, daß es eigentlich von Bedeutung gewesen wäre, zu beten. Aber im Augenblick erschien ihr das Mittagmahl wichtiger. Sie schnitt eine Anzahl dünner Scheiben von dem länglichen Brotlaib und begann sie mit Fischen und Fleisch zu belegen. Das kleine Mädchen sah ihr zu.

»Für wen machst du die Brote?«

»Für uns alle. Es ist Zeit, etwas zu essen. Wir sind hungrig.«

Evi hob mit zwei Fingern ein Stück Sardine auf und steckte es in den Mund.

»Ich bin nicht hungrig.«

»Aber die Männer sind es.«

»Warum?«

»Weil sie arbeiten.«

»Werden sie noch lange arbeiten?«

»Nein«, sagte Therese Reimann, »nicht mehr lange.«

»Bleiben wir immer hier?«

Die alte Dame lachte nervös.

»Ach nein, was ist das für eine Frage? Natürlich bleiben wir nicht immer hier. Wir werden sehr bald fortgehen.«

»Wohin?«

»Dorthin, woher wir kamen.«

»Woher sind wir gekommen?«

»Aber«, sagte Therese Reimann, »weißt du das nicht?«

Evi schüttelte den Kopf.

»Du bist doch von zu Hause gekommen. Erinnerst du dich nicht mehr?«

»O ja.«

»Siehst du, dorthin gehst du wieder.«

»Die Mutti auch?«

»Natürlich.«

»Gehst du selbst nach Hause?«

Fräulein Reimann nickte heroisch. »Jeder von uns«, sagte sie, »geht gleich nach Hause, wenn wir hier herauskommen.«
»Ich habe geglaubt, wir wohnen jetzt hier«, sagte das Kind. »Weil wir hier geschlafen haben. Und weil wir gegessen und gespielt haben, weißt du?«
»Hier können wir nicht wohnen. Hier ist es kalt und finster.«
»Ja«, sagte Evi, »und wenn wir immer hier bleiben würden, hätten wir auch nicht genug zu essen.«
»Siehst du, jetzt verstehst du, warum wir fortmüssen.«
»Jetzt verstehe ich es«, sagte Evi. »Auf diesem Brot ist aber weniger Fleisch als auf den anderen.«
»Das sieht nur so aus.«
»Ich möchte es nicht haben. Es ist weniger Fleisch darauf. Wem wirst du es geben?«
»Ich werde es selber essen.«
»Macht es dir nichts?«
»Nein«, sagte Fräulein Reimann.
»Vielleicht hast du Fleisch nicht gerne«, meinte Evi. »Bei dem gelben Käse mit den vielen Löchern würde es mir nichts machen.«
Sie sah die alte Dame an.
»Hast du gesummt?«
»Ja«, sagte Fräulein Reimann.
»Was war das für ein Lied, das du gesummt hast?«
»Das war kein Lied. Das war eine Melodie.«
»Ich singe auch gerne«, sagte Evi. »Kennst du: Laßt die Räuber durchmarschieren?«
»Nein.«
»Schade. Wir hätten es zusammen singen können. Was für Lieder kennst du denn?«
»Guten Abend, gute Nacht, mit Rosen bedacht«, sagte Therese Reimann.

»Das ist aber ein Lied zum Einschlafen!«

»Ja, das stimmt. Warte, ich kenne auch andere. Zum Beispiel: Hab' mein' Wagen vollgeladen, voll mit schönen Mädchen –«

»Nein«, sagte Evi, »das kenne *ich* nicht. Aber vielleicht können wir ›Oh, wie wohl ist mir am Abend‹ singen.«

»Freilich«, sagte Therese Reimann. Sie legte die Brote auf ein Brett und gab dem kleinen Mädchen die brennende Kerze. »Jetzt wollen wir den Männern etwas zu essen bringen. Du kannst die Kerze tragen. Aber sei vorsichtig, damit du nicht hinfällst.«

Evi sah aufgeregt in das gelbe Licht der Flamme.

»Werden wir singen?«

»Wir können singen, während wir hinaufgehen«, sagte Therese Reimann. Die beiden erhoben sich und marschierten zur Treppe. Das Kind ging vor der alten Dame, welche das Brett mit den Broten trug. Auf der Wand gingen ihre Schatten mit. Sie stiegen die Stufen hinauf und sangen »Oh, wie wohl ist mir am Abend«. Evis Stimme war laut und hell. Sie sang sehr falsch, aber mit Begeisterung. Fräulein Reimanns dünner Sopran bemühte sich zitternd um die Melodie. Faber ließ die Schaufel sinken, als sie ankamen, und lachte, während Fräulein Reimann die Brote verteilte.

»Warum lachst du?«

»Weil es so lustig geklungen hat.«

»Kennst du das Lied?«

»Ja«, sagte Faber mit vollem Mund.

»Und ihr?« Evi wandte sich an Schröder und den Priester. Sie kannten es gleichfalls.

»Singen wir es alle zusammen«, schlug Evi begeistert vor. »Es wird sehr schön laut klingen. Singen wir es wie eine Kanone.«

»Wie eine was?«

»Wie eine Kanone. Weißt du nicht, was das ist?«
»O ja«, sagte Faber, »aber wie willst du denn wie eine Kanone singen? Das kann man doch nicht.«
»Das kann man schon! Im Kindergarten haben wir es immer getan.«
»Wie habt ihr das angefangen?«
»Es ist ganz einfach. Ich beginne zu singen, und wenn ich in der Mitte bin, fängst du an, und wenn du in der Mitte bist, fängt der Herr Pfarrer an, und so weiter. Aber wir alle singen immer weiter. Es klingt sehr laut. Kennst du das nicht?«
»Das ist ein Kanon«, sagte Faber, »weißt du?«
»Ja«, meinte Evi, »das habe ich doch gesagt.« Und sie begann zu singen. »Oh, wie wohl ist mir am Abend, mir am Abend –«, sie gab Faber ein Zeichen, einzusetzen, und ging weiter. Faber sang. Er bedeutete dem Priester seine Stelle, und dessen tiefe Stimme nahm gleichfalls die Weise von der Ruh' am Abend auf. Als Schröder an die Reihe kam, überraschte er sie alle durch einen starken und wohlklingenden Baß. Schließlich fiel Fräulein Reimann ein. Evi stand vor dem eingestürzten Gang auf einem Erdhaufen und dirigierte den Kanon, indem sie beide Hände leidenschaftlich auf und nieder bewegte. Die Kerze hatte sie Fräulein Reimann zurückgegeben. Faber hielt ein angebissenes Brot in der Hand, Schröder und der Priester saßen auf dem Boden. Sie ließen das Lied sehr laut werden, dann hörte auf ein Zeichen Evis Fräulein Reimann zu singen auf, dann Schröder, dann der Priester. Schließlich sang Evi wieder allein und beendete, leiser werdend, die musikalische Darbietung mit einem letzten »Glocken läuten, bim, bam, bim, bam, bim.«
»So«, sagte Faber, »das war ja eine wunderschöne Kanone.«

Evi lachte geschmeichelt.
»Ich bin durstig«, sagte Gontard, »ich glaube, ich bin so durstig geworden, daß ich sogar Kamillentee trinken könnte. Obwohl kaltes Wasser schon besser wäre.«
»Der einzig fehlende Komfort«, sagte Faber. »Fließendes Wasser. Laßt uns nicht unbescheiden sein.«
»Warten Sie«, rief Therese Reimann, »bemühen Sie sich nicht, ich weiß, wo die Thermosflasche steht. Ich werde sie holen.«
Sie entzündete von neuem die Kerze und ging eilig zur Treppe. Auf dem Rückweg nach oben begriffen, vernahm sie ein sonderbares Geräusch. Es kam von der entfernten Kellerseite und klang wie ein dünnes ununterbrochenes Plätschern und Tropfen. Therese Reimann leuchtete die Mauer ab. Ein dunkler, feuchter Kreis hatte sich etwa zwei Meter über dem Boden an einer Wandstelle gebildet, und aus seiner Mitte drang stoßweise Wasser. Es war, als spuckte die Wand das Wasser aus. Mit einem Glucksen sprang ein dünner Strahl vor, fiel zu Boden und bildete eine Lache. Nach ein paar Sekunden wiederholte sich das Ganze. Fräulein Reimann stand mit der brennenden Kerze vor der lecken Mauer und wunderte sich. Wo kam das Wasser her? Sie drehte sich um, lief wieder zur Treppe und rief laut nach Robert Faber.
Er antwortete.
»Kommen Sie herunter! Ich muß Ihnen etwas zeigen!«
Sie hörte, wie er zur Seite ging.
»Was ist geschehen? Können Sie den Tee nicht finden?«
»Wasser«, sagte Fräulein Reimann, »es rinnt Wasser in den Keller!«
Faber, der die Petroleumlampe hielt, rannte an ihr vorbei. Sie betrachteten schweigend das Phänomen des kleinen horizontalen Springbrunnens.

»Wasser!« sagte Gontard. Er trat in die Pfütze, legte den Mund in die Mitte des dunklen Kreises und versuchte das austretende Wasser zu trinken. »Es ist gut«, sagte er, »herrliches Wasser, ganz kalt und rein.«
Faber sagte nichts. Er sah die Mauer an und kratzte sich am Kopf. Schröder hob die Schultern und sagte: »Sie wissen ja, was das ist?«
»Nein.«
»Wirklich nicht?«
»Was glauben Sie denn?«
»Schauen Sie her«, sagte Schröder, »diese Wand liegt rechtwinkelig zu der, in welcher sich der Tunnel befindet. Der Tunnel wurde von links eingedrückt!«
»Von links und von oben«, sagte Faber.
»Von links und von oben. Also ist wahrscheinlich irgendwo in der Plankengasse eine Bombe gefallen, nicht wahr?«
»Das kann schon sein.«
»Haben Sie einmal etwas von Leitungsrohren gehört?«
»Mhm«, sagte Faber. Schröder nickte und wies auf die Mauer.
»So sieht es aus, wenn eines von ihnen bricht.«
»Glauben Sie, daß das Wasser aus einem Rohr kommt?«
»Natürlich!«
»Aber dieses Haus grenzt doch gar nicht an die Plankengasse, es liegt doch ein Gebäude dazwischen«, sagte Fräulein Reimann mit der brennenden Kerze. »Warum läuft das Wasser in unseren Keller und nicht in den anderen?«
»Das weiß ich nicht«, antwortete Schröder. »Vielleicht läuft es in beide. Aber da ist es.«
»Nicht besonders viel.«
»Warten Sie nur, es hat eben erst angefangen.«
»Wir können es in einem Eimer sammeln.«

»Wozu? Wenn der Eimer voll ist, müssen wir ihn doch ausleeren. Das Wasser kann vorläufig ebensogut einsikkern.«
»Wenn das Wasser zu uns in den Keller rinnt«, sagte Faber, »muß es ja auch in den rinnen, von dem man uns entgegengräbt, nicht wahr?«
»Vielleicht«, sagte Schröder.
»Dann werden die drüben wissen, was mit uns los ist, und dafür sorgen, daß die Rohrleitung gesperrt wird.«
»Wenn das Wasser wirklich auch zu ihnen rinnt.«
»Es kann gar nicht zu ihnen rinnen!« rief Therese Reimann plötzlich. »Der Keller drüben ist nur zwei Stock tief.«
»Aber den Trichter in der Plankengasse muß doch jemand sehen oder das zusammengestürzte Haus, oder was immer es ist. Wenn dort auch Wasser austritt, weiß jeder, daß ein Rohr gebrochen ist.«
Schröder sah auf die Uhr.
»Jetzt ist es Viertel zwei. Als die Bombe einschlug, war es ungefähr elf. Wenn wir Glück haben, ist das Wasser schneller nach oben gestiegen als seitwärts, und die Rohrleitung wurde schon blockiert.«
»Auf alle Fälle«, sagte Gontard, der sich den Mund mit dem Handrücken abwischte, »sollten wir schleunigst weitergraben. Wer weiß, was uns in diesem Keller noch alles passiert.«
Schröder kratzte ein paar Schaufeln trockene Erde zusammen und warf sie in die Pfütze.
»Damit das Wasser hier bleibt«, erklärte er. »Es ist besser, wir haben einen Haufen Schlamm, als der ganze Boden wird naß. Ich werde Erde von oben heruntertragen.«
Susanne Riemenschmied kam vom Bett der schwangeren Frau zu ihnen.

»Wir hörten das Tropfen schon eine Weile. Es fing ganz langsam an, und dann wurde es lauter.«

»Gemütlich ist es auf keinen Fall«, sagte Schröder. Evi, die schweigend zugehört hatte, trat zu Faber.

»Von wo kommt das Wasser?«

»Von draußen.«

»Wird noch viel zu uns rinnen?«

»Nein«, sagte Faber, »es wird bald aufhören.«

## 3

Aber es hörte nicht auf.

Eine Stunde später vermochte hingeworfene Erde den nun schon stetigen Strahl nicht länger zu absorbieren, und das Wasser lief in dünnen Linien über den Boden davon. Aus der Wand fielen einzelne Steine klatschend in die Pfütze. Etwa drei Meter von der ersten lecken Stelle entfernt, entstand eine zweite. Gegen halb drei Uhr nachmittags vereinten sich diese beiden zu einem einzigen großen, dunklen Fleck, der auf seiner gesamten Fläche in unzähligen Tropfen zu schwitzen begann. Das Wasser fiel jetzt rasch. An einzelnen Stellen des unebenen Bodens stand es mehrere Zentimeter hoch. Die drei Männer arbeiteten unablässig an der Freimachung des verschütteten Ganges. Susanne bemühte sich, von Therese Reimann unterstützt, durch Aufwerfen von Erde, gekratzte Abflußkanäle und ähnliche Mittel, das Wasser an einer Stelle des Kellers zu sammeln. Sie schlug mit der Hacke eine schmale Rinne in den Boden. Aber von der mehrere Quadratmeter großen feuchten Wandstelle tropfte es auf ein weites Gebiet. »Wenn das Wasser aus einem Loch fließen würde«, sagte das Mädchen, »könnte man es in eine Grube rinnen lassen.«

»In was für eine Grube?«
»Hier in der Ecke«, sagte Susanne, »können wir eine Grube schaufeln und sie vollrinnen lassen wie ein Bassin. Damit bliebe das Wasser unter unserer Kontrolle. Jetzt fließt es, wohin es will.«
»Wir brauchen gar keine Grube, der Boden fällt ab, wenn es zu den Ecken geht. In der Mitte ist der Keller am höchsten. Wir müssen das Wasser nur zur Seite leiten.«
Susanne begann vorsichtig Lehm aus der aufgeweichten Stelle zu kratzen.
»Hier ist das Wasser zuerst herausgeronnen. Da ist die Erde am weichsten. Ich grabe ein Loch und dann eine Rinne.«
»Gut«, sagte Therese Reimann, die zusah.
»Es geht ganz leicht.«
Susanne schlug fester zu.
Aus der Mauer kam ein gurgelndes Geräusch. Dann flog, wie ein Flaschenkork, ein kopfgroßer Klumpen Lehm aus ihr, und ein armdicker Wasserstrahl traf Susanne auf die Brust. Sie ließ das Werkzeug fallen und sprang zurück. Fräulein Reimann kreischte. Das Wasser spritzte einen Meter weit aus der Mauer heraus. Susanne versuchte mit den Händen das entstandene Loch zu schließen, aber es war vergeblich. Sie stopfte Lehm in die Bruchstelle, doch er wurde wieder herausgespült. Sie griff mit hastigen Bewegungen Papier, Holzwolle und einen alten Sack von der Erde auf und bemühte sich, diese Gegenstände in die sprudelnde Öffnung zu pressen. Es war umsonst. Rechts, links, über oder unter der lecken Stelle strömte das Wasser aus der Mauer, rann über Susannes Hände, ihre Arme, ihr Kleid, über den Boden. Die Erde begann zu glänzen. Susannes Schuhe glitten im Schlamm. Sie stemmte sich gegen die los-

bröckelnde Wand. Aber das Wasser floß an ihr vorüber. Therese Reimann schrie laut nach Faber.
»Das Wasser hat die Wand durchbrochen! Es ist nicht mehr aufzuhalten! Wir haben versucht, es einzudämmen, und dabei muß ein Klumpen Erde locker geworden sein ...«
Faber lief zu Susanne, die noch immer mit der Mauer kämpfte, und riß sie fort. Das Wasser spülte den alten Sack sofort heraus. Schröder, der eine Schaufel mitgebracht hatte, begann in dem losen Erdreich herumzugraben, aber auch er hatte keinen Erfolg. Susanne zitterte vor Aufregung.
»Ich habe es nicht tun wollen ... Ich habe gedacht, daß das Wasser in eine Ecke fließen wird, wenn ich ihm einen Gang grabe, und dann ist plötzlich die Erde aus der Mauer gefallen. Ich habe es wirklich nicht tun wollen. Das Wasser wäre in der Ecke geblieben, und wir hätten den Keller weiter benutzen können ...«
Faber trug sie an eine trockene Stelle des Bodens und rieb ihre Hände warm.
»Sei ruhig«, sagte er, »sei ruhig, Susanne. Du kannst ja nichts dafür!«
»Ich weiß, aber jetzt fließt das Wasser in den Keller. Wenn ich die Wand in Ruhe gelassen hätte, wäre das nicht passiert.«
»Natürlich wäre es passiert, ganz genauso! Die Mauer war aufgeweicht. Es wird noch mehr Wasser zu uns fließen. Darüber brauchst du dich nicht aufzuregen. Wenn wir hier nicht mehr sein können, gehen wir nach oben. So sei doch ruhig, Susanne!«
»Ich bin ja schon ruhig«, sagte sie, während ihre Zähne aufeinanderschlugen. Er hob eine Decke auf, die über Fräulein Reimanns Sessel lag, und legte sie ihr über die Schultern.

»Wir können doch beide schwimmen. Wer wird vor dem bißchen Wasser Angst haben?« Er griff in die Tasche.
»Ich will keine Zigarette!«
»Doch!«
»Nein!«
»Paß auf«, sagte Faber, »du wirst jetzt einmal eine feine Zigarette rauchen!«
»Bitte nicht!«
»Rauch sie mit mir zusammen.« Faber steckte sie ihr zwischen die Lippen und hielt ein Streichholz an das Ende. »So«, sagte er, »nein, meine Liebe, du mußt an ihr ziehen, nicht in sie hineinblasen ... da, das ist schon besser. Wie wäre es mit einem Lächeln? Laß mich auch einmal die Zigarette in den Mund nehmen. Du hast sie ja ganz naß gemacht ... wie alt bist du eigentlich?« Er küßte sie auf den Mund. »Ist dir schon wärmer?«
»Ja.«
»Zeig deine Hände her.«
»Sie sind ganz warm.«
»Zeig sie mir!«
Faber begann von neuem Susannes Finger zu reiben. Die Zigarette hing in seinem Mundwinkel.
»Ich bin eine ganz hübsche Hysterikerin.«
»Es ist nicht so arg.«
»O ja.«
»Nein, wirklich nicht.«
»Wenn du bei mir bist, ist alles wieder gut.«
»Freilich«, sagte Faber, »wenn ich bei dir bin, ist alles gut.«
Schröder gab seine Versuche, des einbrechenden Wassers Herr zu werden, auf.
»Was sollen wir jetzt tun?« fragte Therese Reimann.
»Zunächst einmal alle Sachen hinauftragen.«
»Aber vielleicht hört das Wasser auf ...«

Schröder sah skeptisch aus. »Vielleicht. Dann können wir wieder herunterkommen. Andernfalls werden wir oben leben müssen.«

»Ich habe viele Sachen«, sagte Therese Reimann. »Kisten, Koffer und Teppiche, eine ganze Menge.«

»Das macht nichts. Sie wollen Ihren Besitz doch erhalten.«

»O ja«, sagte Fräulein Reimann.

»Dann müssen wir ihn hinauftragen. Am besten gleich. Was meinen Sie, Hochwürden?«

»Ja,« sagte Gontard, »das wird das beste sein. Tragen wir einmal alles hinauf.«

Und das geschah auch. Jedermann, mit Ausnahme von Anna Wagner, die schweigend auf ihrem Bett lag, beteiligte sich an diesem überstürzten Umzug. Evi, Fräulein Reimann, Susanne, Faber und Reinhold Gontard. Sie trugen die Koffer und Teppiche der alten Dame nach oben, die Kiste mit dem Meißner Porzellan, die Schmuckdose mit dem absonderlichen Schloß und die Uhr mit dem goldenen Pendel. Evi trug alle Lebensmittel fort, das Brot, das Fleisch, die Kondensmilch, die verbliebenen dreizehn Stückchen Würfelzucker, die Blechgefäße, die beiden Zitronen, die Teeflasche. Stühle und Decken, alles wurde von den sechs Menschen in das zweite Stockwerk des Kellers geschafft, während das Wasser unaufhörlich weiter in einem großen Bogen aus der Mauer strömte.

»Wissen Sie«, sagte der Priester, als er zusammen mit Faber eine Kiste über die Treppe emporschleppte, »dafür, daß es, Ihrer Meinung nach, keine menschliche Gemeinschaft gibt, halten wir eigentlich bewundernswert zusammen. Wir wurden gemeinsam verschüttet. Wir haben unser Essen geteilt. Wir haben zusammen gearbeitet, zusammen gelacht und in der gleichen Finsternis geschlafen. Wir wurden fast von der letzten Bombe erschlagen und sind jetzt in Gefahr, zu ertrinken. Und trotzdem helfen wir einander.«

»Gerade deshalb! Das ist der einzige Grund. Wenn es uns gutginge, bliebe jeder für sich allein.«

»Da stimmt etwas nicht.«

»Doch«, sagte Faber, »da stimmt schon alles.«

»Nein«, sagte Gontard, während sie die Kiste niedersetzten, »irgend etwas ist da nicht in Ordnung. Sie sagten, wir helfen einander nur, weil es uns schlechtgeht.«

»So ist es.«

»Geht es heute mehr Menschen gut oder mehr Menschen schlecht auf der Welt?«

»Schlecht«, sagte Faber.

»Aha«, sagte Gontard, »und warum helfen sie einander dann nicht mehr? Warum gibt es Krieg?«

»Vielleicht geht es uns nicht schlecht genug?«

»Blödsinn«, rief der Priester, »das ist keine Antwort. Ich fragte Sie: Warum helfen wir einander hier, im Keller, wenn es uns an den Kragen geht, und warum helfen sich die anderen, die draußen stehen, nicht, wo es ihnen doch ebensosehr an den Kragen geht wie uns?«

»Ich weiß nicht«, sagte Faber. Sie stiegen zusammen wieder über die Stiegen hinunter und begegneten Schröder, der mit Susanne einen Teppich hinauftrug. »Kein Mensch kennt die Wahrheit.«

»Reden Sie nicht von Wahrheit«, sagte der Priester aufgebracht, »nach der habe ich Sie nicht gefragt. Die will ich gar nicht wissen.«

»Was wollen Sie denn?«

»Eine Erklärung, eine logische Erklärung, die keinen Widerspruch mit sich bringt, sobald man sich ihrer bedient. Wenn Sie hungrig sind, dann denken Sie daran, zu essen. Wenn jemand ein Gewehr gegen Sie erhebt, dann versuchen Sie, ihn zu erschießen, bevor er selbst Sie erschießt. Und wenn Sie sterben, dann sind Sie tot. Aber warum helfen wir einander? Oder vielmehr: Warum helfen die anderen einander nicht?«

»Vielleicht kennen sie sich nicht genug.«

»Wir kennen uns doch auch nicht«, sagte Gontard.

»Wir kennen uns schon. Ich kenne Sie und Susanne und das Kind so, als hätten wir ein Jahr zusammengelebt. Geht es Ihnen nicht ähnlich?«

»Vielleicht haben Sie recht. Wir wissen gar nichts voneinander, und trotzdem kennen wir uns schon.«

»Bis auf Schröder, den kenne ich nicht gut. Aber wir haben zusammen gearbeitet.«

»Ich kenne ihn gut«, sagte der Priester, »ich bin ihm schon in tausend Gestalten begegnet und weiß genau, wer er ist.«

»Und auch Sie haben mit ihm gearbeitet und ihn ausgegraben, als der Gang einstürzte.«

»Ja«, sagte Gontard, »das ist sonderbar.« Er schwieg, während sie nach oben stiegen. Dann sagte er: »Ich würde gerne an eine Gemeinschaft glauben.«

»Ich auch, aber die gibt es nicht.«

»Woher wissen Sie das?«

»Aus Erfahrung«, sagte Faber.

»Und Susanne?«

»Das ist etwas anderes.«

»Wieso ist das etwas anderes?«

»Weil ich sie liebe.«

»Ach, die Liebe«, sagte der Priester und stellte die Koffer nieder. »Vielleicht sollte man versuchen, mit ihr weiterzukommen.«

Das Wasser stand einige Zentimeter hoch über dem Boden der dritten Etage, als sie den letzten Sessel nach oben trugen. Sie hatten den Besitz Fräulein Reimanns in

einer Ecke des Kellers verwahrt, die von dem Tunnel weit entfernt lag.
»Heute nacht«, sagte Schröder, »werden wir hier schlafen.«
»Wenn das Wasser aufhört –«
»Dann wird es unten noch immer naß sein.« Schröder sah auf die Uhr. »Es ist jetzt halb fünf. Wir müssen weitergraben. Damit wir wenigstens morgen durchkommen.
Therese Reimann zählte ihre Koffer.
»Ja«, sagte sie, »es ist alles da. Wir haben nichts vergessen.«
»Nur die Benzinkannen sind noch unten.«
»Meinetwegen können Sie unten bleiben«, sagte Gontard. »Wir brauchen sie nicht.« Schröder hob eine Hand gegen den Mund, aber er sprach nicht.
»Hier oben stehen mindestens zwanzig weitere«, meinte Therese Reimann, »die können wir auch noch hinunterwerfen. Auf alle Fälle. Damit nichts geschieht.«
»Was soll geschehen?« fragte der Priester.
»Das weiß ich nicht.«
Die Augen Gontards begegneten kurz denen Schröders.
»Es wird gar nichts geschehen«, sagte er. Evi griff nach seiner Hand.
»Holen wir jetzt meine Mutter?«
»Ja. Ich habe gedacht, deine Mutter schläft, und da wollte ich nicht stören.«
»Sie schläft nicht. Ich war gerade bei ihr. Sie sagt, sie möchte gerne heraufkommen. Aber das Wasser steigt, und sie hat Halbschuhe an.«
»Bist du nicht selbst auch naß geworden?«
»Nein, ich bin auf den Stufen stehengeblieben.«
»Lassen Sie mich hinuntergehen«, sagte Faber. »Ich habe Stiefel an.«

## 4

Um die Beine ihres Bettes stieg das Wasser langsam um einen Zentimeter höher. Anna Wagner lag auf dem Rücken und lauschte dem Plätschern, mit dem es, aus der Mauer kommend, den Keller überflutete. Sie sah Schatten über die Treppe wandern und vernahm Bruchstücke aus dem Gespräch Fabers mit dem Priester. Dann wurde es still. Eine große Ruhe kam über Anna Wagner und ein verzücktes Gefühl des Friedens. Sie, die sich durch Monate gefürchtet hatte vor einem stets unbestimmt und allgemein gebliebenen Schrecken, befand sich zum erstenmal in wirklicher Gefahr. Und plötzlich, während sie so in der Dunkelheit lag, beschloß Anna Wagner, nicht zu sterben, sondern zu leben. Sie beschloß, ihren Traum zu vergessen, und rief sich Susanne Riemenschmieds Worte ins Gedächtnis zurück: Wenn etwas geschieht, wird es uns allen geschehen. Deshalb sollen wir uns nicht fürchten.

Durch ihre Aufnahme in die unfreiwillige Gemeinschaft der anderen Menschen in diesem Keller kam Anna Wagner erstmalig die Tatsache zu Bewußtsein, daß nicht nur sie allein sich in der Gefahr befand, sondern daß der Tod mit ihrer ganzen Umwelt ebenso vertraut war wie mit ihr selbst. Daß sie mit ihrer Furcht nicht allein stand, sondern daß alle anderen auf gleiche Weise unter ihr litten. Durch die Anwesenheit der anderen, ihre Gespräche, ihre Hilfe und ihre Rücksichtnahme war Anna Wagner mutig geworden. Fräulein Reimann gab ihr das Bett, auf dem sie lag, obwohl sie selbst keines besaß. Robert Faber hatte mit Evi gespielt, und der Priester war des Nachts nach oben gestiegen, um für sie alle weiterzugraben. Sie hatten ihr Essen miteinander geteilt. Sie kannten sich nicht. Und sie halfen sich dennoch. Jeder besaß das

gleiche Recht auf Sicherheit, das hatte der Soldat gesagt, jeder galt gleich in diesem Keller.
Wenn wir einander helfen, dachte die Frau, wenn wir zusammenbleiben, dann kann uns nichts geschehen. Nur in der Einsamkeit wird uns der Tod begegnen. Zusammen sind wir von Sicherheit umgeben. Wir werden nicht sterben. Keiner von uns. Wir dürfen nicht sterben. Es wird alles gut werden.
Und plötzlich kam Anna Wagner mit großer Deutlichkeit zu Bewußtsein, daß sie ein Kind gebären sollte. Sie war nicht allein! In ihr lebte schon das Kind. Sie konnte es deutlich fühlen, wenn es sich bewegte, und sie begann sich auf seine Geburt zu freuen, wie sie sich auf die Liebe freute, als sie ganz jung war. Ihr Mann würde heimkehren und sie nie mehr verlassen. Das Kind würde groß und schön werden, vielleicht war es ein Bub, dann sollte er Peter heißen wie sein Vater. Es hatte Anna Wagner anfänglich bedrückt, daß sie selbst untätig zusehen mußte, während andere für sie arbeiteten. Jetzt wußte sie, daß auch ihr eine Aufgabe zufiel, die ebenso voll Bedeutung war wie die Arbeit der Männer, die sich bemühten, eine Verbindung mit der Außenwelt herzustellen. Ihr kam es zu, das Leben zu bewahren in einer Zeit, die voller Tod war. Ihr Kind würde leben und groß werden in einer Welt, die keinen Krieg kannte. Sie war eine Mutter. Und sie sollte noch einmal Mutter werden. Das war ihre Aufgabe. Sie freute sich auf sie. Anna Wagner lag auf dem primitiven Bett Therese Reimanns, als Faber durch das Wasser gewatet kam, um sie nach oben zu tragen.
»Wir haben Sie nicht vergessen«, sagte er.
»Ich wäre allein gekommen. Aber ich habe Halbschuhe an, und das Wasser ist schon tief.«
»Ich werde Sie tragen.« Die Frau lachte.
»Ich bin schwerer als Susanne!«

»Bis zur Treppe wird es schon gehen«, sagte Faber. »Legen Sie die Arme um mich.«
»Und das Bett?«
»Ich komme noch einmal zurück.«
Faber hob sie empor und ging vorsichtig durch das Wasser. Seine Stiefel glänzten.
»Mein Mann hat mich so getragen«, sagte Anna Wagner, »am Tage unserer Heirat. Geht es noch?«
»Ja«, sagte Faber. Er erreichte die Stiege und stellte sie nieder. Als sie sich umwandten, um nach oben zu steigen, stürzte mit viel Lärm ein Teil der Mauer um die undicht gewordene Stelle ein, und das Wasser ergoß sich rauschend in den verlassenen Keller. Anna Wagner lächelte.
»Sie sind gerade zur rechten Zeit gekommen. Sonst wäre ich doch noch naß geworden.«
Faber nickte.
»Gehen Sie hinauf. Ich hole das Bett, bevor es wegschwimmt.« Er ging durch das bewegte Wasser zurück und brachte zunächst die Strohsäcke ins Trockene. Dann löste er die vier Teile des Bettes aus ihren Scharnieren und klemmte zwei Bretter unter jeden Arm. Das Licht seiner Lampe fiel auf einen Gegenstand, der im Wasser trieb. Es war die Puppe des kleinen Mädchens. Er bückte sich und fischte sie auf. Die Puppe klappte die Augen auf und zu. Faber schüttelte sie.
Das Wasser schoß weiter mit unverminderter Gewalt in den Keller, spülte die Mauern entlang und versank, als Faber in den zweiten Stock emporstieg, wieder in Finsternis.

## 5

Während die Frauen sich damit beschäftigten, ihre Koffer zu verwahren und neue Schlafstätten vorzubereiten, gruben die drei Männer weiter an dem Gang. Sie zogen die eingestürzten Balken, von denen einer gebrochen war, aus dem weichen Erdreich, und es gelang ihnen, einen großen Teil des Tunnels freizuschaufeln.
»Diesmal werden wir die Pfosten von vornherein am Boden mit Eisenhaken festschlagen und sie nach hinten neigen«, sagte Faber. »Damit uns morgen nicht das gleiche noch einmal passiert.«
»Das gleiche kann nicht noch einmal passieren«, sagte der Priester. »Wenn eine dritte Bombe hier niedergeht, verliere ich mein Vertrauen in die Wahrscheinlichkeitsrechnung.«
»Wenn eine dritte Bombe hier niedergeht«, sagte Schröder düster, »brauchen Sie sich keine Sorgen mehr zu machen.« Er hob die Lampe und leuchtete gegen die Decke. »Der Sprung ist auch größer geworden.«
»Unsinn! Das ist überhaupt kein Sprung. Diese Spalte war schon immer da.«
»Freilich«, sagte Schröder.
»Morgen früh sind wir drüben.« Faber sah sich um. Die beiden anderen schwiegen. »Glauben Sie mir nicht?«
»Ich glaube lieber gar nichts«, sagte Schröder. »Ich bin nicht so verrückt, mich noch einmal zu freuen. Am Ende stürzt der Scheißgang wirklich wieder ein.«
»Herr Schröder«, sagte der Priester, »wo ist Ihre unerschütterliche Zuversicht geblieben?«
»Ach, lassen Sie mich in Ruhe! Ich hätte doch gleich tun sollen, was ich für das Beste hielt. Dann wären wir jetzt unsere Sorgen los.«
»Was hätten Sie tun sollen?«

»Den Gang sprengen!«
»Mhm«, sagte Faber, »dann wären wir wahrscheinlich wirklich unsere Sorgen los.«
»Das ganze Gerede hat ja keinen Sinn. Sehen Sie, wohin wir gekommen sind? Der Gang ist eingestürzt. Vierundzwanzig Stunden Arbeit waren umsonst. Unten steigt das Wasser. Und wir hören noch nicht einmal die anderen. Eine herrliche Situation.« Schröder hackte erbittert auf einen Stein los, der sich zwischen zwei Balken verklemmt hatte. »Man soll immer nur auf sich selbst hören!«
»Fangen Sie schon wieder an?« fragte Gontard. »Begreifen Sie nicht, daß wir auf unsere Weise selig werden wollen und nicht auf die Ihre?«
Schröder antwortete nicht.
»Wenn Sie etwa die Absicht haben, heute nacht das kleine Experiment zu veranstalten, so rate ich Ihnen dringend ab. Ich bin auch nur ein Mensch. Meine Nerven sind nicht besser als die anderer Leute. Ich möchte nicht, daß jemand mit meinem Leben Versuche anstellt, während ich schlafe.«
»Ich auch nicht«, sagte Faber. »Es geht uns dreckig genug.«
»Warum reden Sie soviel?« fragte Schröder. »Beruhigen Sie sich. Es wird niemand mit Ihrem kostbaren Leben Versuche anstellen.«
»Versprechen Sie uns das?«
Schröder lachte. »Wollen Sie, daß ich Ihnen mein Ehrenwort gebe?«
»Ja«, sagte Gontard, »Ihr großes Ehrenwort.«
»Glauben Sie mir nicht, wenn ich einfach sage, daß ich es nicht tun werde?«
»Nein«, erwiderte der Priester, »das glaube ich Ihnen nicht.«
»Sie sind wenigstens aufrichtig.«

»Ich glaube, daß Sie es tun werden, weil ich weiß, daß Sie es tun wollen.«
»Aha«, sagte Schröder höhnisch, »das kommt, weil Sie allzusehr mit meinem Charakter vertraut sind.«
»Ja«, sagte Gontard, »daher kommt es wohl.«
Sie arbeiteten eine Weile schweigend, dann sagte Schröder: »Ich mache Ihnen einen Vorschlag. Warten wir den morgigen Tag ab. Warten wir bis Mittag. Wenn wir dann noch keine Verbindung mit der anderen Stelle hergestellt haben, lassen Sie uns den Gang in die Luft sprengen.«
»Nein«, sagte Gontard.
»Und Sie?«
Faber schüttelte den Kopf.
»Ich will auch nicht. Wenn wir morgen zu Mittag noch nichts hören, dann werden wir am Abend soweit sein. Es steht nicht dafür.«
»Und unsere lieben Freunde, die Amerikaner?« fragte Schröder. »Vielleicht kommen sie morgen auch wieder.«
»Trotzdem«, sagte Gontard, »gefällt mir Ihre Idee nicht, Herr Schröder. Mir gefiel sie schon nicht, als ich sie zum erstenmal hörte. Und damals hatten wir in dem unteren Keller sozusagen noch eine letzte Zufluchtsstätte. Die fällt jetzt fort. Wenn bei Ihrem Versuch der Keller in Brand gerät, werden wir alle umkommen.«
»Und dabei hat doch ein jeder von Ihnen ein Recht auf Sicherheit! Nun ja, schon gut. Haben Sie keine Angst. Es war nur ein Vorschlag.«
»Ich habe keine Angst vor Ihnen«, sagte Gontard, »ich habe gar keine Angst vor Ihnen, Herr Schröder. Ich warne Sie nur. Mir gefällt Ihr Plan nicht. Wenn Sie doch darangehen sollten, ihn zu verwirklichen, haben Sie mit meinem Widerstand zu rechnen.«
»Das wird alles nicht so einfach sein«, sagte Schröder.

»Wollen Sie mich an eine Kette legen? Oder keine Minute aus den Augen lassen? Oder was sonst?«

»Vergessen Sie nicht, daß wir zwei gegen einen stehen.«

»Sie stehen sogar sechs gegen einen«, sagte Schröder, »wenigstens unserer gestrigen Abstimmung zufolge. Aber wenn selbst tausend gegen mich stünden, würde ich doch noch immer behaupten, daß mein Vorschlag der einzig richtige ist.«

»Das klingt sehr hübsch«, sagte der Priester, »und ist ganz falsch. Wissen Sie, was Demokratie ist, Herr Schröder?«

»Ich habe davon gehört.«

»Nun«, sagte Gontard, »ist das, was man unter einer Diktatur von Demokratie erfährt, ja nicht besonders wertvoll, aber vielleicht stammen Ihre Kenntnisse von früher her.«

»Sie stammen sogar wirklich von früher her. Ich bin auch nicht erst gestern auf die Welt gekommen, Hochwürden. Mein Interesse am Wohlergehen des Homo sapiens war zeitweilig bestimmt ebenso intensiv wie das Ihre. Ich habe mir über die Welt, in der ich lebe, Gedanken gemacht, auch wenn Sie es nicht glauben.«

»Ich glaube Ihnen jedes Wort«, erwiderte Gontard, »ich bin völlig davon überzeugt, daß Sie, ebenso wie ich und alle anderen, nicht vorsätzlich das Falsche tun.«

»Sie meinen, das tun, was *Ihnen* falsch erscheint.«

»Ja«, sagte Gontard, »das, was mir falsch erscheint. Damit kommen wir wieder zur Demokratie zurück. In einer Demokratie geschieht das, was den meisten Menschen richtig erscheint.«

»Und was der Minorität richtig erscheint?«

»Das geschieht nicht.«

»Also eine Diktatur der Majorität!«

»Nicht ganz«, meinte Gontard. »Denn die wenigen, die

anderer Meinung sind, sagen sich, daß sie aller Wahrscheinlichkeit nach im Unrecht sind, wenn zehn von ihnen eine andere Meinung haben als hunderttausend. Und selbst wenn sie sich das nicht sagen, achten sie doch das Recht der Mehrheit, ihre Entschlüsse zu fassen.«

»Um Ihnen mit einem Beispiel aus Ihrer eigenen Materie zu entgegnen, erinnere ich Sie daran, daß auch Jesus Christus ans Kreuz geschlagen wurde von einer Mehrheit, die sich dennoch nicht im Besitz der Wahrheit sah. Galilei wurde dafür fast verbrannt, daß er behauptete, die Erde wäre rund, und es gab Leute, die lachten über Christoph Columbus. Alle Vergleiche hinken«, sagte Schröder. »Ich bin weder Columbus noch Galilei. Jesus Christus schon gar nicht.«

»Das tut nichts zur Sache«, sagte der Priester. »Das Beispiel war ganz hübsch.«

»Ja?«

»Ja«, sagte Faber. »Aber den Gang werden Sie doch nicht in die Luft sprengen, ob Sie jetzt Jesus Christus sind oder nicht.« Susanne kam zu ihnen.

»Das Wasser rinnt nur noch ganz langsam«, sagte sie, »ich bin eben unten gewesen.«

»Fein«, sagte Gontard. »Wie tief ist es denn?«

»Ungefähr einen halben Meter. Man kann es schwer schätzen. Wollen Sie es sich ansehen?«

»Haben Sie eine Lampe?«

»Ja«, sagte das Mädchen.

»Dann lassen Sie uns hinuntergehen.«

Faber warf die Schaufel fort, aber der Priester legte eine Hand auf seine Schulter und hielt ihn leicht zurück. »Wir sind gleich wieder da. Ich möchte mich ein wenig ausruhen. Graben Sie inzwischen mit Schröder weiter.«

»Gut«, erwiderte Faber und sah ihn an. Gontard nickte und stieg mit dem Mädchen über die Stiegen hinunter.

Die letzten standen unter Wasser. Aus der eingestürzten Mauer rann noch ein schwacher Strahl.
»Wahrscheinlich haben die oben endlich die Leitung gesperrt«, sagte Gontard. Er hob einen Stein auf, warf ihn ins Wasser und sah zu, wie er an der Stelle, an der er versank, Kreise zog. »Eine hübsche Grotte. Unter anderen Umständen, mit einem Boot und einer Gitarre, wäre es romantisch!«
»Hochwürden«, sagte Susanne, »warum wollten Sie mit mir allein herunterkommen?« Der Priester erhob sich. Sie standen nebeneinander auf der letzten trockenen Stufe. Gontard löschte die Lampe aus. Von oben drang die Stimme Therese Reimanns zu ihnen. Gontard lehnte sich an die Mauer.
»Weil ich Ihnen etwas sagen will, was Schröder nicht hören soll. Wenn Sie Faber sprechen, teilen Sie es ihm, bitte, mit.«
»Was ist es?«
»Ich habe ein schlechtes Gefühl. So, als sollte heute nacht etwas geschehen. Ich glaube, Schröder wird versuchen, den Gang in die Luft zu sprengen.«
»Ja«, sagte Susanne, »daran habe ich auch schon gedacht.«
»Sehen Sie, wir sind jetzt auf diese eine Kelleretage angewiesen. Hier herunter können wir nicht mehr. Die Wände des Kellers sind heftig erschüttert. Wenn Schröder wirklich seinen Plan ausführt, dann ist es sehr wahrscheinlich, daß sie endgültig einstürzen und uns unter sich begraben. Das wäre schade.«
»Ja«, sagte Susanne, »das wäre schade.«
»Deshalb werde ich heute nacht aufbleiben, so lange ich kann. Weil ich gerne lebend hier herauskommen möchte. Ich weiß, es ist ein dummer Ehrgeiz, aber ich habe ihn nun einmal.«

»Ich habe ihn auch.«

»Wir haben ihn alle«, sagte Gontard. »Schröder hat ihn auch. Er fängt es nur nicht richtig an.«

»Aber Sie werden nicht die ganze Nacht wach bleiben können!«

»Nein«, sagte der Priester, »das weiß ich selbst. Ich stelle mir vor, daß ich bis zwölf oder ein Uhr wache und dann Sie beide wecke.«

»Das ist eine gute Idee.«

»Vielleicht überlegt sich Herr Schröder die Sache auch noch und tut gar nichts. Aber die Chancen sind etwa halb und halb. Wollen Sie mit Faber sprechen?«

»Natürlich«, sagte Susanne.

»Es liegt mir«, sagte Gontard langsam, »auch aus den von Schröder vorhin erwähnten metaphysischen Gründen viel daran, daß wir gemeinsam seinen Plan verhindern. Vielleicht hat er nämlich recht, und die Situation in diesem Keller ist symbolisch. Dann wäre es an der Zeit, daß etwas geschieht. Denn wir drei, Faber, Sie und ich, wissen zwar ganz genau, was wir zu tun hätten. Aber bisher haben wir nur geschwätzt. Und wir sollten nicht schwätzen. Wir sind Schröders Gegner, aber das genügt nicht. Wir müssen zusammenhalten und handeln. Hier im Keller und draußen im Leben. Nur so können wir uns von unserer gemeinsamen Schuld befreien.«

»Befreien?« fragte Susanne.

»Ja«, sagte der Priester, »das ist es, was wir tun müssen.«

# 6

Zur gleichen Zeit überlegte Walter Schröder, der Seite an Seite mit Faber arbeitete, daß es gar nicht so leicht sein würde, den Gang in die Luft zu sprengen. Die Hindernisse waren vieler Art. Die beiden Männer betrachteten ihn mit Mißtrauen. Sie würden ihn so wenig wie möglich aus den Augen lassen, das war klar. Vielleicht hatten sie die Absicht, abwechselnd zu wachen und ihn, wenn nötig mit Gewalt, zu stören. Schröder schaufelte hastig. Er brauchte, dachte er, selbst wenn alles gutging, mindestens eine Viertelstunde Zeit zu seinen Vorbereitungen. Die Erde war weich, und es würde nicht schwer sein, die Kannen einzugraben. In einer Viertelstunde konnte es geschehen. Aber diese Viertelstunde brauchte er.

Herrgott, dachte Schröder, wenn Faber doch auf meiner Seite stünde, wenn er zu mir hielte! Nichts könnte geschehen. Wir beide wären fähig, alles zu tun. Er sah den Soldaten an. Faber hackte. Sein Mund stand leicht offen, das Haar hing ihm in die Stirn. Wir beide, dachte Schröder, könnten den anderen helfen. Den anderen und uns selbst. Alles wäre leicht, wenn wir zusammenhielten. Aber du willst nicht. Ich werde allein versuchen, meine Aufgabe zu lösen.

Schröder grübelte. Vielleicht, wenn er lange genug wartete, schliefen sie doch alle für kurze Zeit ein. Dann konnte er die Kannen vergraben. Und alles vorbereiten. So weit, daß man nur noch ein Streichholz an die provisorische Lunte zu halten brauchte. Das würde er tun! Mit dem brennenden Streichholz neben der Lunte stehen und die anderen wecken. Und sagen: Geht hinunter, stellt euch auf die Treppe. Für alle Fälle. Es ist so sicherer. Es wird nichts geschehen, aber es ist sicherer ... Keiner

konnte ihn dann mehr hindern, das Streichholz in seiner Hand schützte ihn gegen jeden Angriff. Bei dem geringsten Versuch irgendeines von ihnen, ihn zu attakkieren, würde er die Lunte in Brand setzen. Das war der Weg, so sollte es geschehen. Wenn er nur lumpige fünfzehn Minuten Zeit hatte, um seine Vorbereitungen zu treffen. Fünfzehn Minuten nur, und alles war gut.
Schröder grub in die Tiefe, um seinen Absichten jetzt schon so weit wie möglich entgegenzukommen. Damit er später weniger zu tun hatte. Er berechnete im Geist den Raum, den er für drei Kannen benötigte. Drei Kannen sollten genügen. Drei Kannen, mit viel Erde verschüttet ... Er sah sich um und prägte sich die Stelle ein, an der die Kanister standen. Er wollte die obersten nehmen, dachte er, leise, damit keiner der Schläfer erwachte, vorsichtig, um keinen Lärm zu machen, spät, lange nach Mitternacht. Als Lunte würde er einen Streifen von seiner Decke schneiden. Einen Streifen der Decke, in Benzin getränkt. Oder nein, er mußte den Streifen an einem Ende wie eine Peitsche in drei Teile zerreißen, damit die Kannen auf einmal in Brand gerieten. Eine Zunge in jeden Kanister. Die Hälse der Kannen mußten aus dem Erdreich ragen, damit die Flammen an das Benzin herankamen und nicht erstickten. Er würde alles vorbereiten, bis ins letzte. Und dann wollte er, ein Streichholz in der Hand, die anderen wecken und sagen: »Es ist zu spät, mich an der Ausführung meines Planes zu hindern. Keiner von euch soll mir nahe kommen, keiner! Sie nicht, Hochwürden, und Sie nicht, Faber. Ihr habt verspielt. Geht hinunter. Bringt euch in Sicherheit, die ihr so liebt, auf die ihr ein Recht zu haben glaubt ... geht schnell. Ich komme euch nach, ich komme euch gleich nach ...«
Für Schröder gab es keine Wahl mehr. Für ihn war schon

alles entschieden. Er hatte sich in der letzten Nacht versprochen, den Gang zu sprengen, wenn der Tag nicht die Befreiung brachte. Der Tag hatte die Befreiung nicht gebracht. Der Tunnel war eingestürzt. Sie waren von Wasser bedroht. Die schwangere Frau sah der Stunde ihrer Niederkunft entgegen. Sie hatten nicht mehr viel zu essen. Walter Schröder hielt sein Versprechen immer. Wie er es fertigbringen würde, seinen Plan zu verwirklichen, wußte er noch nicht. Aber daß er ihn verwirklichen würde, das wußte er. Es war dumm gewesen, den anderen von seiner Absicht zu erzählen. Dumm und unnötig. So hatten sie Argwohn geschöpft. Deshalb verdächtigten sie ihn nun. Man sollte nicht zu viel reden. Und man sollte sich nicht zu früh freuen. Das beste war, auf sich selbst zu hören und sonst auf niemanden. Der Chemiker Walter Schröder sagte zu sich: Du wirst heute nacht den Gang sprengen. Und der Chemiker Walter Schröder antwortete: Das wirst du tun. Er sah auf, als er hörte, daß der Priester mit ihm sprach.

»Was haben Sie denn? Schlafen Sie schon?«

»Ich habe Sie nicht verstanden«, sagte Schröder.

»Es ist Zeit, den Gang wieder abzustützen. Wir besitzen noch drei gute Balken.«

»Sechs!« sagte Schröder.

»Einer ist abgebrochen.« Faber bückte sich.

»Viel Sinn hat es nicht. Das erstemal konnten wir die Pfosten in den Stein hinein festschlagen. Jetzt ist die ganze Wand erschüttert. Wenn ich gegen die Balken trete, fallen sie um.« Schröder hieb einen Eisenstift in den Boden.

»Etwas stabiler wird die Sache dadurch schon«, sagte er und dachte: Wenigstens fällt die Erde nicht gleich auf die Kannen. Hinten, wo die Höhle endet, kommt auch die Decke herunter. Dort werde ich nicht viel Erde brauchen, um die Kanister einzugraben. Die drei restlichen Balken lege ich auch in den Gang. Wenn sie in die Luft fliegen, reißen sie vielleicht einen Teil der Mauer mit ein …

Der Priester sah ihn an.

»Na«, sagte er, »wie viele Kannen wollen Sie nehmen, Herr Schröder?«

»Was?«

»Wie viele Kannen Sie nehmen wollen?«

Schröder lachte kurz.

»Ich denke, drei.«

»Drei Kannen sollten genügen«, meinte Gontard. »Wenn man sie nur tief genug eingräbt.«

»Ja«, sagte Schröder.

»Wenn wir Sie die Kannen nur tief genug eingraben ließen«, sagte Faber.

Wenigstens weiß ich, woran ich bin, dachte Schröder. Dafür sollte ich euch dankbar sein. Warum spielen wir nicht mit offenen Karten? Ihr mögt mich nicht. Ihr wartet darauf, daß ich mich in eure Gewalt begebe. Aber da könnt ihr lange warten. Ihr seid zu zweit. Ich bin allein. Aber ich habe eine Überzeugung. Und ihr habt keine. Deshalb bin ich stärker als ihr. Sie hoben den dritten Balken auf und schlugen ihn fest.

Evi kam durch den Keller und blieb bei ihnen stehen.

»Meine Mutti meint, ihr sollt mir sagen, ob ihr hungrig seid.«

»Ich nicht.«

»Ich auch nicht«, sagte Schröder.

Der Priester erklärte, er könnte ein wenig Essen vertragen.

»Da unsere Vorräte ohnedies nicht besonders groß sind, wird es das beste sein, wenn nur die essen, die Hunger haben«, sagte Schröder.

»Eine ungemein tiefsinnige Erkenntnis«, sagte Gontard.
Evi sah von einem zum andern.
»Habt ihr wieder gestritten?«
»Nein, wir vertragen uns jetzt glänzend.«
»Ich habe gedacht, ihr habt gestritten. Du siehst so böse aus. Lachst du auch manchmal?«
»O ja«, sagte Schröder.
»Dann lach doch einmal!«
Schröder lachte. »Ist es so besser?«
»Ja«, sagte Evi, »so ist es viel besser.«
Sie hielt ihre Puppe hoch und wandte sich an Faber.
»Etwas mit der Monika ist nicht in Ordnung.«
»Ist sie noch immer naß?«
»Sie gluckst.«
»Wahrscheinlich hat sie Wasser im Bauch.«
»Wie ist das Wasser in den Bauch gekommen?«
»Durch irgendein kleines Loch.«
»Durch den Mund?«
»Vielleicht durch den Mund.«
»Kannst du machen, daß das Wasser wieder herausrinnt?«
»Ich glaube nicht«, sagte Faber. »Es wird schon von selbst verschwinden.«
Evi schüttelte besorgt den Kopf.
»Mir gefällt das Glucksen gar nicht. Wenn mein Bauch gluckst, bin ich krank. Ist die Monika auch krank?«
»Nein«, sagte Faber, »deine Monika ist ganz gesund. Mach dir keine Sorgen. Wir alle glucksen manchmal. Das bedeutet nichts.«
Evi seufzte nachdenklich.
»Weißt du, was ich möchte?«
»Was denn, Evi?« Faber setzte sich und zog sie an sich.
»Ich möchte so gerne auf die Straße hinaufgehen. Mir gefällt es hier nicht mehr.«

»Wir gehen bald hinauf.«
»Wirklich?«
»Bestimmt. Morgen schon.«
»Scheint dann die Sonne?«
Faber nickte. Der Priester legte die Schaufel fort und ging zu den Frauen. Schröder grub allein weiter.
»Ich weiß schon gar nicht mehr, wie die Sonne aussieht. Hier ist es so finster.« Evi legte den Kopf an Fabers Wange. »Ich möchte, daß es schon morgen ist«, sagte sie leise.
Reinhold Gontard begegnete Fräulein Reimann, die dabei war, die Lebensmittel auf der großen Kiste zu sortieren. Sie reichte dem Priester zwei belegte Brote und schüttelte den Kopf.
»Wir haben nicht mehr viel zu essen.«
»Was bleibt uns noch?«
»Etwas mehr als ein Laib Brot, zwei Dosen mit Fischkonserven, Tee, etwas Zucker, etwas Käse und ganz wenig geselchtes Fleisch. Außerdem noch zwei Eier.«
»Für einen Tag reicht es.«
Sie nickte.
»Ja, für einen Tag reicht es noch. Aber dann?«
Gontard aß langsam. Er hatte sich auf den Boden gesetzt und lehnte den Rücken an die Wand.
»Morgen verlassen wir den Keller«, sagte er.
»Sie sprechen sehr bestimmt. Glauben Sie es auch wirklich?«
»Sie haben ein großes Herz, Fräulein Reimann. Sie verloren in einer schlimmeren Situation als jener, in der wir uns heute befinden, nicht den Glauben an Gott. Sie erboten sich sogar, für meine Person zu beten, erinnern Sie sich?«
»Ja«, sagte Therese Reimann, »das war gestern. Ich habe Ihnen unrecht getan.«

»Nein, das haben Sie nicht. Sie hatten, von Ihrem Standpunkt aus, völlig recht mit allem, was Sie mir vorwarfen. Jeder von uns hat, von seinem Standpunkt aus, ganz recht mit dem, was er sagt und tut.«

»Zählt der persönliche Standpunkt denn?«

»In einer Gesellschaft anständiger Menschen«, sagte Gontard, »sollte nichts mehr zählen als er und die Toleranz für ihn.«

»In einer Gesellschaft anständiger Menschen ...«

»Es ist ein weiter Weg zu ihr. Wer weiß, vielleicht gehen wir ihn eines Tages zu Ende.«

»Sie sind ein Optimist geworden, Hochwürden.«

»Nein«, sagte Gontard, »das bin ich nicht. Ich versuche nur, mir etwas einzureden. Aber ich fürchte, daß man mich bald und nachdrücklich vom Gegenteil überzeugen wird.«

»Wann?« fragte sie.

Gontard neigte sich zu ihr.

»Heute nacht. Schlafen Sie sehr fest, Fräulein Reimann?«

»Ich erwache leicht.«

»Wenn Sie durch irgendein Geräusch erschreckt werden sollten, dann zögern Sie nicht, mich oder den Soldaten zu wecken. Wollen Sie das tun?«

»Ja«, sagte sie, »aber was erwarten Sie?«

»Ich erwarte, daß Schröder versuchen wird, den Gang zu sprengen.«

»Du lieber Gott«, sagte Fräulein Reimann. »Warum denn?«

Gontard zuckte die Achseln. »Weil er glaubt, daß er uns befreien muß.«

»Und Sie wollen ihn hindern?«

»Ja«, sagte Gontard. »Sie sollen mir dabei helfen.«

»Ich werde Ihnen helfen«, versprach Therese Reimann.

Gegen acht Uhr abends bereiteten die sieben Menschen ihre primitiven Lager aufs neue. Der Priester erbat von Fräulein Reimann eine Decke, nahm die Taschenlampe und legte sich direkt vor dem Eingang des Tunnels auf ein paar Kistendeckel. Als Kissen benützte er seine Soutane. Schröder, der seine drei Stühle in der Nähe der Benzinkanister zusammenschob, lachte.
»Haben Sie wirklich die Absicht, hier zu übernachten?«
Gontard nickte bloß.
»Ich werde über Sie stolpern, wenn ich versuche, meinen Plan auszuführen.«
»Ja«, sagte Gontard, »Sie werden stolpern.«
Schröder stand wieder auf und zog seine Jacke an.
»Liegt auf der Kiste nicht ein Stück Seife?«
»Ja.«
»Wem gehört es?«
»Frau Wagner, glaube ich«, antwortete Gontard mißtrauisch. »Was wollen Sie damit?« fragte er dann.
»Sie werden lachen«, sagte Schröder und zog sich das Hemd über den Kopf, »ich will mich waschen. Wasser haben wir ja genug. Ich bin schmutzig geworden.«
»Das sind wir alle«, sagte Gontard.
»Aber mich stört es.«
»Das Wasser unten wird kalt sein. Haben Sie die Absicht, ein Bad zu nehmen?«
»Vielleicht.«
Gontard schüttelte sich.
»Bevor man zum Äußersten schreitet, soll man immer einen Arzt befragen.«
Schröder grinste und warf seinen Mantel über die nackten Schultern. Er fand die Seife und ein weißes Tischtuch. Dann stieg er mit einer Kerze in den dritten Stock des Kellers hinab, wo er sich ganz entkleidete. Er legte seinen Anzug, seine Strümpfe und seine Schuhe auf eine

trockene Stufe neben die Kerze. Schröder kniete nieder und wusch sein Gesicht. Das Wasser war kalt und brannte ihm auf der Haut. Er seifte seinen Körper ein und stieg langsam tiefer. Als das Wasser seine Lenden erreichte, rang er nach Luft. Aber er schritt weiter. Dann holte er tief Atem und tauchte unter. Das Blut jagte durch seine Adern und ihm wurde sehr warm. Er rieb sich mit dem Tischtuch ab und zog seine Kleider wieder an.

»Wie fühlen Sie sich?« fragte Gontard, als er zurückkam.

»Fein«, sagte Schröder. Er rollte die Decke um sich und legte sich auf die Stühle. »Sie sollten es auch versuchen. Ich habe die Seife unten gelassen.«

»Lieber nicht«, sagte Gontard. Schröder blies die Kerze aus.

»Gute Nacht, Hochwürden. Schlafen Sie gut.«

»Ich werde überhaupt nicht schlafen«, erwiderte Gontard.

Robert Faber, der an der Seite Susanne Riemenschmieds lag, hörte ihn und lächelte.

»Was für ein Theater«, sagte er leise. »Man könnte meinen, die Welt geht unter.«

Susanne bewegte sich.

»Wenn du bei mir bist, geht die Welt wirklich unter!«

»Unsinn«, sagte Faber. »Die Welt geht nicht unter. Sie tut nur so.«

»Gestern nacht ist die Welt untergegangen für mich. Für dich nicht auch?«

»Doch«, sagte Faber, »für mich auch.«

»Wenn zwei Leute sich lieben, dann geht die Welt für sie unter.«

»Aber nicht für immer. Nur für eine Weile. Für eine halbe Stunde. Oder für eine Nacht.«

»Für uns wird die Welt jede Nacht untergehen.«

»Das kommt, weil wir uns lieben.«

## 7

Fräulein Reimann machte sich später lange Vorwürfe, daß sie es nicht fertigbrachte, in dieser Nacht wach zu bleiben. In vollkommener Stille und Dunkelheit nicht in den Schlaf hinüberzugleiten, wenn man zurückgelehnt in einem Sessel ruht, ist eine Leistung, vor der viele andere gleichfalls versagt hätten. Aber Fräulein Reimann wußte, was auf dem Spiele stand. Und sie bemühte sich auch verzweifelt, wach zu bleiben. Ein paarmal ertappte sie sich dabei, wie sie jäh aus einem kurzen Schlummer auffuhr, und war dann glücklich, wenn sich im Keller nichts regte und alles zu schlafen schien. Fräulein Reimann tat, was sie konnte. Sie legte die wärmende Decke fort, da sie hoffte, daß die Kälte ihren Schlaf stören würde. Sie setzte sich aufrecht in den Stuhl und sprach Gebete. Sie erhob sich, um zu der alten Uhr zu gehen und nachzusehen, wie spät es war. Aber es half alles nichts. Gegen ein Uhr morgens schlief Fräulein Reimann fest und tief und hatte ihre Aufgabe vergessen. Zu dieser Zeit rauchte Walter Schröder eine Zigarette, und der Priester sah aufmerksam zu, wenn ihr rotleuchtendes Ende durch die Dunkelheit wanderte. Er hustete trocken. Sieben Stunden noch, dachte Gontard. Sieben Stunden noch, dann war es vorüber. Warum schlief Schröder nicht endlich ein? Er würde es doch nicht wagen, den Gang zu sprengen. Er wußte, daß Gontard wachte, ebenso wie dieser es von ihm wußte. Er hatte keine Chance. Deshalb, dachte der Priester, würde er auch nichts unternehmen, sondern einfach seine Zigarette zu Ende rauchen und dann vielleicht noch eine zweite entzünden, weil ihn der Gedanke an den Tunnel nicht losließ. Doch er würde sich nicht erheben und versuchen, seinen Plan mit Gewalt zu verwirklichen, weil sein gesunder Menschenverstand ihn von der Aussichtslosigkeit eines solchen Versuchs überzeugen mußte. Das dachte Reinhold Gontard. Aber er hatte keine Ahnung. Er wußte nicht, daß Schröder am Ende seiner Geduld angelangt war und beschlossen hatte, nicht mehr zu warten. Er wußte nicht, daß der Chemiker in großer Ruhe mit seinem Taschenmesser einen breiten Streifen der Wolldecke abschnitt und sein Ende gewissenhaft dreiteilte. Er wußte nicht, daß neben Schröder Werkzeuge und drei Benzinkanister bereitlagen. Er wußte gar nichts. Nicht einmal, daß Schröder die kurze, schwere Eisenstange zwischen seinen Beinen hielt. Und dies hätte er wissen müssen. Dann wäre vielleicht noch alles anders gekommen. Doch der Priester unterschätzte Schröder. Das war sein großer Fehler. Deshalb unterlag er ihm schließlich.

Siebzehn Minuten nach ein Uhr morgens erhob sich Walter Schröder ruhig und ohne besonderen Lärm zu machen von seinen Stühlen, knipste die Taschenlampe an und trat auf den Priester zu, der ihn lächelnd ansah. Die rechte Hand hielt Schröder auf dem Rücken.

»Legen Sie sich hin«, sagte Gontard, »und machen Sie keine Dummheiten.«

Schröder schüttelte den Kopf.

»Stehen Sie auf!«

»Nein.«

»Vorwärts«, sagte Schröder ungeduldig.

»Wenn Sie sich nicht augenblicklich niederlegen, wecke ich Faber.«

»Ja?« fragte Schröder höhnisch.

Gontard richtete sich halb auf und öffnete den Mund. Aber zum Schreien kam er nicht mehr. Schröder nahm seine rechte Hand vom Rücken und hob sie rasch hoch. Sie hielt die kurze Eisenstange. »Es tut mir leid«, sagte er

hastig und schlug dem Priester mit ihr über den Schädel. Es war ihm ganz gleich, wohin er traf. Doch da Gontard erschrocken zurückfuhr, traf ihn das Werkzeug an der linken Schläfe. Der Priester gab keinen Laut von sich. Er fiel nieder und rührte sich nicht. Auf einer Stelle der Stirn war die Haut geplatzt, und ein dünner Blutstreifen rann über die Wange. Schröder biß sich in die Unterlippe. Dann beugte er sich vor, packte den Bewußtlosen an den Beinen und zog ihn aus dem Weg. Bevor ich die Lunte anzünde, dachte er dabei, werde ich ihn in den Keller hinunterschleppen müssen.
Schröder ließ die Beine des Priesters los und nahm die Schaufel zur Hand. Die Taschenlampe befestigte er an seinem Gürtel. Dann begann er hastig Erde aus dem Gang zu schaufeln. Er warf sie hinter sich in die Finsternis, ein wenig fiel bei jeder Schaufel auf Reinhold Gontard. Schröder schwitzte. Als die Höhle ihm tief genug erschien, stellte er die Kannen hinein und öffnete ihre Verschlüsse. Nachdem er die drei Zungen der provisorischen Lunte tief in sie gehängt hatte, begann er die Kanister einzugraben, wobei er das freie Ende des Wollstreifens an einem der Balken festklemmte, damit keine Erde darauf fiel. Er trat den Lehm um die Kannen mit den Füßen fest und warf ein paar der gebogenen Eisenklammern, die sie zum Fixieren der Pfosten verwendet hatten, in die Erde. Dann unterbrach er seine Arbeit, ging zu Reinhold Gontard und beugte sich über ihn. Dieser lag ganz still. Schröder lauschte. Die anderen schliefen. Sie hatten nichts bemerkt. Schröder erhob sich, schlich zu dem Stollen zurück und schaufelte weiter. In die Öffnung verkeilte er, so fest er konnte, die drei restlichen Balken, die beiden langen und den gebrochenen. Zwischen sie bettete er einzelne große Steine.
Es war 1 Uhr 36, als Schröder die Schaufel fortwarf und

die Lunte von der Tunneldecke nahm. Sie stank nach Benzin. Er legte den etwa zwei Meter langen Streifen auf den Boden, ging zu den Stühlen und holte seine Jacke. Es kann nichts geschehen, dachte er. Die Explosion wird den Sachen am anderen Kellerende nicht schaden, sie wird nichts von dem Besitz Fräulein Reimanns zerstören. Sie wird nur die Mauer einreißen. Schröder überlegte kurz. Dann griff er nach seiner Aktentasche und trug sie vorsichtig hinunter in den überschwemmten Keller, wo er sie auf eine trockene Stufe stellte. Die Jacke legte er daneben. Als er sich auf Zehenspitzen an Fabers Lager vorübertastete, glaubte er eine Bewegung zu hören und blieb stehen. Faber seufzte schwer im Schlaf. Schröder eilte zu dem Stollen zurück und suchte in der Tasche nach einem Feuerzeug. Es brannte sofort. Er blies die Flamme wieder aus und neigte sich gerade über die freiliegende Lunte, als er ein Geräusch in seinem Rükken vernahm. Schröder zuckte zusammen und drehte sich, das Feuerzeug in der Hand, um. Der Priester, dachte er, der Priester ist zu sich gekommen! Er sprang auf. Aber es war nicht der Priester.
Es war Robert Faber, der unsicher, mit müden Augen, auf ihn zukam.

## 8

Faber fuhr jäh aus einem schweren Traum empor und rang nach Luft. Ein unerklärliches Angstgefühl hielt ihn gepackt. Seine Hände glitten abwärts, trafen Susannes warmen Körper und blieben auf ihrem Rücken liegen. Von dem anderen Ende des Kellers drang ein unruhiger Lichtschein zu ihm. Woher kam er? Faber schloß mechanisch den Knopf seiner Jacke und zog den Gürtel um

seine Hose zusammen. Dann sah er Schröders vorgeneigte Gestalt bei der Höhle. Wo war der Priester? Was war geschehen? Was tat Schröder bei dem Tunnel? Faber befreite sich aus Susannes Armen, streifte den Teppich zurück und sprang auf. Er war bis auf etwa fünf Meter an Schröder herangekommen, als er die leblose Gestalt Reinhold Gontards sah, der, mit dem Gesicht nach unten, auf einem Erdhaufen lag. Im gleichen Augenblick drehte sich Schröder um. In seinen Augen saß die Furcht.
»Rühren Sie sich nicht!« kreischte Schröder.
Faber blieb stehen.
»Was haben Sie mit dem Priester getan?«
Schröder hörte nicht.
»Wecken Sie die anderen und gehen Sie hinunter!«
Faber stand still. Schröder knipste das Feuerzeug an und neigte sich über die Lunte. »Gehen Sie!«
»Nein«, sagte Faber und trat einen Schritt näher. Was war dem Priester geschehen? War er tot? Was hatte dieser Verrückte getan? Eine tolle Wut stieg in Faber auf. Sein Körper krümmte sich zusammen, als wollte er springen.
»Einen Schritt noch«, sagte Schröder, zitternd vor Aufregung, »und ich zünde die Lunte an!«
»Sie haben den Priester erschlagen!«
»Wecken Sie die anderen!«
»Schröder«, sagte Faber atemlos, »hören Sie auf mich –«
»Wollen Sie gehen?«
Faber griff an seine Hüfte. Seine Finger fanden die Pistole und schlossen sich um den kühlen Griff.
»Nein!«
»Dann werde ich sie wecken.«
Und Schröder begann zu schreien. Er schrie unartikuliert, aber er schrie laut. Das kleine Mädchen erwachte weinend. Fräulein Reimann sprang mit einem erschrokkenen Ausruf aus ihrem Stuhl empor.

ıinunter!« schrie Schröder. »Gehen Sie au-
. hinunter!« Die anderen sahen ihn verständ-
Schröder glaubte ersticken zu müssen. Er
sich. »Ich will nicht gehen!« rief Fräulein
»Ich fürchte mich! Legen Sie das Feuerzeug

Evi glitt aus dem Bett ihrer Mutter und rannte heulend auf den Soldaten los.
»Robert!« schrie Susanne. Aber Faber hörte sie nicht. Für ihn war plötzlich alles, für einen einzigen Augenblick nur, von blendender Klarheit erfüllt. Er wußte, für einen Augenblick nur, was er zu tun hatte. Was er zu tun hatte nach all den Jahren, die er geschwiegen und geduldet und ein Gewehr getragen hatte. Er wußte: Walter Schröder war mehr als eine Gefahr für sie alle. Er war die Inkarnation all dessen, was Faber haßte und was die Welt zu einem Tal des Jammers und der Tränen hatte werden lassen. Er war ein schlechter Mensch. Und deshalb mußte er sterben. Faber hielt die Pistole in der Hand, als Schröder die Waffe erblickte. Er fuhr herum und neigte sich zu Boden, als Faber schoß. Die Kugel traf Schröder in der linken Brustseite. Das Feuerzeug fiel knapp neben die Lunte. Faber stürzte vor und riß sie aus den Kannen heraus. Dann beugte er sich über Schröder und rollte ihn auf den Rücken. Schröders Mund und seine Augen standen offen. Das Hemd begann sich an einer Stelle blutig zu färben. Die Brille war ihm wieder von der Nase gefallen. Die Haut der Wangen, die an zahlreichen Stellen von Steinsplittern zerkratzt war, glänzte unnatürlich. Eine Hand hatte Schröder gegen die Kehle gehoben, als wollte er den Kragen seines Hemdes öffnen, weil ihm heiß war. Aber Schröder wollte sein Hemd nicht öffnen. Er wollte überhaupt nichts mehr. Denn er war tot.
Robert Faber kniete neben ihm und sah ihn an. Die

Pistole hielt er noch immer in der Hand. Schröder ist tot, dachte Faber. Herr Schröder ist gestorben. Ich habe ihn erschossen. Jetzt rinnt ein wenig Blut aus seinem Mundwinkel. Man sollte es abwischen. Wozu eigentlich? Schröder ist tot.

Faber streckte ein Bein aus und fuhr sich mit der Hand über die Stirn. Ich habe Schröder erschossen, dachte er. Warum eigentlich? Dann hörte er, wie jemand zu ihm sprach.

Er sah auf. Es war Susanne. Sie kniete an Schröders anderer Seite, und ihr Gesicht war verzerrt.

»Ist er tot?«

»Ja.«

»Ist er wirklich tot?«

Faber nickte.

»Vielleicht ist er nur ohnmächtig. Ich glaube, sein Puls schlägt noch.«

»Nein«, sagte Faber tonlos, »er ist tot.«

Er sah Schröder ins Gesicht. Dieser starrte an ihm vorbei gegen die Decke. Das Blut aus seinem Mundwinkel rann über das Kinn und tropfte langsam auf den Hals. Faber wischte es mit zwei Fingern ab. Inzwischen waren die anderen herbeigekommen. Fräulein Reimanns kleiner Körper zitterte.

»Mein Gott«, sagte sie, »mein Gott ...« Sie faltete die Hände, schüttelte den Kopf und weinte.

Evi beugte sich neugierig über Schröder und betrachtete das befleckte Hemd.

»Ist der Mann tot?«

Niemand antwortete ihr. Sie sah sich nach ihrer Mutter um, die schwerfällig aufgestanden war.

»Ist der Mann tot, Mutti?«

»Ja«, sagte Anna Wagner. »Komm zu mir, Evi.«

Das Kind rührte sich nicht.

»Evi«, sagte Anna Wagner, »komm sofort zu mir!« Sie nahm das Mädchen an der Hand und führte es fort. Fräulein Reimann fühlte, wie plötzlich ein fürchterlicher Ekel in ihr aufkam. Sie machte die Augen zu. Aber es half nichts. Ihr wurde abwechselnd heiß und kalt. Sie schwankte. Faber fing sie in seinen Armen auf. Fräulein Reimann holte Atem. Sie überwand die Schwäche.
»Danke«, sagte sie. »Es ist nur, weil ich noch nie einen Toten gesehen habe. Mir wurde auf einmal so schlecht ... jetzt geht es schon wieder.«
Sie drehte sich um und sah, wie der Priester sich eben langsam vom Boden erhob. Er hatte eine blutunterlaufene Schramme an der linken Schläfe.
»Wo ist Schröder?« fragte Gontard, trat zwei Schritte vor und setzte sich dann schnell.
»Tot«, sagte Therese Reimann.
»Was?«
Die alte Dame nickte. »Herr Faber hat ihn erschossen.«
Gontard fuhr zusammen.
»Sie haben ihn erschossen?«
»Ja.«
»Warum?«
»Ich weiß es nicht.«
Fräulein Reimann packte den Priester am Arm.
»Weil er den Gang in die Luft sprengen wollte. Ich habe es selbst gesehen. Er hielt schon das Feuerzeug in der Hand ...«
Gontard stand mühsam auf. Dann neigte er sich über Schröder und schloß ihm die Augen.
»Was ist Ihnen geschehen?« fragte Faber.
»Schröder schlug mir mit der Eisenstange auf den Kopf, als ich Sie wecken wollte.«
»Mit der Eisenstange?«
Gontard nickte. »Ich glaubte, ich würde allein mit ihm

fertig werden, aber er hielt die Stange auf dem Rücken. Als ich ihn sah, war es schon zu spät.«

»O Gott«, sagte Therese Reimann schwach, »das ist ja furchtbar. Warum wollte er Sie töten?«

»Er wollte mich nicht töten. Er wollte mich nur für eine Weile aus dem Weg haben. Das ist ihm auch gelungen.«

Gontard betastete seinen Kopf.

»Haben Sie Schmerzen?«

»Natürlich«, sagte der Priester. Fräulein Reimann wurde wieder unruhig.

»Vielleicht sollte ich Ihnen einen Verband anlegen. In meinem Koffer sind ein paar Binden und Jodtinktur. Ich will sie holen.«

»Später«, sagte Gontard, »das hat Zeit. Bleiben Sie hier, Fräulein Reimann.« Er trat zu dem Soldaten, der neben dem Mädchen stand.

»Was Sie befürchteten«, sagte Susanne, »ist eingetroffen, Hochwürden.«

»Ja«, sagte Gontard. »Ich habe Schröder unterschätzt. Ich habe auch Sie unterschätzt, Faber.«

Der Soldat antwortete nicht. Er steckte die Pistole in die Tasche und senkte den Kopf.

»Wenn Herr Faber ihn nicht erschossen hätte«, rief Therese Reimann, »wären wir jetzt alle tot! Schröder wollte den Gang in die Luft sprengen. Er sagte: ›Geht hinunter!‹ Und als wir uns nicht rührten, neigte er sich vor, um die Lunte anzuzünden. Sie haben es nicht gesehen, Hochwürden, Sie waren ohnmächtig.«

»Wie ist das Ganze eigentlich geschehen?«

»Ich wachte auf«, erwiderte Faber langsam, »und sah Schröder vor dem Stollen arbeiten. Als ich zu ihm trat, sagte er, daß er den Gang sprengen wollte. Ich sah Sie auf der Erde liegen und dachte, Sie wären tot. Das gab

mir den Rest. Schröder schrie, er würde die Lunte anzünden, wenn ich mich rührte, und schließlich weckte er durch sein Gebrüll alle auf und befahl ihnen, auf die Treppe hinunterzugehen.«
»Und dann?«
»Dann weiß ich nichts mehr.«
»Unsinn! Denken Sie nach.«
»Dann habe ich ihn erschossen.«
»Herrgott«, sagte Gontard, »so ohne weiteres?«
Faber hob die Schultern.
»Schröder hatte alles vorbereitet«, sagte Therese Reimann leidenschaftlich. »Sie können es selbst sehen. Die Kannen waren eingegraben, und die Lunten hingen in ihnen. Wir wären jetzt alle tot, wenn Herr Faber ihn nicht erschossen hätte.«
»Vielleicht«, sagte Gontard. »Herr Faber hat ihn aber erschossen. Und nun ist Herr Schröder tot.«
»Wenn Sie um Hilfe geschrien hätten, wäre das alles nicht geschehen«, sagte das Mädchen plötzlich laut.
»Susanne!«
»So ist es doch! Ich rede nicht von Ihnen allein, Hochwürden, sondern von uns allen. Wer will dem anderen einen Vorwurf machen? Wer von uns hat ernstlich etwas getan, um Schröders Plan zu verhindern? Wer hat sich darauf *vorbereitet*, ihn zu verhindern? Keiner!«
»Du hast Angst vor ihm gehabt«, sagte Faber.
»Und du hast mich dafür ausgelacht.«
»Und ich bin eingeschlafen«, sagte Therese Reimann. »Obwohl ich versprach, wach zu bleiben.«
»Sehen Sie? Jeder von uns wußte, daß Schröder gefährlich war, aber keiner glaubte, daß er uns wirklich überlegen sein könnte.«
»Du hast ihn erschossen«, sagte Susanne Riemenschmied zu Faber, »aber jeder, der eine Pistole gehabt

hätte, würde ihn erschossen haben, aus Ratlosigkeit, Wut und Angst.«

»Liebes Fräulein Susanne«, sagte der Priester, »es ist unnötig, daß Sie uns die Motive Fabers verständlich machen. Wir sind gewiß alle derselben Meinung: daß seine Tat nämlich von jedem anderen in seiner Situation hätte begangen werden können.«

»Nur Schröder«, sagte Faber, »würde anderer Meinung sein, wenn er noch lebte. Das ist ja alles blödes Geschwätz. Ich habe einen Menschen getötet.«

»Sie haben in Notwehr gehandelt.«

»Ich habe überhaupt nicht gewußt, was ich tue«, sagte Faber.

»Sie haben verhindert, daß Schröder uns in Lebensgefahr brachte. Jedes Gericht würde das begreifen.«

»Hochwürden«, sagte Faber und ballte die Fäuste, »haben Sie schon einmal überlegt, wieviel mir das nützt?«

»Ja«, sagte Gontard, »ich weiß.«

»Einen Dreck!«

»Warum?« fragte Therese Reimann.

»Weil ich desertiert bin! Weil ich erschossen werde, wenn die Polizei mich fängt. Nicht für den Mord. Sondern für Fahnenflucht. Der Mord ist bloß eine Draufgabe, für den interessiert sich keiner.«

Fräulein Reimann sah hilflos um sich. Sie hatte das starke Bedürfnis, sich an jemanden anzulehnen, von jemandem gehalten zu werden. Da niemand in der Nähe stand, setzte sie sich auf den Boden und stützte den Kopf in die Hände.

»Mein Gott«, sagte sie, »mein Gott im Himmel!«

»Sehen Sie nun«, sagte Faber zu Gontard, »daß Sie sich Ihre Bemühungen ersparen können?«

»Im Gegenteil, wir können uns diese Bemühungen nicht ersparen. Sie müssen in Sicherheit gebracht werden.«

Faber lachte.
»Sie müssen leben!«
»Ja, ich muß leben. Es wird nur nicht ganz einfach sein mit einem Strick um den Hals.«
»Einem Strick?«
»Oder ein paar Kugeln im Bauch«, sagte Faber hysterisch. »Was weiß ich denn? Es kommt auf das gleiche hinaus. Ich Narr. Ich gottverfluchter Narr! Warum mußte ich diesen armen, blöden Hund erschießen?«
»Um unser Leben zu retten«, sagte Therese Reimann leise.
»Ach ja«, rief Faber, »das habe ich ganz vergessen!«
Susanne preßte sich an ihn. »Nicht«, sagte sie, »bitte nicht! Wir haben noch Zeit. Es gibt einen Ausweg. Hochwürden, helfen Sie uns!«
Der Priester zuckte die Schultern.
»Schröder muß verschwinden.«
»Was?«
»Der Tote muß verschwinden«, sagte Gontard. »Er und alle Spuren, die auf ihn führen. Dann sind wir gerettet. Denn es weiß ja keiner, daß er bei uns im Keller war.«
»Wie soll er verschwinden?«
»Wir müssen ihn hinuntertragen, hinunter in den überschwemmten Keller. Wir müssen ihn ins Wasser werfen.«
»Das ist doch nicht Ihr Ernst!« rief Therese Reimann entsetzt.
»Natürlich!«
»Aber er ist doch ein Mensch ...«
»Er ist tot«, sagte Gontard, »und Faber lebt.«
»Das ist eine Sünde.«
»Mord ist auch eine Sünde«, erwiderte der Priester, »eine Todsünde sogar.«
»Es war kein Mord, es war Notwehr! ...« Therese Rei-

mann suchte nach Worten, fand keine und schwieg bedrückt.
»Das geht nicht«, sagte Faber, der nachgedacht hatte, »der Leichnam würde auf dem Wasser schwimmen, und jeder könnte ihn gleich sehen.«
»Nicht, wenn wir ihm ein paar Steine um den Bauch binden.«
»Dann vielleicht auch.«
»Aber erst später.«
»Und was geschieht, wenn die Leute, die uns ausgraben, aus irgendeinem Grund gleich hinuntersteigen?«
»Warum sollten sie das tun?«
»Das weiß ich nicht. Vielleicht stürzt der Nebenkeller auch ein. Oder sie wollen das Wasser auspumpen.«
»Dann sind wir schon nicht mehr da.«
Faber lachte wieder.
»Die Polizei ist zwar dumm, aber doch nicht so dumm. Bevor sie uns gehen läßt, wird man unsere Namen und Adressen ermitteln. Und wenn man den Toten findet, stehen wir alle unter Mordverdacht.«
»Dann verstecken wir den Leichnam hier oben, in einem der Gänge. Da sieht ihn keiner.«
»Passen Sie auf«, sagte Faber, »Schröder hatte doch höchstwahrscheinlich Verwandte. Er ist seit zwei Tagen nicht nach Hause gekommen. Seine Freunde werden ihn suchen. Sie sind gewiß zur Polizei gelaufen, um eine Anzeige zu erstatten. Das kleine Kind wird erzählen, daß er erschossen wurde –«
»Wir werden Evi sagen, daß sie schweigen muß.«
»Ja, aber sie wird es nicht begreifen. Sie wird irgendeine dumme Bemerkung machen –«
»Und wenn wir ihn nicht verstecken, sondern erklären, daß er Selbstmord begangen hat? Aus Verzweiflung. Oder aus momentaner Geistesverwirrung ...«

»Ja«, sagte Faber bitter, »mit einer Armeepistole! Und mit einem desertierten Soldaten im Keller. Das ist sehr glaubhaft.«
»Warum nicht?«
»Weil es mir nicht paßt.«
»Warum nicht?« fragte Gontard zum zweitenmal. Und nun verlor Faber seine Selbstbeherrschung. Er schrie, daß Therese Reimann wieder zu weinen begann. Sein Gesicht verzerrte sich. Er stieß Susanne von sich und preßte beide Hände gegen die Brust, während er schrie. Seine Augen schlossen sich, sein ganzer Körper wurde steif.
»Weil ich leben will!« schrie Robert Faber. »Weil ich doch leben will!«

## 9

Schröders Taschenlampe leuchtete nur noch schwach. Sie lag neben dem Toten und zuckte zuweilen heller auf. Doch die Batterie war erschöpft. Der Priester hustete und sagte: »Ich habe einen Ausweg gefunden. Aber er ist nicht schön.«
»Das macht nichts«, sagte Susanne. »Wir brauchen keinen schönen Ausweg. Nur einen sicheren.«
»Er ist sicher«, sagte der Priester. »Faber, Sie müssen Walter Schröder werden.«
Der Soldat, der auf und ab gegangen war, blieb stehen.
»Sie müssen Walter Schröder werden«, wiederholte der Priester. »Sie müssen seine Rolle spielen, verstehen Sie?«
»Sie sind ja verrückt«, sagte Faber.
»Ich bin nicht verrückt! Schröder ist tot. Sie leben. Sie werden als Deserteur gesucht, er nicht. Sie sind ein

Flüchtling, er war ein guter Bürger. Begreifen Sie? Als Walter Schröder sind Sie sicher, wenn die Polizei kommt. Wenigstens für eine Weile.«
»Es wird mir doch kein Mensch glauben.«
»Sie nehmen seine Papiere«, sagte der Priester und stand auf.
»Sie müssen mit ihm Kleider tauschen.«
»Mit dem Toten?«
»Ja!«
»Pfui Teufel, das ist ja scheußlich.«
»Aber klug«, sagte Gontard. »Sie müssen es tun.«
Susanne hatte zugehört. Jetzt trat sie näher.
»Ja«, sagte sie, »du mußt es tun.«
»Das kann ich nicht.«
»Du mußt!«
Faber schüttelte sich.
»Ich soll mit Schröder Kleider tauschen und seine Papiere an mich nehmen –«
»– und ihm die Ihren geben –«
»– und ich bin dann der Chemiker Walter Schröder, und er ist Robert Faber?«
»Ja«, sagte der Priester, »er ist dann Robert Faber, ein desertierter Soldat, der sich aus Angst oder Verzweiflung erschossen hat. Die Pistole wird in seiner Hand liegen. Sie sind etwa gleich groß, Sie sehen sich sogar ein wenig ähnlich. Seine Kleider werden Ihnen passen.«
»Herrgott«, sagte Faber, »das ist ja eine noch größere Gemeinheit, als einen Menschen zu töten.«
»Es ist keine Gemeinheit, wenn man in Gefahr steht. Es ist ein Ausweg, sonst nichts. Sie wollen doch leben.«
»Nicht so sehr.«
»Robert«, sagte Susanne, »wir müssen zusammenbleiben. Du darfst nicht fortgehen. Tu, was der Priester sagt.«

»Schröder ist tot!« rief Gontard. »Er weiß nicht, was mit ihm geschieht.«
»Aber ich weiß es!« schrie Faber und begann wieder auf und ab zu laufen. »Ich habe ihn erschossen, und jetzt soll ich in seine Kleider kriechen und vorgeben, der zu sein, den ich getötet habe?«
»Faber«, sagte der Priester, »wir brauchen uns nichts vorzumachen: In ein paar Stunden kommen die von drüben zu uns. Dann sind Sie verloren, wenn Sie sich jetzt nicht entscheiden.«
»Du mußt die Kleider nicht gleich anziehen«, sagte Susanne, »du hast noch Zeit. Warte bis morgen. Es handelt sich nur um eine kurze Weile. Dann kannst du sie wieder wegwerfen.«
»Nein«, meinte Gontard, »Sie müssen bald mit Schröder Kleider tauschen.«
»Warum?«
»Weil die Leiche steif wird. Dann können wir sie nicht mehr ausziehen.«
Faber blieb neben dem Priester stehen.
»Wir werden sie überhaupt nicht ausziehen. Lieber will ich verrecken, als mit Schröder meine Kleider tauschen!«
Gontard schüttelte den Kopf.
»Hören Sie auf das, was ich Ihnen sage. Ich möchte es lieber für mich behalten, denn es klingt lächerlich. Aber Sie müssen es wissen. Sie sind in diesen Keller gekommen und haben zwei Tage hier gelebt. In diesen zwei Tagen hat sich viel ereignet, obwohl es so aussah, als ob sich gar nichts ereignen würde. Es hat sich mehr ereignet, als wir ahnen. Und ich weiß heute, daß Sie nicht sterben dürfen. Weil wir Männer wie Sie brauchen werden, wenn unser Land zusammengebrochen ist. Sie dürfen nicht sterben. Wir brauchen Sie. Wir brauchen Ihre

Ruhe und Ihre Anständigkeit und Ihren Gerechtigkeitssinn und Ihren Humor. Sie dürfen nicht sterben, weil Sie ein ganz einfacher, guter Mensch sind. Deshalb liebt Sie Susanne. Ist es nicht so?«

»Ja«, erwiderte das Mädchen leise, »deshalb liebe ich dich.«

Faber ließ die Arme an seinem Körper herunterhängen und schwieg.

»Sie sind zu wertvoll, um zu sterben, und darum bitte ich Sie, zu tun, was ich sage. Damit wir Sie retten können.«

»Ich will es nicht tun«, antwortete Faber.

»Dann«, sagte Gontard ruhig, »werde ich, wenn die Polizei kommt, erklären, daß *ich* Schröder erschossen habe.«

»Es wird Ihnen kein Mensch glauben.«

»Man wird mir schon glauben«, sagte der Priester. »Ich werde meine Aussage nicht ändern. Sie wird man trotzdem erschießen. Für Fahnenflucht. Und mich wahrscheinlich für Mord.«

»Aber Sie haben diesen Mord doch gar nicht begangen!«

»Darüber können Sie nachdenken, wenn man uns fortführt.«

»Ich werde zugeben, daß ich Schröder getötet habe«, sagte Faber. »Man kann mich nur einmal töten.«

»Aber man wird es Ihnen nicht glauben.«

»Man wird es mir eher glauben als Ihnen.«

»Weshalb?«

»Weil Sie ein Priester sind.«

»Und?«

Faber lachte.

»Einem Soldaten, der desertiert ist, traut man einen Mord mit Vergnügen zu.«

»Faber«, sagte Gontard, »wenn Sie Susanne lieben, dann wechseln Sie mit Schröder Ihr Gewand.«

Der Soldat hob hilflos die Hände.
»Robert«, sagte Susanne eindringlich, »wenn du es nicht tust, werden wir uns verlieren. Wenn du es nicht tust, werden sie dich töten. Ich kann nicht mehr leben ohne dich, Robert …«
»Bei Ihrer Liebe«, sagte der Priester.
»Ja«, sagte Faber, »bei meiner Liebe.« Dann setzte er sich neben Gontard auf die Erde. »Wenn die anderen zu uns kommen und ich habe wirklich Schröders Kleider an – was soll dann geschehen?«
»Ich werde reden«, sagte der Priester hastig, »ich werde die Aufmerksamkeit aller auf den Toten lenken, der Ihre Uniform trägt. Ich werde erzählen, er wäre ein Fremder gewesen, nervös, zerfahren und heftig. Als der Gang einstürzte, verlor er die Besinnung. In der Nacht geschah es dann. Keiner von uns war dabei. Aber wir alle hörten den Schuß. Er war gleich tot. Das kleine Kind erschrak furchtbar. Für den Fall, daß sich Evi verspricht.«
»Weiter«, sagte Faber, »was geschieht dann?«
»Sie erklären, Sie kämen gleich wieder, und gehen hinauf. Weil Sie frische Luft atmen wollen oder weil Sie Verwandte zu treffen hoffen. Oder um zu telefonieren.«
»Ich gebe dir meinen zweiten Schlüssel mit«, sagte Susanne, »du fährst gleich zu mir, ich sage dir den kürzesten Weg. Du bleibst bei mir, und ich komme nach, sobald ich kann.«
»Aber wenn einer die Taschen der Uniform durchsucht und meine Papiere findet?«
»Das sind dann Schröders Papiere.«
»Sie stimmen nicht mit seiner Erscheinung überein. Das heißt, die Polizei wird mißtrauisch werden. Wenn ich noch da bin, wird man mich erkennen. Wenn ich schon fort bin, wird man euch festhalten.«
Gontard dachte nach.

»Dann darf der Tote überhaupt keine Dokumente haben. Wir wissen nicht, wer er ist. Woher auch? Vielleicht war er ein Deserteur, der seinen Wehrpaß fortwarf. Vielleicht hat er sich erschossen, weil er ein Deserteur war.«

»Wenn man uns das glaubt!«

»Warum nicht? Wir sind vier Menschen, die bestätigen werden, daß Schröder sich selbst erschoß. Sie selbst verschwinden. Sie werfen Schröders Anzug fort. Ich schicke Ihnen durch einen Boten neue Kleider. Und Sie vernichten Schröders Papiere.«

»Dann habe ich überhaupt keine.«

»Gut«, sagte der Priester. »Behalten Sie sowohl die Schröders wie Ihre eigenen. Vielleicht können Sie beide einmal brauchen. Sie gehen nur für Stunden zu Susanne, das versteht sich.«

»Wohin dann?«

»Ich habe einen Freund, der wird Sie verstecken. Er lebt auf dem Kahlenberg. Er hat schon mehrere Menschen versteckt. Ich werde ihn rufen. Er bringt Ihnen die Kleider.«

»Ich komme dich jeden Tag besuchen«, sagte Susanne.

»Kommen Sie jede Nacht, damit Sie keiner sieht. Es dauert nicht mehr lange. Ich glaube, so wird es gehen. Wir alle werden Ihnen helfen.«

Fräulein Reimann, die, ohne ein Wort zu sprechen, dieser Szene beigewohnt hatte, sah auf und sagte fest.

»Wir alle!«

Faber legte einen Arm um Susannes Schulter. Sie wandte ihm ihr Gesicht zu, und er küßte sie leicht.

»Willst du es tun?«

»Ja«, sagte Faber, »ich will es tun.«

Der Priester nickte.

»Fräulein Reimann, bitte, reden Sie mit Frau Wagner. Erzählen Sie ihr von unserem Plan. Schärfen Sie ihr ein, was sie zu tun hat. Lassen Sie sie selbst mit Evi sprechen, das kann sie am besten.«

»Ich will es ihr sagen«, versprach Therese Reimann und ging mit trippelnden Schritten zu dem Bett der schwangeren Frau. Gontard stand auf.

»Kommen Sie, wir müssen Schröder ausziehen. Dazu brauchen wir Licht.« Er entzündete die Petroleumlampe und stellte sie neben den Toten. »Es ist ein Glück, daß er seine Jacke nicht anhatte.«

»Wo ist sie eigentlich?«

»Wir werden sie schon finden. Das hat Zeit.«

»Nein«, sagte Faber, »die Brieftasche steckt in ihr.«

»Warten Sie, ich habe eine Idee. Die Aktentasche ist auch verschwunden. Sie stand neben den Stühlen. Er wollte uns alle in das untere Stockwerk treiben. Möglicherweise trug er seine eigenen Sachen voraus.«

Gontard nahm die Lampe und stieg hinunter. Als er wiederkam, hatte er die beiden Gegenstände in der Hand.

»Hier«, sagte er und legte sie auf den Boden. »Ich glaube, die Jacke wird Ihnen passen.« Er packte den Toten und hob ihn hoch.

»Das Hemd kann ich nicht anziehen«, sagte Faber, »es ist ganz blutig.«

»Haben Sie ein eigenes?«

»Ohne Kragen.«

»Ich trage eine Bluse unter meinem Pullover«, sagte Susanne. »Du kannst den Pullover haben.«

»Dann wird dir zu kalt sein.«

»Mein Lieber, ich werde mich erkälten!« Sie küßte ihn.

»Schröders Krawatte muß verschwinden«, sagte Gontard. »Soldaten tragen keine.« Er zog sie ihm vom Hals.

»Sie tragen auch keine gestreiften Hemden.«

»Deserteure schon. Die tragen, was sie finden.«

Gontard stopfte Schröders buntgestreifte Krawatte in die Tasche und öffnete die Schnalle des Gürtels.
»Halten Sie ihn hoch, sonst kann ich ihm die Hose nicht von den Beinen ziehen.«
Faber griff mit beiden Armen unter Schröders Kreuz, aber er konnte ihn nicht bewegen.
»Stellen Sie sich über ihn«, sagte der Priester, »und halten Sie die Hose nicht fest.«
Faber hob Schröder hoch. Der Priester streifte die Hose bis zu den Knien zurück.
»Lassen Sie ihn fallen. Heben Sie die Beine. Die Unterhose kann er anlassen …« Schließlich hielt Gontard das Kleidungsstück in der Hand. »Stellen Sie sich vor, wir hätten das fünf Stunden später getan!«
»Es ist so schon genug«, sagte Faber.
»Die Schuhe und die Strümpfe«, sagte Gontard. Schröder trug Sockenhalter um die Waden. Der Priester knüpfte sie auf und löste die Senkel der Schuhe. Dann zog er sie ihm von den Füßen. Schröders Zehen standen mager und gelb in die Luft. Er lag in seinem durchbluteten Hemd und einer Unterhose auf dem Rücken, die Knie abgebogen. Der Mund stand noch immer offen.
»So«, sagte Gontard, »jetzt ziehen Sie Ihre Sachen aus.«
Faber legte die Uniform ab und zog die Stiefel aus.
»Werfen Sie alles auf die Erde, und nehmen Sie Schröders Schuhe.«
»Meine Füße sind schmutzig«, sagte Faber plötzlich verlegen. »Wir werden nicht hinsehen«, erwiderte Gontard gereizt. »Seien Sie nicht kindisch!« Er streifte mit einiger Mühe Fabers Hose über Schröders Beine und schnallte das Koppel um den Bauch zu. Dann nahm er die Wollsocken. Schließlich griff er nach einem Stiefel und versuchte, Schröders Fuß hineinzuzwängen. Doch dieser gab nach und wich aus, als wäre er aus Kautschuk.

»Helfen Sie mir«, sagte Gontard. »Halten Sie ein Knie fest, und stoßen Sie das Bein in den Stiefel.«
Faber, in Schröders Hose, bloßfüßig und im Hemd, tat, was Gontard sagte. Schließlich hatte Schröder beide Stiefel an den Füßen. Die Hose war ihm ein wenig zu klein. Gontard bog die Beine zurecht.
»Die Jacke«, sagte er. »Heben Sie ihn hoch.«
Faber nahm den Toten unter den Armen, preßte die Schulterblätter an seine Brust und sah Gontard an.
»Wie soll ich ihm die Jacke anziehen, wenn Sie ihn festhalten? Nehmen Sie ihn am Hals! So, das ist besser. Lassen Sie ihn wieder fallen.«
Faber setzte sich auf den Boden und zog Schröders Strümpfe an, dann seine Schuhe.
»Passen sie Ihnen?«
»Ja«, sagte Faber. »Ich bin nur Halbschuhe nicht mehr gewöhnt. Es ist ein sonderbares Gefühl.« Er zog die Senkel fest, stand auf und ging ein paar Schritte. Dann nahm er Schröders Jacke. Sie spannte über der Brust, aber er konnte sie tragen.
Der Priester pfiff leise.
»Was gibt's?«
»Ich dachte eben: Wenn jemand sich ins Herz schießt, hat er doch auch in seinen Kleidern ein Loch.«
»Ja«, sagte Faber.
»Wir müssen ein Loch in die Jacke schießen.«
»Blödsinn«, sagte Faber, »ziehen wir sie ihm einfach wieder aus. Vielleicht hing sie über seiner Schulter.«
»Dann sieht man sofort das gestreifte Hemd.«
»Na und«, sagte Faber, »das ist doch gleich. Wenn er ein Deserteur ist ...«
»Nein, das ist nicht gleich. Es wäre psychologisch falsch, ihn so hinzulegen, verstehen Sie? Denn er soll doch einen Soldaten darstellen. Deshalb muß er wie ein Soldat

aussehen und darf nicht gleich an einen Zivilisten erinnern.«
»Was wollen Sie tun?«
Gontard öffnete den Uniformrock. »Die Jacke ausziehen und ein Loch hineinschießen.«
Faber schloß kurz die Augen. Gontard nahm einen Bleistift, stellte die Gegend des Stoffes fest, die über der Einschußstelle lag, und bohrte die Graphitmine des Stiftes durch ihn. Dann zog er Schröder die Jacke aus.
»Nehmen Sie die Pistole, und schießen Sie ein Loch in den Stoff. Halten Sie die Waffe nahe genug, damit die Fasern versengt werden.«
Faber zog die Waffe aus Schröders Pistolentasche.
»Es ist eine Patrone im Lauf«, sagte er. Gontard hielt den Rock seitlich in die Höhe.
»Los.«
Faber hob die Pistole und schoß. Es roch nach Pulver und verbranntem Tuch.
Aus der Dunkelheit tönte Fräulein Reimanns Stimme.
»Um Gottes willen, was ist geschehen?«
»Nichts«, sagte der Priester, »es ist alles in Ordnung.«
Und hier bewies Reinhold Gontard zum zweitenmal in dieser Nacht einen leichtfertigen Optimismus, der deshalb tragisch war, weil er Folgen hatte, die niemand ahnte. Denn es war keineswegs alles in Ordnung. Die Kugel, die Faber durch den Stoff seiner eigenen Uniformjacke schoß, flog durch die Finsternis des Kellers, und keinem der Anwesenden kam es in den Sinn, sie zu suchen. Da man sie nicht sehen konnte, schien sie wesentlich unwichtiger als ihre Hülse, die neben Faber zu Boden fiel. Da man sie nicht sehen konnte, vergaß man sie sogleich. Es war ein reiner Zufall, daß die zweite Kugel aus Fabers Pistole einen von Fräulein Reimanns Koffern traf, das Leder durchschlug und zwischen ein

paar dunklen Seidenkleidern zu liegen kam. Das ganze Leben besteht aus Zufälligkeiten, die ein Mann namens Origenes im zweiten Jahrhundert nach Christus nach drei Gesichtspunkten hin zu untersuchen empfahl: nach einem historischen, einem symbolischen und einem metaphysischen.

Faber untersuchte das Loch der Jacke.

»Ausgezeichnet«, sagte er. Sie zogen Schröder wieder an. »Wo sind Ihre Papiere?«

»Hier. Ich habe die Taschen leergeräumt.«

»Das war nicht richtig. Legen Sie das Geld zurück. Und den Bleistift. Und das Taschentuch. Das Soldbuch behalten Sie. Ihre Erkennungsmarke werden wir Schröder um den Hals hängen. Falls Ihr Name wirklich schon auf der Fahndungsliste steht. Dann hält man ihn vielleicht wirklich für den Deserteur Robert Faber.« Gontard stand auf. »Wo ist die zweite Patronenhülse?«

»Ich habe sie schon aufgehoben. Ich sah, wohin sie flog.«

»Nein«, sagte der Priester, »wo ist die Hülse der Kugel, mit der Sie Schröder erschossen?«

»Das weiß ich nicht. Irgendwo da drüben.«

»Wir müssen sie unbedingt finden.«

»Warum?«

»Warum!« schrie Gontard. »Fragen Sie nicht so dumm. Weil Sie neben dem Toten liegen muß, wenn er Selbstmord begangen hat!«

»Wir können ihn ja danach woanders hingetragen haben.«

»Er wird sich nicht mitten im Keller erschießen«, sagte Gontard, nahm die Lampe und leuchtete den Boden ab. »Wir müssen die Hülse finden.«

»Nehmen wir die zweite.«

»Das geht nicht!«

»Warum nicht?«

»Weil die Hülse nicht zu der Kugel in Schröders Brust paßt.«
»Na und?«
»Es könnte sein«, sagte Gontard ungemein langsam und beherrscht, »daß die Polizei sich die Mühe einer ballistischen Untersuchung dieses Selbstmordes macht. In einem solchen Falle müssen die Hülse und die Kugel zusammenpassen, sonst ist unser ganzer Plan hinfällig.«
»Das ist er ohnedies, wenn es zu irgendeiner Untersuchung kommt.«
»Wir wollen diese Sache so vollkommen wie möglich konstruieren. Wenn sich herausstellt, daß Schröder ein Zivilist war, sieht unsere Lage schlimm genug aus.«
»Ja«, sagte Faber mit einem schiefen Lächeln, »an tote *Soldaten* ist man nachgerade schon gewöhnt.«
»Stimmt.« Gontard nickte ungerührt. Er bückte sich. »Hier ist die Hülse«, sagte er. »Stecken Sie die andere ein.«
Faber griff in die Tasche der Jacke und zog einzelne Gegenstände hervor. Eine halbe Schachtel Zigaretten, einen Schlüsselbund, etwas Geld. Dann öffnete er Schröders Brieftasche und betrachtete den Inhalt: ein Arbeitsbuch, einen Werkausweis mit Lichtbild, einen Wehrpaß. Mehrere Briefe, das Bild einer jungen Frau mit zwei Kindern. Ein altes Kuvert mit einem getrockneten vierblättrigen Kleeblatt, Zettel und Notizblätter. Und schließlich ein dünnes schwarzes Buch. Es war mit genauen, sehr kleinen Schriftzügen gefüllt und enthielt Kommentare zu Büchern, die Walter Schröder gelesen hatte.
»... Stumpf hat in seinen Spinozastudien den Versuch unternommen, nachzuweisen, daß der Parallelismus zwischen den Modi der Anschauung und des Denkens eine alte Lehre der aristotelisch-scholastischen Psychologie zum Ausdruck bringt, deren Sinn mit dem des gegenwär-

tigen Parallelismus nichts zu tun hat. Es handelt sich hier um das Verhältnis des Bewußtseinsaktes zu seinem Inhalt. Platon läßt die Unterschiede der immanenten Objekte mit denen der Erkenntnistätigkeiten genau parallel gehen. Aristoteles aber ...«

Faber blätterte weiter.

»... Transzendentaler Idealismus, wie Schopenhauer will, kann das unmöglich genannt werden. Denn transzendentaler Idealismus bedeutet, daß unsere Erkenntnis die Dinge nicht zu erkennen vermag, während bei anderen Philosophen die sinnliche Wahrnehmung nur eine verstümmelte, nicht aber eine unwahre Erkenntnis ist ...«

Faber steckte die Brieftasche zusammen mit seinen eigenen Dokumenten ein. Der Priester hob die Lampe und betrachtete ihn kritisch.

»Er sieht ganz gut aus«, meinte er zu Susanne. »Wenn er noch Ihren Pullover und den Regenmantel anzieht, erkennt ihn kein Mensch. Lächeln Sie einmal, Faber.«

»Was?«

»Sie sollen lächeln!«

Der Soldat verzog den Mund.

»Jetzt zeigen Sie mir ein hochmütiges Gesicht.«

Faber hob eine Braue hoch.

»Hervorragend«, sagte Gontard. »Besonders das Parteiabzeichen im Knopfloch macht sich gut.«

Faber sah an sich herunter und erblickte die kleine kreisrunde Metallplakette mit dem Sonnenrad auf seinem linken Jackenrevers. Er schluckte mühsam.

»Robert«, sagte Susanne, »es geht alles vorüber, es dauert nicht lange.«

Faber wandte sich um.

»Was hast du?«

»Nichts«, sagte Faber, »mir ist schlecht.«

Er ging fort, tastete sich über die finstere Stiege in den überschwemmten Keller hinunter und fühlte auf halbem Wege, wie sein Magen sich zusammenkrampfte. Ein beispielloser Ekel stieg in ihm empor.
Er griff an seine Jacke, riß das Abzeichen herunter und warf es fort. Dann hielt er sich mit den Händen an der nassen Mauer fest und erbrach sich heftig.

## 10

Der Priester wischte eben sorgfältig die Pistole ab, als er zurückkam. »Ihre Fingerabdrücke haben auf ihr nichts zu suchen«, sagte er, legte die Waffe in Schröders leblose Hand und preßte die Finger um den Griff.
»Warten Sie«, sagte Faber, »er hält die Pistole falsch.«
»Wieso?«
»So kann er sich nie erschießen! Er muß die Pistole gegen die Brust halten.«
»Vielleicht hatte er die Hand abgebogen.«
»Wenn er Selbstmord beging«, sagte Faber, »hielt er die Waffe anders. Er muß den Daumen am Abzug haben.«
Gontard korrigierte den Fehler.
»Vielleicht sollte die Pistole auf der Erde liegen.«
»Sie ist an seinem Daumen hängengeblieben«, sagte Faber. »Verstehen Sie? Er war gleich tot, und wir berührten ihn nicht. Hier ist die Patronenhülse. Die muß neben ihm liegen. Wischen Sie sie ab.«
Gontard reinigte den kleinen Metallzylinder und warf ihn neben den Toten. »Noch was?«
»Ja«, sagte Faber, »die Sicherung ist oben. Drücken Sie das Schloß herunter.« Er sah Schröder an, der nun in der Uniform eines deutschen Soldaten vor ihm lag. Sein Gesicht hatte sich verändert.

»Sind die Taschen leer?«
Faber nickte.
»Drüben hängt mein Mantel. Der Stahlhelm liegt auch dort. Glauben Sie, daß er sich direkt vor dem Tunnel erschossen hätte?«
»Er wäre uns beim Graben im Weg gewesen.«
»Das ist wahr«, sagte Gontard. »Wir werden ihn zu den Benzinkannen ziehen müssen. Dort hat er auch geschlafen.«
Er packte Schröders Füße und schleifte ihn zur Seite. Dann arrangierte er von neuem seine Kleider und legte die Patronenhülse neben ihn.
»Das ist besser«, sagte Faber. »Die zerbrochene Brille kann auch hier liegenbleiben.«
Der Priester lächelte schwach.
»Wie geht es Ihnen?«
»Gut«, sagte Faber.
»Wo ist das Abzeichen?«
»Ich habe es fortgeworfen.«
»In das Wasser hinein?«
»Ja«, sagte Faber, »weit hinaus. Es wird keiner finden.«
»Und wennschon«, sagte Gontard.
Faber sah Susanne an, dann wandte er sich wieder an den Priester.
»Ich habe einen Menschen getötet, Hochwürden«, sagte er.
»Es gibt eine Religion für den Hausgebrauch«, erklärte Gontard, »und eine für jene Zeiten, in der man sie wirklich nötig hat. Die beiden unterscheiden sich voneinander. In meinen Augen sind Sie kein Mörder.«
»Ach«, sagte Faber, »sondern was?«
»Das, was wir alle sind«, erwiderte der Priester, »eine hilflose Kreatur, der die Zeit über den Kopf gewachsen ist.«

»Und Schröder?« fragte Susanne.
»Schröder ist in meinen Augen dasselbe geworden. Obwohl ich ihm für vieles die Schuld gab. Auch er war das dumme Opfer einer Ereigniskette, die so weit zurückreicht, daß man sie nicht verfolgen kann. Es tut mir leid.«
»Mir auch«, sagte das Mädchen.
»Wenigstens«, sagte Faber, »brauchst du dich nicht mehr vor ihm zu fürchten.«
»Man kann vor einem Toten ebenso Angst haben wie vor einem Lebenden.«
»Ich habe nur vor den Toten Angst«, murmelte Gontard. »Nicht vor Schröder allein. Sondern auch vor den Millionen anderen, die gleich ihm umkamen, ohne zu wissen, warum.« Er nahm die Decke von den drei Stühlen und warf sie über den Leichnam. »Woher hatten Sie eigentlich die Pistole?«
»Von einem Offizier. Ich habe sie einem Leutnant weggenommen.«
»In Ungarn?«
»Ja«, sagte Faber. »Es fehlten schon zwei Patronen im Magazin, als ich sie erhielt.«
Der Priester legte seine Arme um ihn und das Mädchen. »Wißt ihr«, sagte er, »es klingt ja sonderbar, aber vielleicht ist es doch richtig: Ich meine, wir sollten es durch unser Leben dahin bringen, daß Schröder und alle die anderen nicht umsonst gestorben sind.«
»Wie bringt man es dahin?« fragte das Mädchen.
Der Priester senkte den Kopf.
»Wenn Sie beide zusammenbleiben, ist schon viel getan. Sie würden richtig handeln. Und Ihre Kinder hätten eine neue Chance.«
»Sie würden sie doch nicht nutzen«, sagte Faber.
»Aber geben müßte man sie ihnen«, erwiderte Gontard.

»Wir haben unsere Chance auch nicht genutzt. Damit ist nichts bewiesen. Das ist der Sinn des Lebens: anderen eine Chance geben. Wenn es Ihnen recht ist, möchte ich Sie bitten, mit mir zu beten.«

»Ich bin evangelisch«, sagte Susanne.

»Das macht nichts«, erwiderte der Priester. »Es gibt viele Religionen. Aber es gibt wahrscheinlich nur einen lieben Gott.« Er neigte den Kopf und sprach: »O Herr, der Du aus Deinem Blut geschaffen hast alle Menschen, erhöre unser Gebet für diese wirre und verschreckte Welt. Sende Dein Licht in unsere Finsternis, und führe die Völker wie eine Familie in den Hafen des Friedens. Nimm von uns den Haß, die Furcht und alle Vorurteile. Und jenen, die durch Wahl oder Bestimmung die Völker dieser Erde führen, gib einen Sinn für Gerechtigkeit, damit Dein Wille geschehe, nicht nur im Himmel, sondern auch auf Erden.«

»Amen«, sagte Faber. Er nahm das Mädchen an der Hand und ging von dem Toten fort zum Bett der schwangeren Frau, an welchem Fräulein Reimann saß. Das kleine Mädchen sah ihn verwirrt an. »Ich bin der Mann, der deine Puppe heraufgebracht hat«, sagte Faber.

»Ja, ich weiß. Warum hast du andere Kleider angezogen?«

»Ich brauche meine Uniform nicht mehr.«

»Bist du kein Soldat?«

Faber schüttelte den Kopf.

»Hör zu, Evi«, sagte Gontard und hob sie auf seine Knie, »du bist doch ein großes Mädchen ...«

»Nächstes Jahr gehe ich schon in die Schule!«

»Siehst du, da bist du ja schon fast ganz erwachsen und wirst bestimmt verstehen, was wir jetzt besprechen müssen.«

»Vielleicht«, sagte Evi.

»Dieser Mann, der deine Puppe heraufgeholt hat, war ein Soldat.«

Evi nickte. »Wie mein Vater.«

»Ja, wie dein Vater. Aber er ist fortgelaufen, weil er kein Soldat mehr sein wollte.«

»Fortgelaufen? Das hätte mein Vater nie getan.«

»O ja«, sagte Anna Wagner, »das hätte unser Vater auch getan. Der Soldat ist fortgelaufen, damit der Krieg aufhört.«

»Damit dein Vater nach Hause kommen kann.«

»Damit es wieder Türkischen Honig gibt«, sagte Fräulein Reimann.

»Wirklich?«

»Mhm«, sagte Faber.

»Aber warum hast du den anderen Mann erschossen?«

»Weil er das Benzin anzünden wollte, das im Keller steht. Damit die Wand einstürzt und wir hinausklettern können.«

»Auf die Straße hinauf?«

»Ja, Evi.«

»Aber das wäre doch schön gewesen!«

»Nein«, sagte Anna Wagner, »es wäre nicht schön gewesen. Wir wären alle verbrannt. Deshalb hat der Soldat den Mann erschossen: damit wir nicht verbrennen.«

»Ja, das verstehe ich«, sagte Evi.

»Siehst du. *Du* verstehst es. Aber die Leute, die uns ausgraben, werden es nicht verstehen. Denn sie waren nicht dabei wie wir. Und sie werden auch nicht verstehen, warum der Soldat in Ungarn fortgegangen ist.«

»Weil sie nicht dabei waren?«

»So ist es. Weil sie nicht dabei waren!«

»Und was werden sie tun?«

»Sie werden den Soldaten töten«, sagte der Priester.

»Nein!« rief Evi. »Das will ich nicht! Der Soldat soll leben!«
»Damit er leben kann, müssen wir alle zusammenhalten und ihm helfen!«
»Wie?«
Der Priester lächelte.
»Wir werden lügen. Das ist etwas sehr Böses, nicht wahr? Man soll nicht lügen.«
»Ich weiß«, sagte Evi.
»Aber in diesem Fall müssen wir lügen, sonst wird der Soldat getötet.«
»Ist da das Lügen erlaubt?«
»Ja«, sagte Gontard, »da ist das Lügen ausnahmsweise erlaubt.«
»Wirklich, Mutti?«
Anna Wagner nickte. Evi sah Faber an. »Ich werde lügen«, sagte sie, »damit du nicht sterben mußt. Aber ich weiß nicht, *wie* ich lügen soll.«
»Das werden wir uns überlegen. Wir müssen alle dasselbe erzählen, verstehst du? Es ist sehr wichtig, daß wir alle dasselbe erzählen und keiner sich widerspricht.«
»Was erzählen wir?«
»Paß auf: Der Soldat hat die Kleider des anderen Mannes angezogen, damit man ihn nicht erkennt. Wie er heißt, weißt du nicht. Aber er hat diese Kleider angehabt, seit du ihn kennst. Das ist wichtig. Er hat sie nicht erst heute nacht angezogen. Er war immer ein Zivilist, und der tote Mann war immer ein Soldat.«
»Ja«, sagte Evi. »Und der Soldat hat sich selbst erschossen.«
Gontard nickte.
»Ich habe ja gewußt, daß du erwachsen bist.«
»Ich kann schon sehr gut lügen«, sagte Evi bestätigend, »wenn man mir nur alles erklärt.« Sie wandte sich an

Faber. »Du mußt ein Zivilist sein, damit niemand merkt, daß du ein Soldat bist, der fortgelaufen ist. Und der tote Mann muß deine Kleider tragen, damit du seine anziehen kannst und niemand weiß, wer er gewesen ist.«

»Richtig, Evi.«

Die Augen des Kindes begannen zu leuchten.

»Ich werde sagen, daß ich geschlafen habe. Und dann habe ich einen lauten Krach gehört und bin aufgewacht. Und da seid ihr alle schon um den toten Soldaten gestanden, der sich selbst erschossen hat.« Evi sah Faber an. »Das werde ich sagen. Weil du mein Freund bist und weil du meine Puppe mitgebracht hast. Damit du nicht sterben mußt.«

»Du darfst dich aber nie versprechen, Evi. Du brauchst nur zu reden, wenn man dich fragt.«

»Warum hat sich denn der Soldat erschossen?«

»Das weißt du nicht. Diese Frage werden schon wir beantworten. Wir werden sagen, daß er große Angst gehabt hat und sehr traurig war. Du hast nur sehr wenig mit ihm gesprochen. Er war schweigsam und hat nie mit dir gespielt. Er ist immer so herumgesessen.«

»Ich verstehe.«

»Das ist schön«, sagte Gontard. »Du mußt daran denken, daß dein Freund stirbt, wenn du etwas Falsches erzählst. Deshalb erzähle so wenig wie möglich.«

Faber neigte sich vor.

»Weißt du, Evi, es könnte sein, daß die Leute, die uns ausgraben, dir eine Falle stellen wollen und dich Dinge fragen, von denen du nichts gehört hast. Dinge, die nicht in unseren Plan passen.«

»Aha«, sagte Evi.

»Wenn sie das tun, wenn sie dich etwas fragen, was dir verdächtig erscheint, dann bleib immer bei deiner eigenen Geschichte. Du hast geschlafen. Dann hast du den

Knall gehört. Und als du aufwachtest, war der Soldat schon tot. Du weißt nichts von ihm.«

»Und wenn man mir etwas anderes erzählt, dann werde ich sagen, daß es nicht wahr ist. Oder daß ich darüber nichts weiß.«

»Gut«, sagte Faber. Sie besprachen weiter ihr Vorhaben. Die Erwachsenen instruierten das Kind, das aufmerksam lauschte. Schließlich meinte Evi: »Ich glaube, jetzt verstehe ich alles.«

»Wirst du auch nichts vergessen?«

»Bestimmt nicht! Ich werde dir helfen. Weil ich dich liebhabe. Fast so lieb wie meinen Vater. Dem würde ich auch helfen. Ich würde allen Menschen helfen, die ich gerne habe.«

»Hast du viele Menschen gerne?«

»Sehr viele. Aber meinen Vater am meisten. Und dann meine Mutter. Und dann dich. Was machst du nachher?«

»Ich gehe zu Freunden«, sagte Faber. »Ich verstecke mich, bis der Krieg aus ist.«

»Wird der Krieg bald aus sein?«

»Das hast du mich schon einmal gefragt, erinnerst du dich? Als wir uns trafen?«

»Ja, ich erinnere mich. Wann war das?«

»Vorgestern«, sagte Faber.

»Es war vor zwei Tagen«, erklärte Evi stolz. »Du hast gesagt, daß der Krieg hoffentlich bald aus sein wird.«

»Er wird bestimmt bald aus sein.«

»Fein«, sagte Evi, »dann kommt mein Vater nach Hause.«

Anna Wagner richtete sich auf.

»Herr Faber, Sie können einen Anzug meines Mannes haben. Und Wäsche und ein paar Schuhe. Er braucht sie jetzt doch nicht.«

»Danke«, sagte Faber, »das wäre schön. Ich könnte ihm die Sachen später wiedergeben.«
»Wollen Sie zu mir kommen und sie holen?«
»Vielleicht kommt Susanne.«
»Oder ich«, sagte der Priester. »Geben Sie mir Ihre Adresse. Und Sie auch, Fräulein Riemenschmied. Wir haben uns hier im Keller geholfen. Warum sollen wir es nicht auch später tun?«
Er schrieb die Adressen der beiden Frauen auf ein Stück Papier und verwahrte es in seiner Tasche. »So machen wir es, Faber. Sie gehen zu Fräulein Susanne und warten dort auf meinen Freund. Er heißt Eberhard und wird sich als mein Bekannter vorstellen. Sie können ihm völlig vertrauen. Mit ihm gehen Sie in die Weinberge. Dorthin bringen wir alles, was Sie brauchen.«
»Sie müssen die Kleider gleich abholen«, sagte Anna Wagner, »denn ich soll in eine Entbindungsanstalt fahren, dann ist niemand bei mir zu Hause.«
Fräulein Reimann, die nachdenklich vor sich hin gesehen hatte, stand auf.
»Ist es nicht möglich, daß Schröder verheiratet war oder Verwandte besaß?«
»Das ist nicht nur möglich, sondern sehr wahrscheinlich. In seiner Brieftasche lagen ein paar Photographien.«
»Nun denken Sie«, sagte Therese Reimann, »wenn man ihn findet, wird man ihn für einen namenlosen Soldaten halten. Wie soll seine Familie erfahren, daß er tot ist?«
»Das weiß ich nicht.«
»Vielleicht können wir sie benachrichtigen«, sagte Susanne, »wenn wir in der Brieftasche eine Adresse finden.«
»Wie stellen Sie sich das vor?«
»Wir schreiben ihnen eine Karte und fordern sie auf, sich an die Polizei zu wenden. Wir können ihnen sagen,

daß er tot ist. Wir brauchen die Karte nicht zu unterschreiben.«

Gontard schüttelte den Kopf.

»Das geht nicht. Wenn Schröders Verwandte ihn wirklich noch einmal sehen und identifizieren, dann weiß die Polizei, wer er war. Warten wir ein paar Tage.«

»Wir können es überhaupt nicht tun. Denn man wird uns verhören, wenn sich herausstellt, wer der Tote ist.«

»Aber irgendwann müssen Schröders Leute doch von seinem Tod erfahren!«

»Warum?« fragte Gontard. Fräulein Reimann sah ihn verwirrt an.

»Sie werden sich um ihn sorgen ... stellen Sie sich vor, wie sie auf seine Rückkehr warten. Er ist nun schon zwei Tage verschwunden. Seine Frau wird ihn überall suchen.«

»Wenn er eine hat.«

»Oder seine Mutter oder seine Schwester. Oder die Leute, mit denen er arbeitete«, rief Fräulein Reimann, »das ist ja gleichgültig! Man wird sich um ihn ängstigen ...«

»Schröder ist tot«, sagte Gontard. »Es gibt Hunderttausende von Frauen in Europa, die noch nicht wissen, daß ihre Männer nicht mehr leben. Schröder hätte auch auf der Stiege getötet werden können, als die Bombe einschlug. Es war ein reiner Zufall, daß wir von seinem Ende wissen.«

»Es gibt keinen Zufall«, sagte Faber, »das weiß ich jetzt. Das, was wir Zufall nennen, ist das Gesetz unseres Lebens, dem keiner entkommen kann.«

»Ich glaube noch immer, daß es unsere Pflicht wäre, Schröders Verwandte zu benachrichtigen.«

»Die Ungewißheit und das Warten auf einen Menschen«, sagte der Priester, »haben auch eine andere Seite. Solange sie nicht wissen, daß Schröder tot ist,

bleibt seinen Angehörigen die Hoffnung, ihn wiederzusehen.«
»Aber diese Hoffnung ist doch sinnlos!«
»Die meisten Hoffnungen der meisten Menschen sind sinnlos. In diesem Falle wäre sie es gar nicht einmal. Sie wäre entschuldbar durch die Umstände. Wir haben einen schwerwiegenden Grund, Schröders Tod geheimzuhalten.«
»Ich habe vieles gehört«, sagte Therese Reimann, »seit wir verschüttet wurden, und ich habe über vieles nachgedacht. Ich glaube, ich muß meine Ansichten ändern. Es heißt, daß der Zweck die Mittel heiligt, nicht wahr?«
»Ja«, sagte Gontard, »und hier haben Sie ein ausgezeichnetes Beispiel für die Richtigkeit dieses Satzes.«
»Er gefällt mir nicht.«
»Er gefällt mir auch nicht. Aber sehen Sie ein, daß er richtig ist?«
»Ja«, sagte Therese Reimann, »das ist das Schrecklichste an der Geschichte. Ich sehe ein, daß Schröder erschossen werden mußte und daß Herrn Faber keine Schuld trifft. Und daß wir Schröders Verwandte nicht verständigen dürfen. Das sehe ich heute nacht alles ein. Und vor einer Woche wäre mir bei dem Gedanken, in solche Dinge verwickelt zu sein, das Herz stehengeblieben.«
»Unser Herz bleibt nicht so leicht stehen«, sagte Gontard. »Es gibt viele Dinge, die wir uns nicht vorstellen können, bis zu dem Tage, an dem sie wirklich geschehen. Dann erscheinen sie uns ganz natürlich.« Er sah auf seine Uhr.
»Wie spät ist es?«
»Fünf Uhr früh.«
»Ich bin müde«, sagte Faber. »Evi und ihre Mutter sind schon wieder eingeschlafen. Legen wir uns auch noch für ein paar Stunden nieder.«

»Ich werde nicht schlafen können«, sagte Therese Reimann.
»Warum nicht?«
»Ich muß immer an Schröder denken.«
»Fräulein Reimann«, sagte der Priester, »ich habe lange Zeit an Millionen von Toten gedacht. Und ich habe doch geschlafen.«
»Ich weiß, aber bei Schröder ist das anders. Bei ihm – sehen Sie, es ist das erstemal, daß ich *dabei* war, wie ein Mensch getötet wurde. Werden Sie schlafen können, Herr Faber?«
»Hoffentlich.«
»Es sollte ganz leicht sein zu schlafen«, meinte Gontard. »Wir brauchen nicht mehr auf Schröder achtzugeben. Wir brauchen uns nicht mehr vor ihm zu fürchten.«
Susanne sah zu dem Toten hinüber, der unter der rauhen Decke auf der Erde, halb im Dunkeln, lag. Zu Schröder, vor dem sie Angst empfunden, zu Schröder, dem sie mißtraut hatte, zu dem reglosen, schmalen Bündel, und sie fühlte, während sie die Augen schloß, wie von neuem die Furcht nach ihr griff mit eiskalten Fingern.
»Ja«, sagte Susanne, »es sollte ganz leicht sein.«

## 11

Aber es war gar nicht leicht.
Fräulein Reimann, Susanne und Faber fanden es sehr schwer, einzuschlafen, und Reinhold Gontard fand es unmöglich. Wieder in völliger Dunkelheit, lag er vor dem Eingang der Höhle neben Walter Schröder, der in einer deutschen Wehrmachtsuniform steckte und eine stählerne Kugel im Herzen trug.

Du bist tot, dachte der Priester, du bist erschossen worden für deine Manie, du hast verloren. Mit dir ist es aus. Aber ist es wirklich aus mit dir, nun, da du tot bist? Nun, da du niemandem mehr schaden kannst mit deinen tollen Plänen und Absichten. Ist die Gefahr, die du mit deinem Leben für andere brachtest, aus der Welt geschafft? Oder wird sie weiterwirken und neues Unheil bringen für uns alle? Viele Millionen sind tot. Und sie sind alle immer noch da. Man kann sie nicht einfach abstreichen und vergessen, denn ihr Tod wird das Leben der anderen bestimmen und lenken wie ein Gesetz, das keiner begreift.

Du hast verloren, Walter Schröder, du liegst neben mir und rührst dich nicht mehr, während ich noch atme. Aber hast du deshalb wirklich verloren? Wird nicht erst nach deinem Tod die unheimliche Saat deiner Gedanken und Taten aufgehen in den Herzen derer, zu denen du sprachst?

Du hast mit deinem Leben vielen Unheil gebracht, die du nicht kanntest. Was wirst du in deinem Tode tun? Deine Macht ist noch nicht erloschen, das weiß ich. Noch kannst du Faber um sein Leben bringen durch dein bloßes Dasein. Wir haben es sehr schlau angefangen, vielleicht *zu* schlau für die Dummköpfe, die uns glauben sollen, was wir ihnen erzählen. Für die Dummköpfe, denen wir uns überlegen wähnen in unserem Hochmut. Als ob man ihnen überlegen sein könnte, als ob nicht alle Klugheit vergeblich wäre vor der starren Geradlinigkeit ihrer Fünf-Groschen-Vernunft.

Reinhold Gontard ging zu dem Toten, schlug die Decke zurück und leuchtete ihn an. Schröders Kinnlade war herabgesunken, sein schiefer Mund stand offen. Auf den unrasierten Wangen und der zerkratzten Stirn hatten sich kleine dunkle Stellen gebildet. Der Kragen der

Uniformjacke saß zu eng um den fleischigen Hals und schnitt in die Haut. Schröder sah etwas hochmütig aus. Du bist tot, dachte Reinhold Gontard, während das Streichholz zwischen seinen Fingern erlosch. Du sollst uns in Frieden lassen, Walter Schröder. Du hast genug Unheil angerichtet in deinem Bemühen, das Richtige zu tun. Nun laß es uns versuchen.

Gontard zog dem Toten die Decke über den Kopf und ging zu seinem Lager. Schröder ruhte steif auf dem Rücken und hatte die eine Augenbraue hochgezogen. Sein Hemd klebte an der blutigen Brust fest. Ein wenig Blut war durch das Loch der Jacke gesickert und färbte den grünen Stoff.

Fräulein Reimann betete mit gefalteten Händen für Robert Faber und Walter Schröder. Der Lebende wie der Tote schienen ihr gleich bemitleidenswert und der Gnade Gottes bedürftig. Während sie von dem Allmächtigen für den Soldaten Sicherheit und eine glückliche Flucht erflehte, bat sie für Schröder um seine Aufnahme in das Paradies, in das sie selbst dereinst zu gelangen hoffte. Für beide Männer aber betete Fräulein Reimann um Frieden und eine Vergebung ihrer Schuld, die ihr sehr groß erschien, in dem einen wie in dem anderen Fall.

Selbst zutiefst verwickelt in die Geschehnisse der Stunde, bekam Therese Reimann plötzlich ein großes Mitleid mit den Menschen, die, ohne gefragt zu werden, in diese Welt gesetzt wurden, um unter Vergießen von Blut, Schweiß und Tränen durch eine Reihe von Jahrzehnten ihrem Ende entgegenzugehen, vor dem sie auch niemand nach ihren Wünschen fragte.

Der Mensch, vom Weibe geboren, lebt kurz und ist voller Unruhe, sagte sie leise. Er ist voller Unruhe, voller Angst und voller Hilflosigkeit. Was immer er tut, gereicht ihm zum Verhängnis, und er muß schuldig werden, wie immer er lebt. Fräulein Reimann betete ein Vaterunser für den erschossenen Chemiker Walter Schröder und ein zweites für den Soldaten Robert Faber. Es war gar nicht leicht, in dieser Nacht einzuschlafen, obwohl sich seit Schröders Tod jedermann in Sicherheit befand. Susanne Riemenschmied lag in Fabers Armen, und beide glaubten trunken zu sein von Wein und benommen wie im Fieber. Sie sprachen wenig miteinander. Sie warteten auf den Morgen. Und auch sie hatten das Gefühl, daß, eben weil sie einander so liebten und meinten, allein nicht mehr leben zu können, etwas geschehen würde, das ihr Beisammensein beschloß. Das Mädchen empfing den Mann mit großer Zartheit, und der Taumel ihrer letzten Vereinigung war trotz der Hoffnung, die sie beide hegten, bitter wie der Blutstropfen, der aus Fabers gesprungener Lippe in Susannes Mund rann. Und doch vergaßen sie schließlich für eine Weile ihre Furcht, und selbst der Schlaf kam zu ihnen. Man hätte meinen sollen, daß er ihnen jene Ruhe brachte, nach der sie sich sehnten. Aber dann erwachte Faber schreiend aus einem gräßlichen Traum, verstört und schweißbedeckt. Susanne küßte und liebkoste ihn, doch er fuhr fort, nach Atem zu ringen und zu stammeln: »Schröder ... Schröder ... ich muß fort! Ich liebe dich so, Susanne ... sie werden mich töten ... ich weiß es schon heute ... Susanne ... Susanne ... warum muß ich von dir gehen?«

Und während sich seine Finger um ihre Glieder krallen und große Tränen über ihre Wangen rollen, antwortet sie stockend: »Um wiederzukehren, Geliebter.«

»Um wiederzukehren?«

»Ja«, sagt Susanne.

Und weiß, daß sie lügt.

# Siebtes Kapitel

## 1

Als sie am nächsten Morgen gegen neun Uhr zusammenkamen, war von der anderen Seite des Ganges schon wieder deutlich das Klopfen der an ihrer Befreiung arbeitenden Menschen zu hören. Sie nahmen es ohne Erregung zur Kenntnis, standen eine Weile vor dem Tunnel und lauschten dem ständigen Pochen, das durch den Stein zu ihnen drang.

»Das sind keine Hämmer«, sagte der Priester, der verfallen und übernächtig aussah, »das klingt viel zu regelmäßig. Wie eine Maschine, finden Sie nicht?«

»Ich glaube, das ist ein Preßlufthammer.«

Fräulein Reimann fragte: »So ein Gerät, wie es die Straßenarbeiter verwenden, um Löcher in den Asphalt zu bohren?«

»Ja«, sagte Faber. »Jetzt kann es nicht mehr lange dauern.«

Er sprach sachlich und ohne Freude.

In Schröders Anzug sah er kleiner und stärker aus, als er war.

»Ein paar Stunden noch«, sagte Therese Reimann.

»Spätestens heute nachmittag«, antwortete Faber. Er nahm den Hammer auf, schlug gedankenlos ein paarmal gegen die Mauer und nickte, als es drüben vorüberge-

hend still wurde und er die gleiche Zahl von Antwortsignalen vernahm.
»Warum graben Sie nicht weiter?«
»Ich mag nicht mehr«, sagte Faber.
Fräulein Reimann sah ihn traurig an. Niemand hatte es mehr eilig, dachte sie, niemand freute sich an diesem Morgen über die Aussicht auf eine schnelle Befreiung. Susanne und der Priester gingen im Keller umher, Evi spielte mit der Puppe, und ihre Mutter schrieb einen Brief. Keiner der beiden Männer traf Anstalten weiterzugraben. Sie hatten jedes Interesse an dem Tunnel verloren. An dem Tunnel, um dessentwillen ein Mensch gestorben war. Sonderbar, dachte Fräulein Reimann, und ich selbst? Auch ich bin nicht mehr in Eile. Das, worauf wir uns freuten, ist zu etwas geworden, vor dem wir uns fürchten. So geht es. So ist das Leben. Ist das Leben wirklich so? Sie lächelte Faber an.
»Wissen Sie, was ich vorhabe?«
»Nein«, sagte dieser höflich.
»Unsere Lebensmittelvorräte sind sehr zusammengeschrumpft. Ich werde aus allem, was wir noch besitzen, ein Mittagsmahl bereiten.«
»Ausgezeichnet«, sagte Faber. »Leisten wir uns noch ein Festessen. Als Abschluß dieser Gefangenschaft. Ja, Fräulein Reimann, das ist eine gute Idee.«
»Wir werden Brot mit Ei und Fleisch essen«, sagte die alte Dame, »in meinem Koffer befindet sich noch eine Schachtel mit Bäckerei. Ich kann aus den beiden Zitronen Limonade machen, ich habe gestern einen Kübel Wasser heraufgebracht.«
»Fein«, sagte Faber und lachte über Fräulein Reimann und ihre Limonade. Und über sich selbst.
»Außerdem habe ich noch eine Überraschung für Sie alle.«

»Eine Überraschung?«
Therese Reimann nickte entzückt.
»Ja, es wird zur Feier des Tages noch etwas ganz Besonderes geben!«
»Was denn?«
»Das verrate ich nicht.«
Faber warf seine Zigarette fort.
»Ich bin schon schrecklich aufgeregt«, sagte er. Fräulein Reimann verließ ihn. Faber steckte die Hände in die Taschen von Schröders Anzug und begann durch den Keller zu wandern. Vor dem Toten blieb er kurz stehen. Bei dem Treppenabgang in den überfluteten Keller traf er Susanne und den Priester, die den Inhalt von Schröders Aktentasche auf den Boden ausbreiteten. Faber sah Blaupausen. Pläne, Tabellen und bunte Mappen.
»Was soll damit geschehen?«
»Eigentlich müßten Sie die Tasche mitnehmen.«
»Aber was tue ich damit?«
»Wegwerfen«, sagte Gontard.
»Wozu nehme ich die Tasche dann mit?«
»Das habe ich mir auch überlegt.« Gontard hob einen Plan hoch, faltete ihn auseinander und ließ ihn wieder fallen. »Erinnern Sie sich noch an die Geschichten, die Schröder uns erzählte? Über die fliegenden Bomben und die Raketengeschosse, mit denen er ganze Kontinente verwüsten wollte?«
»Ja«, sagte Faber.
»Vielleicht war etwas Wahres daran. Vielleicht sprach er die Wahrheit sogar mehr, als er selber wußte. Das ist gewöhnlich so. Es wäre schade, wenn diese Pläne, deren Bedeutung uns unbekannt ist, für den Fall, daß sie eine solche besitzen, wieder in die Hände von Schröders Mitarbeitern gerieten.«

»Wie soll das geschehen?« fragte Susanne. Der Priester sah sie verlegen an.
»Beispielsweise«, sagte Faber, »könnte unser Plan fehlschlagen und meine Flucht mißlingen.«
»Ja«, sagte das Mädchen, »natürlich.«
Der Priester verwahrte die Papiere wieder in der Tasche. »Es wird nicht so sein. Aber wir sollten keine Möglichkeit außer acht lassen. Ich werde die Tasche ins Wasser werfen. Das Papier wird aufweichen und die Tinte zerrinnen. Selbst wenn man sie findet, werden die Zeichnungen wertlos sein.«
»Gut«, sagte Faber. Sie stiegen zusammen hinunter. Der Priester bückte sich, schwang den Arm zurück und warf Schröders Tasche in die Finsternis hinein. Sie fiel mit einem Klatschen auf das Wasser und ging sofort unter. Das war das Ende von Schröders monatelanger Arbeit an dem Problem der Kleinanoden mit der einmalig hohen Kapazität, die als richtunggebende Impulse in ferngelenkten Bomben hätten Verwendung finden sollen. Walter Schröder wußte nichts von diesem Ende. Und das war gut. Denn der Verlust der Pläne hätte ihm vielleicht das Herz gebrochen, wobei man allerdings bedenken muß, daß dies kaum mehr von Bedeutung gewesen wäre.
Eine Stunde später konnten sie feststellen, daß Faber mit seiner Prophezeiung recht behalten hatte. Das Klopfen des Preßluftbohrers war wirklich viel lauter geworden. Aber noch immer arbeitete keiner der Männer weiter. Fräulein Reimann rief zum Essen. Sie hatte eine weiße Decke über die schmutzige Kiste gelegt und jedem seinen Platz zugedacht. Sie selbst saß neben dem Priester, Susanne neben Robert Faber. Anna Wagner blieb auf dem Bett liegen und hielt ihre Tochter an der Hand.
»Das letzte Mal«, sagte Therese Reimann, »essen wir hier zusammen. Gesegnete Mahlzeit allerseits!«

Faber nahm ein Stück Brot, brach es und reichte die Teile an Susanne und Reinhold Gontard. Auf der Kiste standen mehrere unterschiedliche Tassen, die Fräulein Reimann mit Limonade gefüllt hatte. Evi trank ihre Kondensmilchdose leer. Während sie aßen, erschütterte unablässig das Pochen des Bohrers die Luft.
»Wollen Sie noch etwas Fleisch, Hochwürden?« fragte Fräulein Reimann.
»Bitte«, sagte der Priester. »Darf ich Ihnen ein Sardinenbrot belegen?«
»Danke«, sagte Therese Reimann. Sie erhob sich und holte mit geheimnisvollen Gebärden unter einem Polster ein kleines geschliffenes Flakon hervor, das mit einer dunklen Flüssigkeit gefüllt war.
»Und nun«, sagte sie, »die Überraschung!«
»Das ist doch nicht möglich ...« Der Priester stand auf.
»Es ist schon möglich«, sagte Fräulein Reimann. »Ich habe die Flasche vor langer Zeit hierhergebracht.«
»Was ist darin?«
»Ein ganz süßer Damenschnaps. Nicht viel, aber er schmeckt sehr gut.« Sie zog den gläsernen Verschluß aus dem Flakon. »Herr Faber, ich trinke auf Ihre glückliche Flucht.«
Fräulein Reimann setzte das Fläschchen an die Lippen und schloß die Augen. Sie tranken alle der Reihe nach. Zuletzt trank Faber selbst.
»Es ist noch ein wenig da«, sagte er.
»Schütten Sie es auf den Boden.«
»Warum?«
»Die Römer pflegten das zu tun. Sie glaubten daran, daß es Götter unter der Erde gab, die man sich gewogen machen konnte durch gelegentliche Aufmerksamkeiten.«
»Durch Schnaps?«

»Warum nicht? Auch Götter sind manchmal durstig.«
»Wie Sie meinen«, sagte Faber und ließ den Rest der Flüssigkeit auf die Erde tropfen, in der sie schnell versickerte.
»Wenn der Krieg zu Ende ist«, sagte Fräulein Reimann, »will ich Sie alle zu mir einladen und ein großes Fest geben. Sobald ich eine neue Wohnung habe«, setzte sie kleinlaut hinzu.
»Sie werden eine neue Wohnung bekommen.«
Fräulein Reimann nickte.
»Bestimmt. Oder wir können auch woanders hingehen. Ich bin schon sehr alt. Es ist nicht mehr so wichtig für mich, eine schöne Wohnung zu haben.«
»Sie sind noch gar nicht so alt. Wirklich nicht, das haben Sie in diesen zwei Tagen bewiesen.«
»Doch«, sagte Therese Reimann, »ich bin alt. Aber es macht mir nichts, denn manchmal fühle ich mich noch sehr jung. Wenn der Krieg aus ist, will ich ein großes Fest mit Ihnen allen feiern, die ganze Nacht hindurch, bis zum Morgen. Hochwürden, Sie werden dafür sorgen, daß wir genug Alkohol haben.«
»Ja«, sagte Gontard, »ich will Sie vollkommen betrunken machen, Fräulein Reimann.«
»Fein«, sagte sie. »Ich werde Sandwiches vorbereiten, Kuchen, Pasteten und kleine Torten – dann wird es ja in den Geschäften wieder alles zu kaufen geben, was man dazu braucht.«
»Freilich«, sagte Gontard. »Das wird ein großartiges Fest werden. Es läuft mir jetzt schon das Wasser im Mund zusammen, wenn ich daran denke.«
»Darf ich meinen Mann mitbringen?« fragte Anna Wagner.
»Selbstverständlich! Das müssen Sie sogar. Ihren Mann und die kleine Evi. Wir werden einen Schokoladepud-

ding für sie herstellen, mit Schlagobers und Rosinen. Sie müssen unbedingt alle zu mir kommen ...«
Faber sah sich suchend um.
»Wo ist eigentlich Evi?« fragte er.

Während die Erwachsenen sich unterhielten, war ihr eine Idee gekommen, eine entsetzlich aufregende, abenteuerliche Idee. Evi zog die Schultern hoch, weil ihr beim Gedanken an das, was sie vorhatte, schon das Gruseln kam. Sie stellte die leere Kondensmilchdose zu Boden und schlich auf Zehenspitzen davon. In der Hand trug sie die Taschenlampe. Keiner der Erwachsenen bemerkte ihr Verschwinden, so leise und vorsichtig bewegte sich Evi. Sie tastete sich bis zu den Benzinkannen vor. Hier, hier mußte er liegen, der tote Mann, den sie nicht sehen durfte. Der Mann, der erschossen wurde, spät in der Nacht. Hier irgendwo. Ihre Mutter hatte sie fortgezogen, sie sollte ihm nicht nahe kommen. Warum nicht? Wie sah ein toter Mann aus? Evi wußte es nicht. Sie war entsetzlich neugierig. Ob er wohl ganz schwarz wurde und Runzeln bekam wie ein verfaulter Apfel? Stand sein Mund offen? Und was geschah mit den Augen? Vielleicht fielen sie heraus, oder sie zerflossen wie die Schnecken, die man manchmal fand. Evi stieß mit dem Fuß gegen etwas und holte pfeifend Atem. Hier lag er! Sie kauerte sich auf den Boden, ihr Rücken überzog sich mit einer Gänsehaut. Evi preßte eine Hand gegen das Gesicht und knipste mit zitternden Fingern die Taschenlampe an.
Was war das? Der Tote lag unter einer Decke. Evi fuhr mit der Hand über das Bündel. Hier waren die Füße, dies waren die Knie. Jetzt kam der Bauch. Er hatte einen wirklichen Bauch, der tote Mann. Dies war die Brust, der Hals und jetzt ... Evi schüttelte sich und zog die Hand

fort. Der Kopf! Das mußte der Kopf sein. Sie wagte nicht, ihn über die Decke zu berühren.
Evi spielte mit der Lampe.
Ich darf eigentlich nicht hier sein, die Mutti ist böse, wenn sie mich findet. Sie hat es verboten. Aber ich möchte so gerne wissen, wie der tote Mann aussieht. Wenn ich die Decke zurückziehe, nur für einen Moment, für einen einzigen Augenblick bloß ... aber ich traue mich nicht. Vielleicht sieht er so schrecklich aus, daß ich sterben muß. Oder ich werde blind. Nein, ich will ihn nicht sehen, ich habe zuviel Angst.
Sie stand auf.
Warte ... vielleicht ist es gar nicht so schlimm, vielleicht muß ich nicht sterben, wenn ich ihn sehe. Wer weiß, ob die Augen wirklich herausgefallen sind? Evi setzte sich wieder. Eine Hand legte sie auf den Deckensaum.
Ich will ihn sehen ... ich werde bis drei zählen und dann die Decke wegziehen. So. Eins ... zwei ... Nein!
Du bist feige. Das bin ich nicht! Doch, du bist feige. Wenn du die Decke nicht wegziehst, wirst du nie im Leben Glück haben. Wenn du es tust, werden alle deine Wünsche in Erfüllung gehen. Also! Was ist denn dabei? Eins ... zwei ... drei!
Evi knipste die Lampe an. Mit der freien Hand riß sie die Decke zurück. Schröders Kopf lag bloß. Sie leuchtete ihn an. Mein Gott, mein Gott ... es waren Tiere auf dem Gesicht ... Ameisen! Große schwarze Ameisen! Sie krochen über die Stirn, zwei saßen auf der Nase, ein paar liefen den Hals hinunter. Evi war wie erstarrt. Sie konnte sich nicht rühren. Sie konnte nicht einmal die Lampe verlöschen.
Dann sah sie eine Ameise, die versuchte, zwischen Schröders Zähne zu kriechen. Zwischen die Zähne! In den Mund hinein ... Evi griff nach ihr, bekam sie zwischen

die Finger, berührte menschliches Fleisch. Dann geschah es: Die Lippe gab nach, als wollte sie abfallen, der Kiefer öffnete sich unter Evis Berührung, die Kinnlade fiel herunter. Es schien, als lachte Schröder, als lachte er sie an!

Evi warf die Lampe fort, fiel hintenüber in einen Erdhaufen und begann zu kreischen. Ihre Stimme war hoch. Evi kreischte in ihrer Herzensangst, so laut sie konnte.

»Wo ist Evi eigentlich?« fragte Faber und sah sich suchend um. »Sie war doch eben noch hier ...« Gontard stand auf. »Warten Sie, ich werde sie suchen«, sagte er. Im gleichen Augenblick tönte, hell und verzweifelt, Evis Schrei durch den Keller. Faber sprang auf. Anna Wagners Körper krümmte sich zusammen. Sie fuhr im Bett auf.

»Evi!«

Faber rannte zu den Benzinkanistern, sah sofort, was geschehen war, und deckte Schröders Gesicht wieder zu. Dann hob er das kleine Mädchen auf und trug es zu seiner Mutter zurück. Evi klapperte mit den Zähnen, klammerte sich an ihn und jammerte leise.

»Die Ameisen ... die Ameisen ... mitten in den Mund hinein! Ich habe nur wissen wollen, ob die Augen wirklich herausfallen, wenn man tot ist ... ich will zu meiner Mutti, ich habe solche Angst ... oh ... oh, bitte, mir ist so schlecht!« Faber setzte sie auf das Bett der Mutter, die sie umarmte.

»Was ist geschehen?«

»Sie hat sich Schröder angesehen.«

»Evi!«

»Mutti! Ich habe es nicht tun wollen, sei nicht böse! Es war nur, weil ich gedacht habe, daß sein Gesicht schwarz sein wird.«

»Evi«, sagte Fräulein Reimann, »du hast uns mit deinem Schrei sehr erschreckt.«

In Erinnerung an ihr Erlebnis begann Evi neuerlich zu zittern. »Er hat so schrecklich ausgesehen«, flüsterte sie. »Auf dem ganzen Gesicht sind Ameisen gesessen, in den Ohren, auf der Nase und auf den Augen ... Mutti! Eine Ameise hat versucht, in den Mund hineinzukriechen. In den Mund! Und wie ich versucht habe, sie wegzuwischen, ist die Lippe herunter ... herunter –« Evi würgte und verdrehte die Augen. Es ging nicht. Der Ekel war zu groß. Sie vergrub das Gesicht am Hals der Mutter.
»Ich habe mich naß gemacht«, flüsterte sie.
»Zieh dich um«, sagte Anna Wagner. »Geh zu unserem Koffer, dort liegt eine neue Hose.«
»Ich kann sie aber hinten nicht zuknöpfen.«
»Dann komm zu mir, ich werde dir –« Die Frau schob das Kind plötzlich heftig vom Bett. Ihr Gesicht war bleich. Sie sprach den Satz nicht zu Ende. Anna Wagner preßte die Hände an den Leib.
Evi sah sie erschrocken an.
»Geh«, sagte die Mutter gepreßt, »geh schon ...«
Sie biß die Zähne zusammen und lag still. Der Schmerz, der ihr vertraut war, ließ nach. Ihr Körper entspannte sich. Die anderen standen wortlos um das Lager. Nur Evi kramte geräuschvoll in dem Koffer auf der Suche nach einem trockenen Höschen. Das Pochen des Bohrers von der anderen Kellerseite durchdrang die Stille.
»Ist es –?« fragte der Priester. Anna Wagner nickte. Sie versuchte zu lächeln.
»Jetzt«, sagte sie, »jetzt muß es aber schnell gehen. Sonst ist es zu spät.«
Gontard sah auf die Uhr. Es war eins.
»Kommen Sie«, sagte er zu Faber. Sie gingen zu dem Stollen und schaufelten die Kannen wieder aus, die Schröder vergraben hatte. Dann begannen sie zu hakken. Anna Wagner lag im Dunkeln. Sie hielt ihren Kör-

per angespannt. Ihre Augen standen offen. Aber sie sah und hörte nichts mehr. Nicht die Silhouetten der beiden arbeitenden Männer, nicht Fräulein Reimann, die zu ihr sprach, während sie mit einem Tuch über ihre Stirn fuhr, gar nichts mehr. Sie fühlte das ungeborene Kind. Es war auf dem Weg. Nun nahm alles seinen Lauf.

»Mein Gott, mein Gott«, murmelte Fräulein Reimann erschrocken.

Die Schwangere hörte sie nicht. Mit großer Umsicht und Weisheit bereitete sich ihr Körper auf die Niederkunft vor.

Reinhold Gontard schaufelte.

»Wir hätten sofort weiterarbeiten sollen. Es war unverantwortlich von uns, einfach aufzuhören.«

»Ja«, sagte Faber.

»Wie lange werden wir noch brauchen?«

»Eine Stunde.«

»Nein!«

»Vielleicht zwei Stunden ...«

»Wie lange dauert eine Geburt?«

»Zwei Stunden«, sagte Faber, »oder zwei Tage. Ich weiß es nicht.« Über seine Stirn rann Schweiß.

»Wir müssen uns beeilen.«

»Ja«, sagte Faber.

»Verstehen Sie etwas von Medizin?«

»Gar nichts.«

»Ich auch nicht«, sagte Gontard. Er warf die Schaufel fort, griff nach der Hacke und schlug einen Stein aus der Wand. Das Pochen des Bohrers war sehr laut geworden. Daneben vernahmen sie schon das Scharren von Schaufeln.

»Das ist das erste«, sagte der Priester, »wenn die anderen kommen: einen Rettungswagen. Die Frau muß gleich ins Spital. Wenn wir nur Glück haben ...«

»Wohin geht das Kind?«
»Zu seiner Großmutter«, sagte Gontard, »oder zu mir. Es kann leicht zu mir kommen. Im Kloster ist viel Platz. Das ist das wenigste. Die Frau muß ins Spital. Sie müssen fliehen. Vergessen Sie nicht Susannes Adresse.«
»Ich habe sie aufgeschrieben.«
»Kennen Sie den Weg?« Faber nickte. »Gehen Sie direkt zu ihr. Bleiben Sie nirgends stehen.«
»Nein«, sagte Faber.
»Sobald ich auf die Straße komme, rufe ich meinen Freund an. Er holt Sie am Abend ab. Ach«, sagte Gontard, »warum haben wir nicht gleich weitergegraben?«
»Es war gar nicht so kritisch. Wenn Evi sie nicht mit ihrem Geschrei erschreckt hätte, wären die Wehen nicht ausgebrochen.«
»Ich war noch nie bei einer Geburt dabei!«
»Ich auch nicht.«
»Vielleicht können die Frauen ihr helfen.«
Faber schaufelte unentwegt. »Vielleicht.«
Gleichmäßig und laut, mit dem beruhigenden Rhythmus einer Maschine, drang das Pochen des Bohrers zu ihnen. Gontard fuhr zusammen.
»Da!« sagte er.
»Was?«
»Haben Sie nichts gehört?«
»Nein«, sagte Faber.
»Die Frau hat gestöhnt!«
»Unsinn.«
»Nein, ich habe es gehört ...«
»Seien Sie nicht hysterisch. So schnell geht das nicht.«
»Sie hat gestöhnt.«
»Zum Teufel«, sagte Faber, »eine Geburt ist kein Kinderspiel.«
»Sie hat gestöhnt«, murmelte Gontard.

»Graben Sie weiter«, sagte Faber laut, »und halten Sie den Mund.«
Susanne Riemenschmied hielt Evi auf den Knien und suchte sie zu beruhigen.
»Was fehlt der Mutti?«
»Nichts, Evi, nichts ...«
»Aber sie hat mich weggeschickt ... Ich will zu ihr gehen.«
»Das kannst du jetzt nicht.«
»Warum nicht? Ist sie krank?«
»Ja«, sagte Susanne. »Sie wird aber bald wieder gesund sein.«
»Was fehlt ihr?«
»Sie bekommt ein Baby.«
»Ein Baby –« Evi schüttelte den Kopf. »Warum bekommt sie ein Baby?«
»Weil es auf die Welt kommen will. Du hast auch auf die Welt kommen wollen.«
»Nein«, sagte Evi, »das habe ich nicht.«
»O ja!«
»Daran kann ich mich nicht erinnern. Ich glaube aber nicht, daß es so war.«
»Doch, Evi. Wir alle haben einmal auf die Welt kommen wollen. Und unsere Mütter sind eine Zeitlang krank gewesen, und dann wurden wir geboren.«
»Tut es weh?«
»Ja«, sagte Susanne, »es tut weh.«
»Wie wird das Baby aussehen?«
»So wie alle kleinen Kinder.«
»Wie die Babys im Park.«
»Ja«, sagte Susanne.
»Wird es schon so groß sein wie ich?«
»Nein, viel kleiner. Du warst auch einmal kleiner.«
»Wie wird es heißen?«

»Das weiß ich nicht. Wie möchtest du denn, daß es heißt?«
Evi dachte nach.
»Steffi! Ich habe eine Freundin, die heißt auch so.«
»Und wenn es ein Bub ist?«
»Weißt du denn nicht, was es sein wird?«
»Nein, das weiß niemand.«
Evi lehnte sich an Susannes Schulter.
»Wenn es ein Bub ist, soll er Peter heißen, wie mein Vater.«
Das Kind richtete sich auf. »Vielleicht ist es ein Bub und ein Mädchen?«
»Vielleicht«, sagte Susanne. »Aber das glaube ich eigentlich nicht.«
»Warum nicht?«
»Kinder kommen meistens einzeln zur Welt.«
»Bist du auch einzeln zur Welt gekommen?«
»Ja, Evi.«
»Wie lange wird es dauern?«
»Ein paar Stunden.«
»Es soll schnell gehen«, sagte das Kind. »Damit das Baby der Mutti nicht weh tun kann.«
»Ja«, sagte Susanne und sah über Evis Kopf hinweg zu dem beleuchteten Tunnel hinüber, vor dem die beiden Männer arbeiteten, »jetzt soll es sehr schnell gehen.«
Fräulein Reimann saß am Rande von Anna Wagners Bett und betrachtete sie verschreckt. Manchmal atmete die Schwangere heftiger, dann wieder ruhig. Ihr Körper bewegte sich.
»Kann ich Ihnen irgendwie helfen?«
»Nein«, sagte Anna Wagner, »noch nicht.«
»Liegen Sie bequem?«
»Danke, gnädige Frau.«
»Wollen Sie etwas trinken?«

Anna Wagner nickte. »Ja«, sagte sie, »bitte.« Fräulein Reimann reichte ihr ein Glas Limonade.
»Das war gut«, sagte die Liegende dankbar und legte eine Hand auf Fräulein Reimanns Arm.
»Bald sind wir frei, in einer Stunde vielleicht schon«, sagte diese. »Hören Sie nur, wie laut der Bohrer schon arbeitet.«
Anna Wagner hörte es nicht. Sie schloß wieder die Augen und atmete tief. Dann zog sie die Schultern zusammen, und ihre Muskeln spannten sich. Die zweite Wehe kam. Sie fuhr sich mit der Zunge über die Lippen, die noch den süßen Geschmack des Fruchtsaftes trugen. Dann, als der Schmerz groß wurde, setzte sie die Zähne in ihr Fleisch, um nicht zu stöhnen. Um die anderen nicht zu erschrecken.

## 2

Der Leutnant Werner Schattenfroh war 27 Jahre alt. Er hatte fünfzehn Monate des Krieges in Rußland verbracht und war im Dezember 1944, nach seiner Entlassung aus einem Lazarett, in dem man seinen zerschossenen Arm behandelt hatte, in Wien angekommen, wo es seine Aufgabe wurde, mit einer Einheit durchwegs älterer Menschen nach Luftangriffen Verschüttete aus eingestürzten Häusern zu retten. Die Pionierabteilung, der man ihn als Offizier zuteilte, war gut ausgerüstet, und ihr Personal, das in Berlin, Düsseldorf und Bremen gearbeitet hatte, verfügte über eine einmalige fachliche Erfahrung.
Der Leutnant Schattenfroh war groß und blond und hatte ein schmales, langes Gesicht mit traurigen Augen. Er tat das, was er für seine Pflicht ansah, ohne zu denken,

und meinte, daß es Schlimmeres gab, als vom Tode bedrohten Menschen zu helfen. Es freute ihn, wenn er mit seinen Männern ein paar vor Angst halbverrückte Frauen aus einem Keller ziehen und feststellen konnte, daß er nicht zu spät gekommen war. Es freute ihn mehr, als es ihm Genugtuung bereitet hatte, zu sehen, daß das Geschütz seines Panzerwagens wendiger und deshalb tödlicher war als jenes des russischen Tanks, der bei Smolensk auf ihn feuerte. Aber es freute ihn nicht zu sehr. Er sehnte sich nach seinen Eltern und ihrem Bauernhof und wünschte oft, er hätte seinen Arm ganz verloren. Denn dann wäre er vielleicht nach Hause geschickt worden. Am 22. März 1945 rief man ihn mit zehn Männern zu einem eingestürzten Haus auf dem Neuen Markt. In seinem Keller, hieß es, befände sich eine Reihe von Menschen.

»Wie viele?« fragte der Leutnant.

Nachbarn erwähnten den Namen einer alten Dame, die in dem Haus gewohnt hatte. Sie hieß, erfuhr Schattenfroh, Therese Reimann. Ferner hatte ein Priester namens Reinhold Gontard den Keller aufgesucht. Ein alter Mann in einem dicken Pelzmantel meldete sich und gab an, knapp vor dem Einschlag der Bombe mit drei weiteren Menschen gesprochen zu haben, die gleichfalls in jenen Schutzraum flüchteten. Er sprach von einem Soldaten, einem jungen Mädchen und einem Zivilisten in einem hellen Staubmantel. Es waren also, den Informationen zufolge, die der Leutnant erhielt, mindestens fünf Menschen unter den Trümmern eingeschlossen.

Vor dem Eintreffen der Pioniergruppe hatten Nachbarn von einem Nebenkeller her versucht, einen Verbindungsgang zu graben, da sie wußten, daß der Bau eines solchen bereits in Angriff genommen worden war. Es gelang ihnen, in den ersten zwölf Stunden nach der Katastrophe, so weit vorzudringen, daß sie, in der Nacht vom 21. zum 22. März, bereits schwache Klopfzeichen vernahmen, was sie zu doppelter Eile anstachelte.

Als jedoch, gegen die elfte Stunde des 22. März, im Verlauf eines neuerlichen Luftangriffes, eine weitere Bombe in die Fahrbahn der nahen Plankengasse schlug, stürzte ein Teil des gegrabenen Stollens wieder ein, und jede akustische Verbindung mit den Verschütteten wurde unterbrochen. Zu dieser Zeit verständigte jemand die Einsatzstelle des Leutnants Schattenfroh mit dem Ersuchen um Hilfe.

Die Pioniere brachten Geräte aller Art mit sich und vermochten unter Verwendung eines Preßluftbohrers den eingestürzten Teil des Ganges in den folgenden Stunden wieder freizugraben. Am Nachmittag dieses Tages überschwemmte Wasser aus einem geborstenen Leitungsrohr die Plankengasse und gab zu der Befürchtung Anlaß, daß die Verschütteten gleichfalls von ihm bedroht wurden. Der Leutnant veranlaßte die Sperrung des gesamten unterirdischen Rohrsystems in diesem Sektor und ließ seine Männer während der Nacht in zwei Schichten arbeiten, an deren erster er selbst teilhatte. Er schlief, in eine Decke gehüllt, auf dem Boden und erwachte, als ein Soldat ihn an der Schulter rüttelte. Es waren, berichtete dieser, einige Männer da, die den Leutnant zu sprechen wünschten.

»Wie spät ist es?« fragte Schattenfroh.

»Halb acht«, sagte der Soldat.

»Wie weit seid ihr mit dem Tunnel?«

»Es geht. Wir können die drüben wieder klopfen hören. Aber sie graben nicht mehr.«

»Vielleicht sind sie zu schwach. Wie lange werden wir noch brauchen?«

»Ein paar Stunden«, sagte der Soldat. »Am Nachmittag sind wir bei ihnen.«
»Wo sind die Leute, die mich sprechen wollen?«
»Auf der Straße.«
Schattenfroh stieg über zahlreiche Stufen nach oben und fand in der Einfahrt des Hauses drei Soldaten einer Wehrmachtsstreife, die bei seinem Erscheinen strammstanden, und zwei Zivilisten, die den Hut zogen.
»Guten Morgen«, sagte der Leutnant und wandte sich an den Feldwebel, der die Patrouille führte. Er schien ihn zu kennen.
»Wir haben,« sagte dieser, »eben erfahren, daß sich unter den Eingeschlossenen auch ein Soldat befindet.«
»Wer hat Ihnen das mitgeteilt?«
»Ein Mann mit einem kleinen Hund. Wir trafen ihn vor dem Hotel gegenüber.«
»Ach ja, richtig«, sagte Schattenfroh. »Ich habe auch mit ihm gesprochen. Er war der letzte, der die Leute sah, ehe die Bombe einschlug.«
»Ich dachte, Sie wüßten es noch nicht.«
»Doch«, sagte der Leutnant, »das ist mir bekannt. Er war in Gesellschaft eines jungen Mädchens und eines jungen Mannes in einem lichten Staubmantel.«
Einer der beiden Zivilisten, die zuhörten, sagte aufgeregt etwas zu seinem Begleiter, und dieser nickte.
»Wie lange werden Sie noch an der Mauer arbeiten, Herr Leutnant?«
»Ein paar Stunden, wenn alles gutgeht. Wollen Sie den Soldaten sehen?«
»Nicht unbedingt«, sagte der Feldwebel. »Aber vielleicht ist er verletzt worden. Ich denke, wir kommen am Nachmittag auf alle Fälle noch einmal vorbei.«
»Gut«, sagte Schattenfroh, »kommen Sie gegen drei Uhr. Dann sollten wir soweit sein.«

Die Männer der Streife verließen das Haus. Schattenfroh wandte sich an den größeren der beiden Zivilisten.
»Herr Leutnant«, sagte dieser, »mein Name ist Kleinert. Ich bin Prokurist der Alpha-Telephon- und Radiowerke in Meidling. Dies ist mein Kollege, Herr Niebes.«
Der Leutnant verneigte sich leicht. »Ich heiße Schattenfroh.«
»Sie leiten, wie ich höre, die Ausgrabungsarbeiten.«
Schattenfroh nickte.
»Unser Problem«, sagte Kleinert, der nervös eine Zigarette rauchte, »ist kurz das folgende: Einer unserer wichtigsten Mitarbeiter, ein gewisser Walter Schröder, ist seit zwei Tagen abgängig. Er fuhr am Morgen des 21. März in die Stadt, um mit einem Kunstharzexperten auf dem Kohlmarkt zu sprechen. Er verließ diesen knapp vor Beginn des Fliegeralarms und wird seither vermißt. Wir leben nun unter der Vorstellung, daß ihm im Verlauf dieses Luftangriffes etwas zugestoßen ist. Da er den ersten Bezirk aus Zeitmangel kaum verlassen haben kann, dachten wir daran, daß er vielleicht einen nahen Keller aufsuchte. Sie wissen, Herr Leutnant, daß dieser hier der einzige war, der an jenem Tage in der weiteren Umgebung getroffen wurde.«
»Ich verstehe.«
»Es ist eine reine Vermutung«, sagte Niebes, »aber Sie werden zugeben, daß sie etwas für sich hat. Vielleicht – wie der Zufall es will – suchte Schröder tatsächlich gerade diesen Keller auf und wurde verschüttet. Wir haben inzwischen alles nur Mögliche getan, um ihn zu finden, und hatten keinen Erfolg. Dieser Keller ist unsere letzte Chance.«
Kleinert unterbrach ihn.
»Als Sie nun vorhin erwähnten, daß ein Mann mit einem hellen Staubmantel von einem Passanten gesehen wur-

de, war das für uns von großer Bedeutung. Denn auch Schröder trug an diesem Morgen einen solchen Mantel.«
»Natürlich«, sagte Schattenfroh, »tragen viele Menschen dieselben Kleider.«
»Aber in diesem Fall wäre es doch ein merkwürdiges Zusammentreffen, nicht wahr?«
»Ich muß Ihnen noch mitteilen«, sagte Niebes, »daß Walter Schröder an der Entwicklung wichtigster Forschungsprojekte maßgeblich beteiligt und für ihren erfolgreichen Abschluß von größter Bedeutung war. Sein Tod oder sein Verschwinden bedeuteten einen unersetzlichen Verlust für uns. Deshalb tun wir – ganz abgesehen von menschlichen Motiven – alles, um ihn zu finden.«
»Er trug«, sagte Kleinert »um schließlich noch darauf zu sprechen zu kommen, eine Tasche mit wichtigen Dokumenten und Plänen bei sich, die gleichfalls unersetzlich sind. Sie werden verstehen, Herr Leutnant, daß wir auch der letzten Möglichkeit nachgehen müssen in unserem Bemühen, Walter Schröder zu finden.«
»Ja«, sagte Schattenfroh, »das verstehe ich durchaus.«
»Aus diesem Grunde bitte ich Sie, mit Ihnen, wenn es soweit ist, in den anderen Keller kriechen zu dürfen, um selbst nach Schröder zu suchen. Er wird vielleicht verwundet oder stark erschöpft sein und in ein Spital gebracht werden müssen. Ist er aber wirklich da, dann befinden sich auch die Pläne bei ihm.«
»Gut«, sagte der Leutnant. »Nur müssen Sie sich noch eine Weile gedulden. Vor Nachmittag ist der Durchbruch nicht vollendet.«
»Wir werden wiederkommen«, sagte Niebes. »Wenn es Ihnen recht ist, gleichfalls gegen drei Uhr.«
Schattenfroh nickte und wandte sich zum Gehen.
»Wie, sagten Sie, war der Name Ihres Kollegen?«

»Schröder«, erwiderte Niebes, »Walter Schröder.«
Schattenfroh stieg in den Keller hinunter. Der Tunnel war schon sehr tief. Er löste den Mann an dem Bohrer ab und arbeitete selbst eine Stunde lang. Dann unterbrach er, um eine Schnitte Brot zu essen und eine Tasse schwarzen Kaffee zu trinken. Die lange Schlauchleitung des Bohrers, die bis auf die Straße hinauf zum Motor eines Lastkraftwagens führte, zitterte beständig leicht, während das Werkzeug gegen die Tunnelwand stieß. Leutnant Schattenfroh sah sie an und aß sein Brot. Neben ihm schliefen zwei Männer, die nachts gearbeitet hatten. Eine große Acetylenlampe zischte vor dem Gang.
Gegen ein Uhr hörten sie von der anderen Seite deutlich wieder die Verschütteten graben. Schattenfroh wunderte sich ein wenig, aber er dachte nicht lange darüber nach. Er nahm eine Schaufel und begann lockeres Erdreich beiseite zu räumen. Um drei Uhr kamen die beiden Zivilisten zurück, um halb vier die drei Soldaten. Zu dieser Zeit war der Gang schon fast durchbrochen. Erde und Steine fielen zu Boden, und der Stahlstift des Bohrers drang mehrmals plötzlich, ohne auf Widerstand zu stoßen, ins Leere vor. Schließlich geriet eine große Lehmmenge in Bewegung und ließ ein rundes, etwa kopfgroßes Loch in der Wand entstehen, aus dem ein schwacher Lichtschein drang. Schattenfroh hob die stinkende Lampe und steckte eine Hand durch die Lücke. Er fühlte, wie sie von der anderen Seite ergriffen und festgehalten wurde. Dann zog er sie zurück und legte das Gesicht an die Mauer. Er sah in die geröteten Augen eines schmutzigen, unrasierten Mannes mit weißem Haar, der eine blutverschmierte Wunde an der linken Schläfe trug. Der Mann öffnete ein paarmal den Mund, ohne jedoch sprechen zu können.

»Lebt ihr alle?« fragte der Leutnant.
Das Gesicht des anderen verzog sich. Er hob den Kopf.
»Schnell«, sagte Reinhold Gontard, »kommen Sie zu uns!«

## 3

Gegen zwei Uhr trat Susanne zu den beiden Männern.
Der Priester sah sich nach ihr um.
»Eine Stunde noch«, sagte er. »Dann haben wir es geschafft.«
»Wie geht es Frau Wagner?«
Susanne schüttelte den Kopf.
»Vielleicht kommen wir noch rechtzeitig heraus. Sie muß sofort in das Spital geschafft werden.«
»Natürlich«, sagte der Priester.
»Robert, du mußt, bevor die anderen kommen, noch meinen Pullover anziehen.«
»Richtig«, sagte Faber, »das kann ich gleich tun.«
Sie gingen an das entfernte Ende des Kellers, und Susanne zog sich das Kleidungsstück über den Kopf. Sie trug eine dünne Seidenbluse darunter. Faber legte die Arme um sie und küßte sie. Seine Hände legten sich auf ihren Rücken.
»Wie ist meine Adresse?« fragte sie. Faber sagte es ihr.
»Und wie kommt man am besten dorthin?«
»Mit der Stadtbahn. Ich muß bis Hietzing fahren. Dann steige ich in den Sechziger ein.« Faber beschrieb den Weg.
Dann zog er sie an sich. »Nicht«, sagte das Mädchen.
»Doch!«
»Aber wir können nicht –«
»Susanne«, sagte Faber, »ich habe dich lieb.« Er küßte

sie wieder. Ihre herabhängende Hand öffnete sich langsam. Der Pullover fiel zu Boden.
Reinhold Gontard arbeitete allein, als etwa eine Stunde später die Trennungswand zwischen den beiden Hälften des Ganges brach. Er warf die Schaufel fort und blickte durch das entstandene Loch hinüber. Gontard sah in das schmale Gesicht eines Soldaten. Er fühlte, wie sein Herz gegen die Rippen schlug. Nun war es soweit. Gontard hielt sich mit beiden Händen an der Mauer fest.
»Lebt ihr alle?« fragte der Soldat aus dem anderen Keller.
Gontard versuchte zu sprechen. Er schluckte ein paarmal krampfhaft. Dann sagte er heiser: »Schnell! Kommen Sie zu uns.«
»Gleich«, erwiderte der Leutnant Schattenfroh. Er trat zurück. Ein Spaten stieß durch die Erde. Zwei Männer vergrößerten mit wuchtigen Stichen die entstandene Lücke. Steine fielen auf Gontards Füße. Er drehte sich um und lehnte sich an die Mauer. Dann kam ihm ein Gedanke. Er hob seine schmutzige Soutane vom Boden auf und zog sie hastig über den Kopf. Die anderen hatten ihn sprechen hören und kamen herbeigelaufen. Vor dem Tunnel blieben sie stehen. Fräulein Reimann hielt die Hände gefaltet. Evis Mund stand offen. Faber hatte Schröders Mantel angezogen. Keiner von ihnen sprach ein Wort, während das Loch sich unter den Spatenstichen ihrer Befreier rasch vergrößerte. Nur Anna Wagner stöhnte einmal laut. Fünf Minuten später zwängte der Leutnant sich mit einer Lampe durch den Gang. Gontard half ihm.
»Gott sei Dank«, sagte er, als er wieder aufrecht stand. »Wir sind noch rechtzeitig gekommen.«
Fräulein Reimann schluchzte zweimal abrupt, dann war sie wieder still. Schattenfroh sah Faber längere Zeit an.

»Ihr Gesicht kommt mir bekannt vor.«

»So«, sagte Faber.

»Ich muß Sie irgendwo gesehen haben.«

Faber zuckte die Achseln.

»Das kann schon sein.«

»Waren Sie in Rußland?«

»Nein.«

»Sonderbar«, sagte Schattenfroh, »ich hätte darauf schwören können, daß wir uns schon einmal begegnet sind.«

Das kleine Mädchen drehte sich um und rannte zu seiner Mutter zurück.

»Herr Leutnant«, sagte Gontard laut, »wir haben eine schwangere Frau im Keller.«

»Wo?«

»Drüben auf dem Bett.«

Schattenfroh ging zu Anna Wagner. Gontard, der ihm folgte, legte im Vorübergehen eine Hand auf Susannes Schulter. Schattenfroh stand vor der Liegenden und leuchtete ihr kurz ins Gesicht. Anna Wagners Augen waren klein, ihre Stirne feucht.

Sie keuchte.

»Ins Spital«, flüsterte sie, »verständigen Sie meine Mutter. Sie soll das Kind zu sich nehmen ...«

Der Leutnant lief zu dem Durchbruch zurück, aus dem jetzt Licht schien.

»Hellmer!« rief er. Eine Stimme antwortete.

»Gehen Sie hinauf, und rufen Sie einen Krankenwagen.«

»Jawohl«, erwiderte der unsichtbare Hellmer.

»Warten Sie noch, hier ist eine Adresse ...«

Schattenfroh wandte sich um.

»Thaliastraße 45«, sagte Susanne, »der Name ist Juren, Martha Juren.«

»Haben Sie das gehört?«

»Nein«, erwiderte Hellmer von der anderen Mauerseite.
»Thaliastraße 45!« schrie der Leutnant. »Frau Martha Juren. Schreiben Sie sich den Namen auf! Jemand soll dorthin fahren und die Frau verständigen. Ihre Tochter liegt hier im Keller. Sie bekommt ein Kind. Wir brauchen eine Tragbahre ...«
Susanne hörte, wie Hellmers Stiefel sich eilig entfernten. Schattenfroh ging zu Anna Wagner zurück.
»In einer Viertelstunde holt ein Wagen Sie ab.«
»Danke«, sagte die Frau. Zwei Soldaten kletterten durch das Loch in der Wand. Die auf der anderen Seite schaufelten weiter. Der Leutnant sah sich um.
»Ist Wasser zu euch geflossen?«
»Ja«, sagte Gontard, »der ganze untere Keller ist voll.«
»Wovon habt ihr gelebt?«
»Wir hatten genug zu essen.«
»Gott sei Dank«, sagte Schattenfroh wieder. Er fühlte sich nicht wohl. Die Leute waren zu still. Warum weinten sie nicht? Warum lachten sie nicht? Was war hier los? Schattenfroh wandte sich wieder an den Priester.
»Sie also«, sagte er.
»Wie bitte?«
»Sie sind der Priester. Ich habe gewußt, daß ich Sie hier finden werde.«
»Wieso?«
»Nachbarn haben es mir erzählt. Sie und eine alte Dame besuchten diesen Keller regelmäßig.«
»Ja«, sagte Therese Reimann, »das bin ich.«
Schattenfroh nickte. »Wie viele Leute wart ihr eigentlich?« Er zählte mit den Fingern. »Eins, zwei, drei ... sechs, alle zusammen.«
»Nein«, sagte Gontard, »wir waren sieben.«
Der Leutnant drehte sich schnell um.
»Wer war der siebente?«

»Ein Soldat.«
Schattenfroh überkam ein unheimliches Gefühl.
»Wo ist er?«
»Dort drüben«, erwiderte der Priester und wies mit der Hand.
»Wo?«
»Unter der Decke.«
Schattenfroh blieb stehen und sah ihn aufmerksam an.
»Er ist tot«, erklärte Gontard, »er hat sich erschossen. Heute nacht.«
»Ja?« sagte der Leutnant. Dann ließ er den Priester stehen, ging mit seiner Lampe durch den Keller und hob die Decke hoch. Er betrachtete den Leichnam kurz, riß die Decke ganz zurück und kniete neben dem Toten nieder. Seine Augen sahen alles. Die Pistole in der starren Hand, das durchblutete Loch in der Jacke, das schmutzige Gesicht ... selbst die Patronenhülse erblickte der Leutnant Schattenfroh. Die beiden Soldaten, die ihm nachgeklettert waren, kamen näher. »Warum hat der sich erschossen?« fragte einer. Schattenfroh antwortete nicht. Er durchsuchte vorsichtig die Taschen Schröders. Aber er fand keine Papiere. Nur etwas Geld, ein Messer, Zigaretten und ein Taschentuch. Der Leutnant betrachtete Schröders schmutzige Stiefel, stand auf und fragte: »Wie ist das geschehen?«
»Gestern nachmittag«, erwiderte der Priester, »stürzte ein Teil des Ganges ein. Wir waren alle sehr deprimiert, den Soldaten aber – wir kennen nicht einmal seinen Namen – schien das Ereignis am schwersten zu treffen. Er hatte schon vorher kaum mit uns gesprochen und einen verstörten und unglücklichen Eindruck gemacht.«
»Das stimmt«, sagte Fräulein Reimann, »er hat sehr unglücklich ausgesehen.«

Der Leutnant nickte ungeduldig.
»Wir gingen zeitig schlafen, denn wir hatten viel Arbeit mit dem einbrechenden Wasser gehabt und waren alle müde –«
»Ja«, sagte Schattenfroh, »und?«
»– und so geschah es dann. Auf einmal hörten wir einen Schuß. Wir erwachten, eilten zu ihm und fanden ihn so, wie Sie ihn jetzt sehen. Die Pistole hielt er noch in der Hand. Er war tot.«
»Wann war das?«
»Heute nacht«, erwiderte Gontard. »So gegen ein oder zwei Uhr morgens.«
Schattenfroh wandte sich an einen der beiden Soldaten. »Sagen Sie dem Leutnant der Streife, er möge zu mir kommen. Und sehen Sie nach, wo der Krankenwagen bleibt.«
Der Soldat nickte, ging zu dem Loch in der Wand und kroch durch. Auf der anderen Seite wurden zwei Stimmen laut. Etwas später kam der Feldwebel. Er hatte den Helm vom Kopf genommen und wußte anscheinend schon, warum man ihn rief. Faber sah ihn an. Er kannte das Gesicht. Er kannte den Mann. Dann, als dieser den Mund öffnete und er die schlechten Zähne erblickte, wußte Faber, wer da vor ihm stand. Es wurde ihm kalt. Nein, dachte er, nicht so. Das war zu billig. Der Soldat vor ihm gehörte zu der Streife, der Faber zwei Tage zuvor in der Kärntnerstraße begegnet war.
»Wo ist der Tote?« fragte er.
»Dort drüben.«
Schattenfroh führte ihn zu Schröders Leichnam.
»Tatsächlich, der Soldat«, sagte der Feldwebel. »Ich habe nicht erwartet, ihn so wiederzufinden.«
»Es sieht wie Selbstmord aus. Er hat sich ins Herz geschossen.«

»Ja«, erwiderte der andere, »so sieht es aus. Irgendwelche Dokumente in den Taschen?«

»Gar nichts«, sagte der Leutnant. »Nur etwas Geld, Zigaretten und so weiter.«

Der Feldwebel wandte sich an die Umstehenden.

»Hat jemand von Ihnen die Taschen des Toten geleert?«

»Nein«, sagte Gontard, etwas zu schnell, »wir haben ihn nicht berührt.«

Der Feldwebel sah ihn an, kniete nieder und betrachtete die Pistole in Schröders Hand. Vom Bett ihrer Mutter kam Evi und sprach flüsternd mit Susanne. Der Leutnant sah argwöhnisch auf.

»Was ist los?«

»Nichts«, sagte Evi.

»Warum redest du nicht laut?« Susanne lächelte.

»Die schwangere Frau möchte mit mir sprechen.«

»Ach so«, sagte Schattenfroh. Susanne ging zu Anna Wagner.

Diese griff nach ihrer Hand und hielt sie fest. Sie waren allein.

Das Mädchen neigte sich vor.

»Wie geht es?«

»Bisher gut«, flüsterte Susanne.

»Hier ist mein Wohnungsschlüssel«, sagte die Liegende. »Damit Sie den Anzug und die Wäsche holen können. Ich komme doch gleich in ein Spital. Das Kind soll hier auf meine Mutter warten. Holen Sie die Sachen, sie liegen alle in einem großen braunen Schrank.« Anna Wagner sprach hastig. »Haben Sie die Briefe?«

Susanne nickte.

»Meine Mutter soll den Koffer und den kleinen Stuhl mitnehmen. Besuchen Sie meine Mutter. Erzählen Sie ihr, was sich ereignet, sie wird es mir wiedererzählen. Vielleicht kann ich Ihnen helfen.«

»Ja«, sagte Susanne.
»Versprechen Sie es mir?«
»Ich verspreche es Ihnen.«
Der Feldwebel, der sich mit dem Leutnant beraten hatte, kam zu ihrem Bett.
»Entschuldigen Sie«, sagte er. »Ich muß Ihre Namen und Ihre Adressen haben.«
»Warum?«
»Wir haben uns entschlossen, die Polizei zu rufen. Wir wissen nicht, wer der Tote ist. Er hat keine Papiere. Bevor Sie ins Spital gehen, muß ich erfahren, wer Sie sind. Haben Sie irgendwelche Dokumente bei sich?«
»Ja«, sagte Anna Wagner. Sie griff neben sich, hob eine Handtasche auf das Bett und suchte. »Hier bitte.«
»Danke«, sagte der Feldwebel. Er schrieb die Adresse in ein kleines Buch. »Ist das Ihr Kind?«
»Ja.«
»Gleiche Adresse?«
Anna Wagner nickte.
»Und Sie?«
Susanne Riemenschmied nannte ihren Namen. Sie zeigte eine Kennkarte. Der Feldwebel schrieb.
»Eine Formalität«, sagte er, »verstehen Sie mich.«
»Natürlich«, sagte Susanne. »Können wir jetzt nach Hause gehen?«
»Ich denke schon. Morgen wird man Sie vielleicht auffordern, weitere Aussagen zu machen. Aber eigentlich scheint es ein klarer Fall von Selbstmord zu sein.«
»Es war ein Selbstmord. Wir haben es alle gesehen ...«
»Gesehen?« fragte der Feldwebel.
»Ich meine, wir haben es gehört. Wir schliefen, als er sich erschoß. Wir haben den Schuß gehört.«
»Es ist sonderbar, daß er keine Papiere bei sich trug.«
»Vielleicht wurde er gesucht.«

»Vielleicht. Vielleicht ist er ein Deserteur. Das müssen wir noch herausfinden.«
»Wird das nicht sehr schwer sein?«
»O ja«, sagte der Soldat. »Wahrscheinlich erfahren wir nie, wer er war.«
Susanne folgte ihm, als er zu den anderen zurückging. Jemand hatte den Toten wieder zugedeckt. Der Feldwebel sprach mit dem Priester. Dieser zog einen Ausweis aus der Tasche. »Herr Leutnant«, sagte Fräulein Reimann, »ich habe in diesem Hause gelebt. Ich möchte gerne wissen, was von meinen Sachen übrigblieb.«
Schattenfroh wurde verlegen.
»Das Haus ist getroffen.«
»Steht es nicht mehr?«
»Es steht nicht mehr viel.«
Therese Reimann wandte sich ab. Der Leutnant hustete. »Sie können gehen«, sagte er, »sobald wir Ihre Adresse haben.«
Vor dem Durchbruch entstand Bewegung. Der Krankenwagen war gekommen.
Ein Arzt des Rettungsdienstes in Zivil kletterte durch den Stollen.
»Wo ist die Frau?«
»Auf dem Bett.«
Der Arzt ging zu ihr und stellte ein paar Fragen.
»Schnell«, sagte er dann, »die Bahre!«
Ein Soldat reichte ein primitives, mit Stoff bespanntes Gerüst durch die Mauerlücke.
»Können Sie selbst aufstehen?«
»Ich weiß nicht«, sagte Anna Wagner.
»Dann warten Sie.« Der Arzt sah Faber an. Zusammen legten sie die Schwangere auf die Bahre und deckten sie zu. »Wem gehört das Kind?«
»Mir«, sagte Anna Wagner. »Wo ist meine Mutter?«

»Sie wird bald kommen«, antwortete ein Soldat. »Wir haben sie verständigt.«
»Evi«, sagte Anna Wagner, »du bist ein gutes Kind und wartest hier auf die Großmutter, ja?« Evi nickte wortlos und kämpfte mit den Tränen. Faber und der Arzt hoben die Bahre hoch.
»Vorsicht«, sagte der Leutnant. Faber nickte. Er ging dem Durchbruch entgegen. Schritt für Schritt. Nicht zu schnell. Nicht zu langsam. Hier lag eine Schaufel im Weg. Er stieg über sie. Dann kletterte er durch den Stollen. Anna Wagner lag still auf der Bahre und hatte die Augen geschlossen.
»Achtung«, hörte Faber einen Soldaten sagen. »Paßt auf, das Loch ist zu niedrig. Lassen Sie die Bahre herunter. Herrgott, so geben Sie doch acht ...«
Zwei Zivilisten traten neugierig näher, sahen Faber an und waren ihm behilflich, das Traggestell durch den Tunnel zu schieben.
»Können wir hinübergehen?« fragte einer von ihnen.
»Ich weiß nicht«, sagte Faber. »Warten Sie besser noch ein paar Minuten.«
Der Arzt kletterte ihm nach. Ein Soldat mit einer Lampe ging ihnen nach oben voraus. Faber fühlte, wie ihm der Schweiß in großen Tropfen über die Stirn lief. Er stolperte. Seine Hände zitterten.
»Zum Teufel«, sagte der Arzt, ein kleiner, dicker Mensch mit funkelnder Brille, »warum müssen ausgerechnet Sie die Bahre tragen? Sie können ja selbst kaum noch laufen.«
Faber grinste schwach.
»Es geht schon. Ich möchte gerne etwas frische Luft schöpfen.«
Evi holte sie ein und ging schweigend neben Faber. Einmal sah sie ihn an. Sie hatte begriffen. Im Flur lagen

Steine, Glasscherben und Holzstücke. Vor dem Haus stand der Krankenwagen. Der Fahrer kam ihnen entgegen und nahm Faber das Kopfende der Bahre aus den Händen. Das kleine Mädchen trat ins Freie.
»Du wirst auf deine Großmutter warten«, sagte der Arzt, »nicht wahr, Evi?«
Faber ging langsam weiter. Sein Herz schlug wie verrückt, sein unrasiertes Gesicht war schmutzig und zerfurcht. Susannes Pullover spannte ihm um den Hals. Der Arzt stieg in den Wagen.
Jetzt mußt du gehen, sagte Faber zu sich selbst. Jetzt! Er erreichte das Tor. Ein Soldat mit einem Gewehr stand davor, ihm gegenüber eine größere Menschenmenge.
»Sie können hier nicht durch«, sagte der Posten.
»Was?«
»Niemand darf vorläufig das Haus verlassen.«
Faber grinste verzweifelt.
»Ich will gar nicht durch. Ich will nur etwas Luft schnappen, wenn Sie nichts dagegen haben.«
»Meinetwegen«, sagte der Posten und spuckte in eine Wasserlache.

Schattenfroh zählte die Namen auf seiner Liste und wandte sich an Therese Reimann.
»So, Sie wären die nächste. Dann bleibt nur noch der Mann, der eben die Bahre nach oben trug.«
Fräulein Reimann nannte ihren Namen.
»Haben Sie ein Ausweispapier bei sich?«
»Aber ich wohne doch in diesem Haus.«
»Gnädige Frau«, sagte Schattenfroh beherrscht höflich, »ich möchte gerne eines Ihrer Dokumente sehen.«
»Aber bitte!« Fräulein Reimann zuckte die Schultern. »Selbstverständlich, wie Sie wünschen. Die Papiere liegen in meinem Koffer.« Sie ging langsam durch den

Keller, sie wußte genau, warum sie langsam ging. Sie mußte Zeit gewinnen. Faber war im Begriff zu fliehen. Umständlich kniete sie nieder. Schattenfroh richtete den Lichtkegel seiner Lampe auf den Koffer. »Danke«, sagte Therese Reimann. »Sie müssen wissen, daß wir mein ganzes Gepäck aus dem unteren Stockwerk heraufzuschaffen hatten, als das Wasser einbrach. Es war viel Arbeit ...« Sie sah auf und bemerkte, daß die anderen ihr gefolgt waren. »Wenn man eine alte Frau ist«, fuhr sie fort, »hängt man natürlich an allem, was einem verblieben ist, man verbindet Erinnerungen auch mit dem Kleinsten –« Therese Reimann unterbrach sich. »Was haben Sie denn?«
»Gar nichts«, sagte Schattenfroh. Seine Stimme klang verändert. Seine Augen starrten unverwandt auf den Koffer. Fräulein Reimann blickte in dieselbe Richtung. Sie sah das kleine runde Loch in der Lederdecke gleichzeitig mit dem Priester. Susanne sah es etwas später.
»Rühren Sie den Koffer nicht an«, sagte Schattenfroh, kniete nieder, öffnete die Verschlüsse und begann in seinem Inhalt zu wühlen.
Therese Reimanns Gesicht zuckte. Sie dachte krampfhaft nach. Der Priester trat einen Schritt näher. Es war ganz still, am anderen Ende des Kellers flüsterten die beiden Soldaten der Streife mit ihrem Vorgesetzten. Schattenfroh hielt zwischen zwei Fingern einen metallischen Gegenstand empor und sah von einem zum anderen.
»Wissen Sie, was das ist?«
»Nein«, sagte Gontard gleichmütig, obwohl er damit log. Denn er wußte es nur zu gut, ebenso wie Susanne und Therese Reimann. Es war die zweite Kugel aus Fabers Pistole, die Kugel, mit der dieser ein Loch durch seine

eigene Jacke geschossen hatte. Hier also war sie gelandet, dachte der Priester. Nun ja, irgendwo mußte sie ja landen. Die Macht des Zufalls war unendlich. War das ein Zufall?
»Das ist eine Pistolenkugel«, sagte Schattenfroh und hielt sie ihm unter die Nase.
»Nein, so etwas!« Fräulein Reimann schüttelte fassungslos erstaunt den Kopf. »Wie kommt die in meinen Koffer?«
»Das möchte ich auch wissen«, sagte der Leutnant.
»Sehen Sie mich nicht an«, sagte Gontard, »ich habe keine Ahnung.«
»Das ist aber bedauerlich«, meinte Schattenfroh, »das ist aber ungemein bedauerlich.« Ein unklares Zorngefühl stieg in ihm auf. Er ahnte, daß sich hier etwas Dunkles und Geheimnisvolles ereignet hatte, von dem er nichts wußte. Er war ein ruhiger, anständiger Mensch und hätte eine Untersuchung dieses sonderbaren Selbstmordes der Polizei überlassen.
Aber der Tote war ein Soldat. Und die Überlebenden waren Zivilisten. Solidaritätsgefühl mit seinem unbekannten Kameraden ließ den Leutnant zornig werden. Ohne daß er etwas von ihm wußte, war er sein Freund. Ohne daß er begriff, glaubte er, den Tod seines Freundes rächen zu müssen. Es war kein niedriger, sondern ein ehrenhafter Beweggrund, der den Leutnant Schattenfroh sich für die Kugel in Therese Reimanns Koffer interessieren ließ.
»So«, sagte er, »Sie wissen also nichts.«
Gontard verneinte.
»Denken Sie einmal nach!«
»Und wenn Sie mich auf den Kopf stellen!« Gontard sah Fräulein Reimann an. Zeit, sagten seine Augen, Zeit gewinnen für Faber, der auf der Flucht ist. Der Leutnant

darf nicht zur Besinnung kommen und bemerken, daß einer von uns fehlt.
Fräulein Reimann schlug sich mit der flachen Hand gegen die Stirn.
»Mein Gott, bin ich dumm! Natürlich weiß ich, woher die Kugel kommt!«
Schattenfroh leuchtete ihr ins Gesicht. Fräulein Reimann blinzelte und riß tapfer die Augen auf.
»Sie wissen es?«
»Freilich! Und Sie wissen es auch, Hochwürden, und Sie, Fräulein Riemenschmied. Erinnern Sie sich doch an die vorletzte Nacht, als wir noch unten schliefen.«
Gontard, der keine Ahnung hatte, was sie wollte, gab ihr ein Stichwort.
»Selbstverständlich!«
»Die Ratten«, sagte Fräulein Reimann glücklich, als wäre sie froh, sich endlich erinnert zu haben.
Susanne setzte sich.
»Zu dumm, daß ich nicht gleich daran dachte«, schwätzte Fräulein Reimann, »manchmal benimmt man sich wirklich zu lächerlich ... und Sie dachten vielleicht schon, es wäre hier ein Verbrechen begangen worden, nicht wahr, Herr Leutnant?«
»Was war das mit den Ratten?« fragte Schattenfroh. Der Schein der Lampe ließ ihr weißes Gesicht nicht los. Fräulein Reimann log. Sie log, um Faber zu retten, und sie log gut, wenn man bedachte, daß sie ihr Leben lang das Lügen als Sünde betrachtet und verabscheut hatte. Sie log hinreißend gut, mit aller überzeugenden Kraft einer Novizin auf diesem Gebiet. Sie log so gut, daß Schattenfroh einen Teil seines rebellischen Argwohns verlor und fast wieder zu der Überzeugung kam, daß der arme Teufel in der grünen Uniform doch Selbstmord begangen hatte. Fräulein Reimann sprach emsig.

»Wir konnten nicht schlafen, Herr Leutnant. Es saßen zwei Ratten unten im Keller, die machten die ganze Nacht lang Spektakel. Es war nicht auszuhalten. Sie rannten hin und her, sprangen in die Luft, scharrten, kratzten und pfiffen – haben Sie schon einmal eine Ratte pfeifen gehört? Es geht einem durch Mark und Bein. Schließlich, als wir es nicht mehr aushielten, erklärte der Soldat, Gott hab ihn selig« – Fräulein Reimann bekreuzigte sich hastig –, »sie erschießen zu wollen.«
Gontard sah die alte Frau staunend an. Welche Wandlung, dachte er, welch eine Wandlung.
»Und traf er die Ratten?« fragte Schattenfroh höflich.
»Nein«, sagte Therese Reimann kummervoll, »er verursachte nur unerträglichen Lärm und schoß daneben. Eine der Kugeln ist ohne Zweifel in meinen Koffer geflogen, die andere müßte sich unten in dem überschwemmten Keller finden lassen. Wenn man nur genau genug sucht«, fügte sie maliziös hinzu.
»Aha«, sagte Schattenfroh, »und konnten Sie nach der Schießerei schlafen?«
»Denken Sie doch, wir konnten es wirklich! Die Detonationen erschreckten die Tiere anscheinend so sehr, daß sie sich verkrochen.«
»So war das also«, meinte der Leutnant und nahm endlich den Lichtkegel seiner Lampe von ihrem Gesicht. »Natürlich wird es sehr leicht sein, festzustellen, wie viele Kugeln aus dem Magazin der Waffe fehlen.«
Fräulein Reimann sah ihn unbewegt an, während der Schauer eines makabren Vergnügens über ihren schmalen Rücken rann.
»Freilich«, sagte sie, »das wird ganz leicht sein.« Sie hatte sich das schon vorher überlegt. Eine Kugel steckte in ihrem Koffer. Eine in Schröders Brust. Und eine war in Ungarn geblieben. Mindestens eine, vielleicht auch zwei.

Die Rechnung ging auf. Ging sie auf? Therese Reimann schloß die Augen. Barmherziger Gott, dachte sie, steh uns jetzt bei.

Faber hatte die zweite Zigarette zu Ende geraucht und warf den Stummel auf die Straße hinaus. Der Posten gähnte. Der Krankenwagen war vor etwa fünf Minuten fortgefahren, und Evi stand neben Faber, um auf ihre Großmutter zu warten. Sie sah ihn mit ruhigen Augen an.

»Gehen wir hinunter.«

Faber hielt sie zurück. »Nein, bleib noch ein wenig.«

Er fühlte, wie sie ihn an der Hand zog.

»Bitte, komm mit!«

Faber warf einen Blick auf den apathischen Posten und drehte sich um.

»Gut«, sagte er, »gehen wir hinunter.«

Auf dem ersten Stiegenabsatz blieb Evi stehen. »Du mußt fort!«

»Ich kann nicht fort, solange der Soldat da ist.«

»Doch!«

»Nein, Evi.«

»Hör zu«, flüsterte sie, »hinten im Flur ist eine Glastür zerbrochen, ich habe es vorhin gesehen. Die führt in den Hof. Vielleicht kannst du von dort in das nächste Haus.«

Faber richtete sich auf. Von oben fiel graues Licht auf ihre schmutzigen Gesichter. Er gab dem kleinen Mädchen die Hand. »Leb wohl, Evi.«

»Leb wohl«, sagte sie und legte beide Arme um seine Hüften. »Kommst du wieder?«

»Ich komme bald zu euch«, erwiderte Faber. Evi Wagner seufzte gramvoll und stolperte dann wortlos auf steifen Beinen in die Finsternis hinunter. Faber schlich die wenigen Stufen wieder empor. Schröders heller Staubmantel hing ihm über die Schultern. Er fand die zerschlagene Tür und trat durch sie in einen Lichthof, auf dessen Boden Mauertrümmer und alte Töpfe lagen. Ein kurzer dämmriger Gang führte in das Erdgeschoß des Nebenhauses. Vor seinem Eingangstor parkte der Lastkraftwagen, dessen Motor den Preßlufthammer betrieben hatte. Zwei Soldaten waren damit beschäftigt, die letzten Teile der Schlauchleitung abzumontieren. Faber stand, die Hände in den Manteltaschen, an die Mauer gelehnt und wartete. Er wartete etwa zehn Minuten. Dann sah er, wie die beiden Männer auf den Wagen kletterten. Die Maschine heulte auf, die Gänge krachten. Etwas Staub wehte in den stillen Flur. Die Straße war jetzt frei. Faber trat durch das geborstene Tor. Das Licht schmerzte in seinen Augen. Der Posten vor dem Eingang des Nebenhauses sprach mit einer Frau. Er sah ihn nicht. Über einen Schutthaufen, herabgerissene Leitungsdrähte und Holztrümmer hinweg ging Robert Faber die Seilergasse entlang dem Graben zu.

## 4

Als Evi Wagner in den Keller zurückkam, erinnerte sie sich selbst daran, daß sie nun ungemein vorsichtig und klug sein mußte. Der Leutnant sah auf, als sie durch die Mauer kletterte.

»Wo ist der Mann, der deine Mutter hinauftragen half?«

Evi überlegte blitzschnell.

»Er steht bei dem Posten. Aber er muß bald kommen. Er wird meine Großmutter mitbringen.«

»So«, sagte Schattenfroh, setzte sich auf ein altes Faß und zog sie zu sich. »Na, da wirst du ja bald nach Hause gehen können.«

Evi nickte.
»Hoffentlich! Mir gefällt es hier gar nicht mehr.«
»Das kann ich mir vorstellen!« Schattenfroh nahm ein paar Kekse aus der Tasche und gab sie ihr. »Du mußt ja fürchterlich erschrocken sein in der letzten Nacht, was?«
»Danke für die Kekse«, sagte Evi. »Ja, ich bin schon erschrocken. Ich habe fest geschlafen und dann, auf einmal, habe ich den Krach gehört und bin aufgewacht. Und da ist der Soldat da drüben gelegen und war tot.«
»Woher weißt du denn, daß er tot war?«
»Weil er nicht mehr geatmet hat.«
»Und die Pistole hielt er in der Hand?«
»Ja«, erwiderte Evi. »Mit der hat er sich doch erschossen.«
Schattenfroh sah sie nachdenklich an.
»Warum glaubst du denn, daß er sich erschossen hat?«
»Das weiß ich nicht.«
»Hast du gar nicht mit ihm gesprochen?«
»Mit einem Toten kann man doch nicht sprechen.«
»Als er noch lebte, natürlich.«
»Nein, ganz wenig. Er hat nie mit mir gespielt. Er ist«, erzählte Evi Wagner in vollkommener Erinnerung an das, was man ihr eingeschärft hatte, »immer nur so herumgesessen und hat mit niemandem geredet.«
»Deshalb mußt du ja besonders erschrocken sein.«
»Mhm«, sagte Evi, »sehr. Der Knall war schrecklich.«
»Hast du denn nie zuvor einen Pistolenschuß gehört?«
»Nein, es war das erstemal.«
Evi bemerkte, daß die Erwachsenen näher traten, und hatte das unklare Gefühl, der Offizier wolle ihr jetzt die berühmte Falle stellen, von der Faber sprach.
»Es war das erstemal?«
»Freilich«, sagte Evi. Schattenfroh schüttelte den Kopf.

»Na, da hast du aber die Ratten vergessen!«
»Welche Ratten?« fragte Evi. Jetzt, dachte sie, jetzt beginnt er mich nach Dingen zu fragen, von denen ich nichts weiß. Wie gut, daß man mir vorher gesagt hat, was ich tun soll.
»Die Ratten unten im Keller! Die beiden Ratten, die solchen Krach machten, daß ihr nicht schlafen konntet«, erwiderte Schattenfroh.
»Davon weiß ich nichts«, sagte Evi kurz. Er sah auf.
»Na geh, erinnerst du dich nicht mehr? Der Soldat hat doch auf die Tiere geschossen!«
Evi riß die Augen auf. Was wollte der Offizier von ihr? Was stellte er für sonderbare Fragen?
»Niemand hat auf Ratten geschossen«, sagte sie verloren.
»Aber ja! Alle anderen haben es gehört!«
Evis flackernde Augen wanderten über die Gesichter der Erwachsenen, die sie schweigend ansahen. Was war geschehen? »Und du erinnerst dich nicht mehr an die Schießerei?«
»Nein!« rief Evi weinerlich. »Ich erinnere mich an nichts!«
»Die Kleine ist sehr erschrocken, Herr Leutnant«, sagte Gontard. »Sie müssen verstehen –«
Der Rest dieses Satzes ging in einem Schrei unter.
Schattenfroh fuhr herum und sah Kleinert, der dem Toten die Decke vom Gesicht gezogen hatte und ihn mit einem Ausdruck grenzenlosen Entsetzens ansah.
»Schröder!« schrie Kleinert. »Dieser Mann hier ist Walter Schröder!«
Der Feldwebel packte ihn am Arm.
»Wer ist das?«
»Schröder!« schrien Kleinert und Niebes im Chor.
»Sind Sie sicher?«
»Sicher!« kreischte Kleinert, der nach Atem rang. »Ich

habe zehn Jahre mit ihm gearbeitet! Ich kenne ihn wie meinen Bruder ... dieser Mann ist Walter Schröder!«
»Aber der war doch ein Zivilist ...!«
»Natürlich –«
»Wieso trägt er dann eine Uniform?«
»Weil ... weil ...«, Kleinerts Gesicht lief dunkelrot an, er würgte um jedes Wort, »... die muß ihm jemand angezogen haben!«
»Der Soldat ... es war ein Soldat im Keller!«
Der Feldwebel ließ Kleinert endlich los und griff nach seinem Notizbuch.
»Ich verstehe nicht ...« Dann unterbrach er sich. »Es waren doch überhaupt nur drei Männer hier im Keller. Einer ist tot, der zweite sind Sie« – er zeigte auf Gontard –, »wo ist der dritte?«
Der Leutnant sah, daß der Priester seinen Arm um das Mädchen legte.
»Wo ist der dritte?«
»Keine Ahnung«, sagte Gontard tonlos. Schattenfroh war schon auf dem Wege zu dem Durchbruch. Die beiden Soldaten der Streife liefen ihm nach.
»Keiner von Ihnen verläßt vorläufig den Keller!« rief der Feldwebel. In einem lächerlichen Anfall von Erregung hob Fräulein Reimann ein Glas von der Kiste auf, warf es zu Boden und schrie: »Schreien sie nicht mit uns!«
Der Feldwebel sah sie erstaunt an, zuckte dann die Achseln und stellte sich wortlos mit dem Rücken gegen den Tunnel. Fräulein Reimann schluchzte ein paarmal hysterisch.
»Entschuldigen Sie. Ich bin ganz mit den Nerven fertig ... was müssen wir jetzt tun?«
»Warten«, sagte Gontard.
Der Posten beim Eingang des Hauses stand stramm, als Schattenfroh angerannt kam.

»Wo ist der Mann, der hier wartete?«
»Hier hat niemand gewartet.«
»Doch!«
»Nein, Herr Leutnant.« Schattenfroh fluchte.
»Ein Mann mit einem kleinen Kind.«
»Ach so.« Der Posten stockte. »Ich weiß es nicht. Ich glaube, er ist wieder hinuntergegangen.«
»Nein, das ist er nicht!« Schattenfroh wandte sich an einen der Umstehenden. »Haben Sie einen Mann mit einem weißen Staubmantel gesehen?«
Der andere sah ihn blöde an und schwieg. Schattenfroh eilte über einen Schutthaufen hinweg. Er lief die Seilergasse entlang. Der eine der Soldaten wandte sich nach rechts. Der andere rannte der Spiegelgasse zu. Schattenfroh stieß mit einem Mann zusammen, der eben aus einem Hause trat, stolperte, kam wieder auf die Beine und lief weiter. An der Grabenecke blieb er stehen. Der Stephansplatz war belebt. Etwa hundert Meter vor sich sah er Fabers weißen Mantel. Ein paar Fußgänger befanden sich zwischen ihnen. Der Leutnant lief weiter. Die beiden Soldaten hatte er aus den Augen verloren. Faber überquerte bei der eingemauerten Pestsäule die Fahrbahn und sah sich um. Als er den Leutnant erblickte, begann er gleichfalls zu laufen. »Warten Sie!« schrie Schattenfroh. Aber Faber wartete nicht. Er rannte in großen Sprüngen durch die Menge der Passanten. Sein Mantel wehte wie eine Fahne hinter ihm her. Der Leutnant keuchte. Er sah Faber in einer Hauseinfahrt verschwinden. Einige Sekunden später hatte er sie selber erreicht. Er schlitterte über das Klinkerpflaster des Bodens, kam vor dem Stiegenaufgang zum Stehen und lauschte. Aus dem Treppenhaus hörte er eilige Schritte. Schattenfroh eilte nach oben. Er rannte fünf Stockwerke hoch. Das Blut an seinen Schläfen klopfte, und er rang

nach Luft, als er die letzte Etage erreichte. Eine eiserne Tür, die in den Bodenraum führte, flog vor ihm zu. Schattenfroh stürzte sich auf sie, riß sie wild auf und sprang in die dämmrige Dachkammer. Vor ihm, an einen Balken gelehnt, stand Faber. Er stand etwa so lange, wie man braucht, um bis zehn zu zählen. Dann gaben seine Knie nach und er sank zu Boden, auf dem er, mit dem Rücken gegen das Holz, sitzen blieb. Der Schweiß rann ihm von der Stirn. Sein Gesicht war schmutzig und kreideweiß. Aber er lächelte, als er sah, daß der Leutnant sich neben ihn setzte.
»Warum sind Sie fortgelaufen?« fragte Schattenfroh, als er wieder sprechen konnte.
Faber blickte an ihm vorbei. Er steckte die eine Hand in die Manteltasche. Der Leutnant zog sie ihm wieder heraus.
»Wer sind Sie?«
Faber antwortete nicht.
»Wer sind Sie?« fragte Schattenfroh leise.
»Was wollen Sie eigentlich von mir?«
»Ich will wissen, wie Sie heißen!«
»Walter Schröder.«
»Das ist nicht wahr!«
Faber zuckte die Achseln. Schattenfroh glaubte Schritte gehört zu haben. Waren die beiden Soldaten ihm gefolgt? Er lauschte. Aber es blieb alles still.
»Wo sind Ihre Papiere?«
»Ich habe Sie schon dem Feldwebel gezeigt.«
Schattenfrohs Mund wurde schmal.
»Zeigen Sie sie mir noch einmal.«
Faber hörte auf zu lächeln. Er griff in die Tasche und zog Schröders Arbeitsbuch heraus. Der Leutnant öffnete es. Dann stand er auf.
»Wer sind Sie?«

»Walter Schröder. Ich habe es Ihnen schon einmal gesagt.«
Den Leutnant befiel plötzlich eine große Traurigkeit.
»Walter Schröder«, sagte er langsam, »ist tot.«
Faber antwortete nicht. Eine Zeitlang schwiegen sie beide. Unten, auf der Straße, hupte ein Auto. Durch die Dachluken fiel etwas Sonne in den Raum. Faber steckte eine Zigarette zwischen die Lippen.
»Haben Sie ein Streichholz?«
Schattenfroh neigte sich vor, knipste ein Feuerzeug an und fragte dann so leise, als ob es niemand hören dürfe:
»Sie haben Schröder erschossen, nicht wahr?«
»Ja«, sagte Faber ebenso.
»Warum?«
»Das möchte ich nicht sagen.«
»Bitte?«
»Ich möchte es nicht sagen«, wiederholte Faber. Er gab dem Leutnant das Arbeitsbuch. »Hier sind Schröders Papiere.«
Schattenfroh sah ihn nachdenklich an.
»Haben Sie auch eigene?«
»Ja«, erwiderte Faber. »In der anderen Tasche. Wollen Sie sie sehen?«
»Nein«, sagte Schattenfroh. »Sie sind natürlich der Soldat.«
»Natürlich«, sagte Faber.
»Sie haben mit dem Toten die Kleider getauscht?«
»Ja.«
»Warum?«
»Weil ich desertiert bin. Deshalb zog ich Schröders Kleider an. Nachdem ich ihn erschossen hatte.«
»Bei welcher Einheit waren Sie?«
Faber sagte es ihm.
»Wann sind Sie geflüchtet?«

»Vor drei Tagen.«
»Warum?«
»Das möchte ich gleichfalls nicht sagen.«
Der Leutnant nickte. Er fühlte, wie seine Traurigkeit sich verstärkte.
»Die anderen Leute haben nicht das geringste mit der Sache zu tun.«
Schattenfroh sah hilflos zu Boden.
»Tragen Sie eine Waffe?«
»Nein«, erwiderte Faber. »Wollen Sie mich durchsuchen?«
Der Leutnant schüttelte den Kopf.
»Ich hatte einen Revolver«, sagte Faber. »Mit dem erschoß ich Schröder. Er liegt neben dem Toten. Kommen Ihre Begleiter bald?«
»Wir haben uns verloren«, erwiderte der Leutnant.
Faber sah auf.
»Sie sind mir allein nachgelaufen?«
»Ja«, sagte Schattenfroh. »Ich kam allein. Aber man wird Sie suchen.«
»Wozu noch? Wenn Sie mich gefangen haben ...«
»Ich habe Sie nicht gefangen.«
»Natürlich nicht«, sagte Faber. »Sie stehen gar nicht wirklich vor mir. Ich träume das bloß alles.«
»Sie könnten mich angreifen«, sagte der Leutnant.
»Und Sie könnten mich erschießen.«
»Ja«, meinte Schattenfroh, »das könnte ich auch. Jetzt weiß ich, weshalb Sie mir so bekannt vorkamen.«
»Weshalb?«
»Weil Sie Soldat sind.«
»Ich kenne Sie trotzdem nicht.«
»Ich Sie auch nicht. Aber Sie sind ein Soldat. Vielleicht begreifen Sie das.«
»O ja«, sagte Faber, »das begreife ich schon.«

»Sagen Sie mir eines: Haben Sie Schröder erschossen, um ihm Ihre Uniform anziehen zu können?«
Faber verneinte.
»Und mußten Sie ihn erschießen?«
»Ja«, sagte Faber, »ich mußte.«
Schattenfroh überlegte lange. Er trat an eine der Dachluken und sah hinaus auf die umliegenden Häuser. Die Sonne blendete ihn. Im Süden stieg ein gewaltiger schwarzer Rauchpilz in den Himmel empor. Schattenfroh lehnte den Kopf an den rissigen Holzrahmen der Luke und schloß die Augen. Eine Minute verstrich. Eine zweite. Als der Leutnant sich umdrehte, fröstelte ihn.
Faber saß noch immer neben dem Balken.
»Sollen wir gehen?«
»Nein«, sagte Schattenfroh, »stecken Sie Ihre Papiere ein. Ich gehe allein. Ich habe Sie nicht gefunden. Warten Sie zehn Minuten, und verschwinden Sie dann. Gott allein weiß, wie weit Sie kommen.«
In Fabers Gesicht bewegte sich nichts mehr. Er war ganz still und starr geworden.
»Haben Sie mich verstanden?«
»Durchaus«, erwiderte Faber, »Sie wollen mein Leben retten.«
»Blödsinn«, sagte der Leutnant, »ich habe nur Angst.«
»Angst?«
»Ja, Angst davor, eine Gemeinheit zu begehen. Ich habe schon viele begangen. Aber diesmal habe ich Angst.«
»Es wäre gar keine Gemeinheit«, sagte Faber, »von Ihrem Standpunkt aus.«
Der Leutnant hob seine Hand und ließ sie wieder fallen.
»Wer weiß?«
In der Tür drehte er sich noch einmal um und sagte:
»Seien Sie leise.«
Faber nickte. Er warf seine Zigarette zu Boden und trat

sie langsam, mit einer kreisenden Bewegung seines Schuhes, aus.

Als Schattenfroh sich in den Keller des Hauses auf dem Neuen Markt zurücktastete, stieß er auf der dunklen Treppe mit dem Feldwebel zusammen.
»Haben Sie ihn gefunden?«
»Nein.«
»Natürlich nicht.«
»Und Ihre Leute?«
»Auch nicht«, sagte der andere. »Ich habe die Kommandantur verständigt und seine Beschreibung weitergegeben. Unsere Streifen sind alarmiert. Unten im Keller arbeiten ein paar Leute vom Sicherheitsdienst. Wo waren Sie eigentlich so lange?«
»Ich rannte einem Mann mit einem weißen Mantel nach, und als ich ihn endlich einholte –«
»– da war es der Falsche!«
»Ja«, sagte Schattenfroh unbewegt, »da war es der Falsche.« Er kletterte durch die Mauerluke in den Keller, wo ein Mann in Zivil den Verschütteten Anweisungen gab. Sie durften nach Hause gehen. Sie durften nicht die Stadt verlassen. Sie hatten, im Falle der Geflüchtete bei einem von ihnen auftauchte, dies sofort zu melden. Und sie hatten schließlich alle am nächsten Vormittag, um neun Uhr, zu weiteren Einvernahmen zu erscheinen.
»Wo?« fragte Gontard.
Der Beamte gab eine Adresse bekannt. Dann sah er den Leutnant und grüßte.
»Wir müssen jetzt fort. Können Sie hierbleiben, bis unser Arzt kommt?«
Schattenfroh nickte. Er fühlte, daß die Augen der Menschen vor dem Beamten sich an ihn klammerten in einem stummen Flehen.

»Ja«, sagte er, »ich kann solange warten.«
Niebes, der aus einer entfernten Ecke des Kellers kam, sprach erregt auf den Zivilisten ein.
»Eine große lederne Aktentasche«, hörte Schattenfroh ihn sagen, »angefüllt mit Plänen und Konstruktionszeichnungen. Sie *muß* hier sein.«
»Wo denn, zum Teufel? Vielleicht hat der Mörder sie mitgenommen.«
»Aus welchem Grunde sollte er die Tasche stehlen?«
»Aus welchem Grunde ermordete er Schröder?«
»Aber diese Menschen hier … kann man sie nicht zwingen, die Wahrheit zu erzählen?«
»Nur noch sehr schwer«, sagte der andere. »Meine Kollegen haben den Keller durchsucht und nichts gefunden. Ich kann Ihnen im Augenblick auch nicht helfen.«
Niebes wanderte mit seiner Lampe wieder in die Dunkelheit hinein. Er rief nach Kleinert.
Als Schattenfroh aufsah, stand der Priester neben ihm.
Die Gruppe der Untersuchungsbeamten ging zum Durchbruch. Bei Schröders Leichnam verweilten sie kurz.
»Ich danke Ihnen«, sagte Gontard. Sie sahen beide zu den drei Männern neben dem Toten und sprachen leise, ohne sich anzusehen, Schulter an Schulter.
»Diesmal«, sagte Schattenfroh, fast ohne die Lippen zu öffnen, »konnte er fliehen. Jetzt sucht man in der ganzen Stadt nach ihm.«
»Glauben Sie, daß er den Streifen entkommen wird?«
»Vielleicht, wenn er Glück hat.«
»Das heißt –«
»Die meisten Menschen«, sagte Schattenfroh, »haben kein Glück.«
»Und wenn man ihn fängt?« fragte Susanne, die hinzugetreten war.

»Dann wird man ihn erschießen«, antwortete der Leutnant, wie es schien, irritiert durch die Anwesenheit eines Dritten.
»Ich werde nie vergessen, was Sie heute getan haben«, flüsterte das Mädchen.
Schattenfroh begann langsam von den beiden anderen fortzugehen.
»Ich habe gar nichts getan«, sagte er abweisend. »Lassen Sie mich in Ruhe.«

## 5

Eine halbe Stunde später gaben Kleinert und Niebes ihre Versuche, Schröders Aktentasche wiederzufinden, endgültig auf und verabschiedeten sich, um, wie sie sagten, die Leitung des Werkes von dem Vorgefallenen zu verständigen und alle nötigen Schritte zu unternehmen. Sie wollten erfahren, wer die Untersuchung des Falles führen würde.
»Das weiß ich nicht«, antwortete der Leutnant, »vielleicht die Polizei. Wahrscheinlich die Wehrmacht. Am besten gehen Sie morgen früh selbst auf die Kommandantur.«
Die beiden zogen die Hüte und kletterten nach oben. Der Leutnant stellte die Lampe neben den Toten und setzte sich auf einen Stuhl. Sein Schatten fiel riesengroß über die ganze Wand.
»Sie können gehen«, sagte er müde zu den Menschen, die im Keller zurückgeblieben waren. »Ihre Adressen haben wir. Der Fall ist eigentlich gelöst. Der Täter hat seine Schuld gestanden.«
»Es trifft ihn keine Schuld«, sagte Gontard leise und hielt die Hand des Mädchens.

»Vielleicht nicht«, erwiderte der Leutnant ebenso. »Ich weiß nicht, was hier vorgefallen ist.«
»Es läßt sich nur schwer mitteilen«, sagte Gontard. Schattenfroh hob eine Hand.
»Sie müssen es mir nicht erzählen.«
Der Priester schüttelte den Kopf.
»Sie sollen es aber erfahren. Alle sollen es erfahren. Es ist meine Pflicht, dafür zu sorgen, daß die Wahrheit bekannt wird.«
»Warum?«
»Um dem Beschuldigten zu helfen.«
Der Leutnant sah auf seine Stiefel.
»Sie werden ihm sehr schwer helfen können.«
»Aber er ist an diesem Mord nicht schuldig.«
»Vielleicht nicht«, erwiderte Schattenfroh traurig. »Aber er ist desertiert.«
Der Priester trat näher.
»Sie haben noch mit ihm gesprochen, nicht wahr?«
»Ja«, sagte Schattenfroh, ohne den Blick zu heben.
»Und?«
»Er ... er ist unterwegs. Sie werden ihn nicht mehr sehen.«
»Wieso?«
»Er weiß, daß er Sie alle in Gefahr bringt durch sein Kommen. Sie alle und sich selbst.«
»Hat er ...« Susanne zögerte, »... hat er etwas von mir gesagt?«
»Nein«, antwortete der Leutnant. Er sah kurz auf. »Wollen Sie nicht gehen?«
»Meine Sachen sind hier im Keller«, sagte Therese Reimann. »Die können bleiben. Morgen ist auch noch ein Tag.«
Der Priester legte dem Mädchen den Mantel über die Schultern.

Schattenfroh stand auf, und sein verwüsteter Mund wurde weich, als er Susanne die Hand gab.
»Wir sehen uns wieder«, sagte Gontard. Dann folgte er dem Mädchen. Als letzte stieg Fräulein Reimann durch den Tunnel. Das kleine Kind mit seiner Großmutter war schon vorausgegangen.
Schattenfroh setzte sich neben den Toten und zog ihm die Decke vom Gesicht. Die Lampe zischte. Schattenfroh rührte sich nicht. So saß er lange.
Die drei Menschen gingen, als sie die Straße erreichten, um den Häuserblock zu dem getroffenen Gebäude. Die Bombe war in den Mitteltrakt gefallen. Von Fräulein Reimanns Wohnung war kein einziger Teil mehr zu sehen.
Einige Frauen in Arbeitskleidung und Kopftüchern erkannten sie und eilten auf sie zu. Sie boten sich an, ihr zu helfen. Sie sprachen tröstend auf sie ein. Sie erklärten, ein Zimmer wäre bereit, in dem die alte Dame zunächst wohnen könnte. Fräulein Reimann hörte ihnen schweigend und freundlich zu. Ihre Augen ließen nie das zerstörte Haus los.
Susanne und der Priester standen in der Mitte des Platzes. Das Mädchen sah in den Himmel, der sich im Westen mit roten Wolken bedeckte. Über ihr schmutziges Gesicht liefen noch immer Tränen.
»Woran denken Sie?« fragte der Priester.
»Warum mußten Schröders Kollegen erscheinen, um den Toten zu identifizieren? Warum war alles, was wir erlebten, vom Zufall bestimmt und nicht vom Schicksal?«
»Der Zufall ist das Schicksal«, erwiderte Gontard. »Er ist das Gesetz unseres Lebens. Nichts, was geschieht, ist sinnlos, alles ist vorgezeichnet.«
»Daran glaubte Schröder.«

»Daran glaubte auch Faber. Sie sagten es beide mit verschiedenen Worten, aber sie glaubten dasselbe. Sie waren einander so ähnlich, wie nur die äußersten Gegensätze es sein können: wie ein Gesicht und seine Maske, wie ein Schlüssel und sein Schloß.« Der Priester legte einen Arm um Susanne. »Wir alle«, sagte er, »glauben im Grunde das gleiche. Wir haben verschiedene Bezeichnungen für dieselben Begriffe gefunden, und es bedürfte einer einzigen Anstrengung, um diesen Umstand deutlich werden zu lassen. Faber erschoß Schröder, weil Schröder uns bedrohte. Und alles hätte anders sein können – leicht, ganz leicht –, wenn wir zusammengehalten hätten. Wenn wir begriffen hätten, daß jeder von uns meinte, das Richtige zu tun, weil er die Ereignisse nur mit seinen Augen sah. Schröder ahnte, daß es sich so verhielt, als er von der Lehre des Origines sprach. Aber er bediente sich nicht seiner Erkenntnis. Wir waren sieben in diesem Keller. Doch die Motive, die uns handeln ließen, waren nicht siebenfach. Und auch nicht einundzwanzigfach. Sie waren so mannigfach wie das Leben und so einfach wie der Tod. Unsere Augen sahen alle das gleiche, und unsere Ohren hörten alle dasselbe. Aber unsere Herzen schlugen verschieden, und unsere Seelen waren einander fremd. Was dann, durch uns, geschah, kann man nicht Zufall nennen. Denn es konnte nichts anderes geschehen. Und es wird auch in Zukunft nichts anders geschehen können, als wie es eben geschieht. Was wir heute tun, trägt morgen Früchte, und es sind die Früchte unserer Taten von gestern, die uns heute bedrücken.«

Susanne setzte sich auf den Brunnenrand, auf dem sie vor zwei Tagen mit Faber gesessen hatte. Der Priester blieb vor ihr stehen. »Wir«, sagte er, »müssen jetzt handeln. Ich habe schlecht gelebt und Sie auch. Wir haben versucht, unser Glück zu erschwindeln. Wir haben zu viel Angst und zu wenig Mut bewiesen. Heute sind wir elend, weil wir gestern gewissenlos waren. Daran, daß Schröder tot und Faber in Gefahr ist, tragen wir selbst die Schuld.«

»Ich weiß«, sagte Susanne.

»Morgen früh komme ich zu Ihnen. Wir werden gemeinsam zu den Behörden gehen.«

»Und was tun?«

»Die Wahrheit sagen«, erwiderte der Priester. »So Gott gibt, ohne Furcht.«

Sie sah ihn an und schwieg.

»Fräulein Susanne«, sagte er, »Sie müssen lernen, wieder zu glauben. Darin war Schröder uns voraus. Er glaubte bedingungslos an eine schlechte Sache. Aber er glaubte an sie. Deshalb war er stark zu einer Zeit, in der wir noch zögerten, weil wir nicht wußten, wofür wir kämpfen sollten, weil wir zwar *gegen* eine Idee, aber nicht *für* eine andere lebten.«

»Und woran glauben Sie?«

»Ich glaube«, antwortete Gontard, »an die Gesetzmäßigkeit des Lebens, die viele Menschen Zufall nennen. An eine progressive Entwicklung der Welt, die in positive oder negative Bahnen zu lenken bei uns liegt. Und ich glaube an unsere Fähigkeit, das Richtige zu tun mit derselben Hingabe, mit welcher wir alle bisher das taten, was falsch war, wenn wir es auch für das Richtige hielten.«

»Und glauben Sie daran, daß Faber entkommen kann?«

»Vielleicht –«

»Ich glaube es nicht.«

Gontard sah ihr ins Gesicht.

»Es handelt sich, verstehen Sie doch, bitte«, sagte er, »schon lange nicht mehr um das, was wir glauben, hoffen oder fürchten. Es handelt sich allein um das, was wir tun.

Was andere tun. Menschen wie dieser Leutnant beispielsweise.«
»Das alles«, sagte Susanne, »sind Worte. Sie werden keinen Kerker öffnen und keine Kugel abwenden.«
Gontard schüttelte den Kopf.
»Unser Unglück liegt in unserem Kleinmut. Wir verzagen, ehe wir noch etwas gewagt haben für das, was wir gewinnen wollen. Dabei sollte es leicht sein für Sie, weiterzugehen. Sie haben die Liebe, die Sie stärker macht als alle Gewalten des Todes. Sie haben die Liebe und sind eine Frau.«
»Ich möchte sterben«, sagte Susanne.
»Das ist das äußerste Zeichen der Schwäche! Man stirbt nicht, wenn man gebraucht wird. Das Leben wurde uns nicht als Geschenk gegeben, sondern als eine Aufgabe.«
»Warum? Wer durfte sich diese Freiheit nehmen? Wie kommt Gott dazu, uns in ein Leben zu stellen, das wir nicht wollen, und vor Probleme, die unlösbar sind?«
»Nicht Gott hat das getan«, erwiderte der Priester, »sondern Menschen, unsere Vorfahren, so, wie sie in dieses Leben gestellt wurden von den ihren. Die ganze Menschheit und eine Entwicklung von Millionen Jahren waren nötig, um Sie und mich entstehen zu lassen. Und wir, Sie und ich, tragen deshalb mit die Verantwortung an dieser Menschheit. Schwächlinge und Märtyrer erzählen uns, des Menschen Reich sei nicht von dieser Welt. Doch die Stimme des Gewissens sagt uns, daß diese Welt mit allem Glanz und aller Finsternis dem Menschen gehört, daß sie sein Werk ist und er das ihre. Er darf ihr nicht entfliehen. Wie sie geschaffen ist, furchtbar und wunderbar, muß er ihr die Treue bewahren. Denn er allein kann dafür Sorge tragen, daß sie wieder wird, was sie einmal gewesen sein soll.«
»Ein Nichts?« fragte Susanne.

»Ein Paradies«, erwiderte Gontard.
Das Mädchen stand auf. Als sie in die Tasche griff, stieß ihre Hand auf ein Buch. Es war die »Weise von Liebe und Tod«. Sie betrachtete es kurz, dann riß sie es entzwei und warf die Stücke in den Brunnen.
»Das ist vorbei.«
»Es ist nicht vorbei«, sagte Gontard. »Aber es hilft uns nichts mehr. Darf ich Sie heimbringen?«
»Ich möchte gerne allein sein.«
»Bestimmt?«
»Ja«, sagte sie. »Bis morgen also. Kommen Sie zu mir. Leben Sie wohl, Hochwürden.« Sie gab ihm die Hand. Er verneigte sich und ging dann, leicht gebückt, über den Neuen Markt davon. Seine Soutane schleifte über den Boden. Susanne sah ihm nach, bis er um eine Straßenbiegung verschwand. Es wurde kühler. Susanne ging durch die Stadt.
Ihre Augen tränten, aber sie wußte nicht, daß sie weinte. Sie wußte überhaupt nichts von sich. Menschen sahen ihr nach, als sie so, schmutzig, mit wirrem Haar und zerdrückten Kleidern, durch die Straßen ging. Aber niemand fand den Mut, sie anzusprechen. Susannes Mantelkragen stand unordentlich in die Höhe, sie hielt die Hände in den Taschen. Benommen und müde setzte sie Fuß vor Fuß.
Sie überquerte den Ring, sie bog in die Mariahilferstraße ein. Sie ging den ganzen weiten Weg nach Hause. Die letzten Strahlen der Sonne fielen auf sie, als sie den Gürtel erreichte. Ihr Gesicht war naß. Der Staub bildete schmutzige Streifen auf ihren Wangen. Susanne ging immer weiter. Sie blieb nicht einmal stehen, sie verweilte nirgends. Ihre Knie schmerzten. In einem Park blühten ein paar Sträucher. Kinder spielten. Eines lief schreiend über Susannes Weg. Gegen sechs Uhr erreichte sie ihr

Heim. Sie durchschritt den Garten, öffnete die Haustür und stieg die wenigen Stufen zu ihrer Wohnung empor. Im Briefkasten steckten einige Kuverts, eine Zeitung und ein Zettel. Susanne berührte nichts. Die kleine weiße Katze kam ihr entgegen und rieb sich an ihren Beinen. Susanne warf den Mantel fort, ging in die Küche und schüttete Milch in eine Tasse. Das Tier trank gierig und schnurrend. In ihrem Zimmer spielte ein Radioapparat. Sie hatte vergessen, ihn abzustellen. Susanne ließ sich auf das Bett fallen. Die Beine hingen zu Boden. Ihr Haar verwirrte sich noch mehr. Sie lag auf dem Gesicht und rührte sich nicht. Von der Straße her drangen die Stimmen vorübergehender Menschen zu ihr. Irgendwo in der Ferne klingelte eine Straßenbahn. Sie dachte an Faber. Er konnte nicht zu ihr kommen, das war gewiß. Die Polizei suchte ihn, sie selbst wurde wahrscheinlich beobachtet. Und dennoch, mit der ganzen Sehnsucht ihrer Seele, erwartete sie ihn.

Aber Faber kam nicht. Er saß zu dieser selben Stunde in einem kleinen Gasthof am Rande der Stadt, der umgeben war von endlosen Weinhängen, die sanft in die Niederungen hinunterglitten, auf denen schon die Schatten der Dämmerung lagen. Er war allein in der Schankstube. Vor ihm stand ein Glas Wein. Faber sah aus dem Fenster hinaus auf das Häusermeer zu seinen Füßen. Die Nacht kam. Er mußte weiter.

Weiter? Wohin?

Er konnte nicht mehr denken. Eine unendliche Müdigkeit befiel ihn, während er so in dem langen, dunkler werdenden Raum saß. Wohin? Er wußte es nicht. Für ihn hatte sich nichts geändert. Er wurde weiter gejagt. Seine Flucht war noch nicht zu Ende. Würde sie je zu Ende sein? Die Zeilen fielen ihm ein, die Susanne gesprochen hatte, als sie gemeinsam gefangen lagen:

*Ich bin, ich weiß nicht wer.*
*Ich komme, ich weiß nicht woher.*
*Ich gehe, ich weiß nicht wohin.*
*Mich wundert, daß ich so fröhlich bin ...*

Susanne ... ob sie ihn jetzt erwartete? Würde er sie je wiedersehen? Ihre Adresse trug er noch bei sich. Faber nahm das kleine Papier aus der Tasche. Wenn man ihn verhaftete, durfte es nicht gefunden werden. Er las die Anschrift mehrmals, bis er sie auswendig konnte. Dann zerriß er den Zettel in kleine Stücke und warf sie in eine gläserne Aschenschale.

Der Wirt kam herein und fragte, ob er Licht machen sollte.

»Nein«, sagte Faber, »danke.«

Der andere drehte einen großen schwarzen Radioapparat an, wartete, bis die ersten Takte eines langsamen Walzers hörbar wurden, und ging wieder hinaus. Faber legte den Kopf auf die verschränkten Arme. Als er erwachte, war es neun Uhr, und ihn fror. Der Wirt stand vor ihm und sah ihn nachdenklich an. Die Stube war noch immer leer.

»Wohin fahren Sie?« fragte der Wirt. Er war ein großer, untersetzter Mann mit rotem Gesicht und schwermütigen Augen. Sein wollenes Hemd war über der Brust geöffnet.

»Nach Hause«, sagte Faber.

»Brauchen Sie Geld?«

»Nein.«

»Vielleicht doch.«

»Wirklich nicht!«

»Hier«, meinte der andere, griff in die Tasche und legte eine Reihe von Scheinen auf den Tisch. »Sie werden es brauchen. Jetzt müssen Sie gehen. Am besten durch den

Wald. Vermeiden Sie die großen Ausfallstraßen. Dort gibt es überall Kontrollen.«
Faber stand auf.
»Was soll das heißen?«
»Ich habe Sie beobachtet, als Sie schliefen«, sagte der Wirt und schob das Geld über den Tisch.
»Habe ich im Schlaf gesprochen?«
Der andere nickte. Faber lauschte kurz der Musik, die aus dem Lautsprecher kam. Eine dunkle Frauenstimme sang die Worte eines zu jener Zeit sehr volkstümlichen Liedes, das von der Liebe und vom Tod, aber vor allem von diesem sprach. Dann steckte er das Geld ein.
»Der Wein ist bezahlt«, sagte der Wirt.
Faber fühlte, daß seine Beine schwer waren wie Blei.
»Warum haben Sie das für mich getan?« fragte er müde.
Ihre Blicke begegneten sich für eine Sekunde.
»Weil Sie mir leid tun«, erwiderte der Wirt. Er sah Faber nach, bis dessen Gestalt sich in der Dunkelheit und den aufsteigenden Bodennebeln verlor. Dann schloß er die Tür und blieb in der Mitte des Raumes stehen. Er rührte sich nicht. Draußen auf der Straße jaulte ein Hund. Das Lied des Radios wurde leiser, schließlich setzte die Melodie ganz aus. Die unpersönliche Stimme des Ansagers brachte eine Luftlagemeldung.
»Kampfverband im Anflug auf Westdeutschland.«
Kampfverband im Anflug auf Westdeutschland. Es war 21 Uhr 7. Die Melodie kam wieder und wurde laut. Ein Saxophonsolo unterbrach den gleichmäßigen Rhythmus des Liedes. Dann sang die weiche Frauenstimme den Refrain zu Ende.